Jane Gardam

Robinsons Tochter

Roman

Aus dem Englischen
von Isabel Bogdan

Hanser Berlin

Die englische Originalausgabe erschien 1985
unter dem Titel *Crusoe's Daughter* bei Hamish Hamilton.

Das Motto entstammt Virginia Woolfs Essay *Der gewöhnliche Leser*,
Band 2. Deutsch von Hannelore Faden und Helmut Viebrock

Die Zitate aus *Robinson Crusoe* entstammen der Übersetzung
von Rudolf Mast

1. Auflage 2020

ISBN 978-3-446-26783-1

Umschlag: Anzinger und Rasp, München
Illustration: © Elizabeth Mayville
Satz: Greiner & Reichel, Köln
Druck und Bindung: CPI books GmbH, Leck
Printed in Germany

FSC
www.fsc.org
MIX
Papier aus verantwortungsvollen Quellen
FSC® C083411

Für meine Mutter, Kathleen Helm

»Aber die Drangsal des Lebens, wenn man sich auf einer einsamen Insel gänzlich allein durchschlagen muss, ist wirklich nicht zum Lachen. Sie ist andererseits auch nicht zum Weinen.«

Virginia Woolf, *Der gewöhnliche Leser*

Ich bin Polly Flint. Ich bin in das Gelbe Haus gezogen, als ich sechs Jahre alt war. Ich stand auf den Stufen im Wind und im aufwirbelnden Sand, und mein Vater zog an der Messingklingel neben der großen Haustür. Gemeinsam lausch ten wir dem fernen Bimmeln und den sich nähernden, tapsenden Schritten. Mein Vater vollführte ein kleines Tänzchen auf seinen kurzen Beinen und pfiff.

Es folgten knappe Szenen der Verwirrung und Bestürzung. »Tür zu. Tür zu. Der Sand, der Sand!«, und Menschen standen in der Eingangshalle auf farbigen Fliesen herum.

Wir waren nicht erwartet worden. Mein Vater brachte mich zu meinen Tanten, weil ich dort wohnen sollte – bei der spröden Miss Mary und der sanftmütigen Miss Frances. Sie waren die ältlichen Schwestern meiner jungen Mutter. Meine Mutter war tot.

Ein dickes Hausmädchen führte mich in die Küche, wo ich Tee bekam, und dann wurde ich von der sanftmütigen Tante in ein riesiges Gewölbezimmer geführt, es muss das kleine Morgenzimmer gewesen sein. Ich machte mit der sanftmütigen Tante ein Puzzle, so groß wie ein Kontinent. Ich sah nicht so weit auf, dass ich das Gesicht der Tante gesehen hätte, aber ich beobachtete unsere vier Hände, die über dem Mahagonimeer schwebten.

Dann und wann ging eine Tür auf der anderen Seite des Flurs auf und man hörte schneidende Gespräche, und einmal kam eine Frau mit einem grünen Gesicht und schwarzem Strickzeug in der Hand und gestrickter, schwarzer Kleidung und starrte mich von der Tür des Morgenzimmers aus an. Sie sagte: »Sie sieht tuberkulös aus«, hielt sich das Taschentuch vor den Mund und ging.

Vielleicht ist mein Vater ein paar Tage im Gelben Haus geblieben. Ich erinnere mich an einen Nachmittagsspaziergang mit ihm am Meer, daran, den Wellen davonzuhüpfen, und wie er (schändlicherweise schon morgens) in einem Polstersessel neben dem katafalkartigen Kaminsims im Wohnzimmer saß und döste.

Und an einem Abend hat er gesungen. Ich wusste, dass er ein wirklich fürchterlicher Sänger war, aber er tanzte dazu, und ich wusste, dass er gut tanzte – ein kleiner, schwerer Mann auf leichten Füßen. Seemannsfüßen. Er drehte Pirouetten und wirbelte im Zimmer herum, und Aunt Frances spielte in einer Kaninchenfellpelerine Klavier. Es war ein Lied von der Seefahrt.

Aunt Mary saß abseits. Die gestrickte kleine Frau hatte sich ans andere Ende des Raumes zurückgezogen und beugte sich in einer Laube aus Topffarnen über ihr Strickzeug, und das Mädchen kam mit Kohlen für das Feuer herein, stellte sie ab und barg das Gesicht in seiner Schürze, als es den Gesang hörte. Das war, wie ich bald herausfand, gar nicht ihre Art, denn Charlotte war farblos und beinahe unsichtbar. Aber sie hatte mal in einem Chor gesungen.

Ich saß auf einem Hocker und wusste, dass mein Vater all diese sonderbaren Leute um den Finger wickelte.

Es war 1904, und zwei Monate später starb mein Vater auf der Brücke seines Schiffs in der Irischen See, bei einer Kohlentour nach Belfast. Man sagte mir, er hätte einen Platz im letzten Rettungsboot abgelehnt und sei auf die traditionelle

Weise an Bord geblieben – strammstehend in der Kapitäns-uniform der Handelsmarine – aber schwankend und eine große Steingutflasche Gin schwenkend. Er war immer ein schnurriger Typ gewesen, sagte Aunt Frances.

Die Türschwelle, die kalten Wellen, der Polstersessel waren meine einzigen Erinnerungen an meinen Vater – dies und die Reise in das Gelbe Haus, die wir zusammen unternommen hatten. Meine Mutter war kurz vor meinem ersten Geburtstag gestorben, und die folgenden fünf Jahre hatte ich bei verschiedenen Pflegemüttern in Hafenstädten verbracht, in denen der Captain möglicherweise hätte anlegen können, das aber meistens nicht tat. Diese Leute verschwammen alle, und am meisten verschwamm die letzte, obwohl sie sich hätte einprägen müssen, denn sie war eine Quartalssäuferin und verbrachte einen beträchtlichen Teil ihres Lebens unter dem Küchentisch. Auch ich verbrachte viel Zeit auf dem Küchenfußboden, zusammen mit den anderen drei oder vier – glaube ich – Kindern in ihrer Obhut. Ich lernte, nicht ins Feuer zu fallen, und wie die Schlösser zur Speisekammer funktionierten, falls ich etwas essen wollte. Manchmal nahm sie mich in den Arm.

Eines Tages tauchte Captain Flint unerwartet auf und stieg mit mir in einen Eisenbahnwaggon erster Klasse (er neigte zur Prasserei), und in einer ganzen Reihe solcher Waggons reisten wir von Wales in den Nordosten.

Ich erinnere mich an Licht und Schatten auf fahlen Feldern – schwarze Städte, kalte Moore –, Steinmauern im Regen und eine Nacht in einem Eisenbahnhotel, nehme ich an, denn unter dem Fenster war ein verrußtes Glasdach. Durch die Ritzen darin stiegen kleine Dampfsäulen auf. Es donnerte und schepperte. Angst und Freude.

Auf den weichen Polstern des vorletzten Waggons, mit den

bestickten Deckchen an den Kopfstützen – die für mich viel zu hoch waren –, saßen der Captain und ich nebeneinander. In der Gepäckablage über mir lag ein sehr kleiner Koffer. Auf dem Sitz neben mir ein chinesisches Nähkästchen voller chinesischer Nähsachen – ein Mitbringsel meines Vaters, seine letzte Reise war lang gewesen –, eine kaputtgeliebte Puppe oder so, und ein Porzellanchinese.

Der Zug zuckelte zwischen pflaumenfarbenen Backsteinen hindurch, den Bahnschuppen des Nordens. Sehr edel. Dann kamen hohe Blechschornsteine, Tausendfüßler aus klapprigen Güterwagen, Schlangennester aus Rohren, dann das Watt mit weißlich schimmernden Tümpeln. Es gab feuerspuckende Hochöfen, und manchmal konnte man einen Blick auf glühende Stangen erhaschen, die von riesigen Feuerzangen mitten in die Flammen gehalten wurden.

Vor dem Fenster auf der anderen Seite des Zuges erstreckten sich Felder weit hin bis zu farblosen Hügeln, auf deren Kuppe eine Reihe Bäume stand. Das Licht, das durch sie hindurchfiel, ließ sie aussehen wie Strickmaschen, die von den Nadeln gezogen worden waren. Der Zug schaukelte, und mein Vater pfiff durch die Zähne.

Der letzte Zug hielt an Bahnhöfen, die nur aus hölzernen Bahnsteigen bestanden. Dort stiegen Männer mit entschlossenen Gesichtern ein und aus, aber niemand kam in die Nähe der ersten Klasse. Wenn der Zug anhielt, war es still genug, dass man die Stimmen der Männer durch die Wände hören konnte, und als sie an unserem Fenster vorbeigingen, sah ich ihre markanten Gesichter und leuchtenden Augen und hörte das Quietschen ihrer verbeulten, blechernen Henkelmänner. Die Männer waren allesamt schwarz, aber nicht so schwarz wie die schwarzen Seeleute in Wales, die manchmal ins Haus der Pflegemutter kamen und die, wenn sie sich gewaschen hatten, immer noch schwarz waren. Diese Männer hier waren nur sehr schmutzig, und ihnen rann der Schweiß von der Stirn und hinterließ weiße Streifen. Die Männer in Wales hatten mich in die Luft geworfen, als ich klein war, und mich wieder aufgefangen. Große, weiße Zähne.

Nachdem die letzten Männer ausgestiegen waren, fuhr der Zug aus dem Ruß hinaus und von den Schornsteinen weg und hinauf in die Dünen. In den Dünen sah man in der Ferne das kalte Leuchten des Meeres.

Der Captain teilte eine riesige Fleischpastete. Er nahm sie aus einer fettigen Pappschachtel, riss sie mit der Hand in zwei Teile und legte die beiden Stücke ganz behutsam auf das chinesische Nähkästchen. Ich spürte interessante Widersprüche in meinem Vater. »Das«, sagte er, »ist eine *herrliche* Pastete. Es gibt wirklich *gute* Fleischpasteten. Dies ist eine *herrliche* Pastete.«

Es war Aunt Mary, die ältere Schwester, die mir mitteilte, dass er tot war. Sie stand sehr aufrecht an meiner Schlafzimmertür und wartete, bis Aunt Frances mir das Haar fertig gebürstet und geflochten hatte. Ich erinnere mich nicht an den Wortlaut, nur an die gestärkte weiße Schleife unter Aunt Marys Kinn. Ihr Haar unter der Haube war silbrig fahl, und die Stoppeln an ihrem Kinn waren ebenfalls silbrig. Hinter ihr im Regal stand das chinesische Nähkästchen mit dem Porzellanchinesen obendrauf. Sein Kopf steckte in einem Loch in den Porzellanschultern und nickte im Gleichtakt mit dem Auf und Ab der gestärkten Schleife. Durch das offene Schlafzimmerfenster wehte ein kalter Wind herein. Ein gläserner, blitzender, erbarmungsloser Morgen, das Meer brüllte.

Ich sagte (glaube ich): »Kann ich jetzt rausgehen zu den Hühnern?«, und rannte an Aunt Mary vorbei auf den Hof. Durch die Rauten des Hühnerzauns nickten der Chinese und die Schleife immer noch im Takt. »So ist das jetzt«, sagten sie. »Es ist passiert. Das muss man ertragen.«

Die Hühner hüpften auf ihre Stangen und wieder hinunter und unterhielten sich in langen, eingerosteten Sätzen miteinander, und ich wickelte die Finger um den Zaun. Dann kam Aunt Frances und nahm mich mit ins Haus und gab mir in der Küche Zitronengelee – mitten am Vormittag. Die grüngesichtige kleine Frau beobachtete mich vom Treppenfenster aus, als wir über den Hof gingen.

Anfangs war es das Licht, das mir Schwierigkeiten bereitete. Das Licht und der viele Platz im Gelben Haus. Das Licht kam von allen Seiten aus dem überwältigenden Himmel ins Haus. In Cardiff und Fishguard hatte es nur wenig Himmel gegeben, und das bisschen Licht war nur eine Reflexion von den verregneten Schieferdächern der gegenüberliegenden Reihenhäuser gewesen.

Hier peitschte der Wind die Wolken über die Hügel und die Marsch und die Dünen und das Meer, bis das Haus zu schwanken schien wie ein Schiff. Ich weiß noch, dass ich mich oft an irgendetwas festhielt.

Für ein Gesicht auf Türknaufhöhe lagen die Decken und Kranzgesimse weit oben in der Atmosphäre. Zwischen dem gefliesten Eingang und der Treppe erstreckte sich eine komplette Landschaft, und man musste sich gut am Treppenpfosten und am Geländer festhalten. Der Salon war ein Dschungel von Tischen und Teppichen und Hockern und Vitrinen, das Esszimmer die Hölle. Menschen saßen da, schweigend, weit voneinander entfernt, ihre Kiefer mahlten und mahlten. Meine Augen waren auf der Höhe schwerer Gabeln und Löffel. Die Messer waren für Riesen. Unheil lag im Esszimmer.

Vor und nach dem Essen wurde feierlich gebetet, so feierlich, dass die Sonne es bemerkte und nicht hereinschien, wie sie es im Rest des Hauses tat, obwohl man sie draußen sehen konnte, wie sie fröhlich Richtung Jütland winkte.

Dass ich all das empfand, als ich sechs war, weiß ich wegen der Höhe der Ligusterhecke vor dem Fenster, einem armen Ding, ganz verwittert von der salzigen Luft. Sie ist in all den Jahren nie größer geworden als einen Meter, aber damals versperrte sie mir die Sicht.

All diese frühen Mysterien sehe ich noch sehr klar vor mir – Gabeln und Liguster; durch die gläserne Obstschale gucken, und über mir klopften die Eicheln an die Fensterläden.

Aber ich kann mich überhaupt nicht an den Tag erinnern, an dem mein Vater ging. Vielleicht habe ich es nie gewusst, oder vielleicht ist er nachts gegangen, als ich schon im Bett lag. Aber ich weiß noch genau, was in dem Moment passiert ist, als er weg war.

Wasserschüsseln wurden auf den Küchentisch gestellt, auf dem vorher Zeitungen gelegen hatten, es wurde ein Klumpen milchiger Seife herausgeholt, die aussah wie ranzige Butter, dazu eine schwarze Flüssigkeit in einer Flasche, und dann begann das große Haarewaschen. Ich kreischte, und Charlotte rubbelte und goss und wirbelte herum und sagte: »Na, kreischen kann sie jedenfalls«, und Mrs Woods – die gestrickte kleine Frau – stand an der Küchentür und schaute zu. Sie sagte: »Gut in die Wurzeln einmassieren.«

Dann, nach sturzbachartigem Ausspülen, musste ich mit dem Rücken zum Tisch sitzen, mein Haar wurde auf den Zeitungen ausgebreitet, und Charlotte zupfte darin herum und zerrte einen Kamm hindurch, einen Kamm mit feinen Zähnen wie die Rückengräte eines Fischs. Einer Seezunge. Ich kreischte und sagte ein paar Worte aus Cardiff. Charlotte schluckte laut, und Mrs Woods schrie auf wie ein Papagei.

»Sind da welche?«, fragte Mrs Woods.

»Nee«, sagte Charlotte.

»Sicher? Die Waliser sind ziemlich schmuddelig.«

»Keine einzige.«

»Würdest du sie erkennen, Charlotte?«

»Allerdings. Unten in den Cottages haben sie jede Menge.«

Dann ging Mrs Woods schnell weg, und ich setzte mich auf den Kaminschutz, wo Charlotte mir das Haar trockenrubbelte.

»Kein schlechtes Haar«, sagte sie. »Das muss man sagen. Als nächstes kümmern wir uns um deine Kleider.«

Ich erinnere mich an die Kleider. Sie kamen aus dunklen Geschäften weit weg in einer schwarzen Stadt, möglicherweise Middlesborough. Zwei dünne Damen änderten sie für mich, in einem Haus, das für Prinzessinnen gebaut war – es hatte eine Turmspitze und lag am Ende weißer Reihenhäuser irgendwo am Meer nach einer langsamen Fahrt in einem Einspänner.

Lange, lange Nachmittage, Aunt Frances saß in der Nähe und aß Teekuchen, während ich mich auf einem Tisch immer wieder drehte und mit Stecknadeln besteckt wurde. Eine der Näherinnen hatte kreisrunde rote Wangen aufgemalt, beide trugen Perücken. Eine streichelte mich einmal von oben bis unten und schnurrte wie eine Katze, als Aunt Frances nicht im Zimmer war, und ich schrie und trat um mich und sagte wieder die walisischen Worte, und die Dame wurde auch über die roten Kreise hinaus rot im Gesicht, und das muss der letzte Besuch dort gewesen sein.

Dann die Bündel auf dem Bett, die offenen Kommoden mit frischem Schrankpapier darin, die schweren Wollhemden, die Bauchbinden und Mieder und langen Unterhosen und Rüschenschlüpfer und Unterröcke mit Trägern und flachen, leinenbezogenen Knöpfen; die Strümpfe und Strumpfbänder und Gamaschen und Knopfhaken; die Mäntel und Hauben und Fäustlinge und Tam O' Shanter-Mützen und der Sonntagshut mit Krempe; und die Schuhe für drinnen und Schuhe für draußen und die dicken Wollstulpen und die Galoschen und ein Paar Stiefel, das mit Blei gefüllt zu sein schien.

Charlotte sagte: »In denen fällst du besser nicht ins Moor. Da versinkst du wie ein Anker.« Die Stiefel waren schwarz wie Eisen. Alle anderen Kleidungsstücke waren graubraun.

Als die Kommodenschubladen und der Schrank voll waren und ich alle Schichten anhatte wie eine dicke Zwiebel, sagte Charlotte: »Das ist doch was!«

»Ich finde, sie sieht sehr hübsch aus«, sagte Aunt Frances, als ich ins Wohnzimmer geschoben wurde.

»Mehr konnten wir nicht tun«, sagte Mrs Woods.

Aunt Mary sagte nichts, denn sie schien nichts wahrzunehmen. »Komisch«, sagte sie, »für Kleidung kann ich mich gar nicht begeistern.«

Das verstand ich. Ich fühlte mich unbehaglich und gedrungen, ich war plötzlich so umfangreich. Ich blickte auf eine Kugel hinunter, an der unten zwei schwere Stöcke hingen. Ich setzte mich auf den Sessel und ließ diese Gewichte baumeln.

»*Humpty Dumpty sat on a wall*«, sang ich.

»Baumel nicht mit den Beinen, Polly«, sagte Mrs Woods. »Nicht in diesen schönen Stiefeln.«

»Ich habe fast gar keinen Hals, oder?«, fragte ich Charlotte, als ich vor dem Zubettgehen in den Spiegel sah. Auf dem Bett wartete ein neuer Haufen Kleider, in denen ich für die Nacht fertiggemacht wurde.

Charlotte sagte: »Vielleicht kommt das noch.«

Nicht *ein* Mal, kein einziges Mal nach den kurzen Überraschungsschreien am allerersten Morgen kam es meinen Tanten in den Sinn – sie hießen Miss Younghusbands –, dass ich nicht für immer da sein könnte.

Es war gar keine Frage. Ich gehörte ihnen. Ich war angekommen und würde bleiben. Sie haben in all den Jahren nie angedeutet, dass sie gut zu mir waren oder dass ich auch nur den geringsten Grund zur Dankbarkeit hätte oder dass ich auf irgendeine Weise in ihr Leben eingedrungen sei.

Tatsächlich war mir recht bald selbst nicht mehr ganz klar, ob ich jemals anderswo gelebt hatte, und die Zeit, bevor ich auf den sandigen Stufen angekommen war, versank im Nebel. Es kam mir vor, als wäre ich im Gelben Haus geboren worden, dort abgeliefert ohne die ganzen Peinlichkeiten und Zumutungen von Zeugung und Geburt.

Diese absolute Gewissheit von Aunt Mary und Aunt Frances war so großartig und so still, dass sie sich im ganzen Gelben Haus auszubreiten schien, und nicht einmal Mrs Woods erhob Einwände, nicht einmal, wenn wir allein waren, was ich tunlichst vermied. Charlotte schien ohnehin alles zu akzeptieren, was ihr begegnete. Das Leben ging einfach weiter.

Es war natürlich keine Rede davon, mich liebzuhaben, noch gab es sonstige Zuneigungsbekundungen, aber das machte nichts, denn ich hätte auch nicht gewusst, wie ich mit Liebe hätte umgehen sollen. »Sie ist wirklich ein *braves* Kind«, sagten sie. »Was für ein *braves* kleines Mädchen sie ist.« Das sagten sie sogar vor mir, was ich wirklich nett fand. Nach den dunklen, heruntergekommenen Jahren war es schön, mit Güte bedacht zu werden. Es war, wie ins Bett gebracht und zugedeckt zu werden, was Aunt Frances manchmal tat, und dann setzte sie sich noch ans Fußende und lächelte mich an und erzählte mir fromme Geschichten über irgendwelche Apostel und die Heiligen, während ich meine Milch trank. »Kein besonders *offenes* Kind«, sagten sie manchmal, und auch das durchaus vor mir. »Überhaupt nicht wie ihre Mutter. Aber vielleicht ist das ganz gut. Mit noch einer Emma wären wir nicht zurechtgekommen. So ein stures Ding. Aber sie ist *gut*. Und wenn man bedenkt …«

Ich hörte zu und beobachtete und gestattete es mir nach und nach, dass man sich um mich kümmern durfte, und ich war etwas verärgert, als ich sehr schnell feststellte, dass Gutsein zwar ein Geschenk Gottes war, ich mich aber dennoch darum bemühen musste. Denn anscheinend konnte ich es auch wieder verlieren. Ich musste es festhalten. Ich musste mich daran klammern wie an den Treppenpfosten, wie an die Schnur eines Drachens. Ich musste es im Auge behalten wie meine neuen Kleider. Sobald ich Anzeichen von Verschleiß und Abnutzung entdeckte, sollte ich es berichten.

Dafür waren die Samstage da, nachdem die drei Damen selbst zur Beichte in der Kirche gewesen waren. Ich wurde zu Aunt Mary gebeten, saß mit ihr am Fenster ihres Arbeitszimmers, und wir sprachen über Sünden. Ich wusste von Anfang an, dass diese Gelegenheiten die einzigen waren, bei denen sie von mir enttäuscht war, und von sich selbst, denn sie sah ihr eigenes Versagen darin. Ich fürchtete mich vor den Samstagen.

»Also, Polly, ist das alles?«

»Ja, Aunt Mary.«

»Du hast wirklich nichts vergessen?«

»Nein, Aunt Mary.«

»Tritt nicht gegen die Fensterbank, Polly. Wollen wir einen Moment schweigen?«

Wenn wir schweigend dasaßen, kam alles Mögliche aus der Vergangenheit in mir hoch, aber ich wusste nicht, ob es da wirklich um Sünde ging.

»Was denkst du, Polly?«

»Nichts, Aunt Mary.«

Aber ich hatte die Quartalssäuferin an der alten, schmutzigen Spüle stehen sehen, wie sie plötzlich die Röcke hochraffte und in eine Schüssel pinkelte.

»Wollen wir ein Gebet sprechen, Polly?«

»Ja, Aunt Mary.«

Und dann war da noch der Mann, der nachmittags kam und mit ihr in der Küche Dinge tat. Auf dem durchgesessenen Sofa liegen und sich auf sie rollen und ihre Beine spreizen und Geräusche machen und grausam zu ihr sein, aber es machte ihr nichts aus.

»Ich möchte gern über Engel sprechen«, sagte Aunt Mary. »Du weißt doch, dass es Engel gibt, oder? Glaubst du an Engel?«

»Ja, Aunt Mary.«

»Wenn du sehr brav bist, siehst du vielleicht einen. Meistens sind sie unsichtbar, aber wenn du *sehr* brav bist – in einem Zustand der *Gnade*, so nennen wir das –, dann kannst du vielleicht einen sehen. Man erkennt sie an ihrem strahlenden Gewand. Was bedeutet Gewand, Polly?«

»Kleidung.«

»Du hast Gewänder, Polly.«

Ich dachte an meine Gewänder. Die Berge von Unterhemden.

»Und wenn du die strahlend hältst …?«

Ich dachte an die Bauchbinden. Ich dachte an die Männerhosen auf dem Küchenfußboden.

»Wenn du dein Gewand strahlend hältst, Polly – das Gewand deiner Seele –, dann kannst du womöglich deinen eigenen Schutzengel sehen. Vielleicht erhaschst du einen Blick auf eine schimmernde Feder.«

»Wo denn, Aunt Mary?«

»Irgendwo, wo auch immer du bist.«

Ich sah mich selbst in verschiedenen unangemessenen Situationen – wie ich mich zum Beispiel an die riesige hölzerne Rundung der Klobrille klammerte, ganz fest, vor lauter Angst zu verschwinden und ins Meer gespült zu werden. Auf der Toilette konnte man sich wirklich keinen Engel vorstellen. Aber selbst da hätte ich gern einen gesehen. Draußen in der Marsch war es wohl wahrscheinlicher.

Während meine Tante über Heilige und Sünder sprach, ließ ich den Blick wandern. Die Regale im Arbeitszimmer waren voller Bücher. Bis ganz oben hin. Hoch oben verschwanden sie im Schatten. Die hölzernen Fensterläden waren fast immer verschlossen, um die Bücher vor Meereslicht und Sonne zu schützen, und sie wurden zweimal die Woche abgestaubt, wenn auch selten gelesen, denn sie waren wertvoll. Die Regale waren dunkelrot gestrichen und die Böden auf unterschiedlichen Höhen angebracht, damit die Bücher es bequem hatten, denn die Regale waren die Diener der Bücher, nicht umgekehrt. Jeder Titel war zu lesen. Nichts wurde hineingequetscht oder stand schräg oder war umgefallen oder lag auf der Nase, die Bindungen waren alt und dunkel. Wenn man eins herauszog, waren die Deckel heller als die Rücken und changierten in Rosé und Blau und Kastanienbraun und Grün wie Dachblei. Sie wirkten wie Bücher, die einmal sehr geliebt und benutzt worden waren, und wenn meine Sünden in der Woche nicht zu schlimm gewesen waren und ich mir ein paar zusätzliche ausgedacht hatte, die ich loswerden konnte, dann las Aunt Mary mir ein bisschen daraus vor.

Aunt Mary unterrichtete mich jeden Morgen im Arbeitszimmer, und nachmittags gab Aunt Frances mir Klavierstunden. Mrs Woods machte eine furchterregende halbe Stunde Französisch mit mir, und später auch ein bisschen Deutsch, im Morgenzimmer, das zur Teazeit bereits keine Sonne mehr hatte. Nach dem Tea saß ich normalerweise mit Charlotte in der Küche. Charlotte brachte mir nichts bei, sondern schälte einfach weiter Kartoffeln oder knetete Teig, als wäre sie allein. Aber ich beobachtete sie.

Ich beobachtete alle. Wenn Aunt Mary merkte, dass ich sie beobachtete, sah sie streng zurück. Aunt Frances lächelte mich sofort an und nickte. Mrs Woods wandte sich ab.

Charlotte glotzte nur. Das heißt, ihr Gesicht veränderte sich überhaupt nicht, sie behielt immer etwas darin, das wie ein Lächeln aussah – bis man noch einmal hinsah und feststellte, dass sie nur die roten Lippen hochzog, die einmal rosig gewesen sein mussten, und das Ergebnis war ein Ausdruck zielloser Unterwürfigkeit.

Aus der Ferne sah das Gesicht hübsch aus, und Charlotte stand in dem Ruf, gutmütig zu sein, aber ich glaube, mir war sehr bald klar, dass das, was sie zwischen Nase und Kinn herumtrug, etwas anderes war. Es war kein echtes Zähnefletschen – aber etwas in die Richtung. Eine Art Verkleidung. Eine Maske. Wenn das Lächeln verschwand, stellte es sich als Fälschung heraus.

Ich entdeckte bald, dass es noch ein weiteres Rätsel um Charlotte gab. Eines Tages, vielleicht in meinem zweiten Jahr im Gelben Haus, ging ich auf den Dachboden hinauf in Charlottes Zimmer, als sie ihre Schwester in den Cottages am Fisherman's Square besuchte, und unter ihrem eisernen Bettgestell fand ich einen Sack Brotkrusten. Brot ohne Kruste war Aunt Marys einzige Extravaganz, und in diesem Papierbeutel steckten abertausende Brotrinden, die obersten wurden grünlich und rollten sich auf. Ich sagte niemandem etwas davon und sorgte dafür, dass ich in Zukunft nicht mehr daran dachte.

Charlotte selbst war permanent am Waschen und Schrubben und Scheuern – sie nahm Vorhänge ab, zog Tischdecken vom Tisch, hängte schwere Teppiche an Seilen im Hof auf und bearbeitete sie mit Teppichklopfern. Dreimal die Woche wurde genügend Kleidung für eine ganze Anstalt vom Wind schranktrocken geblasen, eine furchteinflößende Armee aus Bannern, wenn man ans Bügeln dachte. »Eine wie Charlotte bekommen wir nie wieder«, sagten meine Tanten manchmal. »Was haben wir für ein Glück mit ihr«, und Charlotte zog die roten Lippen zu ihrem Nichtlächeln hoch.

Charlotte selbst allerdings wirkte nie sauber. Ihre Kleider waren zerdrückt, ihr Haar immer fettig, die Haube mit speckigen Klämmerchen festgesteckt. Ihre Füße wirkten irgendwie matschig, und sie roch zwar nicht gerade, aber irgendetwas war da.

Ich hatte nie das Gefühl, dass sie mich mochte – wie ich es auch bei Mrs Woods nie hatte, auch wenn sie beide in Moll ein Loblied auf mich sangen –, und Mrs Woods war manchmal etwas erregt, wenn ich nicht ganz auf dem Damm war, denn in ihrer Religion spielte Krankheit irgendeine mystische Rolle. Unser Herr hatte gelitten. Wir sollen es Ihm nachtun. *Eo ipso* war für Mrs Woods eine Krankheit etwas Heiliges. Vielleicht fünf oder sechs Jahre lang – vielleicht auch viele mehr – dachte ich, dass »lasst die Kindlein zu mir kommen, denn ihnen gehört das Reich Gottes« bedeutete, dass Jesus für Masern und Mumps und all das war, weil man davon sterben und in den Himmel kommen konnte, und das machte mich nachdenklich. Trotz aller Fürsorge und Großzügigkeit und Geborgenheit und allem Zuspruch, die das heimelige Gelbe Haus atmete, wurde ich Gott gegenüber misstrauisch. Sehr misstrauisch.

Die Zeit verging im Gelben Haus. Eins nach dem anderen müssen die Jahre gekommen und gegangen sein, Sommer blitzten über die Marsch und Winter bedeckten sie mit Schnee. Das Haus – es hieß Oversands – war sehr hoch und groß und fremdländisch mit seinen flach abfallenden Dächern und zwei Giebeln, die nach Zypressen verlangten. Es erinnerte an die Flitterwochen meines Großvaters Younghusband in Siena, denn er hatte es gleich nach seiner Rückkehr erbauen lassen und die Anbringung Medici-artiger Gitter an den Speisekammerfenstern und die Vertäfelung der großen Haustür angeordnet, die er immer zu einem Majolika-Nachbau der florentiner Baptisteriumstüren machen wollte. »Ein vergnügter Mann«, nannte Aunt Frances ihn. Jeden Morgen, sagte sie, stürmte er aus dem Gelben Haus und rannte ins Meer, nur im halben Ornat – Kollar und ein altmodischer schwarzer Tellerhut, den er beim Rennen abwarf. Sein waren die Bücher und sein war die riesige Fotografie von einer Donnerwurz, die im Arbeitszimmer über dem Kamin hing. Er war ein großer Sänger von Kirchenliedern gewesen und wusste alles über alte Steine.

Oversands blickte auf das Deutsche Meer hinaus, die Rückseite ging ins Binnenland. »Grandfather war ein Möwenmann«, sagte Aunt Mary, und das war rätselhaft, bis ich verstand, dass er viel Zeit damit verbrachte, aufs Meer zu starren und nach Lachmöwen Ausschau zu halten, denn die waren sein Spezialgebiet. Zwischen der Hintertür und den Cleveland Hills lag nur die Marsch.

In der Marsch lagen, weit voneinander entfernt, ein paar

wenige, aber überraschende Gebäude: eine Kirche, ein Nonnenkloster, ein unfertiger Prunkbau und weit weg, über die Hügel, in einem Hain, lag ein langes, edles Bauwerk – The Hall. Daneben stand ein kleiner Kuppelbau, der bei Sonnenlicht golden schimmerte.

Auf der anderen Seite der weiten Bucht lag ein Nest von Fischer-Cottages, die nahezu im Sand versanken, und etwas weiter landeinwärts plötzlich einige Reihenhäuser, wo die Schneiderinnen lebten – eine Häuserreihe, die aussah, als wäre sie in ihrer Blütezeit irgendwo anders rausgetrennt worden und würde am liebsten nach Bath verschwinden.

Am nördlichen Horizont hatte der Himmel eine Art blauen Fleck, dort lagen die Eisenhütten, die Teufelsküche, durch die mein Vater und ich im Zug geklappert waren, und wenn der Wind von Norden kam, hörte man manchmal ein beunruhigendes Brüllen von dort, ein lautes Branden wie von der Flut; aber normalerweise waren die Marsch und alle, die dort lebten, sehr ruhig.

Nur der Nordostwind war verstörend, und der blies fast täglich. Er schob Sand vor dem Fisherman's Square zu einem Barriereriff zusammen, das weggeschaufelt werden musste, was ebenso ein Teil des Lebens war wie der Waschtag. Er wehte Sand auf die Frühstückstische in den weißen Reihenhäusern und in die feinen Ritzen im Marmor der Bewohner der goldenen Kuppel, die glücklicherweise tot waren, denn es war ein Mausoleum. In stürmischen Nächten heulte und tobte er um das Nonnenkloster, das teilweise als Genesungsheim für die Armen aus den Eisenhüttendörfern jenseits der Dünen diente, und machte ihnen Kopfschmerzen, wenn sie auf den heilsamen Balkonen lagen; am heftigsten blies er in und auf und um und durch das Gelbe Haus, das am nächsten von allen am Meer stand, er rüttelte an den Schiebefenstern, riss

Pfannendeckel von Charlottes Regalbrettern und zerrte und zog an Aunt Marys ungewöhnlichen Kleidern. Aunt Mary trug einen Florence-Nightingale-Schleier – die alte Schwesternuniform aus dem Arbeiterkrankenhaus – und sah aus wie eine schwarze Braut. Dieser Aufzug war eine Deklaration und ihr ganzer Stolz, er zeigte, dass sie nicht nur die Tochter eines Erzdiakons war, sondern auch einmal für Verbrennungen zuständig gewesen war. Bei Wind schüttelte Mrs Woods den Kopf und griff nach ihrem Einreibemittel. Er jaulte und knurrte in den Dachsparren des unvollendeten Prachtbaus, des Hauses, das der millionenschwere Besitzer der Eisenhütte über Jahre als Wochenendhaus am Meer hatte bauen lassen.

Aber wenn der Wind nachließ, war die Marsch komplett still, bis auf die Vögel und die Glocken. Die Vögel kreisten und schrien, sie beobachteten das Meer und das Land und die wenigen Menschen, die sich darauf bewegten. Die Glocken zählten die Zeit – die Kirchenglocke mit einem düsteren Schlag, der jede Stunde zu einer Beerdigung machte (sie war die wichtigste), die Glocken des Klosters kanonisch und komplex, und die Stallglocke von The Hall weit weg und ungewiss – klar und dünn, alt und bezaubernd.

Manchmal blendete die Marsch geradezu. Manchmal war sie so blass und unscheinbar, dass sie nur die Fortsetzung des Meeres zu sein schien. Die Fischer sagten, wenn man hundert Meter vom Land entfernt war, verschwand sie komplett, die Wellen türmten sich darüber und schienen direkt die Hügel zu umspülen. Der Kirchturm guckte aus dem Wasser heraus, und die Glocken schlugen schaurig aus dem Nichts.

Aber wenn man in der Marsch lebte, war sie gut zu sehen und von großer Schönheit. Blaugrüne Salzschwadengräser, schemenhafte Strandfliederfelder spiegelten den Himmel und wurden in ihm gespiegelt, und die Gebäude zwischen Salz-

und Süßwasser und dem dräuenden Himmel sorgten für Tiefenschärfe und Verbindlichkeit in einer Umgebung, die sonst im Ungefähren verblieben wäre. Nonnen und Fischer gingen ihren Geschäften nach – die Fischer zogen ihre Boote auf Rädern über den Sand, die Nonnen flackerten in Schwarzweiß auf ihren Balkonen auf, zwischen den scharlachroten Decken der Kranken, oder dann und wann am Strand, wo sie manchmal lachten und ganz verrucht ihre Sandalen in den Händen hielten. Sie schubsten einander und quietschten wie die Bauernjungs, aber nur an den ganz flachen Stellen.

Aunt Frances und ich gingen in meinen ersten sieben Jahren im Gelben Haus fast jeden Tag in der Marsch und am Strand spazieren. Aunt Mary kam gelegentlich mit uns in die Marsch, schien sie aber nicht wahrzunehmen. »Dann haben wir das Meer ja gesehen«, sagte sie einmal. »Was machen wir jetzt?« Charlotte lief in alle Richtungen in der Marsch herum, aber so wenig wie möglich, und Mrs Woods durchquerte sie, aber nur auf dem Weg zur Kirche. Die positive Wirkung von Ozon hatte sich noch nicht zu uns herumgesprochen. »Die Marsch ist tödlich«, sagte Mrs Woods. »Ich habe in Afrika gelebt, ich verstehe etwas von stehenden Gewässern.«

Es gab nur ganz wenige Ausflüge, und sehr wenige davon waren auf Kinder zugeschnitten. Selbst Weihnachten verging nahezu unmerklich. Aber an einem Frühlingstag, als ich acht Jahre alt war, wurde ein großer Ausflug angekündigt. Aunt Mary und ich sollten zum Tea in The Hall gehen, zu Lady Vipont, Aunt Marys ehemaliger Kollegin. Nicht direkt eine Krankenschwesternkollegin, aber eine Frau, die sehr eng mit der Krankenpflege verbunden war, auf eine christliche Weise. Danach hatte Lady Vipont das sonderbare Nonnenkloster in der Marsch gegründet, The Rood, und dann das Genesungsheim. In grauer Vorzeit war sie eine junge Frau gewesen, und Aunt Mary hatte nicht weit von ihr gewohnt. Sie waren zusammen auf Ponys geritten. Lady Vipont war stark von Grandfather Younghusband beeinflusst gewesen und hatte ihm oft zugehört, wenn er über alte Steine sprach. Sie hatten zusammen Urlaube in Danby Wiske verbracht, anscheinend irgendwann vor Anbeginn der Zeit.

»Du gehst zum Tea in The Hall«, sagte Charlotte.

»Wer wohnt da?«

»Eine alte Dame. Und ein kleines Kind. Ihre Enkelin. Nicht viel älter als du. Sie ist meistens im Internat.«

»Ist sie ein Waisenkind?«

»Sie ist irgendwas. Irgendwie komisch. Ihre Großmutter – Lady Vipont – kümmert sich um sie. Du sollst ihre Ferienfreundin sein.«

»Wie heißt sie? Ist sie wie ich?«

»Ihr Name ist irgendwie besonders. Sie ist elf.«

»Ist da ein Mädchen?«, fragte ich Aunt Mary in der gemieteten Kalesche.

»Ein Mädchen? Oh, ja. Ein kleines Mädchen. Lady Viponts Enkelin Delphi.«

Wir ratterten die unkrautbewachsene Einfahrt mit überhängenden, großen Bäumen hinauf bis zu einem Torbogen und fuhren hindurch in einen Innenhof mit einem runden Gebäude und einer Kapelle dahinter. Am anderen Ende des Innenhofs lagen blasse, flache Stufen zwischen zwei Urnen auf Säulen. Dort stand ein junger Mann in einer Art Livree mit offenem Mund und pulte sich mit einem Stöckchen zwischen den Zähnen.

Als wir ausstiegen – Aunt Mary in Schwesterntracht, wie immer –, hörte er damit auf und kratzte sich stattdessen am Po, dann stolperte er in seinen Kniebundhosen vorwärts und blieb verunsichert stehen. Aunt Mary sagte: »Zu Lady Vipont? Miss Younghusband und Miss Polly«, und während er noch darüber nachdachte, was als nächstes zu tun wäre, tauchten um die Ecke der Kapelle eine große Schubkarre und zwei lachende Mädchen auf. Die Schubkarre war voller Gesangbücher. Die Mädchen blieben stehen, als sie uns sahen, ließen die Griffe der Schubkarre los und sahen einander an. Die beiden prusteten los, und ich wusste, dass sie über uns lachten.

»Kommen Sie bitte hier lang«, sagte der Zahnreiniger mit einem angedeuteten Kopfnicken, und Aunt Mary und ich wurden ins Haus geführt, wo in einem riesigen und eiskalten Marmorsalon ein paar durchscheinende, mit schwarzer Seide behängte Knochen saßen. Lady Vipont blickte auf die aschfahle Terrasse und in den aschfahlen Himmel.

»Mary, Liebes – und die Kleine. Polly, Emmas Polly!«

Aunt Mary setzte sich in einen goldenen Sessel, dessen goldener Satinbezug hier und da abgewetzt war. Aus den Löchern quoll Polsterung, die ursprünglich von Händen aus dem achtzehnten Jahrhundert dort befestigt worden war. Ich blieb hinter dem Sessel stehen.

»Kann Polly zu den Kindern gehen, Lavinia?«

»Kinder?«

»Da waren Kinder im Innenhof. Mit einer Schubkarre voller Gesangbücher.«

»Ach, liebe Mary, nein! Keine Gesangbücher!«

»Es waren unverkennbar welche.«

»Keine *Gesang*bücher«, sagte die aufrechte, durchscheinende kleine Dame zu den beiden Mädchen, die jetzt hereinkamen – ein bronzefarbenes und ein silbernes. Hinter ihnen schien noch der Schatten eines Jungen zu schweben. Ein Phantom.

»Delphi – was höre ich da über eine Schubkarre?«

»Zum Verfeuern. Die kann man nicht mehr brauchen, sie sind schon ganz schimmelig. Da kommen Pilzsporen rausgeflogen. Man kriegt keine Luft mehr.«

»Also, Delphi, wer hat dir gesagt, du sollst die Gesangbücher nehmen?«

»Der gesunde Menschenverstand. Wenn wir die nicht verfeuern, haben wir gar nichts. Zumindest nicht, bis die Bäume gefällt sind, und wer sollte das tun? Wir müssen warten, bis sie von allein umfallen. Diesen Winter erfrierst du. Und die Gesangbücher sind wirklich verfault. Wir benutzen sie sowieso nicht.«

»Das ist Polly. Polly Flint. Das ist Delphi und ihre beiden kleinen Freunde aus … ähm, ab mit euch, geht spielen.«

Ich ging in meinen schweren Kleidern und den Uniformgamaschen über den gewichtigen Stiefeln langsam, einen Schritt nach dem anderen, hinter den großen Mädchen her, die lachend vorausliefen.

Der Schattenjunge im Hintergrund schien eine Art Freundlichkeit zu verströmen, aber draußen rief er: »Ich muss gehen«, und verschwand. »Wir gehen dann ins Mausoleum!«, rief eins der Mädchen – das bronzefarbene mit den roten Haaren, »wenn wir noch eine Ladung geholt haben.« Sie hatte kurze, starke Arme und beugte sich über die Schubkarre, in der das silbrige Mädchen saß und sich an den Seiten festhielt. Sie rannten quietschend über das Kopfsteinpflaster, vorbei an all den Stalltüren mit den wackligen Scharnieren. »Stop!«, rief das Mädchen in der Schubkarre an den Stufen zu dem runden Gebäude, erhob sich vorsichtig und stand würdevoll auf. Sie war lang und schmal. Sie stieg gekonnt aus.

»Das ist Delphi, ich bin Rebecca. Rebecca Zeit«, sagte die Bronzene. »Hallo, Kind. Wir klauen Gesangbücher aus der Kapelle.«

»Diese grässliche Kapelle«, sagte Delphi. »Großmutters Kapelle. Voll mit toten Vögeln und Sargständern und schrecklichen Echos und kaputten Öfen.«

»Wir machen die Öfen an. Und wir gucken uns ihre toten Vorfahren an. Willst du mitkommen und dir die toten Vorfahren angucken? Delphi, können wir unseren Tea mit hier rausnehmen? Ins Mausoleum?«

»Wenn du willst.«

»Meinst du, sie erlauben das?«

»Wenn ich es ihnen sage. Ich sag ihnen Bescheid.« Und weg war sie.

»Was ist ein … was du gerade gesagt hast?«, fragte ich die rothaarige Rebecca.

»Ein Mausoleum? Das ist, wo die Toten hinkommen, wenn sie wichtig genug sind und aus derselben Familie stammen. Komm, ich zeig's dir.«

»Ich will keine Toten sehen.«

»Das sind nur Statuen. Die Skelette sind unter dem Boden. Komm schon, das musst du dir anschauen.«

»Nein, ich gucke mich lieber draußen ein bisschen um.«

»Guck dich lieber drinnen um. Willst du nichts Neues lernen?«

»Nein.«

»Delphi – sie traut sich nicht rein. Sag ihr, sie soll reinkommen.«

Aber Delphi, die eben zurückkam, würdigte mich keines Blickes. Sie war groß, sehr schlank, weißblond, und sie lächelte nicht gerade. Ihr Haar und ihre Beine waren sehr lang, und sie hatte weder Augenbrauen noch Wimpern, aber einen üppigen Mund und breite, schimmernde Augenlider. Sie wirkte zart und spröde, als würde sie nie in die Sonne gehen. Wie eine gepresste Blüte.

Als sie mit den Händen voller Essen die Stufen zum Mausoleum hinaufging, wandte sie mir den Blick zu, mit ihren komisch leeren, riesigen Augen. Sie lachte, tat aber nichts, um mich zu bitten, ihr zu folgen.

»Warum gibt es denn keinen Tee? Nichts zu trinken?«, beschwerte sich das Rebeccamädchen, und ich sah durch die Tür hinein, dann beugte ich mich vor, unbeholfen im Türrahmen, und sah Delphi dicke Sandwiches und scheibenweise Kümmelkuchen auf einem Grabmal arrangieren. Ich dachte: »Ein Gast, der zum Tea eingeladen ist, und Sachen *bestellt*!« Und ich weiß noch, dass ich dachte, was für eine schreckliche Vorstellung, wenn sie je zum Tea nach Oversands kämen.

»Dauert zu lange«, sagte Delphi, »darauf können wir nicht warten. Wir trinken Wasser. Du – wie heißt du noch mal? Polly – geh mal Wasser aus dem Pferdetrog holen.«

»Wo soll ich es reintun?«

»Benutz deinen Kopf.«

»Ich kann doch nicht meinen Kopf benutzen …«

Aber die blassen, stumpfen Augen lächelten nicht, also zog ich ab und fand einen Eimer und tauchte ihn in den Trog und brachte ihn taumelnd ins Mausoleum.

»Guck, sie hat es wirklich geholt«, hörte ich Rebecca sagen, und Delphi drehte sich um und glotzte. Wieder brachen die beiden lachend zusammen. »Klares Quellwasser zum Tea!«, sagte Delphi. »Was für ein kluges, kleines Mädchen! Sollte sie damit nicht lieber den Boden wischen?«

»Nee, hör auf, Delphi«, sagte Rebecca, und ich hätte am liebsten geweint, weil ich diese Fremdsprache nicht verstand und genau wusste, wie sehr sie ihre Macht über mich genossen. »Mach schon – wisch den Boden, wisch den Boden – mal sehen, ob sie sich in den – auweia! – den *Gamaschen* überhaupt bewegen kann.«

Das ist von diesem Besuch alles, woran ich mich erinnern kann. Nur das – und eine verhasste Erinnerung an Feuchtigkeit und platschendes, schwarzes Wasser, das über Marmor läuft. Auf einem der Gräber erinnere ich mich an eine in Spinnweben eingehüllte Flasche Pferdesalbe vor ein paar Marmorrosen und dem Kopf eines Cherubs. Ich muss hoch über ihre Köpfe geguckt haben, denn ich hörte sie sagen: »Oh, wir sind aber hochmütig!«, und ich glaube, ich sah eine hohe Kuppel mit Wappenbildern im Putz, aus denen blaue und goldene und leuchtend rote oder zu Rosa verblasste Flocken fielen wie farbiger Schnee. Der Putz in der Kuppel war von Schwalbennestern dicht besetzt, und alles war voller Vogelkot. An einem zerborstenen Fenster blühte ein Büschel Glockenblumen, und in der Kuppel selbst klaffte ein riesiger und furchteinflößender Riss, durch den die Wurzeln des Grünzeugs baumelten, das oben auf dem Dach wuchs. Eine recht große, von Spinnweben umhüllte Weißbirke wuchs hinter einem Marmor-Märtyrer, der nur in ein paar Laken gekleidet war.

»War es nett mit den anderen Kindern?«, fragte Aunt Mary.

»Ja, danke.«

»Was für ein hübsches Mädchen, die kleine Delphi. Sie wird einmal eine große Schönheit werden. Es ist nicht so einfach für solche Schönheiten.«

»Jetzt ist sie jedenfalls keine Schönheit«, sagte ich. »Sie ist ziemlich hässlich.«

»Bitte, Liebes? Du hast natürlich auch sehr hübsch ausgesehen. Und du warst so brav.«

Eines Tages, kurz nach meinem zwölften Geburtstag, kam ich von der Salzmarsch herein und hatte die Hände voller Blumen und Gräser. Ich hatte sogar Kreuzblumen gefunden, und Aunt Mary war entzückt. Wir legten einen *Hortus Siccus* an, und ich glaube, in diesem Moment hielt sie mich für ihr eigenes Kind. »Oh, Polly!«, sagte sie. »Wie wundervoll! Und bald wirst du konfirmiert.«

»Nein.«

Das Wort hallte im Arbeitszimmer wider und wurde von Erzdiakon Younghusbands Gesicht zurückgeworfen. Er wirkte verdattert, ebenso wie meine Tante und ich.

»Nein?«

»Nein, Aunt Mary.«

»Aber mein liebes Kind, warum das denn nicht?«

»Ich … Einfach nein, danke.«

»Aber warum denn bloß nicht?«

Ich wusste nicht, warum denn bloß nicht, aber ich wusste, dass die Antwort nein war.

»Ist es wegen Father Pocock? Magst du Father Pocock nicht?«

Darüber hatte ich noch gar nicht nachgedacht, aber jetzt stellte ich fest, dass es tatsächlich so war. Aber es war nicht der Grund.

»Es ist nicht wegen Father Pocock«, sagte ich. »Es tut mir entsetzlich leid. Aber ich möchte nicht konfirmiert werden.«

»Sag nicht entsetzlich, Liebes, wenn du es nicht wörtlich meinst, was ich befürchte. Findest du dich zu jung? Father Pocock könnte sicher mit dir darüber sprechen. Was sagst du?«

Ich betrachtete den Teppich.

Ich sagte: »Wieso denn? Er kann es ja nicht ändern.«

»Ändern?«

»Mein Alter. Zwölf ist zwölf.«

»Fast dreizehn. Er könnte mit dir über Gnade sprechen.«

Ich starrte die Bücher an. Das Thema ruhte.

Aber alle paar Monate wurde es wieder aufgeweckt, und jedes Mal antwortete nicht ich, sondern ein anderes Mädchen: »Nein.«

»Tut mir leid, dass ich so verdorben bin«, sagte ich.

»Sag nicht verdorben, Polly. Das bedeutet, dass etwas vergammelt ist. Hast du wirklich darüber nachgedacht? Über Erlösung? Du hast so viele wunderbare Predigten gehört. Du wohnst seit sechs Jahren in diesem Haus.«

»Ja. Und ich sage nein. Es tut mir schrecklich leid.«

Jedes Mal kribbelte es mich vor Angst und Triumphgefühl. Ich war wie eine neue Tennisspielerin, die gegen einen Champion antritt und den Ball unerreichbar zurückschmettert.

»Konfirmiert, Polly ...«

»Nein!«

»Nein, Aunt Mary, es tut mir kolossal ...«

»Sag nicht kolossal, Liebes. Es ist unangemessen in Bezug auf die Reue, es sei denn, du benutzt es auf die griechische Weise, wo es riesig bedeutet, aber das ist obsolet. Lass uns gemeinsam ein Gebet sprechen, und dann lesen wir ein bisschen Tennyson.«

Konfirmieren würde ich mich nicht lassen.

»Ist es wegen des Geruchs?«, fragte Charlotte in der Küche. Die alten Damen waren alle das Kloster besuchen gegangen. The Rood. Es war heiß in der Küche, und ich war müde, weil ich den ganzen Nachmittag in der Marsch gewesen war. Charlotte kochte in einem großen, schwarzen Topf auf dem Feuer ihre Unterhosen aus, und ich betrachtete schläfrig den Topf und dachte »Heiliger Bimbam« und fühlte mich verwegen dabei. Über dem Gelben Haus lauerten die Schuldgefühle.

»Geruch«, sagte Charlotte. »Weihrauch. Sonntags.«

»O nein. Ich liebe Weihrauch.«

Sonntag war Prozessionstag. Die erste fand morgens um halb acht statt, wenn meine Tanten und Mrs Woods sich stumm in der Halle versammelten und dann über die Marsch zur Kirche gingen. Um neun Uhr kehrte die Prozession zurück, und es fand der Höhepunkt der Woche statt – das Frühstück, denn sonntags gab es Kaffee.

Dieser Kaffee war das einzige glamouröse Element in unserem Leben, und er war hervorragend, denn Mrs Woods' verstorbener Mann hatte in Afrika in Kaffee gemacht, und sie war Spezialistin. Der Kaffee wurde aus London mit dem Zug an sie persönlich geschickt, und sie bezahlte ihn. Vielleicht war das ihre Miete, denn meine Tanten wären nicht auf die Idee gekommen, Geld von ihr zu verlangen, denn sie war, sagte man uns, »arm wie eine Kirchenmaus«.

Mrs Woods bereitete den Kaffee selbst zu und trug die Kanne selbst aus der Küche herein, und dann wurde gerührt und pausiert und geprüft und geschnüffelt und mit den Lippen geschmatzt, und schließlich wurden die drei anderen großen Tassen gefüllt und herumgereicht.

Ich liebte den Kaffee. Er brachte mir die Primärfarben und herrlichen Sonnenschein, auch wenn ich keine Ahnung hatte, woher ich das wusste. Vermutlich hatte ich so langsam etwas gelernt, von den Globen des Erzdiakons im Arbeitszimmer, über Inseln und tropische Strände und Korallenriffe, und aus sämtlichen Seefahrtsbüchern, die ich finden konnte. Afrika klang so verlockend wild. »In Kaffee war Woods wirklich gut«, sagte seine Witwe, und wir gedachten seiner schweigend.

Farben und Hitze.

So sehr ich mich auch bemühte, konnte ich Mr Woods gedanklich nicht mit Farben und Wärme verknüpfen, oder mit sonst irgendetwas, das nicht ausdrücklich blass und kühl war.

Ich stellte mir Mr Woods durchscheinend vor, eine Amöbe, eine junge Kaulquappe. Die Dunkelheit, die Mrs Woods umgab, musste ihn aufgesogen haben. Einmal hatte sie mich zu seinem Grab mitgenommen – sehr klein und einsam im besseren Teil des neuen Friedhofs an der Kirche. Es war ein besonders kleines Grab, dekoriert mit einer umgestülpten gläsernen Flammerischüssel. Unter der Schüssel war ein Kranz unverwüstlicher Rosen aus etwas, das wie Kerzenwachs aussah. »Woods«, sagte sie stoisch, zeigte auf die Schüssel, und ich sah ihn klein und hilflos vor ihrem unbeugsamen Willen, nur von seinem Kaffee getröstet, wie er sich nach dem farbenfrohen Urwald sehnte. Ich hoffte, dass es im Himmel Kaffee für ihn gab.

Nach dem Frühstück kam die zweite Prozession – Hut, Mantel, Handschuhe, Gebetbuch, Gamaschen, ernstes Gesicht. Um halb elf gingen wir los, diesmal folgte ich ihnen, denn zum Elf-Uhr-Gottesdienst war ich zugelassen, da er gesungen wurde und nur der heiligste Priester – Mr Pocock – die Kommunion bekam. Ich saß da wie alle anderen auch, und wenn man mich ansah, hätte man nicht vermutet, dass ich nicht konfirmiert war.

Elf Uhr.

Weihrauch.

Feierliche Musik, eine Stunde Predigt und eine Art Stammestanz im Wind an der Kirchentür, wo Father Pocock sich vor uns allen verbeugte und wir uns vor ihm. Lachen und Händeschütteln. Breites, dummes Grinsen. Schlechtes Gewissen wegen der Verachtung. Dann durch die Marsch nach Hause – kein schlechtes Gewissen hier. Und dann das Sonntagsessen.

Und der Duft, der durch das blaue und rote Glas der Haustür kam: nach Rind und Minzkartoffeln, schwerer Sauce, und der umwerfende Geruch nach Kohl.

Und dann der Duff. Charlotte nannte es Duff, die Tanten sagten Mehlpudding. Mrs Woods nannte es »komplett unverdaulich«. Der Duff behielt die Form, in der er gemacht war, und an den Seiten lief Marmelade und manchmal Schokoladensauce hinunter. Er kam immer mit dem gelben Krug mit den bunten Papageien drauf, in dem die Vanillesauce war. Der Krug erinnerte mich an meinen Vater. Ich habe keine Ahnung, warum. Ich liebte ihn.

Danach zogen wir uns alle in unsere Zimmer zurück, wobei ich nicht glaube, dass Aunt Mary schlief. Ich glaube, sie kniete sich auf ihr Kniebänkchen, weil ich sie einmal durch die Tür sah, als Charlotte um vier mit dem wiederbelebenden Tee herumging. Aunt Mary kniete aufrecht, ihre Haut war wächsern. Sie trug immer noch die Haube, die unter dem Kinn zusammengebunden wurde. Das Zimmer war immer so kalt, dass der Tropfen an ihrer Nasenspitze auch gut dort hätte festgefroren sein können.

Um halb sechs folgte die dritte Prozession zum Evensong, auch da ging ich mit, nachdem das Haus zeremoniell abgeschlossen worden war; denn zu dieser Andacht, der »Dienstbotenandacht«, ging auch Charlotte mit. Sie ging zehn Minuten vor uns durch die Hintertür los und saß dann mit ein paar anderen Hausmädchen auf der Empore. Sie kam auch allein zurück, nach uns anderen, denn sonntagabends hatte sie ein bisschen Freizeit, solange sie das Abendessen fertig auf dem Sideboard angerichtet hatte – kalter Braten, kalter Mehlpudding, kalte Vanillesauce. Wir bedienten uns selbst, und manchmal waren wir sogar so nett und brachten das Geschirr hinterher zum Abwaschen in die Küche.

Dann ging ich in mein Zimmer und bereitete mich auf den Unterricht bei Aunt Mary und Mrs Woods am nächsten Morgen vor. Dann ging ich zu Bett.

Um neun hörte ich Charlotte die Stufen zum Dachboden hinaufknarzen und den Holzboden über mir überqueren, und ihre Bettfedern quietschten über den Brotkrusten. Dann gingen die drei Damen zu Bett – erst Mrs Woods und Aunt Frances, die oft noch auf dem Treppenabsatz am Ende meines kleinen Korridors miteinander sprachen – Mrs Woods scharf, und ein- oder zweimal hörte ich Aunt Frances weinen.

Dann folgten Aunt Marys langsame Schritte und ein klapperndes Geräusch am Treppengeländer, denn sie nahm die Silberlöffel immer mit ins Bett. Einbrecher klauten angeblich keine Löffel aus Schlafzimmern.

Ich betrachtete den Porzellanchinesen, wenn es hell genug war, und lauschte dem Meer und dem Wind über der Marsch, bis ich einschlief.

Als ich immer noch zwölf war, oder fast dreizehn, an einem Sonntag im März, gingen wir gerade über die Marsch zum Elf-Uhr-Gottesdienst, als ich einen Engel sah. Einen großen, goldenen Mann, der mich von dem Turm des unfertigen Hauses aus ansah.

Erst war da ein Lichtblitz von seinen Flügeln, die über seinem Kopf einen großen Bogen bildeten wie ein Boot und einen Heiligenschein umfingen, der durchscheinend und rosa war. Dann schoben sich Wolken vor die Sonne, und er war weg.

Ich drehte mich um und sah aufs Meer. »Ganz normal«, sagte ich. »Ein ganz normaler Morgen.« Ich breitete die Arme aus und wurde für eine Weile zu einem Vogel. Als ich gesagt hatte, Father Pocock könne an meinem Alter nichts ändern, hatte ich weise gesprochen, denn das Alter geht ineinander über. Zwölf ist nicht zu alt, um ein Vogel zu sein, und ich wusste, dass Mrs Woods, die das anders sah und vor mir herstapfte, sich nicht ein einziges Mal umdrehen würde, wenn sie einmal Richtung Weihrauch unterwegs war.

»Ich spiele nur«, sagte ich der Marsch, ging eine Weile rückwärts und steckte meinen Stiefel bis zum Knöchel in eine Pfütze und spürte, wie er ins Moor gezogen wurde. Ich zog ihn heraus und beobachtete, wie sich das Loch, das er hinterlassen hatte, mit einem Schmatzen schloss. »Tja, das wird Theater geben«, sagte ich zu dem Stiefel – wieder laut, damit der Engel auf dem Prachtbau merkte, dass der Alltag weiterging.

Es war sowieso bestimmt nur eine Lichterscheinung gewesen.

Ich sah wieder zu dem unfertigen Haus, und dort schien nur eine Art Maschine auf dem Turm zu sein, wahrscheinlich ein Flaschenzug für die neuen Schieferplatten.

»Engel, das ist doch lächerlich!«, sagte ich und spielte weiter Vogel bis zum Friedhofstor. Ich ließ meine drei irdischen Schutzengel zuerst im Dunkel verschwinden und folgte erst dann, wegen des schmutzigen Stiefels. Die letzte schnelle Glocke schlug wie ein Herz und sagte: »Schnell, schnell, es fängt gleich an.« Dann hörte sie auf, was bedeutete: »Jetzt ist es passiert! Ihr seid zu spät!«

Normalerweise überkam mich ein aufgeregtes, frevelhaftes, angenehmes Gefühl, wenn das passierte, was nicht oft vorkam – heute hatte es ein ernsthaftes Problem mit einer leckenden Wärmflasche in Mrs Woods' Muff gegeben, die sie durchnässt hatte. Die Orgel stieß den ersten Schrei aus, und ich trat in die Dunkelheit und dachte: »Zwei Stunden. Zwei ganze Stunden meines Lebens einfach verschwendet.« Ich wandte mich noch einmal um und verabschiedete mich von der frischen Luft.

Vom Dach betrachtete mich wieder der Engel – riesig und

fest und golden. Er leuchtete vor Verständnis und Kraft, und ich wusste, dass er mich liebte und auf meiner Seite war.

Beim Mittagessen an diesem Tag sagte ich, dass ich am Abend nicht mit zur Kirche gehen könne. Oder sonst jemals wieder.

Wir waren beim Mehlpudding angekommen. Mit dem, was Charlotte eine anständige Orangenmarmelade nannte, und die Vanillesauce war extradick. »Besonders köstlich«, hatte Aunt Mary ihre drei kleinen, heiligmäßigen Bissen genannt.

Sechs Augen sahen mich über den Nachtisch hinweg an, und Aunt Mary sagte: »Es geht dir offenbar nicht gut, Polly. Du hast deinen Nachtisch gar nicht gegessen.« Zufällig hatte ich tatsächlich gerade komische Schmerzen, aber ich sagte: »Mir geht es gut. Aber ich fürchte, ich kann nicht zum Evensong.«

»Bitte«, sagte ich in die Stille. »Ich kann einfach nicht.«

»Wir könnten dir natürlich *befehlen* mitzugehen, Polly.«

»Bitte …«

»Liebes, natürlich gehst du mit«, sagte Aunt Frances.

»Sie kommt mit, und hinterher muss Father Pocock mit ihr sprechen«, sagte Mrs Woods. Der enge Schleier ihres Morgenhuts hatte kleine Rauten auf ihren Wangen hinterlassen, die immer bis zum Mehlpudding hielten. Heute wirkten sie besonders tief eingeprägt, und ihr war eine Röte ins Gesicht gestiegen, wie ich sie noch nie gesehen hatte. »Das liegt natürlich nur daran, dass sie nicht konfirmiert ist.«

»Ich kann nicht mit«, sagte ich traurig zu Aunt Frances. Wären wir allein gewesen, dann hätte ich ihr von dem Engel erzählt. »Ich habe das Gefühl …«

»Du bist krank«, sagte Aunt Mary, und Mrs Woods richtete sich auf.

»Nein. Bin ich nicht. Es ist nur …«

»Ja?«

»Der Elf-Uhr-Gottesdienst kam mir so …«

»Heute Morgen war es ein bisschen lang«, sagte Aunt Frances.

»Nein, es kam mir so … ich hatte das Gefühl, mir wird mitgeteilt, dass es … nun ja, ein bisschen Zeitverschwendung war.«

»Mitgeteilt?«

»Ja. Dass das alles – irgendwie dumm war.«

»Dumm!«

»Ja. All die traurigen Leute, die da vor sich hin klagen. Und die traurige Musik. An einem so schönen Tag. Ich wollte das eigentlich schon seit Jahren sagen …«

»Polly!«

»Dieses grässliche, riesige Kruzifix mit der Leiche dran und den eingeschnitzten Blutstropfen. Und das schreckliche Gesicht mit der Dornenkrone über einem Auge.«

»Geh in dein Zimmer.«

Ich ging, und Aunt Mary folgte mir. »Du bleibst bis zum Abendessen hier. Nach dem Evensong spreche ich mit Father Pocock.«

Als sie weg war, entstand eine Pause, dann quietschten die Dielen, und Charlotte kam herein. Ich wusste, dass sie unten gelauscht hatte – sie horchte oft an der Speisezimmertür. Sie sagte: »Das hast du ja schön hingekriegt. Was ist denn in dich gefahren?«, und setzte sich auf das Fußende meines Bettes, das unter ihr nachgab. Sie kratzte sich durch die Schürze an den Oberschenkeln, betrachtete ihre dicken Füße und ließ sie kreisen. Sie hatte sich noch nie auf mein Bett gesetzt. Sie hatte wohl das Gefühl, meine Rebellion hätte uns näher zusammengebracht, und ich fürchtete mich ein bisschen.

»Du siehst nicht gut aus«, sagte sie. »Angeschlagen. Du hast Augenringe. Willst du einen Tropfen?«

»Nein, danke, Charlotte.«

»Bisschen Gin.«

»Gin?«

»Ich habe eine kleine Reserve für schlechte Zeiten. Warte mal.«

Sie brachte mir zwei Fingerbreit klares Wasser in einem Glas. »Kipp es auf einmal runter«, sagte sie, also tat ich das und schrie auf und hustete, bis ich dachte, ich muss sterben. »Das ist ja ekelhaft. Das ist Gift. Willst du mich bestrafen?«

»Bestrafen? Sicher nicht. Wer tut dir denn immer Gefallen? Also wirklich. Bestrafen.«

In mir breitete sich Wärme aus. Ich lag still. Freudige Hitze hüpfte durch meine Gefäße, bis sogar meine Finger und Zehen entzückt waren. »Oh, Mann! Charlotte!«, sagte ich.

»Gibt nichts Besseres. Schlaf jetzt.« Sie ging mit dem leeren Glas hinaus. An der Tür sagte sie: »Alles in Ordnung?«

»Ja. Schon viel besser. Ich hatte Bauchschmerzen.«

»Habe ich mir schon gedacht. Warum hast du es ihnen nicht gesagt?«

»Weil es nicht deswegen war. Es war der Engel. Ich habe in der Marsch einen Engel gesehen.«

»Ja, klar.«

»Er hat mir gesagt – nun ja, dass ich nicht weiter mit ihnen da hingehen kann. In die Kirche und so. Es ist blöd.«

»Das hat dir der Engel gesagt?«

»Irgendwie schon.«

»Würde ich mir verkneifen.«

»Was?«

»Würde ich mir verkneifen. Schon der Gedanke! Du musst da hingehen. Du bist zwölf. Ich muss auch, und ich bin schon fast vierzig. Bettler haben keine Wahl. Pass bloß auf dich auf, Engel hin oder her.«

»Aber ich glaube das alles gar nicht. Das ganze – oh, bitte erzähl ihnen das nicht! – all das in der Kirche. Das ist mir klargeworden. Wenn ich weiter hingehe, ist das geheuchelt! Ich habe die ganze Zeit allen etwas vorgespielt, Charlotte. Seit Jahren.«

»Dann musst du weiterheucheln. Schadet ja niemandem. Du wirst die da unten nicht ändern. Also spiel mit, mit den armen Seelen. Das bist du ihnen schuldig. Du kannst doch nicht mit zwölf schon mit ihnen brechen. Sie haben nur Gott – und dich.«

Als sie gegangen war, dämmerte ich in einen Gin-Nebel und dachte darüber nach. Ich mochte Charlotte nicht besonders. Ich wusste, dass sie etwas Feindseliges verbarg. Gleichzeitig wusste ich – aber woher? –, dass sie eine Welt außerhalb von Oversands kannte, eine schlechte, unsichere, komplexe, wilde Welt, die ich auch wollte.

Ich döste weg und wachte erst wieder auf, als Aunt Frances mich unglücklich ansah.

»Komm, Liebes«, sagte sie. »Wir haben nach Father Pocock geschickt, statt bis nach dem Evensong zu warten. Er möchte jetzt mit dir sprechen.«

»Ich kann nicht.« Ich schloss die Augen.

»Polly, bitte.« Aber ich lag still da und stellte mir den Engel vor, riesig, ungerührt, wie er sich vom Dach des Turms erhob und majestätisch in den dicken Wolken stand und lächelte. Aunt Frances ging.

Als nächstes kamen Aunt Mary und Mrs Woods, zu zweit. Mrs Woods wie immer, das Gesicht leicht abgewandt, und sie blieb in der Nähe der Tür.

»Polly, sofort, bitte«, sagte Aunt Mary in ihrem nur selten benutzten Kommandoton. »Wie riechst du eigentlich? Komm jetzt.«

»Ich habe Bauchschmerzen.«

»Hast du *nicht*!«, sagte Mrs Woods und wurde wieder erschreckend rot unter dem afrikanischen Zartgelb. »Father Pocock wartet unten. Dass ein Kind Father Pocock warten lässt!«

»Da kommt wohl die Mutter durch«, teilte sie der Wand mit.

Ich sah sie beide an, als die Flügelspitzen des Engels und seine goldenen Sohlen zwischen den Wolken verschwanden und für einen Augenblick ein Strahlen dort hinterließen. Dann lächelte ich Mrs Woods an, denn ich war plötzlich unerklärlich froh und ohne jegliches Gefühl von Sünde. Und sie sah so lächerlich furchtbar aus.

Ich rollte mich seitwärts aus dem Bett – bis auf Schuhe und Strümpfe war ich noch voll bekleidet – und sagte: »Nun gut, dann wollen wir mal, Mrs Woods, ich komme«, und stand taumelnd auf, trat auf den weißen Lammfell-Bettvorleger und stellte fest, dass mir Blut die Beine hinunterlief.

Ich weiß nicht, wer von uns dreien den größten Schreck bekam. Mrs Woods war plötzlich nicht mehr bei uns. Aunt Mary in ihrer Schwesterntracht richtete sich bis zur Decke hoch auf und sagte: »Ich hole Frances«, und verschwand ebenfalls, und ich stand betrunken und zitternd da und dachte an die Kreuzigung.

»Ich verblute«, sagte ich zu Aunt Frances, als sie auf Zehenspitzen hereinkam. »Nein, nein, Liebes, tust du nicht«, sagte sie. »Ich hole Charlotte.«

Also wickelte ich mich in ein Laken und kauerte mich auf den Bettvorleger, legte mich hin und hörte meine Zähne klappern. Ich wiegte mich und erwischte den Chinesen dabei, wie er mich beobachtete. Ich wusste, dass es nicht richtig war, dass er mich so sah. Ich versteckte das Gesicht zwischen den Knien.

Aber als ich wieder aufsah, starrte er mich immer noch angewidert an, also kroch ich zu seinem Regal, um ihn wegzutun, außer Sicht, aber dabei ließ ich ihn auf den schwarzen Steinboden vor dem Kamin fallen und er zersprang in tausend Teile.

Charlotte kam mit wichtigem Gesicht und brachte Verbandszeug mit, sie bezog das Bett frisch und sagte: »Das hast du dir ja fein ausgedacht. Was sie dem Pastor wohl erzählen? Ich musste ihnen Sherry bringen. Um zwei Uhr nachmittags! Bestimmt sagen sie, du bist krank.«

»Ich bin ja auch krank, Charlotte. Ich sterbe. Ich brauche einen Arzt.« Meine Zähne klapperten lautstark.

»Kann ich wieder ins Bett? Ich habe den Chinesen kaputtgemacht.«

»Das sehe ich. Aber du stirbst nicht. Weißt du das wirklich nicht?«

»Was weiß ich?«

»Das mit dem Erwachsenwerden?«

»Nur das mit der Konfirmation. Ist es, weil ich mich nicht konfirmieren lassen will?«

»Nein. Das passiert allen. Auch den ganz Frommen. Aber du bist noch ganz schön jung dafür.«

»Alle? Das passiert allen? Auch guten Menschen? Auch Father Pocock?«

»Männern nicht. Das haben nur Frauen.«

»Alle Frauen? Du auch?«

»Alle Frauen. Sogar die unten, früher mal, die armen alten Schachteln.«

Ich vergaß, dass ich verblutete.

»Charlotte! Halt die Klappe!«

»Halt selbst die Klappe«, sagte sie, »große Dame. Wenn du wissen willst, was mit dir los ist, geh wieder ins Bett, und ich erkläre es dir.« Sie ging im Zimmer umher, hob die chinesischen Scherben auf, rollte den Lammfellteppich mit der entsetzlichen Peinlichkeit zusammen und erklärte mir dabei ihre Version des üblichen weiblichen Elends. Ich hörte entsetzt zu, nicht nur, weil sie mir eine solche Obszönität erklärte, sondern auch, weil sie dafür ausgesucht worden war, es mir zu sagen; und weil sie wusste, dass es ein Schock war, und weil sie gerade einen Riesenspaß hatte und noch größeren Spaß haben würde, wenn sie es beim Evensong auf der Empore weitererzählte. »Also«, dachte ich, »werde ich sie für immer hassen, und sie wird mich für immer verachten.« Ich schloss die Augen und tat, als würde ich schlafen.

Irgendwann schlich sie endlich zur Tür und gab die letzte Abscheulichkeit von sich. »Halt dich schön warm. In diesen Zeiten. So mache ich das jedenfalls. Immer schön warmhalten. Nicht zu viel waschen und auf keinen Fall baden. Du bist jetzt eine Dame. Pack dich schön warm ein. So mache ich das.«

Allein die Vorstellung von Charlotte. Diese Stofflappen. Wo tat sie ihre hin? Unsägliche Vorstellung. Waren die in dem Beutel mit den Brotrinden? Das Haus verfiel in seine sonntagnachmittägliche Stille, und auch ich muss in eine Art Bewusstlosigkeit gefallen sein.

Als ich aufwachte, kam es mir vor wie viele Tage später, auch wenn die Sonne immer noch am Nachmittagshimmel stand. Es ging mir gut – ich war hellwach und stark und gar nicht wie ich selbst. Vielleicht war ich immer noch betrunken. »Engel«, dachte ich. »Blut. Träume.«

»Das ist gar nicht passiert«, dachte ich, »nichts davon.« Ich ging ins Bad und ließ bei offener Tür geräuschvoll Wasser aus beiden Hähnen in die Wanne laufen. Um diese Tageszeit war es schon fast kalt, aber ich zog mich aus und stieg hinein. Immer noch Stille im Haus, obwohl ich ordentlich planschte. Der Gin vielleicht, und der Schreck. Ich trocknete mich ab und ließ meine Kleider auf dem Boden verstreut liegen, wickelte mich in ein Handtuch, ging wieder in mein Zimmer und zog mich komplett frisch an – alles nur vom Feinsten, zum Schluss mein samtenes Weihnachtskleid und Hauspumps statt der schauerlichen Stiefel. Ich sang ein bisschen und machte ordentlich Lärm, als ich die Treppe hinunterging und mir in der Eingangshalle den Mantel anzog. Ich zog mir eine Schottenmütze über den Kopf, arrangierte meine Zöpfe auf den Schultern und marschierte ins Arbeitszimmer. Canon Younghusbands Augenbrauen schienen sich auf und ab zu bewegen, als ich einen dicken Band aus seinem Regal zog, denn es war nicht vorgesehen, dass ein Buch seinen Schrein verließ, ganz zu schweigen vom Haus, oder auch nur das Regal, wenn es Sonntag war und es sich um einen Roman handelte.

Das Buch war *Robinson Crusoe*, und ich kannte es sehr gut. Heute würde es mit mir dahin gehen, wo wir uns beide wohlfühlten. Ich steckte es mir vorn in den Mantel und ging los, knallte die innere und die äußere Tür lautstark zu und machte mich auf den Weg ans Meer.

Der Wind in den Dünen war heftig, aber der Strand lag in voller Sonne, und ich ging schnell, und dann rannte ich, und dann ging ich wieder, bis ich meine Finger und Zehen nach dem Bad wieder spürte.

Die Schmerzen der letzten Tage waren weg, und ich war voller Energie. Und ziemlich zufrieden mit mir. Ich dachte über meinen Körper nach und dass er offenbar eigenständig Entscheidungen traf, wie es auch der meiner Mutter getan haben musste, als ich geboren wurde, und wie er es wohl tun würde, wenn ich starb. Das fand ich aufregend. Man musste sich im Leben viel weniger Sorgen machen, als ich gedacht hatte. Die großen Dinge hatte man anscheinend sowieso nicht in der Hand.

Am liebsten hätte ich jemanden geküsst.

Mit *Robinson Crusoe* an der Brust kletterte ich über die Strandmauer, sprang hinunter und rannte über den breiten, weißen Strand. Der Wind drosch auf mich ein, die Sonne schien auf mich, und das Meer war weit weg und hatte einen silbernen Rand. Der Horizont war bewegt, so bewegt und geschwungen, dass es mir seltsam vorkam, dass die Menschen so lang gebraucht hatten, bis sie wussten, dass die Erde eine Kugel ist – erst kam Rauch, dann ein Schiff auf mich zu, dann verschwand erst das Schiff und dann der Rauch.

Aber vielleicht hatten wir es in Wahrheit schon immer gewusst. Vielleicht wussten wir in irgendeinem Winkel unserer selbst schon alles. Vielleicht hatte ich irgendwo in mir drin sogar das mit dem Blut gewusst. Vielleicht war alles vorherbestimmt.

In Richtung der Fischerhütten und des Nebels verschwand die Bucht, in der anderen Richtung erstreckte sie sich bis zu den Eisenhüttenwerken, die entlang der Flussmündung standen wie eine Reihe Panzerschiffe. Dampfwolken stiegen daraus auf, zogen weiter, bildeten cremefarbene und violette Wolken, die den Himmel übernahmen. Die Werke waren »eine Schande«, sagte Mrs Woods, »widernatürlich«, aber Aunt Mary sagte, ohne sie würden die Menschen hier verhungern. Aunt Frances sagte, sie sorgten für unsere herrlichen Sonnenuntergänge. Ich fand, sie waren ein Wunder.

Die Schornsteine zeichneten sich jetzt vor der untergehenden Sonne ab, und ich setzte mich mitten auf dem Strand auf etwas trockenen Tang, grub die Fersen in den Sand und schlug *Robinson Crusoe* auf. »Das Böse« las ich, wie ich es bereits kannte …

DAS BÖSE
Ich bin auf einer grauenhaften einsamen Insel gestrandet, ohne jede Hoffnung, gerettet zu werden. Ich wurde auserwählt und, wie es scheint, von der ganzen Welt getrennt, um dieses Unglück zu erleiden.

Aber

DAS GUTE
… ich lebe und bin, anders als meine Kameraden, nicht ertrunken. Ich wurde aber auch aus der Besatzung des Schiffs auserwählt, um dem Tod zu entgehen. Und der, der mich auf so wundersame Weise vor dem Tod bewahrt hat, kann mich auch aus dieser Lage befreien.

»Ich bin auserwählt.« »Von der ganzen Welt getrennt.« Jahre feierlicher Predigten, die über meinen Kopf hinweggeschwebt waren, ohne dass ich wirklich zugehört hätte, kehrten zurück und schlugen warnende Töne an. Stolz. Sei nicht stolz – aber ich hatte mich immer von aller Welt getrennt und einsam gefühlt. Deswegen war sie in Wales so auf mich losgegangen. Deswegen hatte sie die Bratpfanne nach mir geworfen und mich geschlagen. Mich aus dem Bett gezerrt und mich angeschrien. »Du beobachtest mich doch die ganze Zeit!«, hatte sie gesagt. »Du in deiner eigenen Welt.« Dann hat sie mich in den Arm genommen.

Ich blinzelte die schöne Seite von *Robinson Crusoe* an, denn die Bratpfanne und das Anschreien waren mir gerade erst wieder eingefallen. Diese Seite würde jetzt für immer ihr großes Gesicht sein. Ich hatte wohl recht. Irgendwo innendrin wissen wir alles über uns selbst. Man kann nie wirklich vergessen. Vielleicht wissen wir auch irgendwie alles, was kommen wird.

Ich beobachtete, wie der Wind große Sandstreifen über den Strand peitschte.

DAS BÖSE
Ich bin von der übrigen
Menschheit getrennt, ein
Einsiedler, der aus der
Gesellschaft der Menschen
ausgeschlossen wurde.

Aber

DAS GUTE
… ich muss nicht Hunger
leiden und an einem
Ort verenden, der keine
Nahrung bietet.

Das Meer trumpfte dann und wann mit einem Klatschen auf. Ich zwang den Tag, noch ein bisschen kälter zu werden und mich ein bisschen mehr herauszufordern.

DAS BÖSE
Ich kann mich nicht verteidigen oder eines Angriffs durch Mensch oder Tier erwehren.

Aber

DAS GUTE
… ich bin auf einer Insel gelandet, auf der es offensichtlich keine wilden Tiere gibt, die mir gefährlich werden könnten.

Ich hätte ihn gemocht, dachte ich, den Robinson. Er hat die Dinge gern geradegerückt. Die hoffnungsvollen Aspekte aufgeschrieben. So vernünftig und mutig. So stark und schön. Er hat sich unglaublich um Selbstachtung bemüht. Er war natürlich ein Mann, da war das einfacher. Aus ihm lief nicht alle vier Wochen Blut, bis er alt war. Er musste sich nie eklig fühlen.

DAS BÖSE
Ich habe niemanden, mit dem ich mich unterhalten oder bei dem ich Trost finden könnte.

An meinem Strand war auch fast niemand. Weit in der Ferne sah ich einen Seekohlensammler mit Handwagen und noch weiter weg einen Grashüpfer auf einem hohen Fahrrad mit kleinen Grashüpferkindern auf ihren Rädern dahinter – moderne Leute aus den Reihenhäusern, »Leute aus einer anderen Schicht«, wie die Tanten sagten. Hinter ihnen war nur das Meer, die langen Krokodilsfelsen.

Der Wind ließ nach, und der Strand war voller kleiner blauer Lichtmuscheln im Schein der untergehenden Sonne, lauter untertassenförmige Dellen. Eine Million, und jede einzelne leuchtete. »Nachdem es mir gelungen war, meiner Lage auch gute Seiten abzugewinnen«, las ich, »und ich mir abgewöhnt hatte, ständig nach einem Schiff Ausschau zu halten …«, und sah auf und entdeckte in weiter Ferne in Richtung der Eisenhütten einen hüpfenden, dunklen Punkt.

Erst hielt ich es für einen Vogel, aber dann wurde mir schnell klar, dass es zu groß war. Auf und ab tanzte es im Sand, wurde immer größer, und bald hörte ich auch etwas – vielleicht auch nur das Klappern der Gießerei, das unregelmäßig vom Wind herübergetragen wurde.

Aber es war nicht das Klappern der Gießerei. Es war ein Stampfen, und bald war es auch ein Schreien und Rufen. Das kleine, schwarze Dreieck hüpfte mit dem Kopf voran und schien sekundenlang gar nicht näher zu kommen, sondern wirkte wie eine hartnäckige kleine Maschine oder eine Feder, die auf der Stelle hüpfte.

Dann war es näher und stellte sich als Ponykutsche heraus, der Einspänner war blankpoliert, hatte eine elegante Deichsel und einen geflochtenen Korbsitz zwischen den großen Rädern. Darin saßen zwei Leute, ein Mädchen und ein Junge, das Mädchen hielt die Zügel, und der Junge hatte seinen langen Arm auf die Lehne hinter ihr gelegt. Das Mädchen trug keinen Hut, ihr Haar flog im Wind. Der Junge beobachtete sie, wie sie die Kutsche lenkte. Das Pony galoppierte, den Kopf gestreckt, leicht seitlich versetzt, und um das schwarze Maul hatte es weißen Schaum. Unter den Rädern flog der Sand aus den blauen Lichtmuscheln. Es war ein Bild reiner Freude.

Als sie näher kamen, rief der Junge: »Woah, hallo!«, und sah in meine Richtung, und dann rief er noch einmal, und der Galopp wurde zum Kantern und dann zum Trab. Das Pony zog eine Kurve, und dann blieb die Kutsche quietschend und hüpfend vor mir stehen. Und fuhr wieder an. Und blieb wieder stehen. Dann kam sie bis auf ein paar Fuß vor den Tang, der Sand knirschte, und alle schnappten nach Luft.

»Guten Tag«, sagte der Junge. »Bist du eine Meerjungfrau?« Das Mädchen sagte nichts, sondern schüttelte nur das dunkelrote Haar und machte sich an den Zügeln zu schaffen.

»Es ist doch eiskalt, hier zu lesen«, sagte der Junge. Er benahm sich wie ein Mann. Er war beinahe ein Mann. Er sah aus, als ob alles in der Welt ihm vertraut wäre und einem vernünftigen Satz Regeln folgte, an die er sich hielt, und damit glücklich war. Aber da war auch eine Vorsicht, als hätte er alles, was er wusste, nur von außen durchdacht. Wenn er lächelte, wirkte er, als fände er Lächerlichkeiten sehr hübsch, und wenn er nicht lächelte, sah er ernst und gut aus. Das Mädchen, das größere und weniger vorsichtig blickende Augen und eine spitze Nase hatte, sah nicht aus, als würde es oft lächeln. Sie betrachtete mich gründlich, und ich sah, dass ihre Augen grün waren. Ich mochte sie nicht. Ich erinnerte mich auch an sie; es war Rebecca Zeit, die die Gesangbücher verbrannt hatte.

»Was liest du denn da?«, fragte der Junge und sah auf mich herunter, groß und freundlich. Sie waren hoch über mir. Ich fing wieder an zu lesen. Er sagte: »Oh, entschuldige bitte. Ich bin Theo Zeit. Das ist meine Schwester Rebecca. Wir wohnen in dem neuen Haus. Das in der Marsch, das nie fertig wird. Es soll unser Ferienhaus sein. Das mit dem Turm.«

Nach einer Weile stellte ich fest, dass ich gesagt hatte – immer noch mit dem Blick ins Buch –, ich sei Polly Flint. Aus dem Gelben Haus. Oversands. Ich las

Aber

DAS GUTE
Gott schickte durch
wunderbare Fügung …

»Wir müssen zurück«, sagte er, »wir sind schon viel zu spät dran. Wir haben ein Picknick bei den Buhnen gemacht. Und haben noch einen langen Heimweg.«

Immer noch Schweigen. Ich sehnte mich so danach zu sprechen. Ich wollte ihn so gern anlächeln.

Er schnalzte dem Pony zu, beugte sich vor und legte die Hand auf die seiner Schwester, die die Zügel hielt, und schüttelte sie. »Los geht's, Bec. Auf Wiedersehen, Miss Flint.«

»Wiedersehen«, sagte ich zu meinem Buch.

Als sie schon losfuhren, rief er: »Was hast du gesagt, wo du wohnst?«

»Im Gelben Haus.«

»Wie alt bist du?«

»Über zwölf.«

»Was liest du?«, rief Rebecca.

»*Robinson Crusoe.*«

Sie sagte nichts mehr, und ich schaute auf und dachte: »Sie hat sich überhaupt nicht verändert. Sie ist gern diejenige, die am meisten weiß. Er ist netter.« Er musste der Schattenjunge gewesen sein, der irgendwohin verschwunden war, statt mit uns zu spielen.

Im Wegfahren rief er noch: »Wir lassen dir einen Fußabdruck hier!«

Ich hörte die Kutsche quietschen, das Pony antraben und dann wieder das Hämmern der Hufe, sie verschwanden jetzt Richtung Süden, und als ich wieder aufsah, war die Kutsche nur noch ein tanzender Punkt. Ich las:

DAS GUTE
Aber Gott hat ein Wunder
bewirkt und das Schiff nahe
genug ans Ufer geschickt …

Ich las weiter und weiter, hatte aber immer noch das Trommeln der Hufe im Kopf, und aus der Geschichte wurden bloße Wörter, die ich anschaute, während hinter den Eisenhütten die Sonne unterging und der Tag verblasste und vorüber war.

Am darauffolgenden Mittwoch schneite es, ich hatte Kopfschmerzen, und Charlottes Neffe kam auf dem Heimweg von der Schule nach Oversands, wie jeden Mittwoch. Das musste ein langer Marsch gewesen sein, von West Dyke aus, wo die meisten Fischerkinder zur Schule gingen, wenn sie überhaupt gingen.

Er hieß Stanley, und seine Anwesenheit an Mittwochen war ebenso unvermeidlich und unveränderbar wie der Rest des Stundenplans im Gelben Haus. Sonntagabends wurden die Uhren aufgezogen, montagmorgens wurde der Milchmann bezahlt und bekam Tee, im Dampf der Küche am ersten Waschtag der Woche. Dienstage wurden mit dem Besuch von Mr Box von Boagey's gefeiert, dem Lebensmittelhändler auf der anderen Seite der Marsch. Mr Box nahm in einem langen, grünlichen Notizbuch die Bestellung auf und trug einen langen, grünlichen Mantel, den er auch im Haus nie auszog. Er saß am Küchentisch und aß Eccles Cakes und trank Tee, während Charlotte über ihm stand und ihr Lächeln lächelte.

Mr Box war ein frettchenhafter Mann. Er machte mich nervös, weil er so glitschige rote Lippen und feuchte Augen hatte und weil Charlotte sich in seiner Anwesenheit veränderte – intensivierte. Sie hörten immer auf zu sprechen, wenn ich in die Küche kam. Einmal waren sie nicht in der Küche, sondern ich hörte ein Scheppern aus der Speisekammer und dann ein Rascheln, und als ich hinrannte, war Charlotte mit ihm da drin und sah mich an, als wollte sie sagen: »Du musst noch viel lernen. Falls du es je lernst.« Mr Box sagte: »Ich wollte nur mal sehen, was es hier sonst noch so gibt«, und kicherte.

Mittwochs war das wöchentliche Putzfest, und donnerstags kam Father Pocock. Das war der Tag, an dem Aunt Frances ein anderes Kleid und ihre Kameenbrosche trug, und den Rubinring ihrer Mutter; manchmal gab es auch noch größere Ereignisse, eine Nonne zum Tee oder so.

Freitags kam der Gärtnergehilfe, der außerdem der Milchmanngehilfe und Mr Box von Boagey's Gehilfe war. Ein schweigsamer, verdrießlicher Junge, der eigentlich die Ligusterhecke auf Vordermann bringen und Holz für die Woche hacken sollte, aber er hackte nie genug. Er lungerte in den Schuppen um den Hof herum und sah mich über das Brennholz hinweg an. Einmal entdeckte er mich unerwartet und ließ sich die Axt auf den Fuß fallen. Einmal – das war im Frühjahr – kam er aus dem Hühnerhaus und sagte: »Küss mich«, dann lief er dunkelrot an und rannte weg. Einmal schenkte er mir etwas Milch. Da war ich ungefähr neun. Das Ereignis war zu groß, um jemandem davon zu erzählen – es gab nicht viele Geschenke im Gelben Haus –, und ich trank die Milch allein im Kohlenschuppen und spülte den Krug aus und steckte Blumen hinein und stellte ihn auf mein Kaminsims. Ich dachte viele Wochen lang beim Einschlafen liebevoll an den Gehilfen des Milchmanns, obwohl ich Milch eigentlich nicht besonders mochte.

Der Milchmanngehilfe sah – wie die meisten Kinder in der Gegend, auch wenn ich kaum einmal welche sah – aus, als könnte er die Milch selbst gut gebrauchen. Er kann nicht mehr als zwanzig Kilo gewogen haben, und aus seinen Stiefeln guckten vorne die Zehen heraus.

Charlottes Neffe war ganz anders, auch wenn er genau wie alle anderen zu klein und unterernährt war. Er muss ungefähr sieben gewesen sein, als ich ihn zum ersten Mal bemerkte, aber er hatte schon eine gewisse Autorität und Wachsamkeit. Er hatte einen festen Schritt, und er wurde immer fester und sicherer, je näher er unserer Hintertür kam, an die er nie klopfte. Stampf, stampf, kam er anmarschiert; dann klickte der Türschnapper, und er kam herein, sammelte gleich die Sixpence ein, die Charlotte ihm immer hinlegte, und ging am Spülbecken vorbei. Er sah zu Charlotte hinüber und nickte kurz, ein bisschen wie Father Pocock, so ein professionelles Annehmen von Spenden für einen guten Zweck. Dann ließ er sich in Charlottes Schaukelstuhl plumpsen und seine Hände baumelten zwischen seinen großen, roten Knien.

In einen seiner fadenscheinigen, mehrfach gestopften Socken hatte er ein Lineal gesteckt, und aus seiner Jackentasche guckte eine Reihe gespitzter Bleistifte. »Der wird es mal weit bringen«, sagte Charlotte, »Stanley ist ehrgeizig.« Er hatte eine lila Nase, und sein Haar fiel welk wie ein Tünchepinsel von einer kahlen Stelle in der Mitte aus um seinen Kopf herum – farbloses und dünnes Haar. Seine Nase lief immerzu, in jeder Jahreszeit, und er grunzte viel. Er stand nicht mal auf, wenn eine meiner Tanten in die Küche kam, und sie hielten ihn seltsamerweise nie dazu an, und Charlotte tat das eben sowenig. Er trank eine Tasse Tee nach der anderen, und zwar aus der Untertasse, und aß alles, was man ihm vorsetzte – trockene Kuchen, alte Scones, kalten Flammeri vom Mittwoch vorher. Es wurde alles für ihn aufbewahrt. Ich erinnere mich an eine ältliche Fischpastete – oder was davon übrig war, die klebengebliebene Kruste vom Rand, die man stundenlang einweichen musste, bevor man die Form abwaschen konnte. Stanley klopfte sie mit einem Messergriff in fünf Minuten ab. Alles, was erst an dem Morgen gemacht worden war – frisches Brot, noch warmer Kuchen, üppig belegte Pflaumentarte –, verschwand in ihm, zusammen mit den Resten und ohne jeglichen Kommentar. Solange es etwas zu essen war, aß Stanley es. Er war eher wie ein Hund als wie ein Junge, allerdings mit deutlich weniger Elan und Dankbarkeit.

Wenn er ging, steckte Charlotte ihm jeden Mittwoch einen Apfel in die Tasche zu den frisch gestopften Socken, und er schulterte sein Bündel, setzte sich die Ballonmütze auf das spärliche Haar, sagte: »Wiedersehen, Tante«, und war weg. Der Apfel wurde spätestens beim Hühnerhaus aus der Tasche gezogen, und beim Hoftor biss er herzhaft hinein. Ich sagte: »Vielleicht hat er einen Bandwurm«, aber Charlotte sagte: »Nein, das glaube ich nicht.«

»Ist Stanley arm?«, fragte ich Aunt Mary.

»O ja. Sie sind sehr arm. Charlottes Schwester hat ungut geheiratet. Ein ganz unbedeutender Mann. Sie wohnen in Phyllis Alley.«

Phyllis Alley war eine Seitenstraße zum Fisherman's

Square, und sie war gebaut und »Allee« genannt worden, um der Region einen etwas baumreicheren Klang zu verleihen, aber das hatte offensichtlich nicht funktioniert. Vor nicht allzu vielen Jahren hatten sie am Fisherman's Square die Cholera gehabt, und manchmal gab es immer noch Typhus und Fleckfieber. Die Fischer, die es gewohnt waren, dass Wasser aus der Ferne reguliert wird, waren nicht gut in Abwasserinstallationen, und die Senkgruben und die Trinkwasserversorgung am Square und in der Alley gerieten manchmal durcheinander. Mrs Woods sprach oft von den Brunnen und den Misthaufen in diesem Teil der Marsch, und ihre Augen leuchteten.

»Was macht denn Stanleys Vater, Aunt Mary?«

»Im Moment nichts. Er hat in der Eisenhütte gearbeitet, aber dann war die Explosion. Seitdem liegt er im Bett, seine Frau macht Wäsche, und die Kinder sammeln Krabben und holen sich die Reste vom Metzger. Wir helfen natürlich, wo wir können. Sie haben noch vier weitere Kinder.«

Die Mittwochsbesuche müssen schon jahrelang stattgefunden haben, als Stanley zum ersten Mal mit mir sprach. Ich sah ihn schon gar nicht mehr. Er war wie der Küchentisch, die Uhr, der Kaminschutz, die Teedosen oder die Reihe von Bratenhauben, die wie riesige Napfschnecken an der Wand hingen.

»Pünktlich wie die Schwalben«, sagte Aunt Frances einmal, »der liebe Stanley.« Sie drückte ihm einen Penny in die Hand. »Du bist so sicher und verlässlich wie das Amen in der Kirche.«

Ich sah sie überrascht an, Charlotte schürzte die Lippen, und zwei ihrer schweren Haarnadeln fielen ihr in den Teig. Aber Aunt Frances meinte es ernst. Sie machte niemals Witze. Sie lächelte Stanley an und sah wunderschön aus. Sie streckte die Hand aus und tätschelte ihm den Kopf, und Stanley hörte auf, mit den Füßen an den Kaminschutz zu treten, lächelte zu ihr auf, und sie tauschten einen Blick aus, der sagte: Wir mögen uns. Dieser Blick war nicht so beunruhigend wie die Blicke zwischen Charlotte und Mr Box, und es war auch keiner, der einen nachts wach hielt, wie der Blick des Milchmanngehilfen. Aber als Stanleys und Aunt Frances' Blick sich begegneten, war ich eifersüchtig. In diesem Moment lernte ich, dass unsere Körper nur Möbel sind. Dass Attraktivität nichts mit Aussehen oder Alter zu tun hat.

»Wie alt ist Aunt Frances?«, fragte ich Charlotte.

»So was fragt man nicht.«

»Ja, aber wie alt?«

»Sie muss schon vierzig sein«, sagte Charlotte. Sie lärmte mit den Pfannen herum. »Mindestens. Vielleicht auch fünfzig.«

»Wie alt ist Stanley?«

»Wird nächsten Monat zehn. Am zehnten.«

Das erste Mal, dass Stanley mit mir sprach, war an dem Mittwoch nach dem Engel und dem Blut, als ich mit Kopfschmerzen am Küchentisch saß und Französisch für Mrs Woods machte. Charlotte war wie immer am Backen, und der Raum war der wärmste im Haus und duftete nach den Broten und Kuchen, die auf allen verfügbaren Flächen standen, golden und braun und sahnig. Die Brotlaibe standen auf den umgedrehten Backformen und dampften, es kamen kleine Wölkchen oben raus. Das war sehr gemütlich, und wenn Charlotte nicht guckte, konnte man ein paar hervorstehende Stückchen abknibbeln. Draußen tobte ein Schneesturm, und der Schnee blieb sogar ziemlich hoch in der Marsch liegen, was selten vorkam. Über dem Hof lag ein ganz besonderes Licht, und das Meer brüllte. Ich war erkältet und froh, mir selbst überlassen zu sein. Ich hatte nicht die Absicht, mich zu rühren. Ich sah nicht mal auf, als Stanleys Schritte zu hören waren und er die Tür aufstieß, sah ihn nicht an, als er auf der Matte den Schnee von seinen Stiefeln stampfte und sich die Sixpence nahm. Durch meine Französischaufgaben hörte ich die gewohnten Stimmen – Charlottes, die weniger sirupartig und mehr Richtung Yorkshire klang, wenn sie mit ihrer Familie sprach, und Stanleys, tief und schroff; dann ein Rascheln und Schlurfen, als ihm der Mantel abgenommen und aufgehängt wurde. Ich achtete nicht weiter darauf, als wenn eine Katze hereingelassen worden wäre.

Nach einer Weile hörte ich ein unausgesetztes rhythmisches, wütendes Schlagen. Immer weiter. Ich sah auf und stellte fest, dass Charlotte die Küche verlassen hatte und Stanley am Kamin stand und mit der Schürstange gegen den obersten Riegel des Rosts schlug – bäng, bäng, bäng, bäng, bäng, bäng. Er hatte mir das Gesicht zugewandt, die schmale, kalte Nase mit dem Tropfen dran, Mund offen, das Haar immer noch klatschnass. Er sagte: »Was machste?«

»Hausaufgaben.«

»Dann gehste zur Schule?«

»Nein. Sie unterrichten mich hier.«

»Dann sind ja alles nur Hausaufgaben.«

»Ja.«

»Versteh ich nicht. Welches Fach?«

»Französisch.«

»Französisch?«

»Ja.«

»Kannste das?«

»Ein bisschen.«

»Les mal was vor.«

Ich las ein Stück, und nach einer Weile sah ich ihn an, und er saß mit schiefgelegtem Kopf da, als würde er versuchen, etwas anderes zu hören. Er sah ziemlich schlau aus. Die Haut über seinen Wangenknochen war sehr hell.

»Noch 'n Stück.«

Ich las weiter.

»Und was heißt das?«

Also übersetzte ich. Das mochte ich. Französisch und Deutsch waren einfach – so einfach, wie Walisisch es gewesen war. Ich machte langsam für Stanley, aber er unterbrach mich trotzdem immer wieder und wollte es noch einmal hören.

»Das eine ist das andere?«, fragte er.

»Ja. Das nennt man Übersetzen. Gefällt es dir?«

»Könnt ich mögen«, sagte er. »Vielleicht würd ich Übersetzen mögen.«

»Ja, das ist toll«, sagte er etwas später. »Übersetzen ist toll.«

Dann warf er die Schürstange hin, nahm ein ausgeglühtes Stück Kohle in die Hand, zog das Lineal aus der Socke, legte das Kohlenstück auf das Lineal und bog es zurück.

»Gefällt mir echt«, sagte er. »Pass bloß auf. Siehste das hier?«

»Was?«

Er zog lautstark die Nase hoch, verengte die Augen und sagte: »Fahr zur Hölle«, konzentrierte sich auf die Kohle und feuerte sie auf mich.

Sie traf mich an der Wange, und das tat weh. Ich schrie auf, sprang vom Stuhl und warf mit dem Französischbuch nach seinem Kopf. Er duckte sich, und das Buch flog ins Feuer, das vom Backen noch sehr heiß war. Die Flammen loderten fröhlich auf, und das Buch war weg.

Das alles geschah so schnell und war so schön, dass wir beide in Ehrfurcht erstarrten. Zurückgebogene, kaffeefarbene Seiten mit glühenden Rändern waren einen Augenblick lang in den Flammen zu sehen, dann fielen sie zusammen und wurden Luft. Stanley sagte: »Tut mir leid, Polly Flint«, und sah mich an, und ich stellte fest, dass er dunkelblaue Augen hatte und dass er jetzt endlich Angst bekam.

Ich rannte aus der Küche, den Flur entlang und die Treppe hinauf ins Wohnzimmer, wo Mrs Woods allein saß und von einem Silberteller Muffins aß. Ich sagte: »Mein Französischbuch ist verbrannt. Im Feuer in der Küche«, und sie starrte mich mit einem Stück Muffin in der Hand an. Sie sagte: »Das ist ein Fall für Aunt Mary. Du hast es ins Feuer geworfen?«

»Nein«, sagte ich. »Doch. Ich habe es ins Feuer geworfen.«

»Verstehe«, sagte sie und aß weiter. Ich rannte hinaus und auf mein Zimmer und ins Bett.

Glücklicherweise war es der Beginn einer Grippe – oder irgendetwas in der Natur dieser Woche hatte die Grippe darüber in Kenntnis gesetzt, dass es ein guter Zeitpunkt war, mal vorbeizukommen. Ich erinnere mich nur wirr an das, was passierte, nachdem ich ins Bett gegangen war. Graue Menschen standen herum. Es wurde dunkel, Schneeregen prasselte ans Fenster, während ich vor Kälte zitterte und vor Schweiß zerfloss. Jenseits der Marsch waren Father Pocock und die Nonnen mit den Glocken beschäftigt, der Wind heulte um meine Kopfschmerzen und rätselhafte Tränen herum, in einem ewigen Streit, der mit Französischbüchern, Feuer, Niedertracht, Feuer, Engeln, Feuer, Kreuzigungen, Blut, Feuer und Fußspuren im Sand zu tun hatte.

Gelegentlich drang Charlottes Stimme zu mir durch. »Das ist nur wegen der Blutung. Jetzt, wo sie zu bluten angefangen hat.« – »Kalte Bäder«, sagte jemand. »Kalte Bäder!«

Der Chinese kehrte zurück und brachte seine Freunde mit. Sie nickten einträchtig auf den Tischen und Regalen und frei in der Luft schwebend. Die siebzig mal sieben Samurai. Der Engel blieb weg.

Und dann wurde alles ersetzt durch ein tröstliches Gefühl der Niederlage. Eine Glückseligkeit. Eine Glückseligkeit außerhalb meiner selbst, und nach einer Weile merkte ich, dass sie von Aunt Mary ausging. Es war ihre Glückseligkeit, die das Zimmer erfüllte, und sie war glücklich, weil sie in ihrem Element war, weil sie jemanden pflegte und das tat, was sie am besten konnte. Vor dem befleckten Lammfellteppich war sie geflohen. Das war ein dunkles Geheimnis, über das nicht gesprochen wurde, und es brachte all die Dinge in Wallung, die Father Pococks Amt unter den Teppich zu kehren versuchte. Aber körperliche Krankheiten waren etwas, was mit Übung und Kompetenz besiegt werden konnte, und sie stand in einer langen, ermutigenden Schürze neben mir, die vor Stärke glänzte, eine Uhr an die Brust geheftet, wischte mir mit einem kühlen, feuchten Tuch die heiße Stirn ab und hantierte mit dem roten Waschlappen, der Schnabeltasse, einem Feuer im Kamin, heißem Wasser und guten Taten. Das Feuer sprenkelte nachts die Decke mit Licht, und sie selbst kam nachts noch einmal hereingeschlichen, um es zu schüren. Das Haar fiel ihr in dicken weißen Zöpfen über das zeltartige, weiße Nachthemd und das Schultertuch.

Als es besser wurde, fiel morgens Schneelicht durchs Fenster herein, und die Welt war still.

Als ich schließlich wieder aufrecht saß, wenn auch erst mal nur im Schlafzimmer, sagte Aunt Frances: »Mach dir keine Sorgen wegen des Buchs, Polly. Manchmal passieren solche Unfälle«, und Mrs Woods kam, oder jedenfalls kam einer ihrer Arme zur Tür herein und legte etwas auf den Tisch. »Atemlampe«, sagte sie. »Ihre Atemlampe!«, sagte Aunt Frances. »Sie hat dir ihre afrikanische Atemlampe gebracht!«

»Aber ich kann wunderbar atmen.«

»Sag danke – schnell, schnell. Die verleiht sie nie.«

»Danke, Mrs Woods.«

»Die wird dir guttun«, sagte ihre Stimme. »Wir hatten sie für meinen Mann. Nicht, dass sie etwas hätte ausrichten können.«

Sie ließen mich nur sehr zögerlich wieder nach unten, für vielleicht zwei Wochen saß ich in meinem Zimmer, eingewickelt in graue Decken aus einer bleiverzierten Truhe in Aunt Marys Zimmer, die so alt waren, dass sie noch von Florence Nightingale hätten stammen können. Ich trank Bouillon und bekam *Die Kuckucksuhr* vorgelesen. »Ach, Polly, Liebes, du warst *so* krank!«, sagten sie, und ich wurde immer glücklicher. Ich vergaß Stanley und wie komisch er an dem Nachmittag gewesen war und wie er mich urplötzlich nicht mehr ertragen hatte.

»Welcher Tag ist heute?«, fragte ich, als ich endlich wieder in der Küche war.

»Mittwoch.«

»Stanley ist ja noch gar nicht da.«

»Stanley ist krank. Er hat auch die Grippe bekommen, es geht ihm sehr schlecht«, sagte Charlotte. »Es hat ihn am gleichen Tag erwischt, als du mit deinem Französisch verrückt geworden bist. Er war komisch an dem Tag. Hat dich angesteckt, haben sie gesagt.«

»Der arme Stanley. Vielleicht habe ich ihn auch angesteckt. Ich glaube, ich habe mich an dem Sonntag verkühlt. Ich habe kalt gebadet«, sagte ich, ohne sie anzusehen.

»Ich weiß. Ich habe das Badezimmer gesehen. Wollte es nicht erwähnen. Es sah aus, als wolltest du dich umbringen.«

»Hast du ihn gesehen?«

»Ich war gestern bei ihm, und vorgestern auch. Und Sonntag den ganzen Tag.«

»Den ganzen Tag? Wie um alles in der Welt sind wir zurechtgekommen?«

Sie sah mich nicht an, sondern zum Fenster hinaus.

»Hier«, sagte sie. »Er hat mir was für dich mitgegeben. Wir hoffen, dass es nicht ansteckend ist.« Sie stand am Kaminschutz und holte hinter den Teedosen einen fleckigen Umschlag hervor. Darin war ein ausgerissenes Stück Papier mit den Worten »Tut mir leid, Polly Flint« und drei Sixpences.

In dieser Nacht starb Stanley, und am Freitag ging Charlotte auf die Beerdigung. Als sie zurückkam, saß sie für eine lange Zeit still da und nahm ihren Hut und ihr Schultertuch nicht ab.

Mit Stanleys Tod endete der Ablauf der Wochentage, der sieben Jahre lang im Gelben Haus gegolten hatte. An dem Freitagabend saß Charlotte still im Schaukelstuhl am Kamin in der Küche, mit dem Trauerflor, den Mrs Woods ihr geliehen hatte. Und saß da.

Und da saß sie, und Aunt Frances brachte ihr Brandy und sprach mit ihr und sagte, sie hätte länger bei ihrer Familie bleiben sollen, und dann ging sie wieder, weil sie dachte, das wäre es, was sie wollte.

Und das Feuer im Kamin ging aus, und Charlotte saß da.

Als es auf die Abendessenszeit zuging, kam Aunt Mary in die Küche und sagte, wir könnten uns heute Abend auch selbst versorgen und vielleicht einfach ein bisschen Suppe warm machen, aber Charlotte reagierte nicht.

»Du hast das Feuer ausgehen lassen, Charlotte. Ach du liebe Zeit – an einem so kalten Tag. Bleib ruhig sitzen. Ich kümmere mich darum. Ich habe das Feuermachen als junge

Krankenschwester gelernt. Das kriegen Polly und ich leicht wieder an.«

Aber dann fand sie keine Anzündhölzchen. Wir mummelten uns in Mäntel ein und gingen durch den Schnee zum Schuppen, aber die kleineren Stöckchen hingen noch an den dickeren Ästen, denn der Gehilfe des Milchmanns hatte wegen des Schnees nicht kommen können. Aunt Frances fand ein paar alte Zeitungen unter den Kupfertöpfen, ich fand Streichhölzer in einer Tasse, und wir hatten jede Menge Kohlen. Aunt Mary nahm die schwere Axt in die Hand, die neben dem Brennholz stand, und dann stellte sie sie schnell wieder ab. Wir brauchten etwas Heißes zu trinken. Der Kessel hing an seiner Kette über dem Feuer, aber das Wasser darin war kalt.

»Du liebe Zeit, Charlotte«, sagte Aunt Frances. »Ich fürchte, wir sind aufgeschmissen. Wir kriegen das Feuer nicht an. Kannst du uns helfen, Charlotte? Kann man das Papier irgendwie verdrehen oder so?«

Aber Charlotte saß einfach da.

»Nun komm schon.« Aunt Mary wandte sich vom Kessel und dem Rost um und hatte einen Rußfleck auf der Wange, sah aber beeindruckend aus – sie erinnerte sich daran, dass sie einmal Fachschwester für Verbrennungen gewesen war. »Charlotte, ich fürchte, wir brauchen dich. Wir brauchen ein Feuer, um dir eine Tasse Tee kochen zu können.«

Eine Haarnadel fiel von Charlottes Kopf in ihren Schoß, aber sie saß einfach da.

Aunt Frances war in der Speisekammer, stöberte unter Schüsseln und Abdeckhauben herum und suchte Suppe. »Liebe Charlotte, du brauchst eine heiße Suppe«, sagte sie. »Ich gehe davon aus, dass du hier irgendwo eine gute Suppe hast … Es gibt immer Suppe«, sagte sie verdattert zu uns, als sie wieder hereinkam. »Immer.«

Wäre ich in diesem Moment mit Charlotte allein gewesen, wären die Dinge anders gelaufen, nehme ich an. Vielleicht hätte ich sie berührt. Ich hasste es, sie anzufassen, aber vielleicht hätte ich es getan. Vielleicht hätte ich sie sogar in den Arm genommen, obwohl sie selbst in ihren besten Kleidern so speckig war.

Trotzdem hätte ich es vielleicht getan. Stattdessen hängte ich mich über die Lehne ihres Schaukelstuhls und fing an, ihn sanft vor und zurück zu schaukeln. »*Nicht*, Polly«, sagte Aunt Mary, und Mrs Woods kam herein.

Außer zum Sonntagskaffee kam Mrs Woods nie in die Küche, und jetzt stand sie da und blinzelte. Draußen schneite es wieder, aber an diesem Tag brachte der Schnee kaum Licht in die Küche. Der Steinfußboden wirkte bleiern und ungewischt, die Flickenteppiche schmuddelig und unausgeschüttelt. Der Herd war kalt. Der Kessel summte nicht, die Blechuhr auf dem Kaminsims ratterte nicht, es gab keine Küchengeräusche.

»Der Tee ist aber heute spät dran«, verkündete Mrs Woods. »Was ist mit Charlotte?«

»Schhh«, machte Aunt Frances. »Schhh.«

»Sicher nicht. Die Beerdigung ist vorbei. Charlotte sitzt seit zwei Stunden im Mantel herum. Charlotte ist Christin. Es ist ihre Pflicht zu frohlocken und ihren Weg zu gehen. Mach das Feuer an, Charlotte, und bring uns den Tee.«

»*Charlotte*!«, sagte sie und stampfte mit dem Stock auf die Steinplatten. Charlotte blinzelte, wandte den Kopf um und stand auf.

»Geht doch. Jetzt aber flott. Polly, du gehst mit Charlotte Anzündhölzchen hacken. Sie zeigt es dir. Bringt das Feuer in Gang und setzt Wasser auf. Und dann hilfst du ihr mit dem Abendessen. Da ist noch Hammelknochen von gestern. Es ist zwar Freitag, aber ich denke, wir sind heute vom Fisch befreit. Im Angesicht des Todes stehen wir im Leben. Stanley ist jetzt in einer besseren Welt.«

Charlotte stand auf, ging zur Küchentür und hielt den Schnapper fest, den Stanley so lange grob behandelt hatte. Sie sah das Abtropfbrett an, dann nahm sie Mrs Woods' Trauerflor ab, faltete ihn und legte ihn dahin, wo sie sonst immer die Sixpences hingelegt hatte. Sie sah ihn an.

Dann sagte sie zu Mrs Woods: »Und wer schläft mit Ihnen? Wer würde Ihnen ein Kind machen? Wer sollte mit Ihnen ins Bett wollen? Und welches Kind würde Sie zur Mutter wollen? Welcher Mann soll Sie denn angucken – Sie erbärmliche, verwelkte, eiskalte Krähe.«

Dann ging sie zur Hintertür hinaus, und wir sahen sie nie wieder.

Im darauffolgenden Durcheinander und Nachluftschnappen und Inohnmachtfallen sah ich plötzlich, wie meine Tanten einander ansahen, kurz und hart, und dann wieder wegsahen, und das Bild prägte sich in meine Netzhaut ein wie die schwarze Sonne, wenn man der echten Sonne zu lange ins Gesicht geguckt hat. Es gab eine Art unterdrücktes Stöhnen, und dann war ich allein in der Küche. Die grün gepolsterte Trenntür brachte alles, was dahinterlag, zum Schweigen, und der Schnee brachte draußen ebenfalls alles zum Schweigen. Ich setzte mich auf den alten Kaminschutz, und nach einer Weile verließ ich die Küche und schlich auf Zehenspitzen über die Fliesen zur Eingangshalle. Das Haus hätte auch leer sein können. Ich setzte mich an Grandfather Younghusbands Tisch, es war schon beinahe dunkel.

Riesige Lederoberfläche, Tintenfasshalter aus Glas und Messing, Stifteablage aus Pappmaché mit Perlmutteinlagen,

Schreibunterlage, auf der die dicken Manuskripte der *Gesammelten Predigten, Folklore der Moorlandschaften von Yorkshire* und *Dreißig Jahre für Christus in Danby Wiske* geschrieben worden waren; die signierte Fotografie des siebtletzten Erzbischofs von York, eins von einer gepolsterten Frau aus Stahl und Gagat – meiner Großmutter; und der braunrosa Fleck, die billige Fotografie meiner Mutter.

Ich betrachtete sie. So eine kleine Frau. Ich liege auf ihrem Schoß, zehn Monate alt. Der Schoß ist klein. Ich bin groß und dick und weich. Diese kleinen Vogelknochen im Gesicht meiner Mutter, die tiefen Augenhöhlen, die entzückende, fest zusammengebundene und hochgesteckte Frisur. Und so ein romantisches Kleid, mit Spitze um die Schultern und einer Rose. Sie sitzt in einer fremdländischen Landschaft – Gipfel und Wolken und neblige Seen.

Aber in der Mitte geht eine Falte hindurch. Sie ist an keinem fremden Ort, das ist nur der Vorhang des Fotografen in Liverpool. Die Spitze, hat Aunt Frances gesagt, stammte vermutlich aus seiner Requisitenkiste, und die Rose ist aus Stoff. Vor dem Studio ist die Liverpooler Pension, der muffige Treppenflur und die indiskutablen Sanitäranlagen; kein Geld und immer noch keine Nachricht vom Captain. Keine Arbeit, denn sie war zwar Lehrerin, konnte aber meinetwegen nicht unterrichten.

Die kräftige Polly. Meine Mutter ist erschöpft. Sie ist die jüngste Schwester, um die immer viel Gewese gemacht worden war. Marys und Fannys Spielzeug. Lehrerin geworden, bevor sie geheiratet hatte. Eine wundervolle Lehrerin, hatten alle gesagt. Aber das Baby ist zu viel für sie, ganz allein im schwarzen Liverpool. Sie kann es kaum festhalten, auf ihrem Schoß. Sie sieht es nicht mal an.

Ihr Blick fragt vielmehr den Fotografen: »Warum habe ich

dieses große, unbeholfene Ding bekommen? Ich wollte das gar nicht. Ich bin selbst noch ein Kind. Warum muss einem irgendwann Blut die Beine runterlaufen?«

Schließlich hörte ich Stimmen vor der Arbeitszimmertür. Die Schwestern der toten Emma kamen die Treppe herunter, nachdem sie Mrs Woods ins Bett gebracht hatten. Sie flüsterten.

Aunt Frances: »Lass sie. Sie kann nicht anders. Weil Polly es gehört hat.«

Aunt Mary: »Es ist nicht deswegen. Agnes hätte es entsetzlich gefunden, egal, wer es gehört hätte. Selbst ich. Oder du.«

Aunt Frances: »Polly – ob sie es verstanden hat?«

Aunt Mary: »Natürlich nicht.«

Aunt Frances: »Hat Polly das mit Stanley verstanden?«

Pause. Ein Klappern im Schirmständer. Aunt Frances sagte: »Wir hätten ihn aufnehmen sollen. Es war falsch, die Mutter zu nehmen und den Sohn nicht. Sie hätten zusammenbleiben sollen. Wir haben sie voneinander getrennt.«

»Die Schwester ist eine gute Frau. Sie hat nicht unterschieden. Und Stanley mochte Charlotte, er hat nie daran gezweifelt, dass sie seine Tante ist. Und so konnte er in einer Familie leben.«

»Aber was für eine Familie.«

»Eine seiner Klasse. Mit einem Mann. Jungs brauchen einen Mann im Haus.«

»Der den ganzen Tag betrunken im Bett liegt.«

»Stanley und Charlotte haben sich jede Woche ihres Lebens gesehen. Und sie hat *gesündigt*, Frances.«

»Ach, Sünde.«

»Sünde.«

»Ich muss Charlotte suchen gehen.«

»Musst du nicht. Sie wird bei ihrer Schwester sein. Sie

haben da immer noch Kranke. Am Ende bringst du es noch mit, und wir hatten wirklich genug davon.«

Aunt Frances: »Wo soll sie denn was finden? Wo soll sie arbeiten?«

Aunt Mary: »Ich rede mit jemandem. Den Nonnen. Ich kann ihr natürlich kein besonders gutes Zeugnis ausstellen. Ich muss im Gebet herausfinden, ob ich ihren Ausbruch verschweige.«

Aunt Frances: »Er war ihr Sohn. Wir haben ihn ihr weggenommen. Wo ist Polly?«

Aunt Mary: »In ihrem Zimmer. Nein. Wir haben die Dinge geradegerückt – falls wir etwas falsch gemacht hatten –, indem wir Polly aufgenommen haben. Wir haben mit Polly ein Kind gerettet. Ich gehe zu Father Pocock. Guck mal, Vaters Tür ist offen. Mach sie doch bitte zu.«

Die Arbeitszimmertür wurde angelehnt, aber ich konnte sie immer noch hören.

»Vater kann uns nicht hören, Mary.«

»Gott sei Dank. Gott sei Dank.«

»Lieber Himmel – meinst du, so was ist im Moor von Yorkshire noch nie passiert? Hast du seine Folklorebücher nicht gelesen? Ehrlich gesagt, habe ich mich oft wegen unserer Mutter gefragt. Emma war so anders als wir, und sie wurde geboren, als Vater schon das reinste Fossil war. Und Polly ist auch nicht wie wir. Aber Vater und Mutter hätten niemals eine Mutter von ihrem Kind getrennt. Niemals, was auch immer sonst noch vor sich ging.«

»Vater war ein Heiliger.«

»Woher wollen wir das wissen?«

»Frances, mach Vaters Tür richtig zu. Er ist nicht mehr erreichbar. Da kommt keine Nachricht mehr von ihm. Er war ein Mann Gottes.«

Die Arbeitszimmertür wurde richtig geschlossen, dann die zur Eingangshalle und die Haustür, und durchs Arbeitszimmerfenster sah ich Aunt Mary seitlich um das Haus herumgleiten, die weiße Schleife stand aufgebracht ab. Im Arbeitszimmer war es jetzt beinahe vollständig dunkel und Großvaters Porträt nicht mehr zu erkennen. Ich sah an die Stelle im Regal, wo *Robinson Crusoe* stand, und dachte an diesen geradlinigen, starken und geschlechtslosen Mann, wie er allein im Sonnenschein sitzt. Wie einfach und schön das Leben für ihn gewesen war.

Normalerweise ist es Einbildung, wenn es heißt, jemand habe sich »von diesem Augenblick an« verändert. Wann eine Veränderung beginnt, wissen die Engel, und selbst die sind sich womöglich nicht einig. Daten sind bekanntermaßen bedeutungslos. Der große Krieg »begann« 1914, und die Welt »veränderte« sich. Aber wann fing die Veränderung wirklich an? Mit einem Studenten, der zufällig in einem Café saß, als die Kutsche des Erzherzogs versehentlich falsch in eine Seitenstraße abbog?

Lange, lange vorher.

Und so ist es auch mit den Menschen. Eine Absichtserklärung ist klar bestimmbar – der Moment, in dem wir sagen: »Von jetzt an werde ich dies und jenes tun.« Aber die Veränderung selbst schreitet schwankend voran – und oft genug natürlich gar nicht.

Aber Veränderungen – große Veränderungen – finden statt, und trotz ganzer Bibliotheken freudianischer Beweise des Gegenteils kann der prägende Stempel vergangener Jahre und können sogar Träume beseitigt werden, weggewaschen, und neue Menschen können entstehen; wenn es nicht so wäre, wäre das ganz schlecht für die Literatur.

Nachdem Charlotte weg war, veränderte sich Aunt Frances, und der Moment war so genau festlegbar wie eine Geburt und genauso erstaunlich und vollständig. Eine eher dickliche Frau, beschwichtigend, mit einem Gesicht, das immer nickte und zustimmend lächelte oder Misstöne flüsternd ins Nebenzimmer auslagerte, wurde urplötzlich forsch, energisch, unerschrocken. Sie veränderte sich auch physisch. Sie nahm ab. Ihr Körper wurde unter den Kleidern konturierter. Ihre Kleider veränderten sich ebenfalls, sie waren enger geschnitten und aus festeren Stoffen. Die Alltagskleider hatten plötzlich Tressen wie Soldatenjacken, und ihre weichen Seidenkleider für Teegesellschaften wirkten fast wie Maßarbeit. Ihre Kostüme, die immer eher zu groß und unförmig gewesen waren, wichen taillierten Tweedmänteln. Die Rosen verschwanden von ihren sommerlichen Strohhüten, und die Brille, die sie immer in ihrer weichen Tasche versteckt hatte (die Tasche verschwand ebenfalls), hatte sie plötzlich den ganzen Tag auf der Nase.

Sie ging jetzt auch oft aus und übernahm selbständig Kirchendienste. Sie betreute sogar »einen Bezirk«, was bedeutete, dass sie und ich große Mengen Suppe in einigen Straßen um die Eisenhütten verteilten – und die Straßen waren wirklich direkt an den Hütten, mitten zwischen den Hochöfen: reihenweise rußige, schmutzige Häuser, Rücken an Rücken, wo Frauen auf den Türstufen standen und uns vorbeigehen sahen und sich an den verschränkten Armen oder im schweren, farblosen Haar kratzten; müde Vermieterinnen von acht oder zehn Männern, die im Schichtwechsel in ihren winzigen Schlafkämmerchen schliefen. Die Frauen vertranken oft jeden Penny der Miete.

Die neue Aunt Frances marschierte in diese Häuser und verteilte Medikamente, gute Ratschläge und Suppe, und sie besprach sich nicht mal wegen der Medikamente mit Aunt Mary. Sie nahm Süßigkeiten für die Kinder mit, alte Kleider, ihre eigenen alten Bilderbücher, unsere Kuchen- und Keksreste und eingeweckte Eintöpfe. Im Gelben Haus sprach sie nie über diese Besuche, nicht mal mit mir, wenn wir wieder zu Hause waren. Auf dem Rückweg kamen wir oft bei Lady Vipont in The Hall vorbei, die in ihrer halbfrommen Uniform mit ihrem Automobil an uns vorbeifuhr, ein Hausmädchen neben dem Chauffeur, das weitere Suppentöpfe auf dem Schoß hatte, aber auch darüber sprach Aunt Frances nicht, und nicht über andere neue Bekanntschaften, sondern saß mit dem Gesicht voller privater Gedanken am Esstisch. Aunt Frances wäre die Einzige von uns gewesen, die nach Charlotte in der Lage gewesen wäre, das Gelbe Haus zu führen, aber glücklicherweise hatten wir jetzt Alice vom Pfarrer übernommen.

Denn der Tag, an dem Charlotte uns verließ, endete nicht mit den Enthüllungen durch die Arbeitszimmertür. Als ich an diesem Abend endlich aus dem Arbeitszimmer schlich, kalt und immer noch krank, fand ich Aunt Frances in der Eingangshalle sitzend vor, unter dem großen Kruzifix, das Grandfather Younghusband von seiner Hochzeitsreise nach Italien mitgebracht hatte. Sie saß aufrecht auf einem Stuhl.

»Oh, Polly!«

»Ich habe es gehört.«

»Oh, Polly. Ach du meine Güte!«

Wir sahen einander an, und sie vergrub das Gesicht in den Händen.

»Aunt Mary und ich sind furchtbare Personen. Wir sind der reiche Mann, und Charlotte ist der arme Lazarus.«

»Du könntest nie dieser reiche Mann sein, Aunt Frances –

du nicht. Du würdest niemanden vor der Tür verhungern lassen. Und du hast ihm oft einen Penny gegeben.«

»So *grausam*«, sagte die verpuppte Aunt Frances.

»Aber Aunt Mary und Mrs Woods haben ja sicher gründlich darüber nachgedacht und sind im Gebet zu dem Ergebnis gekommen?«

»Nein. Sie fällen so schnell Entscheidungen. Ich wurde gar nicht erst gefragt, oh, ich hätte so gern ein paar Kinder in diesem Haus gehabt.«

»Aunt Frances, *magst* du Mrs Woods eigentlich?«

Sie sah erschrocken aus.

»Warum muss sie denn hier wohnen?«

»Sie hat uns immer sehr gemocht, Polly. Könntest du die Lampen anmachen? Weißt du, sie hat kein Geld. Sie ist arm. Dann wollen wir mal sehen, ob wir über dem Wohnzimmerfeuer ein bisschen Wasser heiß machen können. Wir machen uns Tee oder eine heiße Milch. Aunt Mary ist bestimmt bald zurück.«

»Kann ich dir was sagen?«

»Jederzeit, Liebes.«

»Es ist – Aunt, kann ich weggehen? Das möchte ich gerne. Die ganze Zeit. Es war mir nur bis jetzt nicht klar. Ich glaube, es ist, weil Vater Seemann war.«

»Aber wo willst du denn hin, mit dreizehn?«

»Irgendwohin. Am liebsten auf See. Ich weiß, dass ich Glück habe. Dass ich hier wohnen darf. Ich hab dich lieb, Aunt Frances, aber …«

»Aber wir sind deine Familie. Du bist die Tochter unserer Schwester.«

»Wie war sie?«

»Deine Mutter war sehr … jung.«

»Man kann Leuten doch kein Alter zuweisen.«

Einen winzigen Augenblick lang wirkte sie ungehalten. Die Puppenhülle wurde dünner.

»Emmas Alter hat sich nie verändert. Sie war immer jung. Als Kind war sie natürlich wirklich jung. So voller Leben.«

»Aber ich bin auch jung und irgendwie ohne Leben. Ich bin leer. Ich bin nur da. Sitze herum und denke die ganze Zeit über mich selbst nach. Ich kann mich selbst irgendwie nie vergessen, und wie ich sein soll. Die ganzen Worte aus den Kirchenliedern, die Gebete und Glaubensbekenntnisse und Episteln. Anscheinend gibt es gar nichts anderes.«

»Oh, das gibt es, Liebes.«

Überraschenderweise sah ich beim Blick aus dem Fenster einen betrunkenen Kampf in einer schmalen Gasse – Seemänner, kreischende Frauen, Polizei. Schmutzige Schaulustige an den gegenüberliegenden Fenstern. Dann verschwand das Bild wieder.

»Ich würde das gern alles wissen. Ich glaube, ich wusste es mal.«

Sie wirkte verblüfft, und dann sagte sie: »Ja, ich weiß. Ich wusste es alles nie.«

Die Milch kochte über und ergoss sich frech über die Kohlen des Wohnzimmerfeuers.

»Was für ein furchterregender Geruch!«, kam Aunt Marys Stimme aus der Eingangshalle.

»Oh, bitte sei brav«, sagte Aunt Frances und verpuppte sich wieder.

»Es muss doch mehr geben als Bravsein.«

»Wie Emma.«

»Es ist so *trist*.«

»Es ist sehr ungehörig«, sagte Aunt Frances, allerdings wenig überzeugend, »das Leben trist zu finden. Wir sind es, die trist sind, wenn wir nicht genug Licht in die Welt bringen.

Father Pocock – Polly, wenn du wenigstens darüber nachdenken könntest, dich konfir…«

»Nein.«

»Nur wegen des Unterrichts. Der Theologie. Damit du etwas über die ewige Freude lernst, die die Erlösten erwartet.« Ihre Stimme war hohl, sie hallte wider wie die Glocken in der Kirche; ich hatte das Gefühl, sie hörte sich selbst zu, ohne es zu glauben. »Und er könnte dir auch Lateinunterricht geben …«

»*Nein*!«

»Ich habe hier«, sagte Aunt Mary, als sie hereingefegt kam, »Father Pococks Alice. Er leiht sie uns aus. Was für ein guter, guter Mann! Ach, du liebe Zeit, da ist Milch auf dem Kaminschutz! Alice, nimm doch die ausgeglühten Kohlen bitte gleich mit in die Küche, und den Topf, und bring einen Lappen für den Platz vor dem Kamin mit. Die Milch auf den Kohlen sieht ja schlimm aus. Was ist denn, Polly?«

»Ich habe Polly gerade gesagt, dass sie das Leben nicht trist finden soll.«

»Allerdings nicht. Auf keinen Fall. Nach dem heutigen Tag. Aber der ist bald vorbei, und wir haben Alice. Zumindest vorläufig. Es wird bald wieder ein schönes Feuer in der Küche brennen.«

»Ich gehe mit ihr«, sagte Aunt Frances. »Sie soll am Anfang richtig angeleitet werden, und sie wird erst mal im Gästezimmer schlafen – ja – bis Charlottes Zimmer fertig ist.«

Als Aunt Frances in ihrer neuen Entschlossenheit ins Licht trat, zog Mrs Woods sich noch weiter in den Schatten zurück. Aunt Mary blieb in der Dämmerung, und ich wurde mit meinen neuen Pflichten so beschäftigt gehalten, dass ich gar nicht dazu kam, mich überhaupt in irgendeiner Art Licht zu sehen.

Die Musikstunden schrumpften, weil Aunt Frances immer mehr Zeit mit den Nonnen im Pfarrhaus von The Rood verbrachte, aber Französisch und Deutsch wurden ausgeweitet – vor allem Deutsch. Zwei Tage pro Woche waren nur Gespräche auf Deutsch erlaubt – was Aunt Frances überhaupt nicht sprach. Das diente dazu, wurde mir bald klar, dass Mrs Woods ein Verhältnis zu mir aufbauen sollte – oder eher, dass sie das Gefühl hatte, mich unter Kontrolle zu haben. Aber Aunt Frances bemerkte das nicht, sie verbrachte meine Deutschtage einfach außer Haus. Und so vergingen zwei Jahre.

Dann fand eines Tages beim Frühstück eine weitere Metamorphose statt – auch wenn wir, wie beim Großen Krieg, im Nachhinein die lange, klirrende Kette von Ereignissen hörten, die schon bis zum Tischbein gekrochen war. Mrs Woods kam eines Abends herein, fliederfarben vor lauter Kälte auf dem langen Marsch von den Feierlichkeiten zum Bethlehemitischen Kindermord, und sagte: »Dann verlässt Father Pocock uns also!«, und Aunt Frances fiel schnurstracks in Ohnmacht.

»Oh, das wusste ich nicht. Ich dachte, es wissen sicher schon alle. Ich wollte hier keinen Schock verursachen«, sagte Mrs Woods. Ihre Brust hob und senkte sich. Der Lavendelton war zwei roten Flecken auf ihren elfenbeinfarbenen Wangenknochen und einem lila Fleck um den Mund herum gewichen.

Denn es schien, dass Aunt Frances – und niemand wäre je auf diese Idee gekommen, obwohl (ein Rasseln vom Tischbein) ich mich dunkel zu erinnern meinte, dass Charlotte Andeutungen gemacht hatte, als ich noch klein war – dass Aunt Frances und Father Pocock viele Jahre lang intensiv miteinander beschäftigt gewesen waren.

Im Rückblick erinnerte ich mich an die vertraute Silhouette der beiden, manchmal gemeinsam in der Marsch, wenn Mr Pocock sie vom Wochentagsgottesdienst zur Hälfte nach Hause begleitete; das Kleid und die Brosche zum Tea am Donnerstag; aber da der Donnerstagstea das einzige gesellschaftliche Ereignis der Woche war, war uns die Brosche nicht unziemlich vorgekommen. Es gab vielleicht ein- oder zweimal Momente des Schweigens, als ich überraschend in den Salon kam – ich hatte natürlich immer geklopft, ich hatte vermutet, sie hätten gebetet –, und Father Pocock hatte Aunt Frances bei seinem schmierigen Händeschütteln an der Kirchentür stets ignoriert, aber sonst war mir nie etwas Ungewöhnliches aufgefallen. Bis zu Stanleys Tod wurde Aunt Frances oft übersehen, und wenn sie etwas Unübersehbares tat, hatte Mrs Woods sie sofort auf den rechten Weg zurückgebracht. Der Klang dieser eindringlichen, fiebrigen Zurechtweisungen auf der Treppe, wenn die beiden Frauen ihre getrennten Wege ins Bett gingen, waren jahrelang eine Qual für mich gewesen. Wenn sie die Stimmen so weit erhoben, dass ich sie verstehen konnte, war ich oft unter die Bettdecke abgetaucht, auch wenn ich selbst nicht wusste, warum, und einmal, als die Dinge selbst für das Federbett und drei Decken zu viel wurden, war ich durch den Flur gerannt und hatte so getan, als müsste ich zur Toilette. Ich kam an Aunt Frances vorbei, die errötet, aber unerschütterlich vor Mrs Woods stand, die sie mit scheinbarem Hass ansah und ihren Stock so auf den Teppich donnerte, dass die Strandastern und Gräser in der ölgrünen Vase erzitterten.

»Du weißt, wie sehr ich dich *liebe*«, zischte Mrs Woods.

Ich floh. Niemand erwähnte diese Szene jemals.

Als die Ohnmacht vorüber und Aunt Frances wieder bei Sinnen war und man ihr die Hand getätschelt und sie in einen Sessel gesetzt hatte, bat ich darum, zu Bett gehen zu dürfen, und ging. Daher sah ich nicht, was als nächstes passierte, aber fand später heraus, dass Aunt Frances kurz darauf nach oben gekommen war, sich für draußen umgezogen hatte und über die Marsch ins The Holy Rood marschiert und dort vier Stunden geblieben war. Viel später an diesem Abend – es muss mitten in der Nacht gewesen sein – hörte ich Aunt Mary und die Löffel ins Bett gehen. Sie hielt inne und kam in mein Zimmer.

»Polly?«

Ich antwortete nicht, und sie stand neben meinem Bett und sagte: »Polly, Liebes. Ach, arme Emma. Ach, ist das schwierig.«

»Wir müssen an Paulus denken«, sagte sie, drehte sich um und sah zum Fenster hinaus. »›Besser als in Begierde zu brennen‹. Wobei ich mir nicht vorstellen kann, dass Father Pocock wirklich brennen könnte. Und Frances ist so still.

Ich stehe natürlich hinter Frances. Absolut. Auch wenn sie dafür nach Indien gehen muss. Ich nehme an, das tust du auch, oder?«

Ich wusste, dass sie mit Grandfather Younghusband sprach, nicht mit mir, und als sie gegangen war, machte ich, um das Gefühl loszuwerden, er stünde immer noch herum, mit stierem Blick über dem üppigen Schnurrbart, die Lampe an und sah mich im Schlafzimmer um.

Nichts. Gar nichts. Ein leeres Zimmer. Wind und Regen. Und Aunt Frances ging nach Indien.

Aus Gewohnheit sprach ich ein paar Gebete, aber ich wünschte mir einen echten Menschen, mit dem ich hätte reden können und der mir eine unmittelbare und konkrete Antwort gab oder ein anderes tröstendes Geschenk machte – wie als Robinson Crusoe zu mir gesprochen hatte und diese wundervollen Geschwister am Strand aufgetaucht waren, so zugewandt und herrlich. Ein Telegramm von irgendwo.

Aber es kam keins.

Am nächsten Morgen saßen meine Tanten gerade und ruhig am Frühstückstisch und tranken Kaffee, obwohl Samstag war.

»Kaffee!«

»Ja, Liebes«, sagte Aunt Frances, »ich dachte, heute gibt es mal Kaffee.« Sie lächelte.

Mir war nicht klar gewesen, dass auch jemand anderes als Mrs Woods Kaffee machen konnte. Ich hatte gedacht, dieses Ritual könne man nur im Ausland erlernen. Aber er war genauso gut wie sonntags.

»Mary, ich finde, wir sollten öfter Kaffee trinken, meinst du nicht?«

»Kaffee? Der wäre bald alle. Agnes kauft nur eine bestimmte Menge …«

»Es gibt auch bei Boagey's Kaffee, und bei Dicky Dick im Laden. Er vergrößert sich. Wir müssen den Kaffee nicht mit der Bahn kommen lassen.«

»Ich bin sicher, dass es keinen Kaffee *von hier* gibt, Frances. Was soll der kosten! Das wird den Rahmen sprengen.«

»Nein. Das sollte ganz normal sein. Kaffee. Edwin trinkt jeden Tag welchen. Ich erkundige mich mal. Ich wünsche mir, dass ihr es euch gut gehen lasst, wenn ich weg bin.« (Zu mir sagte sie nichts.)

Wir sahen sie an, und Mrs Woods kam herein und sah düster drein. Wir warteten auf einen Ausbruch, denn der Kaffeeduft war herrlich stark, aber sie fuhr nur im Vorbeigehen mit einem Finger über die Anrichte und sagte: »Schmutzig.«

Am Tisch untersuchte sie einen Löffel und sagte: »Neapel.«

»Es ist absolut sauber«, sagte Aunt Frances.

»Seit wir die Dienstbotin aus dem Pfarrhaus haben, wohnen wir hier wie in Neapel.«

»Warst du mal in Neapel, Agnes?«

»Ich kenne den Schmutz vieler fremder Länder.«

»Warst du irgendwo glücklich, Agnes? Alice aus dem Pfarrhaus ist jetzt seit über zwei Jahren hier. Bisher hast du dich nicht beschwert.«

»Ich finde, sie sollte dahin zurückgehen, wo sie herkam. Seit sie hier ist, verlottern wir.«

»Es wäre sehr dumm, sie wegzuschicken. Sie hat sich gut eingelebt. Edwin braucht sie nicht. Wir haben gestern Abend über Haushaltsangelegenheiten gesprochen. Eure und unsere.«

»Eure und unsere?«

»Mr Pocock verlässt uns, Agnes.«

Aunt Mary betrachtete ihre Marmelade. »Du hattest recht. Er geht nach Indien. Der neue Priester wird ganz von vorn anfangen. Vielleicht bringt er sogar seine Frau mit. Aunt Frances verlässt uns ebenfalls.«

»Eine Frau? Oh, nicht in The Rood. Eine Ehefrau zwischen den Schwestern.«

»Ich weiß nicht, was die Schwestern an einer Ehefrau stören sollte. Normalerweise sind es eher die Geistlichen, die sie ablenken«, sagte Aunt Frances.

»The Rood ist viel zu ehrwürdig für eine Ehefrau. Ein verheirateter Priester!«, sagte Mrs Woods. »Und du lieber Himmel, ist das mein Kaffee? Es ist erst Samstag!«

»Wir dachten, heute gönnen wir uns mal was. Zur Feier des …«

»Zur Feier von was? Um *was* zu feiern, Frances? Was ist das für ein Unsinn, Frances verlässt uns?«

Als ich ging, rührte sich keine von ihnen, niemand flüsterte, niemand regte sich. Aber als ich draußen am Fenster vorbeiging, hinter der kranken Ligusterhecke, hörte ich Aunt Frances lachen – ein junges Lachen, wie das eines Mädchens.

Oh, wie ich sie vermisste. Die Hochzeit war furchteinflößend. Anscheinend hatte Father Pocock sich schon seit einigen Jahren vage auf den Missionsdienst vorbereitet, und Aunt Frances hatte es eben für nur sehr vage gehalten.

Ebenso wie den Heiratsantrag. Beides war zwischen ihnen nur ganz vorsichtig angesprochen worden, und als sich seine jahrelange vage Korrespondenz mit alten Kirchenkollegen schließlich konsolidierte und Öffentlichkeit und Unterschriften von Bischöfen erforderte, war Mr Pocock dem Gelben Haus ganz plötzlich ferngeblieben. Was sehr sonderbar war.

»Er hat so einen verkniffenen Zug um den Mund bekommen«, hatte Mrs Woods erst eine Woche vor der großen Enthüllung gesagt. »Aber er fastet natürlich auch viel.«

»Sicher nicht zu Weihnachten und Epiphanias«, sagte Aunt Mary. »Es sind noch Wochen bis zur Fastenzeit.«

Aunt Frances sagte nichts.

Seit Weihnachten war Father Pocock kaum bei uns gewesen. Vermutlich hatten alle drei Damen ihn bei ihrer wöchentlichen Samstagsbeichte gesehen, aber Aunt Frances' Spaziergänge zum Pfarrhaus und den Nonnen waren flotter denn je gewesen. Sie war immer kürzer geblieben. Es war schon ein paar Monate her, fiel mir erst jetzt auf, dass Father Pocock zum Tea bei uns gewesen war. Es hatte immer Gründe dafür gegeben – aber trotzdem. Aunt Frances hatte trotz ihrer Entschlossenheit in letzter Zeit blass gewirkt. Sie war nicht, wie sie nach der Sache mit Charlotte gewesen war – offensichtlich geknickt, mit einem Schatten um sich herum, Stanley und ihre eigenen Sünden beweinend. Aber wir erkannten jetzt, dass durchaus nicht alles gut gewesen war. In der neuen Freiheit, die Aunt Frances' Selbstvertrauen uns geschenkt hatte – Aunt Mary für ihre Gebete, Mrs Woods für ihre geheimen Grübeleien und mir für meine Bücher –, hatten wir sie alle gar nicht mehr richtig wahrgenommen. Sie war einfach verlässlich, zügig und tatkräftig da gewesen.

Jetzt war sie rosig, gesprächig und fröhlich. Ich dachte: »Stimmt. So war sie doch früher auch, vor langer Zeit. Als ich ankam. Das hatten wir alle vergessen«, und es war schrecklich, mir vorzustellen, dass Aunt Frances vielleicht nie wieder sie selbst geworden wäre und wir gar nicht bemerkt hätten, dass sie verschwunden war.

Aber es war ebenso schrecklich zu wissen, dass sie aus Gründen wieder sie selbst war, über die man sich wirklich nicht freuen konnte und die nicht die allerkleinste Romantik besaßen (ich las zu der Zeit Scott und Charlotte Yonge), sondern nur damit zusammenhingen, dass sie in einer sehr nassen Nacht auf höchst unfeminine Weise hinausmarschiert und Father Pocock gegenübergetreten war. Ihn *konfrontiert* hatte.

Schrecklich, wenn eine Frau so trotzig ist.

Wenn es nicht komplett undenkbar wäre, könnte man sich fast vorstellen, dass sie Father Pocock selbst einen Heiratsantrag gemacht hat; ihn – wie die Leute in Wales oder am Fisherman's Square es tun – eingenordet: den blassen, schlaffen, kerzenfettigen Father Pocock mit Händen wie Seehundflossen und dem aufgeworfenen rosa Seeanemonenmund.

Und dann war da die Sache, die Charlotte erwähnt hatte und die bei Scott, Jane Austen, den Brontës und Charlotte Yonge nie auftauchte: »Und wer schläft mit Ihnen?«, hatte

Charlotte gefragt. Verstand Father Pocock etwas von diesen Dingen? Die Schlafgewohnheiten, das Nebeneinanderliegen und was auch immer dann geschah? Und das mit dem Blut? Nun ja, das hatte bei Aunt Frances vermutlich schon aufgehört. Immerhin war sie alt. Und er musste es wissen. Er hatte ja die Bibel gelesen. Über die Frau, bei der es zwölf Jahre ununterbrochen gedauert hatte, die Arme. Es kann also immer noch schlimmer sein. Aber was hätte Father Pocock von der Sache auf dem Sofa in Wales gehalten?

Und was würde Aunt Frances davon halten?

Wusste sie das überhaupt? Ich wusste nicht viel, aber sollte ich ihr das bisschen, was ich wusste, vielleicht sagen?

Die ganze Sache kam mir noch schrecklicher vor, als er zum Mittagessen kam – Aunt Frances hatte es noch für denselben Montag arrangiert, sodass er nur den Sonntag hatte, um sich zu sammeln –, um ihr Verlöbnis offiziell zu feiern. Da saß er also an unserem Esstisch, alt und blass, und lächelte friedlich und pries das Hühnchen. Wie Mr Casaubon – aber viel, viel schlimmer als Mr Casaubon, denn Dorotheas Mann hatte einen großen Geist und eine geschundene Seele. Er hatte dünne Luft geatmet wie Moses auf dem Berg. Ich verstand *Middlemarch*. Die Leidenschaft für einen Gelehrten. Ein bisschen wie Jo in *Betty und ihre Schwestern*, als sie Dr Bhaer heiratet: es machte einen ganz krank, aber man verstand es.

Aber Father Pocock! Er sah über den Kohl hinweg auf Aunt Frances hinab, so freundlich, als würde er ihr ein ganz besonderes Geschenk machen, das er sich ganz allein ausgedacht hatte. Mr Casaubon sprühte vor Verstand; Father Pocock hingegen verströmte ein glimmendes, kleines Selbstbewusstsein, das anscheinend von der Erleichterung herrührte, dass ihm jemand die Entscheidung abgenommen hatte. »In Indien werden wir wohl nicht so gut essen wie hier, weißt du, haha«, sagte er und meinte: »Wie sehr du mich lieben musst.« Dabei tupfte er sich mit der Serviette die Seeanemone ab. »Wir werden in unserer kleinen Hütte an all diese Reichtümer zurückdenken.« Er war so stolz, als hätte er eine kleine Heiligenfigur erworben und ihr Leben eingehaucht.

Aunt Frances sagte in ihrer neuen, forschen Stimme: »Eine *Hütte* in Delhi wohl kaum, Edwin. Und ich freue mich wirklich auf ordentliche Currys. Sie sollen da ganz anders sein.« Es gab keinen Zweifel, dass Aunt Frances – sie, die mir Tennyson vorgelesen hatte – glücklich war, obwohl sie diese ganze grässliche Angelegenheit selbst hatte einfädeln müssen. Ihr Zimmer war plötzlich voller offener Überseekoffer, ihre Tage waren mit komplizierten und köstlichen Besuchen gefüllt. Sie war Ewigkeiten bei den Schneiderinnen im Turmzimmer, und zweimal nahm sie mich mit nach York – die weitesten Reisen, seit ich sechs war –, wo sie stapelweise Männerunterwäsche aus Baumwolle kaufte, mit Knöpfen vorne entlang an den offenherzigsten Stellen (»Man kann nicht von den Nonnen erwarten, dass sie das kaufen, und der arme Edwin hat keine Schwester«).

»Die *Grundausstattung*«, sagte sie, »kaufen wir natürlich in den Army and Navy Stores in London. Die Tropenkleidung kommt von Mowbray's.« Denn die Flitterwochen würden Arbeitswochen werden, die sie zum größten Teil in der Missionsgesellschaft in der Tufton Street verbringen würden. »Dann kümmere ich mich um die weltlichen Angelegenheiten, während er sich um die spirituellen kümmert«, sagte sie.

Sie stellte lange Listen der unmöglichsten Gegenstände zusammen – sie musste vorher schon gründliche Erkundigungen eingeholt haben, in den vorsichtig hoffnungsfrohen Jahren zuvor, es wurde alles ordentlich abgehakt und durchgerechnet. »Das muss ja alles ganz schön teuer sein«, sagte ich einmal, und sie sagte: »Ach, Edwin steht ganz gut da. Darüber müssen wir uns keine Sorgen machen. Es ist mehr als genug da, und wir werden sicher auch eine Menge verschenken können, nehme ich an.« Sie nickte kurz auf diese glückliche Weise, wie früher, wenn sie Stanley einen Penny in die Hand gedrückt hatte. »Ach, das wird mir *Spaß* machen, reich zu sein«, sagte sie auf eine Art, die ich für die Verlobte eines Missionars ungewöhnlich fand.

Sie heiratete in Royalblau und ihrem Leghorn-Strohhut mit rosa Pfingstrosen aus Seide darauf. Die Hochzeit war recht still und fand an einem nasskalten Vormittag statt – es musste früh sein, weil sie den Zug nach London erwischen mussten. In der Kirche waren nur Aunt Mary und ich, ein komisch aussehender Pocock-Cousin, das Hausmädchen Alice, der Pfarrer (ein Kollege aus Mirfield) und ein paar Nonnen. Und die übliche fromme Frau in der letzten Bank, die immer zu Priesterhochzeiten kommt und weint und vor dem Ende geht. Und Lady Vipont, die erst kurz vor der Braut hereinschlüpfte und abseits in der Bank für The Hall saß. Mr Pocock wurde ganz aufgeregt deswegen und machte ihr vom Bräutigamsplatz aus Zeichen, aber sie sah gar nicht zu ihm und ging vor dem Empfang.

Außerdem dachte ich, kurz bevor der Gottesdienst anfing, ich hätte womöglich Charlotte gesehen, hinter einer Säule, aber vielleicht habe ich mich da auch getäuscht.

Mrs Woods fühlte sich nicht wohl und konnte nicht teilnehmen. Und weil sie im Gelben Haus ihre Ruhe brauchte, fand der Empfang in The Rood statt. Aunt Frances war in einem Auto von Boagey's First Class Wedding Services zur Kirche gefahren worden, und Aunt Mary und ich waren mitgefahren. Zwei Autos wären übertrieben gewesen. Aunt

Mary, komplett ohne Barthaare, saß neben der Braut in einem wirklich antiken, wunderschönen Kleid und einem fantastischen Hut aus elfenbeinfarbener Seide, der seit Generationen in schwarzes Seidenpapier eingewickelt gewesen war. Sie sah überraschend schön aus, ich musste sie von meinem Klappsitz aus die ganze Zeit ansehen. Ich konnte nicht mal die Braut anschauen.

Neben mir saß ein alter Freund der Familie, dem ich noch nie begegnet war, Arthur Thwaite, der in Aunt Frances' Jugend eine Rolle gespielt hatte und sie zum Altar führen sollte. Er lebte angeblich im Moor in Yorkshire, und ich hatte gehofft, er hätte etwas von Heathcliff, aber er trug ein Monokel und einen hängenden Schnurrbart und räusperte sich dauernd.

Nach der Zeremonie sauste das Auto durch den Regen zum Pfarrhaus von The Rood, wo es Sherry und Sandwiches und ein Stück Hochzeitstorte gab. Aunt Frances schwirrte umher und ermahnte die Nonnen, es sich mal so richtig gutgehen zu lassen – auch wenn sie es nicht ganz so deutlich ausdrückte –, und das taten sie, sie lachten wie Kinder, dachte ich, die jünger waren als ich, allerdings lachten sie nicht mehr so entspannt mit Aunt Frances zusammen, und sie spendeten dem Bräutigam nicht mehr dieselbe Aufmerksamkeit wie zu der Zeit, als er ihre Litaneien begleitet hatte.

Er selbst bemerkte das allerdings nicht. Er strahlte vor guter Laune und bemerkte nichts und niemanden, nicht mal Aunt Frances, und sein Bauch – vielleicht lag das an der neuen Unterwäsche – bewegte sich noch gravitätischer zwischen uns umher und über uns hinweg.

Beim Empfang schenkte niemand Aunt Mary oder mir besondere Aufmerksamkeit – ich glaube, Aunt Marys plötzliche Schönheit schüchterte uns alle ein –, und ich stand einen

Großteil der Zeit mit Mr Thwaite, dem verhinderten Heathcliff, herum, der mit Leichenbittermiene in den Regen starrte und in regelmäßigen Abständen sagte: »Schreckliches Wetter.« Der Pocock-Cousin war zu uns gekommen, er war der Trauzeuge. Er hatte einen sehr großen Kopf und war anscheinend nicht ganz richtig darin. Er kam mir vor wie ein ganz liebenswürdiger Mensch, aber als Mr Thwaite sich zum dritten Mal räusperte und »schreckliches Wetter« sagte, ging er weg.

Am Ende stiegen wir wieder alle in das Brautauto, und die Gäste versammelten sich auf der Treppe, oben hingen ein paar nicht ganz so altersschwache Rekonvaleszenten aus den Fenstern. Ich saß jetzt zwischen meinen Tanten, Mr Thwaite und Mr Pocock uns gegenüber. Mr Pocock ragte so hoch auf dem Klappsitz auf, dass er wie Gott unter der Decke zu schweben schien. Er winkte ernst in verschiedene Richtungen, Aunt Frances tat dasselbe fröhlich, die Nonnen warfen ein bisschen Reis, und wir machten uns auf den Weg zum Bahnhof.

Auf dem Weg über die Marsch bewegten sich die Quasten an den Sonnenblenden von Boageys Rolls-Royce kaum, und der Bräutigam sagte: »Es werden große Veränderungen stattfinden, Frances, vieles wird anders sein, wenn wir zurückkommen. Glaub mir, es wird bald einen Zustrom geben. Einen *Zustrom.* Es sollen Slums geräumt werden. Es wird weitreichende Entwicklungen geben. Ich fürchte, wir werden unsere Marsch nicht wiedersehen, oder jedenfalls nicht so, wie wir sie kennen.«

Dazu fiel niemandem etwas ein, und wir fuhren schweigend weiter. Dann räusperte sich Mr Thwaite und sagte: »Wirklich schreckliches Wetter«, und ich fing an zu weinen.

Am Bahnhof sagte sie: »Oh, Polly. Nicht weinen. Du musst uns mal besuchen kommen. Das weißt du doch. Für einen richtig langen Aufenthalt. Meinetwegen auch für immer, wenn du willst. In einem Jahr oder so. Oder wenn du achtzehn bist. Mach dir keine Sorgen. Sei tapfer, und denk mal über Indien nach. Ich schreibe euch jede Woche. Versprochen. Ich hab dich lieb, Polly, meine liebe, liebe Polly, ich werde dich so vermissen. Du gehörst doch zu mir.« Aber sie wirkte so triumphal, als sie das Abteilfenster hinunterschob, um zu winken, mit Father Pococks großem, blassem Gesicht über sich, dass ich weiterweinte. Ich versuchte damit aufzuhören. Ich wollte einen guten letzten Eindruck machen. Aber ich konnte nicht aufhören.

Ich konnte nicht aufhören, denn ich wusste, was auch immer sie sagte, sie war nicht mehr die, die sie gewesen war. Sie log. Sie war nicht verliebt. Kein Stück. Sie liebte ihn nicht. Sie war berechnend geworden. Sie war nur bis zum Bersten voll von dem Gefühl, eine verheiratete Frau zu sein.

Am nächsten Morgen beim Frühstück hustete Mr Thwaite und sagte: »Ich hab darüber nachgedacht, das Mädchen mitzunehmen.«

Aunt Mary blinzelte.

»Das Mädchen«, sagte er. »Polly Flint. Polly. Kleiner Urlaub. Mit nach Thwaite.«

»*Polly* mitnehmen?« Sie klang, als gäbe es noch reichlich weitere Mädchen im Haus. »*Polly*?«

»Mal raus. Kleiner Urlaub.« Dann zog er sich zurück. »Entschuldigt mich. Bibliothek. Pfeife.«

Wir sahen einander an. »Polly, Schatz – das kommt unerwartet.« Und Aunt Mary, deren Schönheit wieder in ihrem üblichen Schwarz verschwunden war, blickte sich nach ihrer

Schwester um. Und wirkte beim Anblick des leeren Stuhls so verloren, dass ich sagte: »Natürlich nicht. Natürlich lasse ich dich nicht allein, Aunt Mary. Schon gar nicht, wo Mrs Woods krank ist. Natürlich nicht!«

Und das meinte ich auch so. Mr Thwaite war rätselhaft, und ich mochte Rätsel: wie er sein Inneres beherrschte und unfähig war, das im Äußeren zu spiegeln. Ich fing an, ihn zu mögen. Aber es war einfach nicht der richtige Moment, um Aunt Mary und das Gelbe Haus zu verlassen.

»Nun ja, er bleibt noch ein, zwei Tage hier«, sagte sie. »Lass uns mal abwarten, was so passiert.« Dann klingelte sie nach Alice, damit sie den Frühstückstisch abräumte und das Feuer versorgte. »Geh ins Arbeitszimmer, Polly. Ich sehe mal nach Mrs Woods. Hör dir doch mal an, wie der arme Arthur sich das vorstellt.«

Die Tür zur Eingangshalle war offen, und wir standen beide einen Moment dort und betrachteten das Bodenmosaik im Windfang, auf dem die Briefe landeten. »Sie kann ja noch nicht geschrieben haben«, sagte ich. »Es war ja erst gestern.« Ich fragte mich, ob Aunt Mary schon zu alt und zu fromm war, um sich zu fragen: »Was ist passiert? Was in aller Welt ist passiert? Wie ist es ihr ergangen? Sie war die ganze Nacht bei ihm.«

Mr Thwaite saß entspannt am großen Schreibtisch im Arbeitszimmer und rauchte, als ich hereinkam. »Hübsche Sammlung«, sagte er, und ich setzte mich auf einen gewölbten, kalten Ledersessel gleich neben der Tür.

»An Büchern. Younghusbands Bücher. Wem gehören sie jetzt?«

»Na ja – uns. Aunt Mary, nehme ich an. Wie alles hier.«

»Sehr wertvoll«, sagte er. »Da sind ein paar schöne Ausgaben dabei. Liest du sie?«

»Oh, ja.«

»Oft?«

»Ja, fast jeden Tag. Eigentlich jeden Tag.«

»Was denn? Die alten Philosophen und Heiligen?«

»Ja.«

»Kleriker? Geistliche?«

»Ich bin nicht so – mit den Geistlichen habe ich noch nicht angefangen.«

»Wie alt bist du?«

»Fast sechzehn.«

»Du wirkst so viel jünger.« Er machte ein lautes, hartes Geräusch im Rachen. »Wie würde dir denn ein Besuch in Thwaite gefallen? Dort gibt es jede Menge Bücher, ein bisschen aktueller als diese hier. Nicht mein Kaliber, aber dir könnten sie Freude machen. Denk mal drüber nach.«

»Fan und Mol hat es immer gefallen«, sagte er. »Und deiner Mutter auch.«

»Fan und Mol?«

»Deine Tanten. Und Emma.«

(Fan und Mol!) »Kannten Sie meine Mutter?«

»Sehr gut sogar. Und ihre Mutter kannte ich auch. Eine alte Freundschaft.«

»Aber Sie müssen viel jünger sein als die Mutter meiner Mutter«, sagte ich.

»Ja. Aber viel älter als die drei Mädchen.«

Ich brauchte einen Moment, um zu verstehen, dass die drei Mädchen Mary, Frances und Emma waren. Eine tot, zwei ziemlich gealtert – sicher vierzig.

»Wie verbringst du denn dein Leben?«, fragte Arthur Thwaite.

»Vormittags Französisch und Deutsch mit Mrs Woods. Dann Klavier – ich spiele – oder habe mal – Klavier …« Und dann kamen die dicken Tränen und liefen mir das Gesicht hinunter, als ich an die Leere dachte, die jetzt entstanden war.

»Ja. Das macht nichts«, sagte er. »Du hast bestimmt Schubert mit ihr gespielt, oder? Habe ich auch.«

Wir saßen da, die vom Pfarrer ausgeborgte Alice rumpelte draußen herum, und es regnete immer noch. Ansonsten war alles in Schweigen gehüllt.

»Und jetzt?«

»Ich weiß nicht. Jetzt lebe ich einfach.«

»Die Dame, die für den Sprachunterricht zuständig ist, liegt krank im Bett. Die Dame für Musik ist verheiratet und weg. Was willst du hier? So ganz alleine? Was sollst du tun?«

Ich sagte entschieden, dass ich nicht allein sei. Ich war bei Aunt Mary. Ich wurde gebraucht. Er schnaufte und kratzte in seiner Pfeife herum.

»Nicht gut für dich«, sagte er. »Nicht sehr gesund. Nur mit alten Frauen herumzusitzen. Mit sechzehn.«

»Schätze«, sagte er, »deine Tante braucht auch eine Pause. Hat sie gestern Abend gesagt. Als du schon im Bett warst. Die andere alte Dame … nicht gut. Unerfreulich.«

»Es geht ihr schon seit einer Weile nicht gut. Ach, eigentlich noch nie.«

»Für Mary war das alles ein ziemlicher Schock. Sie hatte schon seit vielen Jahren keinen Urlaub mehr.«

»Oh, dann fahre ich mit ihr. Ich komme mit ihr zusammen nach Thwaite. Wann immer Sie möchten. Ich wusste nicht, dass sie das möchte.«

»Ich glaube eher, dass Mary … für sich selbst irgendwas mit den Nonnen im Sinn hat. Natürlich nur vorübergehend.«

»Aber … Mrs Woods? Und Pfarrers Alice?«

»Ich glaube eigentlich, wenn du mit mir mitkommst, wird sich hier alles aufs Schönste fügen. Wenn ich das richtig verstanden habe, ist der Doktor der Meinung, dass Mrs Woods sich mal für eine Weile in Obhut begeben sollte. In ein Pflegeheim. Und Alice kann den Frühjahrsputz machen. Mary geht irgendwo in Exerzitien, sie hat da schon was im Auge.«

»Sie meinen, sie wissen nicht, wohin mit mir?«

Er wirkte wütend, und ich mochte ihn noch mehr. »Ganz sicher nicht. Nein. Würden dich nie auf dem Trockenen sitzenlassen. Mögen dich sehr. Immer an erster Stelle. Aber sie bräuchten sich überhaupt keine Sorgen zu machen, wenn du zu mir und meiner Schwester Celia kämst. Für eine Weile. Nur eine kurze Weile.«

»Wann denn?«

»Ach, sofort. Vielleicht sogar schon morgen. Außer du möchtest erst auf einen Brief von Mrs Pocock warten natürlich.«

Ich sagte: »Oh, nein, danke, Mr Thwaite. Natürlich nicht. Ich komme mit, wann immer Sie wollen. Wenn Aunt Mary das möchte. Womöglich gleich heute?«

»Vielleicht eher morgen früh. Kannst du deine Sachen packen?«

»Oh, ja. Ja, das kann ich. Wenn Aunt Mary das möchte?«

»Ha.«

»Wie lange?«

»Sagen wir einen Monat? Der auf drei verlängert werden kann, wenn du glücklich bist?«

»Oh – ja. Ja. Ist es sehr weit? Natürlich, ich komme mit.«

»Gar nicht. Überhaupt nicht weit. Wobei einem von hier aus eigentlich alles weit weg vorkommt.«

Wie wohl ich mich bei diesem angestaubten alten Mann fühlte! Am nächsten Tag im Zug, als wir durch die Ebene von York rollten, konnte ich fragen – ein Erster-Klasse-Waggon, und wir waren allein: »Warum ist es so wie nach einer Beerdigung, Mr Thwaite? Ich war noch nie auf einer Beerdigung. Aber es fühlt sich so an.«

»Oh, es war eine Beerdigung. Eine traurige Beerdigung.«

Der Zug fuhr sanft in York ein, fauchte, zischte und hielt an, und wir wechselten das Gleis und fuhren in einem kleineren Zug weiter nach Pilmoor Junction. »Diese Bücher, die du liest«, sagte er. »Welche davon sind für dich am … gewinnbringendsten?«

»Welche ich am liebsten mag?«

»Ja, so was. Liebe. Welche liebst du besonders?«

»Oh, Defoe. *Robinson Crusoe.* Das lese ich andauernd. Da bin ich ein bisschen speziell. Vor allem, glaube ich, in schwierigen Zeiten.«

»Hast du oft schwierige Zeiten?«

»Ich glaube, ich bin einfach unzufrieden veranlagt. Crusoe war so vernünftig. Und so fantasielos. Er sortiert einen. Ich liebe ihn.«

»Schon mal Dickens gelesen?«

»Ja.«

»Solltest Dickens lesen«, sagte er. »Bisschen was Drängenderes. Großer Fehler, so an einem einzigen Autor zu hängen. Hier steigen wir aus, und dann hoffen wir, dass die Kutsche bereitsteht. Dickens wird dich zum Lachen bringen.«

Ein Einspänner wartete am Bahnhof in Helpersby auf uns, und darin ein schöner Hund. Auf dem Kutschbock saß ein Mann und döste. In einer Halterung neben ihm steckte eine Peitsche, die oben herunterhing wie eine Pflanze. Es war ein herrlich warmer Tag, und die Sonne schien auf das farbenfrohe Land.

»Ziemlicher Wetterumschwung«, sagte Mr Thwaite.

»Nein, nein. Ziemlich stabil«, sagte der Kutscher. Ich wurde neben den Hund gesetzt, der mir die Schnauze auf den Schoß legte, und Mr Thwaite setzte sich neben mich. Wir klapperten vom blumengeschmückten Bahnhofsplatz aus zwischen Hecken voller Vögel hindurch. »So weit alles in Ordnung?«, fragte Mr Thwaite.

»Ach, klar«, sagte der Kutscher, als könnte es gar nicht anders sein.

Die Straße wand sich weiter und weiter, die Hecken verschwanden und wichen wogenden Feldern mit jungem, grünem Getreide. Flecken später Primeln und ganze Seen von Schlüsselblumen an den Rändern, wie Brautjungfernsträuße. Es waren keine Menschen unterwegs, aber wir passierten große, stille Höfe, die sorgfältig gestrichen waren und rote Dächer hatten. Auf den Höfen standen Pferde mit seidigem Fell, das an ihren Knöcheln zu kleinen Röckchen frisiert war, und schüttelten die Köpfe, damit das Zaumzeug klimperte. Selbst die Hühner wirkten wie frisch gewaschen. Ein Arbeiter, der an einem Tor an einem rosa Schleifstein arbeitete, wirkte rosig und wohlgenährt. Zweimal sahen wir auf kleinen Anhöhen große Anwesen in Parks, wie ich sie auf alten Gemälden in The Hall gesehen hatte. Irgendwo im Gras plätscherten Bäche.

Wir klapperten über eine Holzbrücke mit weiß gestrichenem Geländer, und das Wasser untendrunter hüpfte schnell und fröhlich über blankgeputzte Steine. Alle Blätter waren schon da, selbst an den Eschen, und die Sonne wärmte mir den Rücken. Überall standen Süßdolden in cremefarbener Spitze, und das Getreide wuchs üppig.

Nach vielleicht einer halben Stunde kamen wir in Mr Thwaites Dorf an, das Thwaite hieß: ein Ententeich, ein Grüppchen roter Cottages und zwischen ein paar Bäumen ein normannischer Kirchturm. Wir bogen in eine Straße mit einer hohen Mauer aus kleinen, dunklen Steinen ein. Efeu kletterte daran hoch, und von der anderen Seite her ergossen sich weitere Pflanzen. Weiße und gelbe Flechten explodierten auf den Steinen wie Sterne. Wir fuhren durch ein Eisentor, das über und über von Winden bewachsen war, und rechts und links standen Greife mit Schilden, die stolzen Gesichter verächtlich zur Seite gewandt. Die Schlösser an diesem Tor waren papierdünn.

Auf dem Platz zwischen den Ställen saß ein Junge auf einer Aufsteighilfe und guckte in die Luft, und Tauben spazierten würdevoll über grünliches Pflaster. Weitere Tauben saßen auf dem Dach, und die Stalluhr schlug vier.

»Thwaite«, sagte Mr Thwaite. »Es heißt genauso wie ich und wie das Dorf. Thwaite House. Es bedeutet einfach Lichtung. Ausgesprochen langweilig. Vielleicht gibt es Zimt. Komm!«

Wir verließen die Kutsche und gingen durch eine Tür in einen Gang mit Steinfußboden und einer Laterne darin. Es duftete nach Rosen. »Scones«, sagte er. »Zimtscones.« Er hielt eine weitere Tür auf, wir gingen über weitere Steinplatten und kamen an Statuen und riesigen schwarzen Möbeln vorbei, an gekreuzten Schwertern, großformatigen, düsteren Gemälden und mannshohen chinesischen Vasen. Unsere Schritte hallten, und plötzlich war von ferne Gesang zu hören.

»Mit etwas Glück kommen wir genau zum Tea«, sagte Mr Thwaite und öffnete die Tür zu einem Zimmer mit drei Fenstern, von denen man über eine Rasenfläche und Kornfelder hinweg bis zu einer Hügelkette sehen konnte.

Auf einem gelben Seidensofa lag jemand. Das Holzfeuer im Kamin loderte auf, und es roch nach noch etwas anderem, etwas sehr Süßem. Ein Potpourri – eine große Schale voll –, aber das war es nicht nur. Auf dem Sofa erkannte ich nur drapierte Stoffe und die Bewegung weißer Hände und das Gefühl, beobachtet zu werden.

»'lo Celia. Wieder da. Polly. Polly Flint.« Mr Thwaite machte sein lautes Räuspergeräusch und trat ans Fenster. Er wirkte, als würde er sich verabschieden: Ich habe getan, was ich tun konnte. Ich habe es durchgezogen. Er sah in den Himmel. »Herrlicher Tag«, sagte er. »Schlimm in Oversands. Dauerregen. Enttäuschend.«

»Polly *was*?«

»Flint. Emmas. Flint. Polly. Kleiner Urlaub.«

»*Flint*«, sagte die Stimme. »Also. Arthur. Ganz allein? Arthur, klingel mal. Polly *Flint*. Komm mal her.«

Auf dem Sofa lag eine winzige Frau in Seide. Pampasgras in einer hohen Vase neigte sich über sie wie ein majestätisches Sonnensegel. Ihr Gesicht war dick bemalt – leuchtend roter Mund und Wangen. Ihre Augenlider und -brauen waren ebenfalls angemalt, ihr sehr schwarzes, glattes Haar war straff zurückgebunden, und auch das wirkte aufgemalt wie bei einer Holzpuppe. Ihr Hals war nicht viel dicker als ein Handgelenk, und ihre Ohren, an denen runde Topase glitzerten, waren klein und hübsch wie Lammnüsschen.

Ihre Hände waren sehr, sehr alt und hatten hervortretende Adern, sie waren weich und wenig benutzt, aber nicht so klein wie der Rest. Entschlossene Hände. Sie streckte eine tapfer aus, und sie sah aus, als könnte sie unter dem Gewicht weiterer Topase jederzeit hinunterfallen.

»Komm doch mal her.«

Sie betrachtete meine Kleider Stück für Stück, vom Hut bis zu den Gamaschen. Sie sah meine Pelisse, die aus einer abgelegten von Aunt Frances gemacht worden war und sehr speziell. Ich hatte sie bei der Hochzeit über meinem kindlichen Twillmantel getragen. Sie schien die Knöpfe an meinen

Waden zu zählen und fraß den großen Tellerhut fast auf. Sie blickte weiter nach unten, und mir fiel ein, dass der Gummizug meiner Unterhose am linken Knie ausgeleiert war und dass ich mich eigentlich vor unserer Abreise noch darum hatte kümmern wollen.

»Hast du an Zimtscones gedacht?«, fragte Mr Thwaite. »Zum Tea? Wir sind genau pünktlich.«

»Polly *Flint*«, sagte (vermutlich) seine Schwester. »Wie interessant! Wie hübsch. Emmas Tochter. Überhaupt nicht wie Emma. Ganz anders. Außer vielleicht den Wangenknochen. Wie ausgesprochen vernünftig von dir, Arthur. Ist sie zu Besuch?«

»Kam mir nicht unklug vor. Keine abseitige Idee.«

»Überhaupt nicht unklug. Sehr klug sogar. Hast du dir das selbst überlegt? Ein langer, langer Besuch? Sie weiß natürlich Bescheid?«

»War keine Zeit, viel zu sagen.« Er betrachtete seine polierten Knöpfstiefel.

»Und sind sie – die arme Frances – abgereist?«

»Ja. Ja.«

»Keine Missgeschicke? Keine Verzögerung? Kein Bedauern?«

»Nein«, sagte ich so entschieden, dass die Tücher zitterten.

»Gut. Wunderbar. Und der Bräutigam zweifellos sehr gutaussehend?«

»Hier sind die Zimtscones. Ha!«, sagte ihr Bruder. »Nur wir drei, Celia? Sonst niemand unterwegs?«

»Ach, man weiß nie. Man weiß wirklich nie, oder? Du wirst merken, Polly, dass die Leute hier kommen und gehen. Sie wandern völlig frei durch dieses Haus. Manchmal sind sie bei uns, manchmal nicht. Man weiß nie genau, wen man auf der Treppe trifft.«

Es war schwierig, darauf etwas zu antworten.

Es war schwierig gewesen, auf irgendetwas von alldem zu antworten – auch wenn nichts von dem, was sie gesagt hatten, wirklich an mich gerichtet gewesen war. Ich dachte, vielleicht ist es eine Art Heilanstalt. Hätte Aunt Mary es gewusst, wenn das hier so etwas wie eine Irrenanstalt war? Hätte sie mich dann hergelassen? In all den Jahren in Oversands hatten sie und Aunt Frances diese Leute nie erwähnt. Sie hatten uns nie besucht. Sie hatten nicht mal eine Weihnachtskarte geschickt. Es gab keine Fotos von ihnen im Gelben Haus.

Vielleicht war Mr Thwaite verrückt. Zumindest war er komisch. Diese Besessenheit vom Wetter. Und das Schweigen. Und dieses wundervolle Haus mit den verschlossenen, unkrautüberwucherten Toren. Bestimmt hätte selbst Aunt Mary es gewusst, wenn das hier eine private Nervenklinik wäre.

Dann dachte ich, ach du lieber Gott, vielleicht auch nicht! Sie hat es verwechselt. Oje, sie ist so fromm und geistesabwesend. Es war Mrs Woods, die hierher kommen sollte, und sie haben es verwechselt und mich hergeschickt. Was soll ich bloß tun?

Aber wie gemütlich es hier war. Es musste eine Irrenanstalt für Reiche sein. So etwas gab es in Romanen.

»Wir werden«, sagte die Schwester und tupfte sich mit einem Batisttaschentuch sorgfältig Butter von den Lippen, »sofort ein Zimmer für dich finden, Polly. Wir haben doch bestimmt ein Zimmer, in dem niemand ist?«

Das riesige Haus – ich hatte noch kaum etwas davon gesehen, hatte aber schon das Gefühl, nie wieder hinauszufinden – kam mir so leer vor, als müsste ich die Krümel auf unsere Teller fallen hören.

»Wir sind ziemlich voll im Moment«, sagte sie. »Pssst.«

Ein Mann kam herein, er trug rote Hosenträger über einem dicken Baumwollhemd mit Knebelknöpfen und ohne Kragen. Sein lockiges Haar war kurzgeschoren wie bei einem Gefangenen, aber er war unrasiert. Er stand da und glotzte starr in den Raum. Dann schnappte er nach der Luft über seiner Schulter wie ein Hund nach Fliegen und ging wieder hinaus.

Ich hatte recht.

Die Schwester sah den Bruder an. Sie sagte: »Schlechter Tag …«

»Soll ich mit ihm reden?«, fragte Mr Thwaite.

»Nein, nein. Er will nur allein sein. Er geht sicher raus. Es ist so ein schöner Abend. Wenn du ihm draußen irgendwo begegnest, sag vielleicht einfach ›Ente‹.«

»Ente?«

»Gibt's zum Abendessen. Er mag Ente.«

Immerhin durfte man raus. Und die Schlösser am Tor waren mickrig.

»Verzeihung«, sagte ich, »aber könnten Sie mir bitte sagen …«

»Natürlich. Wie du mich nennen sollst. Ich bin Celia. Lady Celia – ich hatte mal einen Mann. Und so weiter. Ich habe den Titel behalten, das war alles, was übrig war. Wie du weißt, bin ich Dichterin.«

»Oh. Nein, das wusste ich nicht.«

»Wirklich nicht?«

»Ich fürchte, ich habe nicht viel Lyrik gelesen. Moderne …«

»Ach, dem können wir hier abhelfen.«

»Romane«, sagte Arthur Thwaite. »Große Romanleserin. Spielt Klavier. Spricht Deutsch und so.«

»Ah. Dann wirst du hier Wunderbares erleben. Großartige Erfahrung. Morgen gibt Grünt ein Konzert. Du kennst Grünt?«

»Ich fürchte …«

»Mein Kind«, sagte sie und hob wieder die Hand, »du wirst hier aufs Wundervollste erweckt werden.«

Ich verstand (endlich), dass ich die Hand ergreifen sollte, und erwischte sie gerade noch, als sie hinunterfiel. Sie war eiskalt, kälter als die Ringe daran, und sie lag in meiner wie tot.

»Wie alt, hast du gesagt, Arthur?«

»Harr-ähem, sechzehn.«

»Wie wunderbar!«, sagte sie. »Wie wunderbar für uns alle.«

Thwaite

Liebe Aunt Frances,

ich hoffe, du liest dies noch, bevor du nach Indien abreist. Ich schicke es an die Adresse in London, die du mir gegeben hast. Ich nehme an, du bist überrascht über die Absenderadresse, und das bin ich auch.

Fast direkt nach der Hochzeit hat Mr Thwaite mich gefragt, ob ich mit herkommen und ihn besuchen möchte. Er sagte, es sei in der Nähe von da, wo du geboren und aufgewachsen bist, und weil ich dich vermisst habe, habe ich gesagt, wenn Aunt Mary mich entbehren kann, dann würde ich sehr gerne mitfahren. Und so sind wir gestern hier angekommen, er und ich.

Ich muss es dir ja nicht beschreiben, weil du bestimmt jeden Winkel und jede Ecke auswendig kennst, und ich frage mich, warum du mir nie davon erzählt hast, oder von Mr Thwaite. Es war so sonderbar, ihn vor der Hochzeit kennenzulernen, wie er in Tweed und Cape und mit der Pfeife hereinmarschiert kam. Ich hatte das Gefühl, ihn schon immer zu kennen. Aber ihr habt ihn nie erwähnt.

Die Hochzeit war sehr schön. Ich hoffe, du und Father Pocock habt es so richtig genossen. Schade, dass es Mrs Woods nicht gut ging. Ich fand, dass alle, einschließlich der Nonnen, beim Gottesdienst sehr schön gesungen haben, und die Wechselgesänge waren sehr gut. Mr Pocock hat auch schön gesungen. Ich wusste nicht, dass der Bräutigam bei einer Hochzeit singt, aber Mr Pococks Stimme klang wirklich heraus wie beim Elf-Uhr-Gottesdienst, und seine Schulterblätter gingen auf und ab wie ein Blasebalg. Ich habe gehört, wie eine Nonne sagte, es sei eine sehr *ermutigende* und würdevolle Hochzeit gewesen.

Ich habe nicht mitgesungen, und ich weiß nicht, was mit Aunt Mary war. Nachher beim Empfang fand ich alles recht still. Die Vorstellung, dass du nach Indien gehst, ist immer noch merkwürdig, alles kam so plötzlich, und es tut mir leid, dass ich geweint habe.

Vielleicht wird es in den sechs Wochen deiner Reise nach Indien interessant sein, Neuigkeiten von zu Hause zu lesen. Ich dachte, ich erzähle dir alle paar Tage ein bisschen was von dem, was hier so geschieht. Du bist bestimmt mit Kleiderkaufen und so weiter viel zu beschäftigt, um es jetzt zu lesen. Außerdem glaube ich, dass die Ehe sehr interessant ist und du anderes im Kopf hast. Aber vielleicht kannst du es in kleinen Häppchen auf See lesen. Ich weiß, dass du die Bibel dabeihast, wie Robinson Crusoe, aber ich frage mich, ob er nicht auch manchmal gern etwas gehabt hätte, das ein bisschen leichter ist? Und so sitze ich hier in meinem Zimmer an einem Rosenholztisch mit silbernem Tintenfass und Löschpapier, mit dem das Löschen eine Sünde wäre. Ich muss dir unbedingt alles erzählen.

Es tut mir leid, Aunt Frances. Ich habe diesen Brief ein paar Tage liegenlassen.

Was ich geschrieben habe, ist nicht ganz wahr.

Eigentlich will ich dir gar nichts von diesem Haus erzählen. Wenn ich darüber nachdenke, wie ich das anstellen könnte, sehe ich dein Gesicht vor mir. Dann habe ich das Gefühl, dich auf dem Schiff zu sehen, die Sonne geht jeden Morgen roter und heißer auf, je näher du Bombay kommst, und deine Gedanken entfernen sich immer weiter von uns und deinem alten Leben. Ich stelle mir vor, dass du dein ganzes altes Leben vergisst, es verblasst, wie das alte Leben von Robinson Crusoe in Hull. Ich sehe dich mit Mr Pocock über Deck spazieren, Delfine springen um euch herum, und der Ozean bewegt sich, erhebt sich, schwankt und fällt, und mittendrin Mr Pocock und Aunt Frances, und über euch wirbeln die Sterne. Ich beneide dich sehr um diese Erfahrung, Aunt Frances. Und ich glaube – auch wenn wir nicht oft darüber sprechen – Mr Thwaite ebenfalls.

Liebe Aunt Frances, bitte verzeih mir, wenn ich auf eine Weise mit dir spreche, die mir in Oversands schwergefallen wäre, wo Mrs Woods dauernd irgendwo um die Ecke ist und Alice überall und Aunt Mary, die so rein ist.

Aunt Frances, warum hast du mich verlassen, bevor du mir irgendetwas beigebracht hast, was ich im Leben wirklich brauchen könnte? Jetzt bin ich hier bei Mr Thwaite und Lady Celia, und einerseits fühle ich mich hier wirklich zu Hause. Andererseits bin ich unsicher. Ich bin inzwischen sogar unsicher, ob es gut war, dass ich zu euch nach Oversands gekommen bin – wo ich vielleicht gespalten und unvollständig geworden bin. Ich glaube nicht, dass ich jemals irgendwo wirklich hineinpassen werde, obwohl Aunt Mary und du mir das gegeben habt, wovon Robinson Crusoes Vater ihm gesagt hat, es sei der größte Segen von allen. Ein Zuhause in dem Stand, »der doch eher in der Mitte liege beziehungsweise dem entspreche, was man die oberste Stufe des niederen Milieus nennen könne; die Erfahrung habe ihn gelehrt, dass dieser Stand der beste und dem Glück des Menschen am dienlichsten sei«.

Das Problem ist vielleicht, dass ich ein Mädchen bin, Aunt Frances. Wäre ich ein Junge – der kleine Sohn deiner Schwester, ein strammer, sturer Junge, der vielleicht Jack oder Harry hieße –, wie hättet ihr es dann gemacht? Ihr hättet mich zur Schule geschickt, und bitte verzeih mir, Aunt Frances, das Geld hättet ihr irgendwie aufgebracht. Es wäre sicher eine christliche Schule gewesen wie Rossall oder Repton, und ihr hättet alle gebetet und noch mehr gebetet, dass ich Priester werde. Aber weil ich ein Mädchen bin, Aunt Frances, wurde ich in luftleeren Raum gestellt. Unter die Glasglocke von Oversands. In meinem ganzen Leben wird nie irgendetwas passieren. Seit ich diese Leute hier in Thwaite kennengelernt habe, beginne ich zu begreifen, was ich verpasst habe.

Ich liebe die Marsch und Oversands, und ich weiß, dass ich in einer herrlichen Landschaft lebe wie die Brontës. Aber, Aunt Frances, ich bin mir mit den Brontës gar nicht so sicher. Ich bin nicht sicher, ob wir wirklich in eine Landschaft eingestrickt werden sollten. Schließlich bin ich kein bisschen mystisch veranlagt, ich will nicht mal konfirmiert werden. Weißt du, als Robinson Crusoe mit einer Landschaft verheiratet war, war es wirklich nicht leicht für ihn, nicht verrückt zu werden. Ich löse mich in dieser Landschaft auf und kann nur hoffen, dass jemand mich heiraten kommt, damit ich vollständig werde, und mich da wegholt.

Aber ist eine Ehe wirklich das Einzige, was man braucht, um vollständig zu sein? Ich muss immer an dich denken und hoffe, dass du dir das gut überlegt hast. Ob Heiraten wirklich nötig ist. Ich nehme an, du gewöhnst dich langsam daran. Bis ihr in Indien seid, kommt es dir vielleicht schon ganz normal vor. Ich hätte, bevor du abgereist bist, noch so gern mit dir über alles Mögliche geredet. Jetzt ist dein Leben so verborgen. Wenn Leute heiraten, geht ein Fensterladen zu.

Hier bei Lady Celia gibt es kaum Fensterläden. Alles ist ganz anders, und niemand scheint sonderlich überzeugt davon zu sein, dass eine Heirat notwendig ist. Hier sind ganz viele Leute, lauter Künstler – Schriftsteller und Dichter und Maler und Musiker –, und meistens wirken sie ziemlich durcheinander. Lady Celia kümmert sich um sie. Sie verbringen viel Zeit in ihren Zimmern oder gehen spazieren, manchmal bis spät in der Nacht, auf den Rasenflächen hin und her, und vergessen das Abendessen. Sie müssen ihre Arbeit sehr ernst nehmen oder sehr reich sein, dass sie diese herrlichen Abendessen verpassen, die Lady Celia ihnen freundlich aufnötigt.

Hier ist eine Frau, die Harfe spielt. Sie ist sehr dick und nett. Wenn sie geht, wackelt alles an ihr, aber ihre Hände sind ganz klein und weiß. Dann gibt es einen lustigen kleinen Maler, der in die Luft schnappt wie ein Hund. Neulich abends bin ich im Rosengarten fast über ihn gestolpert. Er schaute zu, wie die Sonne hinter den Hügeln unterging, und sagte: »Ins Herz der Finsternis oder ins Herz des Lichts.« Ich glaube, das war ein Zitat. Es ist alles ganz anders als in Oversands – niemand geht in die Kirche. »Wir sind hier alle frei«, sagte Lady Celia, aber sie scheint immer auf dem Sofa zu liegen und lange Fäden in der Hand zu halten, und jeder Faden ist an einem Gast befestigt.

Ich konnte nicht anders, als den schnappenden Maler mit Robinson Crusoe zu vergleichen. Wenn ich aus dem Gebüsch über Robinson Crusoe gestolpert wäre, in all seiner Einsamkeit, hätte er sich auch nach Jahren des Alleinseins gepflegter und höflicher benommen als der Maler, der nur beim Tea mit den anderen spricht.

Aunt Frances, hier scheint es nur wenig einfache Freuden zu geben. Es kommt mir seltsam vor, dass große Künstler (Lady Celia sagt, all ihre Gäste sind berühmt und manche von ihnen richtig prominent) insgesamt so hässlich sind und ihre Gespräche so gewöhnlich. Ob Daniel Defoe auch so gewöhnlich war? Das habe ich auch zu Mr Thwaite gesagt, und er hat sich sehr gründlich geräuspert, was ich als Zustimmung aufgefasst habe. Er bewundert seine Schwester und das, was sie für die Künstler tut, allerdings sehr.

An dem Tag, als ich ankam, hatten wir abends ein Klavierkonzert von einem Pianisten namens Grünt. Er ist sehr berühmt, und er ist, sagt Lady Celia, »der größte lebende Chopin-Interpret«. Wir haben uns alle im Wohnzimmer versammelt, und nach einer Weile kam er herein und setzte sich. Er ließ den Kopf so tief hängen, dass er mit der Nase fast auf den Tasten landete, und dann saß er da wie im Gebet, und wir waren alle vollkommen still, bis

Mr Thwaite lautstark nieste. Erst Lady Celia und dann alle anderen haben Mr Thwaite einen Blick zugeworfen, aber Herr Grünt hat sein Gesicht noch tiefer hängenlassen, bis seine Nase tatsächlich das eingestrichene C erreichte – und dann hat er die langen, knochigen Hände gehoben und angefangen zu spielen.

Seine Hände spielten praktisch unabhängig von seinem Körper und sogar seinem Kopf, der ziemlich lange nah am eingestrichenen C blieb. Dann warf er den Kopf plötzlich hoch in die Luft, und sein Gesicht lag parallel zur Decke, während seine Hände weiterhin ihr Eigenleben führten. Seine Augen waren geschlossen. Es war recht warm im Raum, und die Dichter fingen an zu ächzen und zu stöhnen und sich ein bisschen zu bewegen. Nur Lady Celia blieb vollkommen still, wie eine Statue in Gewändern.

Er spielte und spielte. Es ist ein herrliches Klavier. Er hat einen sehr großen Kopf – viel zu groß für seine Schultern, die hinunterhängen. Sie sind nicht so stark wie Mr Pococks, und ich dachte, wenn Herr Grünt heiraten sollte, hätte er bestimmt nicht diese wunderbare Kraft, auf seiner eigenen Hochzeit zu singen. Und wieder fiel sein Kopf hinunter, fast bis auf seine Fingerspitzen. Und dann – plinker, plonker, pling. Ganz leise. Vereinzelt. Ein Ton. Noch ein Ton. Wassertröpfchen. Eins, zwei, drei … und eine lange, lange Stille.

Dann schlug er die Augen auf, und alle regten sich. Niemand sagte »bravo« oder applaudierte. Sie regten sich nur, mit sehr ernsten, raumgreifenden Bewegungen ihrer Hintern, und sahen einander bedeutungsvoll an, bis auf Mr Thwaite, der sein Taschentuch herausgeholt hatte und die Säume inspizierte.

Dann ging ein ehrfürchtiges Gemurmel durch den Salon, und Herr Grünt erhob sich und ging zu Lady Celia hinüber. Er nahm ihre Hand auf, die sehr schwer ist von den ganzen gelben Ringen, küsste sie und sah sie an, und ihre Lippen bewegten sich, und alle atmeten Adjektive aus; ein paar Leute holten ihre Taschentücher hervor, während Mr Thwaite seins wegsteckte.

Ich habe mir so gewünscht, du wärst hier, Aunt Frances. Herr Grünt ist wirklich ein ganz grauenhafter Pianist!

Aunt Frances, ich habe mich so allein gefühlt.

Ich werde dir wieder schreiben. Ich warte so sehnsüchtig auf deine Briefe, und dass sie aus Oversands kommen. Ich hoffe, du und Mr Pocock genießt eure Flitterwochen. Verzeih mir, wenn dieser Brief etwas unbeherrscht ist, deine dich liebende Polly.

Thwaite

Liebe Aunt Frances,

ich fürchte, ich schreibe dir ganz schön viele Briefe, und ich ärgere mich, weil deine Briefe an mich sich bestimmt schon zu Hause stapeln. Die werde ich ewig nicht sehen, außer Alice schickt sie mir weiter, und ich fürchte, dass sie damit nicht besonders schnell sein wird, denn sie dürfte mit dem Frühjahrsputz genügend zu tun haben und dann in Urlaub gehen. Mrs Woods war noch im Bett, als ich abgereist bin, aber ich nehme an, ihr Zustand hat sich inzwischen so weit gebessert, dass sie in ihr Pflegeheim gehen konnte.

Aunt Mary hingegen ist, wie du sicher weißt, in Exerzitien, und da gibt es keine Briefe. Sie ist auch so durch und durch gut, dass sie keine braucht. Aber ich brauche sie – und ich muss welche schreiben – und ich wünsche mir immer, es gäbe mehr Leute, denen ich Postkarten schreiben kann. Ich habe den Nonnen ein paar geschickt.

Also bleibst nur du, die ich mit dem langweilen kann, was seit dem Chopin-Konzert passiert ist. Ich finde es gar nicht langweilig, aber du vielleicht, weil du so beschäftigt bist bei der Missionsgesellschaft und den Army and Navy Stores. Hier ist es allerdings wirklich großartig. Kultiviert und wunderschön. Wir leben, als wären wir alle etwas ganz Besonderes. Ich fürchte, das ist nicht besonders christlich.

Nach dem Konzert war die Aufregung des Tages noch längst nicht vorbei. Lady Celia schlug vor, dass wir alle zusammen auf die Terrasse gehen sollten, und Herr Grünt half ihr hinaus. Er war ein bisschen zittrig von der Anstrengung des Stücks, und Mr Thwaite hielt ihn am Arm, und so traten sie alle drei in einer Reihe durch die Terrassentüren hinaus. Mr Thwaite sah im Abendanzug und mit seinem Schnurrbart sehr fein und ritterlich aus – in jeder Hinsicht viel edler als die Künstler und Schriftsteller, und wieder dachte ich, dass Hässlichkeit vielleicht eins der Dinge ist, mit denen ein kreativer Künstler sich abfinden muss, als eine Art Ausgleich für seine sonstigen Vorzüge. Mit Ausnahme von Shakespeare und Byron und Shelley waren die meisten eher unscheinbar, oder? Und sie gucken immer so.

Als ich diese Dinge dachte, fiel Herr Grünt plötzlich hin, und dadurch stürzte auch Mr Thwaite, und einen schrecklichen Moment lang sah es aus, als würden sie Lady Celia unter sich begraben. Dann wäre sie tot gewesen. Aber der Maler, der schnappt wie ein Hund, glitt ziemlich clever unter sie.

So lag also ein ganzes Quartett gestürzter Menschen auf der Terrasse, und ein Teil von ihnen waren große Künstler. Als Mr Thwaite aufstand und Herrn Grünt dabei auf die Hand trat und Herr Grünt schrie, wurde die Sache ernst.

Menschen rannten umher. Es gibt hier einen gewichtigen Mann, der ein *Fellow of All Souls* ist (ich glaube, das heißt, eine demütige Person, die an einer berühmten Kirche irgendwo in Oxford für das Priesteramt studiert, ich nehme an, du hast schon davon gehört), und er rief: »Sie sind kaputt! Kaputt! Ende – seine Karriere ist zu Ende!«

Alle rannten herbei und halfen Herrn Grünt auf die Beine, und er weinte, und eine lange Dame in Lila sah einer dünnen Dame mit Pony, die Aquarelle malt, tief in die Augen. »Was ist kaputt?«, fragte die kleine, weiße Harfenistin. »Die Finger«, sagte der FOAS.

Sogar der Butler lachte. Er heißt Barker und ist wahnsinnig nett, und er und die Haushälterin, Maitland, sind überhaupt nicht so, wie man denkt. Ich war an einem Abend bei ihnen im Dienstbotentrakt zum Essen eingeladen.

Nach dem Massensturz lachte Barker ziemlich frei heraus. Außer mir bemerkte es niemand. Er lachte irgendwie ernst, aber recht lange.

Dann gingen wir alle früh zu Bett.

Heute Morgen hat Lady Celia nach mir geschickt. Sie sagte: »Kind …«

(Ich glaube, manchmal spielt sie ganz gern Miss Havisham.)

»Kind, du bist kurios.«

Ich sagte, dass es mir leidtut.

»Dafür kannst du ja nichts«, sagte sie. »Kurios wird man durch die Umstände. Aber auf jeden Fall solltest du andere Kleider tragen.«

Ich sagte: »Danke, Lady Celia, aber ich glaube, Aunt Mary möchte vielleicht im Moment nicht, dass ich neue Kleider bekomme. Ich habe erst für die Hochzeit neue Kleider bekommen.«

»Diese da?«, fragte sie.

»Ja«, sagte ich.

»Oh«, sagte sie und schloss die Augen. »Grün«, sagte sie. »Eisvogelgrün. Glänzend. Durchschossen.«

Ich sagte, Eisvögel seien blau. Zu Hause am See bei The Hall gebe es welche. Außerdem sagte ich, es sei quasi unmöglich, einen Eisvogel zu erschießen, ganz abgesehen davon, dass es ein fürchterlicher Gedanke war. Herr Grünt saß in der Nähe und pflegte seine rechte Hand, die in einem Verband von der Größe eines Wespennests steckte, und er stöhnte entsetzt auf, als wäre ich aufmüpfig.

Dann hörte ich jemanden lachen, und das war der Maler; aber Lady Celia sah ihn an, und er schnappte in die Luft.

Auch Lady Celias Blick schnappte im Raum umher, ein strenger Blick. »Kuriossein kann auch zu weit gehen«, sagte sie. »Hilf mir auf – nein, nicht du …« (die große lila Frau war aufgesprungen), »Polly Flint.«

Also half ich ihr auf und führte sie am Arm durch den Raum und kam mir sehr unbeholfen und groß vor. Ich wachse immer noch so fürchterlich, wie du weißt. An der Tür drehte sie sich um und sah alle an, einen nach dem anderen, und die meisten wirkten verängstigt (nur der Maler nicht), als müssten sie möglicherweise bald abreisen.

Dann begaben wir uns auf eine lange Reise, Lady C und ich, ganz langsam. Am Ende des Flurs die große Treppe hinauf, wo sie immer wieder stehenblieb und sich die Hand an den Hals legte. Man sah eine Ader darin pulsieren, und ich bekam es mit der Angst zu tun. »Lady Celia, geht es Ihnen gut?«

»Nein.«

»Wollen wir lieber stehenbleiben? Soll ich Maitland holen?«

»Natürlich nicht. Mir geht es bestens. Was nicht gut ist, ist die Gesellschaft in diesem Haus.«

»Oh, ich bin sicher, dass sie …«

»Sie sind nicht mehr das, was sie mal waren.«

»Ach, bestimmt sind sie alle gar nicht *so* alt.«

»Meine Familie«, sagte sie, »hat noch Tennyson bewirtet.«

»Ja, verstehe. Aber er war am Ende auch sehr alt.«

»Sein Alter war unerheblich. Lewis Carroll war Gast in diesem Haus. Viele Male.«

»Lewis Carroll – oh, kannten Sie ihn?«

»Natürlich. Er war in Croft. Ich war noch ein Kind.«

»Oh – hat er über *Alice* gesprochen? Und die Kreaturen?«

»Da hat er noch gar nicht an Alice gedacht. Er hat immer komplizierte Fragen gestellt. Abseitige mathematische Themen. Und er hat Orangenmarmelade geliebt.«

»Verstehe.«

»Aber das war unerheblich. Alles, was er damals gesagt oder getan hat, war unerheblich, denn später hat er *Alice* geschrieben.«

Ich sagte: »Ja. Oh, ja.« Ich sah sie an – lauter Ringe und

Farbe und blödsinnige Gewänder und der stolze Mund und ihre alten Klauenhände an dem Stock. »Oh, Lady Celia, ja.« Ich sagte das eher in absoluter Zustimmung, als dass ich ihr gratuliert hätte. Das gefiel ihr nicht besonders.

Inzwischen waren wir in ihrem Zimmer angekommen. »Setz mich dahin«, sagte sie, und ich setzte sie auf ein reizendes Moirésofa mit geschwungenen Enden, und sie drapierte ihre Tücher um sich. »Da drüben«, sagte sie und zeigte auf ein altes Möbelstück. »Mach mal den Schrank auf.«

In dem Schrank waren so viele Stoffe gestapelt, dass er aussah wie eine Piratenhöhle. Eine Piratinnenhöhle. Durchsichtige Stoffe und seidige Stoffe und dicke Samtstoffe und lange, lange Spitzenbänder, alles hineingestopft und aufeinandergelegt, in allen Farben der Welt, allen Texturen, allen Mustern.

Einer der ganz wenigen Fehler in *Robinson Crusoe* ist sein Bedauern über die fehlenden Kleider – er macht Witze über seine unbeholfene, pelzige Erscheinung im Ziegenfell. Aber er hatte Kleider da, die noch vom Schiff stammten. Er hat sie nur nicht getragen. Oder kaum. Vielleicht hatte er sich nie etwas aus seinem Aussehen gemacht. Das würde ich annehmen. Man kann ihn sich als Jungen vorstellen, sagen wir mit vierzehn, in Hull, nicht besonders hübsch ausstaffiert. Und seine Eltern sind auch nicht sonderlich um ihn bemüht.

Ich hätte Kleider auf der einsamen Insel sehr vermisst. Unterschiedliche, schöne Kleider im Laufe der Zeit. Wobei ich nie, nie die richtigen zu tragen scheine.

»Oh«, sagte ich. »So viele schöne Kleider.«

»Probier mal die grünen«, sagte sie.

»Ich würde die gelben mögen«, sagte ich und wickelte eins nach dem anderen um mich herum.

»Ja«, sagte sie, »könnte schlimmer sein. Versuch mal ein rotes.« Es gab ein dunkelrotes, endlos langes Samtkleid, und ich stolzierte darin herum.

»Schrecklich«, sagte sie. »Probier mal das blaue. Da muss noch ein blaues sein. Eisvogelblau.«

Ich ließ das rote fallen und lief mit dem blauen umher.

»Das bringt deine Augen zur Geltung«, sagte sie. »Das ist doch schon mal ein Anfang. Das blaue ist es. Magst du *Alice*? Viele Kinder nicht.«

»Ich liebe *Alice*. Das Buch, nicht das Mädchen.«

»Warum nicht das Mädchen?«

»Sie ist ein bisschen steif.«

»Warum das denn?«

»Ach, die Schleifchen und Rüschen und das große Kinn, und sie gibt Widerworte.«

»Du bist ja selbst auch recht entschlossen. Vor allem für jemanden, der nicht gerade am Nabel der Welt lebt.«

»Für mich ist es der Nabel«, sagte ich, »und ich bin sechzehn. Alice war ein Kind, und bei ihr lief alles ganz normal. Sie hatte noch nichts Seltsames erlebt. Sie hat einfach in Oxford gewohnt.«

»Ihre Träume sagen etwas anderes.«

»Sie war ein Kind«, sagte ich.

Sie sah mich ewig lange an, dann sagte sie: »Komm her. Ja, ich nehme an, das bist du. Älter als …« Aber dann kam nichts mehr. »Du sollst das gelbe haben«, sagte sie dann. »Und das blaue. Ich glaube, irgendwo ist auch noch ein braunes aus Samt, von der Stange – Maitland soll es suchen – und das reicht fürs erste. Kannst du morgen tragen. Klingel mal nach Maitland.«

Maitland kam ganz aufgekratzt herein, und es gab jede Menge Gerede und Getue über das wunderbare Material. Als sollte ich als Prinzessin ausstaffiert werden. Ich saß an ihrem Frisiertisch. So viel Silber! Großer, wuchtiger, klobiger Spiegel mit dicken fliegenden Putten, jede Menge Bürsten, die viel zu schwer für sie sind und reihenweise Glasflaschen mit silbernen Stöpseln.

Es gibt ein Kistchen mit einem Mosaik aus schimmernden weißen und rosa Steinchen – Perser, die auf Bänken liegen und sich liebevoll angucken. Sie öffnete es und wühlte darin herum. Lauter Glitzersachen. Das Hausmädchen Maitland presste die Lippen aufeinander.

»Maitland«, sagte sie, »soll Polly uns ein bisschen Tennyson vorlesen?«

»Ja, M'lady.«

»Tennyson, Polly.«

Ein Buch wurde geholt. Ich las ihnen Tennyson vor. *Maud.* Vielleicht eine halbe Stunde. Dann fing Maitland an, mit der Wasserkaraffe zu klappern. Lady Celia hatte die Augen geschlossen. »*Die Lady von Shalott*«, sagte sie, also las ich das. Nach einer Weile fiel ich in eine Art Trance, wie mir das auch immer mit Aunt Mary passiert, obwohl sie das ärgert, oder? Sie hat es nie so gemocht wie du, Aunt Frances. Als ich an die Stelle kam:

»Da ließ sie Tuch und Webstuhl sein,

drei Schritte nur …«, sagte Lady Celia: »Stop!«, griff nach einer kleinen, grauen Glasflasche und roch daran. »Das Ende«, sagte sie.

Also las ich das Ende – der reizende Mann, der auf der Brücke steht und auf das tote Gesicht hinunterblickt, alles an ihr so entzückend, und sie, zu Lebzeiten noch nicht einmal spazierengegangen, nie. Sie muss schrecklich blass gewesen sein. »Wundervoll!«, sagte Lady Celia. »Oder?«

Ich sagte, ja, es sei wundervoll.

»Magst du Tennyson?«

»Oh, ja.«

Sie zog eine Kette aus der persischen Kiste.

»Mehr als alle anderen?«

Ich betrachtete die Kette. Sie baumelte. Sie bestand aus Zuchtperlen mit einem kleinen Diamantverschluss wie ein Gänseblümchen. Sie war klein. Für ein Mädchen gemacht.

Aber ich musste sagen: »Nein, nicht mehr.« Und die Kette hing vor meiner Nase.

»Nicht am allerliebsten?«

»Also, ich finde, er ist nicht ganz so gut wie Daniel Defoe.«

»Daniel *Defoe*?«, sagte sie, als kämen noch andere Daniels in Betracht – der in der Löwengrube oder der, über den George Eliot geschrieben hat, oder Daniel, der gerechte Richter.

»Daniel *Defoe*? Du meinst *Robinson Crusoe*? *Moll Flanders*?«

»Ja.«

»Aber mein Kind – das hat ja keine Spur, keine *Spur* von Poesie! Keine poetische Wahrheit.«

Und da bin ich schrecklich wütend geworden, Aunt Frances, und habe gesagt: »*Robinson Crusoe* ist voll von poetischen Wahrheiten. Und es ist der Versuch, eine universelle Wahrheit ganz anders auszudrücken.«

»Aber formlos!«, rief sie. »Es hat keine Form!«

Ich sagte: »Es ist wundervoll geschrieben. Es bleibt der gewählten Form treu. Und wegen dieser Wahrhaftigkeit liest es sich wie die Wahrheit. Ich habe es dreiundzwanzig Mal gelesen. In Romanen ist die Form nicht immer so offensichtlich, wenn man sie nur ein- oder zweimal liest. Die Form ergibt sich aus harter, einsamer Arbeit – in einem Notizbuch und im Unterbewusstsein und im Kopf.«

»Du sprichst von Journalismus.«

»Ja. Warum auch nicht? Mit etwas mehr Pracht. Und nicht viel Schmalz und Romantik.«

Sie ließ die Kette zurück in die Kiste gleiten, und es gab ein langes Schweigen, bis Maitland sagte: »Sollte Miss Polly sich nicht umziehen?«

Also ging ich hinaus.

Ich fürchte, ich bin relativ geräuschvoll hinausmarschiert, weil ich für Daniel Defoe wütend war. Und ich hab dich lieb, und gute Nacht, und wahrscheinlich schreibe ich morgen weiter,

deine dich liebende Polly

Am Sonntagabend dieser Woche gab es ein Gewitter, und eine Wand von Regen ging auf die Ebenen von Yorkshire nieder. Die Salonfenster wurden geschlossen, und wir alle beobachteten die Blitze und lauschten dem Zischen und Rauschen des tropisch klingenden Regens. Wann immer der Regen ein wenig nachließ, öffneten wir die Fenster, um die dampfende Sommernacht hereinzulassen. Als es schließlich endlich aufhörte, kam der Butler, riss alle Fenster weit auf, und der süße Duft von Blumen und nassem Gras – und Flieder – wehte herein.

Das Haus war von Lampen erleuchtet. Lady Celia und die Gäste saßen da und unterhielten sich gedämpft und sehr ernst. Die lila Frau und die Aquarellmalerin mit dem Pony saßen zusammen am Fenster, und der *Fellow of All Souls* plauderte leise auf Herrn Grünt ein, der eingenickt zu sein schien. Mr Thwaite war nicht da, der Maler auch nicht. Ich wünschte mir, jemand – nicht Herr Grünt – würde Klavier spielen. Ich überlegte, ob ich aufstehen und zu Bett gehen sollte, als ich neben mir ein Geräusch hörte. Es war der Butler.

Es war kein richtiges Geräusch, sondern eher ein Entlasten der Füße. Eins, zwei auf dem Orientteppich, wie eine auf der Stelle tretende Katze. Er hielt ein Tablett in der Hand, auf dem nichts war, denn er hatte Madeira an alle verteilt (die lila Dame hatte zwei genommen), und sah mich fest an.

»Nachricht von Maitland, Miss Polly.«

»Oh, danke, Mr Barker.«

»Sie möchte im Wohnzimmer mit Ihnen sprechen.«

»Verstehe. Wann?«

»Unverzüglich, Miss Polly. Wenn es gerade passt. Wenn Sie Gute Nacht gesagt haben.« Er sah von mir zu Lady Celia und wieder zurück, und ich ging sofort zu ihr und sagte allen Gute Nacht, auch wenn niemand davon Notiz nahm.

»Hören Sie mal, die Eulen!«, rief die lila Dame. »Ich höre eindeutig Eulen.«

»Eulen, Eulen«, murmelte Herr Grünt und ging zum Klavier. Klirrende, unglückliche Töne drangen heraus, als ich Barker aus dem Zimmer folgte. Sie durchschnitten die Stille des Salons, den Schein der Lampen und das Geflüster, als wir die Tür schlossen, aber die Musik reichte nicht an das wahre Grauen der Eulenschreie heran, deren vorrangige Charaktereigenschaft Übellaunigkeit ist (Robinson Crusoe blieben Eulen erspart). Herr Grünt hatte gar nicht genug Temperament für Übellaunigkeit.

Nach einem langen Marsch verbeugte sich Mr Barker nicht vor dem Gesindewohnzimmer, sondern vor einem kleinen

Raum, in dem ein Kaminfeuer brannte, aber es war trotz des Sturms nicht stickig. Drei Lampen waren so hochgedreht, wie es eben ging, eine davon auf einem runden Tisch mit einem dicken, cremefarbenen, unten festgesteckten Wachstuch. Auf dem Wachstuch lag ein Kartenspiel. Maitland saß in einem Schaukelstuhl und stopfte, und ihr gegenüber saß auf einem Stuhl Mr Thwaite und knallte mit Schwung eine Karte auf die andere. Er hatte sein Dinnerjacket und die Fliege abgelegt und saß in Hosenträgern und Manschettenknöpfen da. Er war ganz rosig, und vor ihm stand ein großes Glas Bier. »Und das und das und *das*«, sagte er zu den letzten Karten und sah sich triumphierend um. »Und das! Aus. Ende. Schach? Mr Barker. Ha – Polly. Beunruhigender Abend. Das Barometer ist beinahe in Gefahr.«

»Hier ist sie«, sagte Mr Barker zu Maitland, die mich über den Rand ihrer goldenen Brille hinweg ansah, während ihre Nadel über den Holzpilz flog, der in einer löchrigen Socke steckte.

»Eine Partie Schach, Polly?«, fragte Mr Thwaite.

»Mr Barker sagte, Maitland hat nach mir gefragt.«

»Ja – vergessen Sie sie für Schach, Mr Thwaite. Wir dachten, vielleicht möchte sie mit uns Tee trinken. Spielen Sie mal Schach.«

Sie beugte sich vor und drückte den Kessel in die Kohlen. »Wir trinken um die Tageszeit immer eine Tasse Tee. Und essen ein Shortbread. Setzen Sie sich, machen Sie es sich gemütlich. Ich muss Sie demnächst mal ausmessen, für das Eisvogel-Fest.«

Es war verblüffend, wie sehr sie zuständig war – nicht nur für mich, den neuesten Gast, sondern auch für Mr Barker. Jenseits der Trenntür verhielt er sich wie König Ramses von Ägypten in Grandfather Younghusbands Buch der Könige.

Aber sie war auch für ihren Arbeitgeber zuständig – denn Mr Thwaite saß ganz vertieft da, dachte nach, trank sein Bier und war erfüllt von der Gewissheit, dass das Leben gut war.

»Nehmen Sie mal Ihren Arm weg, Mr Thwaite«, sagte sie. »Damit wir die Tassen da hinstellen können. Barker, zieh die Schuhe aus und stell sie an den Kaminschutz.«

Mr Thwaite öffnete die Kiste mit den Schachfiguren, Mr Barker holte das Brett, und sie stellten die Figuren zwischen sich auf.

»Sie beginnen, Sir«, sagte Mr Barker. Er stellte ein Glas für sich selbst und einen Krug Bier zwischen das Teeservice. »Wie gestern auch.« Mr Thwaite sah die Figuren durchdringend an – und bewegte schließlich den Damenbauern. »Und weg sind sie«, sagte Maitland, »das ist gut. Hier ist Ihr Tea, Miss Polly, und dann können wir uns schön unterhalten.«

»Lady Celia glaubt, ich sei zu Bett gegangen.«

»Na, dann wird sie ja zufrieden sein. Sie ist immer froh, wenn alle im Bett sind.«

»Ja? Warum?«

»Sie liegt gern da und denkt über all das Gute nach, was sie getan hat – allen helfen, und dann wissen, dass diese wunderbaren Leute sich jetzt ausruhen.«

»Warum tut sie das?«

»Sie glaubt, sie wurde dazu geboren, Genies zu unterstützen, und ich würde sagen, da hat sie recht. Sie gehen jedenfalls dicker hier weg, als sie ankommen.«

»Das ist sehr nett von ihr.«

»Es ist *sehr* nett von ihr. Sehr nett. Das wird bei Gesprächen über Lady Celia leicht vergessen. Sie mag sie manchmal herumkommandieren, aber sie hört nie auf zu geben. Und viele von denen verhalten sich ungepflegt.«

»Aber wenn sie Genies sind …«

»Es gibt keine Entschuldigung für schmutzige Unterwäsche, solange es Seife und Angestellte gibt. Manche wechseln sie eine ganze Woche lang nicht. Lewis Carroll war natürlich sehr reinlich. Hier – schauen wir mal. Drehen Sie sich mal zur Tür – nein, das reicht nicht für lange Ärmel. Habe ich doch gleich gesagt. Sie haben schöne, feste Arme. Das Blau wird Ihnen gut stehen.«

»Ich kann für Sie stopfen, wenn Sie wollen.«

»Sie machen doch hier Ferien.«

»Ich hätte gern etwas zu tun.«

»Hoffentlich ist Ihnen bei uns nicht langweilig«, rief Mr Barker mir über die Schulter zu und klang dabei sehr viel mehr wie ein Gastgeber, als Mr Thwaite oder Lady Celia es je tun würden. Lady Celia wäre es gar nicht in den Sinn gekommen, sich zu erkundigen, ob es anderen gut ging. Es war mir immer noch etwas peinlich, dass ich gar nicht wusste, was ich den ganzen Tag tun sollte, und ich hatte viel Zeit damit verbracht, zwischen den Mahlzeiten einfach umherzustreifen, in der Bibliothek Bücher in die Hand zu nehmen und sie wieder wegzustellen. Irgendwie waren sie nicht so fesselnd wie die im Gelben Haus, weil es oft Bücher waren, die jemand über andere Bücher geschrieben hatte, und es war auch seltsam, dass so viele Seiten noch nicht mal aufgeschnitten waren. Man musste seitlich hineinschielen.

Wohin ich auch ging, begegneten mir die anderen Gäste, die ebenfalls ziellos umherschlenderten. Die Aquarellmalerin nicht – sie hatte es gut, sie hatte ihre Staffelei – und Herr Grünt auch nicht. Er war mit dem Klavier versorgt; wir anderen, schien mir, spielten möglicherweise alle das gleiche Spiel. Der schnappende Maler malte nie. Er stand oft ganz still und ausdauernd auf dem Rasen. An diesem Morgen hatte ich die lila Dichterin getroffen, die wie festgenagelt vor einer dicken, blauen Hyazinthe stand, die zu ihren Füßen intensiv leuchtete. Ich sagte: »Oh, Entschuldigung«, als ich um einen Strauch herumkam, und dann fragte ich mich, warum, denn sie hatte mit keiner Wimper gezuckt. Später fand ich sie vor einer anderen Hyazinthe ganz unten bei den großen Gewächshäusern. Es war eine schlankere, rosa Hyazinthe, die ein bisschen mickrig aussah, sich etwas neigte und an den Spitzen schon teefarben wurde. Ich musste schon wieder »oh, Entschuldigung« sagen, und diesmal drehte sie sich um und kam aus ihrer Versenkung. »Ich *war* der Hyazinth«, sagte sie.

»Verstehe.«

»Ich *war* es, und er war ich.«

»Verstehe.«

»Sie verstehen? Verstehen? Wenn Sie das bloß könnten. Wenn nur einer von uns wirklich verstehen würde.« Wir betrachteten die rosa Hyazinthe, die just in diesem Moment umfiel. Man sieht nicht so oft Hyazinthen fallen, sie sind ja so saftig und stark, aber diese kippte langsam und unaufhaltbar um wie ein kollabierender Soldat, die Zwiebel wurde an die Luft gehoben, und die Wurzeln wanden sich wie Drahtwürmer. Ich musste lachen, aber sie starrte böse erst die Hyazinthe, dann mich an, und als ich sagte: »Ach, die Arme, es war wohl ein bisschen viel«, marschierte sie grimmig davon und wirbelte ihren Ebenholzstock herum.

Als ich jetzt beim Stopfen daran dachte, musste ich wieder lachen, und Maitland sagte: »Was haben Sie denn?« Also erzählte ich es ihr, legte das Stopfzeug beiseite und nippte an meinem Tee. Von den Schachspielern kam tiefes Atmen, das Feuer knackte gelegentlich leise, aber abgesehen davon war es sehr still und unglaublich schön. Ich meine gar nicht, dass irgendetwas besonders Schönes da war – es war ein schäbiges, mit lauter Kram vollgestelltes Zimmer und war seit Jahren nicht mehr gestrichen worden. Es gab hässliche gerahmte Familienfotos, eine hässliche Nähmaschine, einen hässlichen Flickenteppich. Aber die Atmosphäre war wunderschön. Mr Barker, Mr Thwaite, Maitland und ich und der blaue Stoff waren schön. Vier Menschen, die zusammen glücklich waren. Leichten Herzens und zufrieden auf eine Weise, die in Oversands nicht gerade üblich war.

»Das reicht jetzt«, sagte Maitland, als ich an die Stelle kam, wo die Hyazinthe umfiel. Sie versuchte, weiterhin den Mund zusammenzukneifen.

»Wie war das noch mit dem Haareschneiden?«, rief Mr Thwaite von hinter seinem in der Luft schwebenden Springer her. Maitland sagte: »Und es reicht auch von Ihnen, Mr Thwaite.«

Ich sagte: »Ach nein, bitte. Was war denn mit dem Haareschneiden?«

Also erzählte er uns die Geschichte, wie einmal ein wirklich berühmter Schriftsteller im Haus gewohnt hatte, und außerdem ein Dichter, der schon so lange zu Gast gewesen war, dass ihm das Haar in die Suppe hing und er es geschnitten haben wollte. Aber Lady Celia mochte es und behauptete, der nächste Friseur sei weit weg in York, also fragte der Dichter den sehr berühmten Schriftsteller heimlich, ob er ihm ein wenig das Haar stutzen könne. Als Lady Celia ihren Mittagsschlaf hielt, breiteten sie im Zimmer des Dichters ein Bettlaken auf dem Boden aus, und der Schriftsteller lieh sich Maitlands Schere, aber die war nicht zum Haareschneiden geeignet. Er sagte, er brauche eine lange, scharfe Schere, und Maitland machte sich schon Sorgen, schickte aber nach der Schermaschine.

»Unnötigerweise«, sagte Mr Barker. »Die Sorgen. Mit dem

hatten wir nie Probleme. Manchmal etwas melancholisch, ja. Aber nicht suizidal oder gefährlich.«

Ich spielte mit dem Gedanken, ihnen zu erzählen, dass ich bei meiner Ankunft überlegt hatte, ob das hier eine Irrenanstalt ist, aber dann dachte ich, das könnte sie verletzen. »Ich würde nicht denken, dass Genies besonders gute Friseure sind«, sagte ich. »Es ist für normale Leute ziemlich schwierig, Haare zu schneiden. Nicht mal ein so praktischer und ausgesprochen vernünftiger Mann wie Robinson Crusoe konnte das. Das hat ihm ganz schön zu schaffen gemacht. Hat mich aber immer gewundert. Eine Frau hätte sicher eine Lösung gefunden. Sie abnagen oder so.«

»Er hat sich redlich bemüht«, sagte Barker. »Sehr gut gemacht, der Schriftsteller.« Er und Maitland sahen zu Mr Thwaite hinüber, und mir war schon klar, dass Angestellte sich nicht vor ihrem Hausherrn über dessen Gäste lustig machen. Mr Thwaite sagte: »Er war in der Tat gar nicht ungeschickt. Das Problem war, dass er es danach bei sich selbst versucht hat, und dabei ist eine Menge Haar neben dem Bettlaken gelandet und hat sich im Raum verteilt. Sie wollten es mit dem Kaminbesen zusammenfegen und haben Rußflecken auf die Teppiche gemacht, und dann haben sie sie verbrannt.«

»Was, die Teppiche?«

»Nein, die Haare. Sie haben im Kamin ein Papier angezündet und darauf die Haare verbrannt, und dann haben sie das Bettlaken zusammengenommen und wollten die Haare ins Feuer schütteln, und das Bettlaken ist in Brand geraten.«

»Verstehe.«

»Also haben sie das ganze Laken in den Kamin gestopft, um das Feuer zu ersticken, aber dann ging es erst richtig los. Keine lodernden Flammen, aber große Mengen Rauch, der sich im Zimmer ausbreitete und den sie mit dem Schwingen von Kopfkissen und so etwas weiter im Raum verteilten, weil sie etwas gegen den Geruch verbrannter Haare unternehmen wollten. Und dann fingen die Kopfkissen Feuer. Irgendjemand, der im Garten saß – wir warteten alle auf den Tea –, hat sie gehört und den Rauch gesehen und ›Feuer!‹ gerufen, und Mr Barker und der Stallbursche sind mit Eimern hingerannt, und ein Bursche wurde zur Feuerwehr nach Pilmoor geschickt, aber sie kamen erst zwei Stunden später.«

»Was hat Lady Celia getan?«

»Oh, sie war wundervoll. Sie hat kein Wort darüber verloren, nur beim Abendessen. Sie fragte den Schriftsteller, warum sein Haar auf einer Seite fünfzehn Zentimeter länger war als auf der anderen. Er war nämlich nicht fertiggeworden.«

»Und was war mit dem Dichter?«

»Er ist verschwunden.«

»Schach«, sagte Mr Barker.

»Geschieht mir recht«, sagte Mr Thwaite. »Ich habe mich nicht konzentriert.«

»Sie haben es ja lustig hier«, sagte ich.

»Ja, es gibt so Momente«, sagte Maitland. »Für jemanden in Ihrem Alter ist es allerdings nicht ganz das Richtige, Miss Polly. Keine jungen Leute. Sie sind das erste Kind hier, soweit ich mich zurückerinnere.«

»Ich bin kein Kind mehr. Ich bin sechzehn.«

»Sie sind eins, und Sie sind keins mehr. Sie sind jünger als manch andere mit zwölf und älter als viele, die wir mit vierzig hier hatten.«

»So redet sie manchmal«, sagte Mr Barker. »Meine Frau ist sehr weise.«

»Ich wusste gar nicht, dass Sie verheiratet sind.«

»Finden Sie es merkwürdig?«

»Nein. Es kommt mir perfekt vor.«

Mr Thwaite räusperte sich und sagte: »Wunderbar. Ein großartiges Arrangement.«

»Ich finde hier alles absolut großartig und perfekt«, sagte ich. »Ich war noch nie so glücklich.«

»Aber Sie sollten jetzt ins Bett gehen«, sagte Maitland. »Kind oder nicht Kind. Und morgen können Sie sich auf etwas freuen. Wussten Sie das? Morgen gibt es einen Neuzugang.«

»Nein. Ein neuer Gast?«

»Ja. Jemand Besonderes. Ein Dichter. Der vielversprechendste seit Shakespeare, heißt es, und so muss es wohl sein. Er bekommt das grüne Zimmer.«

»Hoffentlich schnappt er nicht in die Luft.«

»Er ist kaum mehr als ein Junge«, sagte Mr Thwaite. »Celia mag Jungs.«

»Ich glaube, sie hat ihn Miss Polly zuliebe eingeladen.«

»Ach, da wäre ich mir nicht so sicher.«

»Für Miss Polly«, sagte Maitland sehr entschieden. »Und in Ihrem Schrank ist ein neues blaues Leinenkleid und ein guter Hut für Sie, zusammen mit dem braunen Samtkleid. Ich hatte Hilfe. Und ich war so frei, die Pelisse wegzuwerfen.«

Am nächsten Morgen machte sich das Automobil – nicht die Kutsche – auf den Weg, den Dichter abholen. Dieser Gast war wichtig.

Ich hörte es abfahren, und ich kann nicht behaupten, ich hätte auf seine Rückkehr gewartet, aber als ich bis zum Mittagessen auf dem Rasen saß und las, merkte ich, dass ich gelegentlich innehielt und lauschte und oft aufsah.

Aber beim Mittagessen war nichts Neues zu sehen. Das Speisezimmer war dunkel, die verblichenen Fensterläden wegen der Sonne geschlossen, und Lady Celia spielte mit Toaststreifen herum und untersuchte ihre Seezunge. Es waren nicht viele da. Die Dichter schienen sich alle auszuruhen, und die Aquarellmalerin war noch nicht von ihrer Morgensitzung am Weizenfeld zurückgekehrt. Der in die Luft schnappende Maler war vollkommen verschwunden, nur Herr Grünt saß trübsinnig am anderen Ende des Tisches, die lange, bläuliche Unterlippe vorgeschoben als Sims für seinen Löffel.

Danach ging ich umher und wünschte mir Mr Thwaite herbei. Angeblich war er nach dem Frühstück zu einem Spaziergang aufgebrochen, und ich wünschte mir, er hätte mich gefragt, ob ich ihn begleite. Maitland sagte, er sei über die Felder gegangen, Richtung Brafferton, und wenn ich die Heckenwege nahm und dann am Fluss entlangging, würde ich ihn vielleicht auf seinem Rückweg treffen. Wahrscheinlich war er über Thoralby und Roundstone gegangen.

»Thoralby?«

»Da in der Nähe leben die Juden.«

»Juden?«

»Ja. Wohnen bei Thoralby.«

»Sie meinen, eine Art – Stamm?«

Ich verstand sie nicht, und ich verstand nicht, warum sie lachte. Ich hatte noch nie Juden getroffen, ebenso wenig wie ich Schwarze oder Katholiken getroffen hatte. Juden gab es in der Bibel. »Eine großartige Familie«, sagte sie. »Reich wie Könige. Industrielle.«

»Aber da sind doch nur Bauernhöfe«, sagte ich.

»Sie haben da ein Anwesen gekauft. Sie haben überall Häuser. Sie haben sich von Tyneside aus ausgebreitet – das sind Ausländer. Ursprünglich aus Deutschland oder so etwas. Thwaite unterhält keine Sozialkontakte dorthin.«

»Aber Mr Thwaite könnte hingegangen sein?«

»Ach, Mr Thwaite mischt sich immer gern unter Leute. Bei Mr Thwaite stellen wir keine weiteren Fragen.«

»Und Lady Celia kennt die Juden nicht?«

»Nein. Sie wollte sie kennenlernen. Sie dachte, vielleicht sind sie musikalisch. Als sie herausbekam, dass es Industrielle sind, war sie sehr enttäuscht.«

»Verstehe. Ich würde gern mal Juden kennenlernen«, sagte ich. »Verehren sie Götzen?«

»Sie verehren denselben Gott wie Sie und ich und Jesus Christus«, sagte sie. »Pst?«

Aus der Ferne war das Motorengeräusch des Automobils zu hören, und nach einer Weile kam Mr Barker herein – wir waren in der Küche – und sagte: »Drei Züge habe ich abgewartet, aber es war kein Gast darin.« Er und Maitland wechselten einen langen Blick.

Also machte ich mich auf den Weg durch den Garten zu einem Tor in der Mauer, die Heckenwege entlang, zum Fluss hinunter und über die Wiesen, in der Hoffnung, Mr Thwaite zu begegnen, vielleicht in Begleitung von ein paar industriellen Juden. Ich stellte sie mir als Grüppchen vor, wie auf dem Weg nach Emmaus, aber das war schwierig. Ich fühlte mich wie Robinson Crusoe, als er zum ersten Mal die Kannibalenboote sieht und sie unverwandt anstarrt und nichts erkennen kann, weil er sein Fernglas nicht hat.

Es war herrlich nach dem Sturm – die Gräser am Fluss schimmerten und hatten fedrige Samenbüschel, die Pusteblumen und das Mädesüß wirkten wie frisch poliert, und das Wasser in den Bächen plätscherte forsch dahin. Die Wiesen rochen anders als die Marsch – die Binsen und der wilde Spinat und das Löffelkraut.

Ich trug Maitlands »blaues«, das sich als wunderschöner, schwingender Rock und passende Matrosenbluse mit weiß dran und einer großen Schleife entpuppt hatte, und einen Strohhut mit Bändern. Ich hatte das Haar gelöst und trug es lang und offen. Maitland hatte gesagt, hier draußen auf dem Land sei das in Ordnung, aber nur, bis ich siebzehn würde. Mit siebzehn müsse es hochgesteckt werden. Ich stellte mir vor, wie Mr Thwaite mit einer Gruppe von Jüngern um die nächste Ecke bog – starke Fischertypen mit langen Haaren? Braungebrannt und in Sandalen? Menschen vom Land – bis auf den heiligen Lukas natürlich, denn der war Arzt. Ich fragte mich, wie Ärzte in Galiläa um das Jahr dreißig herum wohl gekleidet waren und ob sie irgendeine Art Tasche dabeihatten, und dann setzte ich mich hin und pflückte ein Schilfrohr, brach den braunen Pfeifenputzer oben ab und saugte das Weiße aus dem Inneren. Ich leckte es ab und spielte mit der Zunge daran herum.

Es war ein sehr heißer Nachmittag. Ich setzte den Hut ab. Ich legte mich hin und sah in den Himmel. Dann setzte ich mich wieder auf. Es war kein Geräusch zu hören, hier konnte meilenweit keine Menschenseele sein. Der Weg, dem ich gefolgt war, war kaum ein Weg. Ich zog das Oberteil meines Matrosenkleids aus. Es fühlte sich steif und schwer an. Dann zog ich auch das Mieder aus und schließlich mein Unterhemd und legte mich mit nacktem Oberkörper ins Gras und lauschte dem Plätschern des Bachs. Ich dachte an die Jünger, die mit Mr Thwaite ins Gespräch vertieft waren. Und dann schlief ich ein.

Als ich aufwachte, schien da ein Jünger zu sein und mich anzusehen. Ernst und nachdenklich. Er hatte eine irgendwie nervöse Nase und strahlende, schwarze Augen und fühlte sich an wie ein alter Freund. Als ich mich aufsetzte, war er nicht mehr da, und ich wusste, dass er ein Traum gewesen war.

Die Sonne war verschwunden. Es sah nach Regen aus.

Ich wusste, dass es viel später war. Erstaunt sah ich auf meine nackten Arme und dann auf meinen nackten Rest. Ich musste verrückt geworden sein. Halbnackt am helllichten Tag in Yorkshire herumzuliegen! Schnell zog ich die Bluse wieder an, stopfte mir Unterhemd und Mieder in die Rocktaschen und streckte mich. Dann hörte ich von irgendwoher Stimmen und wurde von herrlich aufregender Scham erfüllt. Ich fand meinen Hut wieder, setzte ihn mir auf den Kopf und rannte stürmisch den Weg zurück, den ich gekommen war.

Ich rannte fast eine Meile weit, bis zur Tür in der Mauer von Thwaite, schlüpfte hindurch und lehnte mich an die Mauer. Dann ging ich flott innen an der Mauer entlang, am Lagerfeuerplatz vorbei, an den Gewächshäusern, wo die rosa Hyazinthe immer noch nackt dalag wie der Mann, der unter die Räuber fiel. Ich schlich ins Haus und in mein Zimmer, und im Spiegel sah ich ein knallrotes Gesicht, ein wildes Mädchen mit zerrissenen Strümpfen, wirrem Haar und einem aus der Rocktasche hängenden Unterhemd.

Draußen auf dem Rasen versammelten sich die Gäste nach ihren künstlerischen Aktivitäten zum Tea, dem nächsten Punkt auf dem tröstlichen Stundenplan, den Lady Celia sich für ihre Gäste gegen die Unbilden ihrer Berufungen überlegt hatte. Ich sah sie ernst und ergeben da unten umhergehen und merkte, dass ich weinte. Der Grund war wohl, dass ich jetzt hinuntergehen und mich zu ihnen gesellen musste. Ich, unscheinbar und ohne Freunde und in all meinen Kleidern. Irgendwo aus einer Ecke des Raumes sah ich Charlotte hervorgucken und feixen, und hinter ihr ein paar seltsame Schatten aus Wales.

Unter mir schritt Mr Barker über den Rasen wie Ramses, hinter zwei Hausmädchen in Schwarzweiß. Er trug eine Tortenplatte mit Fuß, sie die schweren Silbertabletts mit den Teetassen. Mr Thwaite war zurückgekehrt – ohne Jünger –, und sein liebes Lächeln wurde beim Anblick der Kuchen noch strahlender und beruhigte mich. »Ich sollte mich dazugesellen«, dachte ich. »Ich sollte runtergehen.«

»Bettler haben keine Wahl«, sagte Charlotte aus meinem Schrank heraus, als ich ein anderes Kleid anzog. »Du kannst es dir ja nicht aussuchen. Du hast keine Entschuldigung dafür, anders zu sein. Du kannst keine Gedichte schreiben oder malen oder besonders gut Klavier spielen, und du wirst nie ein Buch schreiben. Du hast keine Schule besucht und dich nie wie Hyazinth gefühlt. Du kannst bloß Deutsch und über Robinson Crusoe sprechen. Du bist kein Genie.«

So trat ich traurig in den Flur, und da war jemand. Er sagte: »Ach, Gott sei Dank – ich kenne hier niemanden. Kann ich mit Ihnen runtergehen?«

Thwaite

Aunt Frances, meine Liebe und Liebste, ich bin verliebt. Paul, er heißt Paul Treece, ein Freund von Lady Celia und der schönste Mensch von allen. Ich will dir alles erzählen!

Gestern stand er im Flur, als ich aus meinem Zimmer kam, um zum Tea in den Garten zu gehen, und er ist schon zwanzig, ganz schön alt, das weiß ich, aber es hat von Anfang an gar nichts ausgemacht. Er hat wirklich eine göttliche Ausstrahlung, aber überhaupt kein göttliches Selbstbewusstsein, denn er sagte: »Kann ich mit Ihnen runtergehen? Ich kenne hier keine Menschenseele.«

Es war verrückt. Ich hätte genau das Gleiche zu ihm gesagt, dieselben Worte. Ich hatte das Gefühl, wir hätten die Seelen getauscht. Ich sagte: »Oh, natürlich«, ganz steif, und wir gingen nebeneinander, aber mit großem Abstand hinunter. Er geht so hüpfend, immer auf und ab, und dabei redet er die ganze Zeit, alles sehr schnell und aufgeregt. Er ist Dichter und im zweiten Jahr in Cambridge. Er sprüht die ganze Zeit vor Eifer. Aus dem Augenwinkel habe ich ihn immer wieder angesehen, und sein Profil ist – oh, Aunt Frances! – wirklich perfekt. Seine Nase könnte in einem Lehrbuch für schöne Nasen abgebildet sein.

Auf dem Rasen waren noch zwei andere neue Leute, die gerade erst angekommen waren – wichtige Leute auf dem Weg nach Wooller in Schottland: bedeutende Schriftsteller, ein melancholischer, grüblerischer Mann und eine sehr dünne Frau in alten, teuren Kleidern, von denen der Saum runterhing, sie war sehr schön. Auch ihre Ausgefranstheit wirkte königlich. Um die Augen herum hatte sie etwas Wildes, tiefliegende Augenhöhlen, und ihre Mundwinkel hingen nach unten, auf eine irgendwie verlorene und verzweifelte, aber reizende Weise. Ihre Hände waren lang und knochig, und sie hielt ihre Teetasse sehr fest. Als Lady Celia uns alle vorstellte, sah diese Frau mich lange an und wandte sich dann ab, aber ich glaube, sie hat an etwas anderes gedacht. Der Mann lächelte uns sanft und freundlich an.

Vielleicht habe ich sie nur deswegen so detailliert bemerkt, weil ich, seit ich Paul Treece begegnet bin, alles sehr präzise und kristallklar wahrnehme, Aunt Frances, als wäre eine Haut von allem abgezogen worden, eine Gaze- oder Glasschicht. Selbst als Paul Treece knallrot wurde vor Ehrfurcht über die beiden Schriftsteller und sich der knochigen Frau auf einem Hocker zu Füßen setzte und sie fasziniert anstarrte, während er sich einen Scone nach dem anderen in den Mund schob (der ein bisschen rot ist – schade), ohne es zu merken, und ich ging hinüber zu Mr Thwaite. Und selbst da dachte ich: »Nichts, *nichts* kann diesen Tag noch verderben. Wir sind zusammen in den Garten gekommen, sie werden denken, wir gehören zusammen.«

Mr Thwaite sagte, es sei heiß für die Jahreszeit, und ich fragte, ob sein Spaziergang schön gewesen sei. Ich erzählte ihm, dass Mr Barker in Sorge gewesen war, weil der Chauffeur so viele Züge abgewartet hatte, denn er liebt es, über Fahrpläne zu sprechen, und dann sprachen wir allgemein eine Weile über die Eisenbahn. Dann sagte er: »Weißt du, wer sie sind, die beiden neuen Hustenbonbons?«

Mr Thwaite stellt nie Fragen – oder jedenfalls sehr selten. Das weißt du ja. Er sprach recht laut, und es fiel gut vernehmbar in die Teegesellschaft, weil niemand viel redete. Das ist eine interessante Sache, die ich beobachtet habe: die großen Künstler sagen gar nicht viel, wie es sonst in Gesellschaft üblich ist, sondern sind große Schweiger. Je berühmter sie sind, desto schweigsamer sind sie bei Tea-Partys, was mich zu dem Schluss bringt, dass Paul Treece kein Genie sein kann, denn er redet ununterbrochen und war nur in diesem Moment kurz still vor Ehrfurcht und Scones.

Mehrere Köpfe wandten sich zu Mr Thwaite, und alle warfen ihm lange, intellektuelle Blicke zu, und er tat mir schrecklich leid, bis ich feststellte, dass es ihm offenbar überhaupt nichts ausmachte. Er schob sich nur ein herrliches Stück Früchtebrot in den Mund und kaute. Lady Celia sagte melodiös: »Wenn die Abende länger werden, später im Jahr, kommen wir nach dem Abendessen gern hier raus und lauschen den Tauben.«

Wieder sagte niemand etwas, und der Satz – sie hat eine helle, langsame, flötende Stimme, ein bisschen wie Aunt Mary – hing eine Weile zwischen dem Teegeschirr und schwebte dann davon. Einzeln und zu zweit fingen die Leute dann wieder an, miteinander zu reden – unzusammenhängend, ungerührt, und dann ergab sich eine Diskussion zwischen einigen Leuten, ziemlich schnell, wie ein Chor. Schließlich stieg einer nach dem anderen aus, bis nur noch zwei übrig waren – der dunkle, neue Mann und der in die Luft schnappende Maler, der Cockney mit einem leichten ausländischen Akzent spricht (die Dame sah in die Bäume hinauf; sie heißt Mrs Wolf, was unpassend ist, denn sie wirkt eher wie ein Pferd oder ein Einhorn), und ich konnte nicht mehr richtig folgen.

Am Ende sagte Mr Wolf – der eher etwas von einem zahmen Hund hat – etwas, das sich anhörte wie die letztgültige Wahrheit, und alle murmelten etwas und rührten sich wie am Ende eines Konzerts. Paul Treece war bei der Einhornfrau gestrandet, die jetzt die Augen geschlossen hatte, also kam er zu Mr Thwaite und mir herüber – wir unterhielten uns – und sagte: »Mr Thwaite, was für ein herrlicher Garten. Und war für ein Haus! Sind Sie hier geboren?« Und Mr Thwaite wirkte überrascht. Lady Celias Freunde reden sonst nicht viel mit ihm. Er sagte: »Hrrmpf, grunz, grunz – ja. Ha. Gutes altes Haus. Romantisch. Zufällig ja.«

»Dann sind Sie der Gutsherr?«

Lady Celia hörte zu, drehte sich aber nicht zu uns um. Mr Thwaite sah hilfesuchend zu ihr. »Nun ja – meine Schwester, Celia, hat das alles übernommen«, sagte er vage. »Aber tatsächlich bin ich das wohl, ja.«

»Könnte ich – könnten wir – ein bisschen herumgehen? Ich würde es gern sehen.«

»Natürlich. Gern. Sofort«, sagte Mr Thwaite strahlend, stand auf und marschierte davon, wir hinter ihm her.

Wir gingen überallhin, Aunt Frances – meilenweit durch Gärten und Gesträuch, wo ich noch nie gewesen war, bis zum Gehölz und dann am Flussufer entlang. Paul Treece redete die ganze Zeit und wippte und hüpfte auf seinen sehr großen Füßen herum, die im späteren Leben vielleicht mal platt werden, aber egal, er ist sehr groß, und rannte hierhin und dorthin. Einmal sagte er: »Oh, schnell, das Glitzern da dürfen wir nicht verpassen, Miss Flint« (Miss Flint!), und rannte zu einem Tor und legte die Ellbogen darauf und stützte das Kinn in die Hand. Er seufzte und sagte etwas auf Latein. »Horaz«, sagte er.

»Oden, Buch eins«, sagte Mr Thwaite. »Alles voller Kaninchen. Die Hölle. Gewehr?«

»Wie bitte?«

»Ob Sie ein Gewehr haben. Möchten Sie eins?«

»Auf keinen … Nein, danke.«

»Wollen wir morgen mal nach einem gucken?«

Paul Treece und ich sahen einander in diesem Moment an, unverwandt, und lasen die Gedanken des anderen. Ich wusste alles über ihn und war sicher, dass er alles über mich wusste. »Niemals«, sagte er, »ein Gewehr. Damit könnte ich niemals umgehen.«

»Vielleicht werden Sie das müssen«, sagte Mr Thwaite. »Schon bald.«

»Ich bin Dichter, Sir.«

»Jenun. Manche von denen müssen das auch. Horaz.«

»Horaz ist vom Schlachtfeld geflohen und hat seinen Schild zurückgelassen.«

»Aber er hat sich dafür geschämt. Es wird weitere Horaze geben. Allzu bald. Es wird Krieg geben.«

Dann ging er allein davon und sagte, er müsse die Leute von der Farm sprechen, und ließ Paul Treece und mich zusammen zurück.

Alles Liebe, deine Polly – ich werde jetzt wohl eine Weile nicht mehr schreiben, denn ich will erst deine Briefe lesen, die bestimmt zu Hause auf mich warten.

Am nächsten Morgen wachte ich auf, trat ans Fenster und sah unten Paul Treece auf der Terrasse stehen, mit dem Rücken zu mir, er blickte über die Wiesen und sah die Sonne aufgehen. Am Horizont war der Himmel rosarot, darüber dunkelblau, und der Tau auf dem nähergelegenen Rasen, wo der Morgennebel noch nicht angekommen war, sah aus wie Raureif. Paul Treeces knochige Gestalt wirkte in der Morgendämmerung unbeholfen, und seine Kleider, die immer noch dieselben von gestern zu sein schienen – er hatte sich nicht mal zum Essen umgezogen –, waren zerknautscht, als hätte er darin geschlafen oder sie einfach auf den Boden geworfen. Sie waren ihm jetzt auch sichtlich zu groß. Und wie ich ihn so zum ersten Mal nicht im Profil sah, stellte ich fest, dass er ovale Ohren hatte, die wie Muscheln im rechten Winkel abstanden, und die ersten Sonnenstrahlen fielen hindurch und brachten sie zum Glühen.

Vielleicht waren es die Ohren, die mir das Selbstvertrauen gaben, mich innerhalb von zwei Minuten anzuziehen und hinunterzugehen, durch das morgendliche Haus, und hinaus zu ihm auf die Terrasse; aber als er sich umdrehte und mich ansah, kam all meine Ehrfurcht vom Vortag zurück. Ich blieb stehen und sagte (ziemlich dumm): »Es ist noch ganz schön früh.«

»Noch nicht mal sechs Uhr. Gucken Sie mal, da kommt die Sonne.«

Wir standen Seite an Seite, und als die Sonne hervorplatzte, hörten wir dem lautstarken Geschwätz der Vögel zu. Die roten Höfe in der Ebene standen jetzt bis zu den Knien im Nebel, und das Flussbett sah aus wie eine Schlange aus Watte, die Richtung Ouseburn im Süden kroch, um sich mit dem Ouse zu vereinigen. Er sagte: »Wie in *Die Mühle am Floss*, oder? All die florierenden Höfe«, und meine Schüchternheit schwand. Ich sagte: »Nein. Hier ist es viel hübscher. Das waren große, dunkle, beunruhigende Bauten. Alleinstehend. Große Scheunen und so was, alles schwer und augenfällig – eher so wie bei mir zu Hause.«

»Oh – ist das in der Nähe von Northamptonshire?«

»Nein. Ich glaube nicht.«

»Aber Sie kennen Northamptonshire?«

»Ich kenne gar nichts. Ich war noch nirgendwo, außer hier und zu Hause. Und als Baby in Wales, aber daran habe ich kaum Erinnerungen.«

»Aber die Midlands?«

Mir war gar nicht bewusst gewesen, dass die *Mühle am Floss* in den Midlands lag. Oder überhaupt irgendwo, außer in einem Buch. Mir war nicht bewusst gewesen, dass man eine Landschaft in einem Buch verwenden konnte. Ich hatte gedacht, man muss sich neue ausdenken. Ich kannte die Landschaften der Bücher – die Küste von *Salé*, die urzeitlichen Wüsten von *Wuthering Heights*, die grünen Inseln der Karibik, all die herrlichen Orte französischer Romanzen; die Lupenlandschaften von Gulliver. Ich kannte jeden Zentimeter *Hinter den Spiegeln* und die unterirdische Welt, die sich in Kaninchenlöchern verbirgt. Es waren die Landschaften auf Landkarten, die ich unwirklich fand – jedenfalls nutzlos, was die Literatur anging. Ich hatte mir Grandfather Younghusbands Globus im Arbeitszimmer schon lange nicht mehr angesehen. Ich hatte eher Angst vor ihm. Ich sagte: »Ich bin nicht mal sicher, wo die Midlands sind.«

Er fragte: »Wo ist denn ›zu Hause‹?«

»Im Norden.«

»Ich bin aus dem Nordwesten. Aber ich habe Lady Celia in Cambridge kennengelernt.«

»Kennen Sie sie schon lange?«

»Vielleicht drei Wochen. Wir sind uns in einem Konzert begegnet. Wir saßen nebeneinander – sie hat irgendjemand Wichtigen getroffen. Ich bin im zweiten Jahr dort. Sie hat mich hierher eingeladen.«

»Verstehe.«

»Ich bin Schriftsteller.«

»Ich nehme an, sie hatte schon von Ihnen gehört.«

»Niemand hat von mir gehört. Ich habe noch gar nichts veröffentlicht. Sie ist einfach gut zu armen Schriftstellern. Ich hatte Glück, neben ihr zu sitzen. Sie lädt jeden ein, den sie für vielversprechend hält. Dafür ist sie ziemlich bekannt.«

»Sind die anderen hier auch alle vielversprechend?«

»Oh, unbedingt. Manche sind geradezu Olympier. Sind Sie auch vielversprechend in irgendetwas? Ich nehme an, Sie gehen noch zur Schule?«

»Ich bin so etwas wie eine Verwandte. Und ich habe nie eine Schule besucht. Ich bin wohl nicht besonders vielversprechend.«

»Immerhin haben Sie *Die Mühle am Floss* gelesen. Das ist ja schon mal ein Anfang. Lesen Sie viel?«

»Ich habe zweihundertdreiundachtzig Romane gelesen.«

»Großer Gott. Ich wusste nicht mal, dass es … waren das hauptsächlich Liebesromane?«

»Nein, das würde ich nicht sagen. Ich lese sie immer in Blöcken – sie stehen alle im Arbeitszimmer. Scott, Dickens, Hardy, Richardson, Fielding, Sterne, Disraeli und so weiter. Die meisten haben meiner Großmutter gehört, glaube ich, auch wenn es eigentlich das Arbeitszimmer meines Großvaters ist. Er war ziemlich sauertöpfisch, er hat vor allem religiöse Sachen gelesen und Bücher über Steine und so. Aber Swift ist seiner. Swift ist wirklich gut. Ich habe auch die ganzen Franzosen gelesen, aber ich glaube, die hat er nicht gelesen. Er muss sie aus Sentimentalität aufbewahrt haben, nachdem seine Frau gestorben war.«

»Kennen Sie Lady Celia von einem kulturellen Ereignis?«

»Nein. Wie gesagt – ich bin eine Art Verwandte. Irgendetwas war mit Mr Thwaite und einer meiner Tanten. Sie ist frisch verheiratet, eine etwas angespannte Zeit.«

»So langsam *verehre* ich Mr Thwaite.«

Ich dachte, was für ein seltsamer Ausspruch.

Wir gingen über den Rasen und durch die Tür in der Mauer in Richtung der Feuchtwiesen. Unsere Füße waren patschnass. Paul Treeces Hose war schwarz, bis zu den Knien hoch nass vom Tau und klebte ihm an den Beinen, was nicht sehr gewinnend aussah. Ich sagte: »Sie werden sich erkälten. Sobald wir reinkommen, müssen Sie sich etwas Trockenes anziehen.«

»Ach, das geht schon.«

Ich war unruhig, als wir weitergingen, und fragte mich, warum. Wir kamen an einem Mann vorbei, der früh unterwegs war und Rüben hackte, und an einer Herde Kühe, die so rot waren wie das Farmgebäude, aus dem sie kamen. Die Kühe sahen eine nach der anderen zögernd aus dem Kuhstall, dann traten sie mit einem anmutigen Schritt heraus. Sie schwankten sehr langsam über den Hof und auf den Weg und schoben sich mit besorgten Blicken an uns vorbei. Sie rochen milchig und warm, und aus ihren Nüstern stiegen Dampfwölkchen auf. Überall im Land krähten Hähne, und die Sonne ging über den Heuschobern auf. Wie konnte ich unruhig sein?

Wir kamen an eine Fußgängerbrücke, eine Holzplanke auf alten Steinsäulen mit einem glattpolierten Geländer. Das Wasser floss schnell und kräuselte sich um die Steine herum, und Paul Treece blieb auf der Brücke stehen und lächelte das Wasser an, die Hände auf dem Geländer. Er war ganz aufgeregt vor Freude. Ich hatte gedacht, Dichter wären grüblerisch und weise, wie Wordsworth und Tennyson, aber Paul Treece bestand nur aus Armen und Beinen und Flattern.

Seine Hosenbeine trockneten langsam, und ich sah auf meine eigenen nassen Schuhe und Strümpfe hinunter, und dann wurde mir klar, warum ich nicht ganz und gar glücklich war. Ich hatte mir Sorgen gemacht, weil er so nass war, aber er sich meinetwegen nicht. Und außerdem – wenn ich schon mal dabei war – »ich verehre Mr Thwaite«.

Wie konnte er Mr Thwaite *verehren*? Er kannte ihn ja kaum. Das war unmännlich. Konnte man sich vorstellen, dass Robinson Crusoe sagte, er *verehre* Mr Thwaite? Oder Swift oder Thomas Hardy? Nein, das würden sie nie sagen. Es funktionierte nicht.

Und wie sehr er sich selbst genug war, er sprang neben der Brücke herum, lief auf die andere Seite, hob Dinge auf und warf sie in die Luft. Er war ein wenig schrullig – so schrullig wie die olympischen Wölfe gestern beim Tea, aber immerhin nicht so traurig. Aber schrullig wie der in die Luft schnappende Maler.

Außerdem interessierte er sich nicht im Geringsten für

mich. Warum um alles in der Welt ging ich mit ihm hier durch die Felder, nass und hungrig vor dem Frühstück? Er wollte nur gesehen werden. Das war es. Er mochte es, wenn ein Mädchen ihn ansah und dachte: »Ich gehe mit einem Dichter in den Wiesen spazieren«.

Er war gar nichts.

Aber dann überquerte ich die Brücke, und er nahm meine Hand. Er hörte nicht auf zu reden – er redete ununterbrochen und über alles, was er sah. »Gucken Sie mal, der Weizen. Wie er so eine Linie bildet. Gucken Sie mal, die Hecken. Der Weißdorn ist ganz dunkelrot. Und sehen Sie, wie rot die Hecken sind? Ganz anderes Rot. So leuchtend. Es ist so viel Rot in den Hecken! Von Anfang an. Die neuen Triebe im Januar – also, jedenfalls ist es in Cambridge im Januar, hier sicher etwas später, wie ist es da, wo Sie herkommen? Gibt es da Hecken? Der Saft ist nie grün, wissen Sie, wenn er aufsteigt. Sondern rot. Wie Blut. Ist eine Tatsache. Und ein poetisches Konzept …« So plapperte er ohne Unterlass, und mittendrin hatte er meine Hand genommen.

Sein Vortrag war ziemlich selbstsicher, aber das Handhalten nicht sehr geübt, und ich wusste, dass er es noch nicht oft gemacht hatte. Er hatte schöne Finger und schmale Hände, aber irgendwie war das alles enttäuschend. Die Hand eines Mannes zu halten, hatte ich mir großartiger vorgestellt.

»Ich würde jetzt gern zurückgehen, bitte. Wir können hier umkehren und dann dort entlang, glaube ich.«

Wir waren am Ende eines Feldes angekommen.

»Ja, gut.«

Er drehte sich artig um. Er war unterschütterlich gut gelaunt.

»Sie wirken wie ein glücklicher Mensch«, sagte ich.

»Glücklich? Ja, schon. Sehr glücklich. Ehrlich gesagt, ich

glaube nicht – ich glaube nicht, dass ich schon mal so glücklich war. Cambridge und Lady Celia und – ich bin wirklich glücklich. Oje …«

»Was denn?«

»Sind wir noch richtig? Auf dem Heimweg?«

»Ja, ich glaube schon.«

»Man kann Thwaite von hier aus nicht sehen, oder? Wir scheinen in einer Talsohle zu sein. Lesen Sie Meredith?«

»Nein, nie gehört. Also, ich glaube …«

»Oder Yeats. Haben Sie Yeats gelesen?«

Er führte eine Art Tänzchen auf. »Allein die Vorstellung!«, sagte er. »Allein die Vorstellung. Sie sind so unschuldig und gleichzeitig so gebildet. Sie haben alles noch vor sich! Yeats und Meredith!«

Ich dachte, er ist so schön und so fröhlich, und ich bin am frühen Morgen mit ihm allein. Ich spreche mit ihm über all das, was mir am Herzen liegt, Schriftsteller und großartige Bücher. Wieso ist das Einzige, woran ich denken kann, das Frühstück und dass Lady Celia vermutlich recht hat – ich bin in keinerlei Hinsicht vielversprechend?

»Wollen wir hier langgehen?«

Nach einer Weile sahen wir zu meiner großen Erleichterung einen Mann in Arbeitskleidung über die Felder kommen – eine schwarze Hose, die an den Knien mit einer weißlichen, haarigen Kordel zusammengebunden war, und ein Hemd ohne Kragen, nur mit einem Messingknopf. Paul Treece deklamierte laut Yeats, aber ich sagte: »Meinen Sie, wir können ihn einfach fragen?«

»Fragen?«

»Wo wir sind. Den Mann. Wie wir zurückkommen.«

»Zurück? Sie wollen nach Hause? Wollen Sie, dass es schon vorbei ist?« Er hielt immer noch meine Hand und sah mich mit seinen großen, strahlenden Augen aufgeregt an. Plötzlich verstand ich Fanny Brawne. Am liebsten hätte ich ihn getreten.

»Können Sie den Mann *bitte* fragen?«

»Guten Morgen«, sagte Paul Treece. »Wir haben uns bei unserem Morgenspaziergang wohl verlaufen. Wir wollen nach Thwaite.«

Der Mann stellte die Milchkanne, die er trug, auf dem Gras ab. Die Milch schwappte. »Thwaite?«

»Hall.«

»Was für eine Hall?«

»Thwaite. Thwaite Hall. Lady Celia.«

»Sie sind näher an Roundstone Hall. Im nächsten Dorf. Hinter Thoralby.«

»Aber wir wohnen in Thwaite.«

»Dann sind Sie wirklich vom Weg abgekommen. Das sind fünf Meilen. Also, nach Roundstone Hall …«

»Ich fürchte, das nützt uns nichts. Wir müssen zum Frühstück in Thwaite sein.«

»Das ist ein ziemliches Stück. Noch weit hinter dem Fluss. Die Brücke ist zwei Meilen zurück oder zwei Meilen weiter. Guten Tag!«

»Fünf Meilen«, sagte ich. »Fünf Meilen! Das kann nicht sein. Wir können nicht fünf Meilen gelaufen sein. Wir haben uns total verirrt.«

Etwas in mir wollte, dass er sagte, wie könnten wir uns denn verirrt haben, wo wir uns doch gefunden hatten, und dass ich mir keine Sorgen machen solle, dass wir doch glücklich seien.

»Roundstone«, sagte er. »Roundstone Hall. Großer Gott, hat er Roundstone Hall gesagt?«

»Ich glaube, ja.«

»Das kenne ich! Ich kenne Roundstone Hall. Ich kenne die Leute da.«

»Ach ja?«

»Ich bin mit einem aus Roundstone in Cambridge. Er hat gesagt, dass das irgendwo in Yorkshire liegt. Theo Zeit. Komm, mein Mädchen, jetzt suchen wir uns ein Frühstück.«

Auf der Treppe standen der Junge und das Mädchen mit der Ponykutsche, das Mädchen war nicht viel größer geworden, als es damals gewesen war. Eher kurze Beine, aber immer noch dieses wundervolle Haar. Theo stand auf der Stufe darüber und wirkte wirklich sehr groß. Er sah uns schweigend an, während seine Schwester sich beim Anblick von Paul Treece quiekend die Hand vor den Mund hielt.

»Ach du lieber Himmel!« Ihre Arme schossen nach vorn. »Paul Treece, Paul Treece! Das ist … wie kann das denn sein, Treece!«

Es roch überall intensiv nach Politur und Neuem. Sämtliche Oberflächen badeten darin. Hübsche Mahagonikommoden und Schränke und Stühle wie Throne schwammen darin. Ein Rosenholzpodest glänzte vor lauter Politur, und die Blätter der Oleanderfeige, die darauf stand, wirkten ebenfalls poliert. Im Esszimmer glänzten Sideboards so breit wie Straßen, ein riesiger Tisch und zwanzig Stühle nach vielen Stunden Behandlung mit Wachs und weichen Tüchern. Die Tischbeine mussten aus einem indischen Tempel eingeflogen worden sein, und es gab jede Menge Messing und Kupfer. Am Kopfende des Tisches saß eine Frau, sehr aufrecht, und amüsierte sich über uns. Neben ihr lagen Zeitungen, sie hatte einen Stift in der Hand.

»Soso, guten Morgen.«

»Mutter. Das ist wirklich ein Ding! Das ist Paul Treece aus

dem Queen's. Und Miss Polly Flint. Sie haben sich auf einem Spaziergang vor dem Frühstück verlaufen. Sie wohnen gerade in Thwaite.«

»Verlaufen. Oje. Wie geht es Ihnen? Und dann noch vor dem Frühstück!«

»Sie sind sehr früh losgegangen. In der Dämmerung. Sie haben sich völlig verirrt.«

»Paul ist Dichter, Mamma.«

»Ah so. Dichter – davon haben sie einige in Thwaite, habe ich gehört. Guten Morgen, Miss Flint. Sind Sie auch Dichterin?«

»Nein, ich bin recht …«

»Sie sind recht. Wunderbar. Kommen Sie rein und setzen Sie sich. Nein – gehen Sie erst mal mit Rebecca und waschen Sie sich. Das wollen Sie ja sicher am dringendsten. Und dann kommen Sie *sofort* zurück und essen etwas.«

»Danke. Ich bin nur ein bisschen …«

»Besorgt? Kein Grund. Wir rufen an.«

»Sie haben kein Telefon. Lady Celia hält das für …«

»Dann schicke ich ihnen eine Nachricht. Gehen Sie sich erst mal frischmachen. Und dann kommen Sie wieder und essen. Theo kümmert sich um Mr Treece.«

Sie war eher klein, hatte aber einen großen Kopf und das Haar in Strähnen oben zu einem Nest geschlungen, und ihr Gesicht war furchtbar nichtssagend mit einem irgendwie undefinierbaren, wabbeligen Mund, der darin herumstromerte. Aber sie lächelte und wirkte insgesamt, als wäre alles in ihrem Leben erstaunlich erfreulich. Mit souveränen Handgriffen sortierte sie die Zeitungen und Briefe neben sich. Als wir aus einem herrlichen Badezimmer zurückkamen, das bis unter die Decke weiß gefliest war und Wasserhähne wie aus der Eisenhütte hatte, war sie verschwunden.

Stattdessen setzte Paul Treece sich an den Tisch vor einen Teller, auf dem sich Nierchen, Schinken, Würstchen und Eier türmten. Er redete ohne Unterlass, schwang die Gabel, seine Augen blitzten vor Aufregung. Das köstliche, aber nicht besonders kräftige Essen in Thwaite war darauf angelegt, eher unbemerkt vorbeizugehen, das Geistige stand im Vordergrund, und es waren immer kleine Mengen.

Rebecca saß neben ihm und sah zu, wie der Berg kleiner wurde, und Theo stand am Fenster, sein roter Schopf vor einem Samtvorhang, der von oben bis unten mit Bommeln wie Distelblüten übersät war. Theo machte ebenso wie seine Mutter den Eindruck, als hielte er Glücklichsein für den Normalzustand. Er lächelte und sagte: »Hier, ein paar Bücklinge.«

»Nein, danke.«

Mein Herz hämmerte zu sehr, als dass ich etwas hätte essen können.

»Kaffee? Tee?«

»Och, Kaffee gern. Danke.«

»Der Kaffee ist heute ein bisschen dünn. Bekommt man hier schlecht.«

»Wir kriegen unseren aus London.«

»Ach, wirklich? Da oben in der Marsch? Wohnst du immer noch in dieser Marsch vom vorletzten Jahr? Kommt der Kaffee da mit der Flut?«

»Nein, er kommt über Mrs Woods. Sie hat Verbindungen nach Afrika.« Rebecca prustete los. Sie sagte: »Oh Gott, tut mir leid. Afrika!« Theo lächelte nachsichtig (aber nicht unfreundlich). »Die Marsch und Afrika«, sagte sie.

Also musste ich sie verteidigen.

Ich sah mich in all dem Geld um – dem Plüsch, den Teppichen, lauter roten und blauen Persern, goldgerahmten Bildern an Messingketten an Messingleisten, die von dicken

Goldspangen in der Form großer Blüten gehalten wurden. Auf dem Kaminsims schlug eine Uhr mit goldenen Gewichten zwischen Marmorstützen unter einer Glasglocke neun Uhr.

»Oh, die Marsch ist eine so reiche Gegend.«

Sie waren still.

»Unser Haus ist bald fertig«, sagte Theo. »Die Arbeiten müssten bald abgeschlossen werden. Damit wir im Sommer alle reichlich gesunde Meerluft kriegen.«

»Ja, ich weiß. Scheint nicht besonders schnell voranzugehen.«

»Das ist seit Jahren Mammas Spielzeug. Sie wirft dauernd die Pläne über den Haufen. Sie meint, Vater soll einen gesunden Ort haben, der nicht so weit von den Eisenhütten weg ist wie Deutschland. Da ist er jetzt, und da ist er ziemlich oft. In Kur. Die Eisenhütten sind dann nur über die Flussmündung rüber.«

»Die Hütten kommen immer näher«, sagte ich. »Und der Rauch auch.«

»Dann sind wir Nachbarn«, sagte er. »Nächstes Jahr sollen wir ewig lange da bleiben, den ganzen Sommer.«

»Das ist doch alles erstaunlich«, sagte Paul Treece und nahm sich noch eine Scheibe Toast. Er biss in vielen kleinen Bissen davon ab und studierte die Form jedes Bissens, dann trank er in vielen schnellen, kleinen Schlucken seinen Kaffee. »Ich kenne nichts davon. Ich habe keine Ahnung.«

Wieder brachen die Geschwister in Gelächter aus.

»Typisch Paul«, sagte Theo. »Polly, wusstest du, dass er ein Genie ist? Er schreibt ganz erstaunliches Zeug. Habe ich gehört. Und veröffentlicht es in Literaturzeitschriften. Angeblich schreibt er wie wie-heißt-er-noch, ganz berühmt.«

»*Wer* ist berühmt?« Rebecca rieb sich die Augen. Sie schien ihrem Bruder sehr nah zu sein und seine Gedanken zu lesen.

»Ach, wir sind gemein, Theo. Tut mir leid, Paul. Tut mir wirklich leid, Polly Flint. Weißt du, Paul kennt das schon und erträgt uns. Du nicht. Theo und ich, wir sind wirklich schlimm. Wie alle Zeits. Was die Kunst angeht. Obwohl wir jüdisch und deutsch sind – wir können keinen Ton singen und nichts spielen und lesen überhaupt keine Bücher. Und guck dir mal die Bilder an! Sterbende Hirsche. Mamma hat sie von einem herrschaftlichen Anwesen in Schottland gekauft, wegen der Rahmen. Wir sind entsetzliche Banausen. Philister. Oder, Paul?«

»Nun ja, ziemlich hoffnungslos«, sagte er und klatschte sich Butter auf sein Toast.

»Ich dachte, Philister sind eine jüdische Glaubensrichtung?«

»Wir sind Philister und Atheisten.«

»Das habe ich so nie akzeptiert«, sagte Paul Treece. »Ihr liebt Menschen. Ihr seid keine Atheisten. Eure Familie spendet weiß Gott was. Millionen.«

»Aber wir sind Atheisten, nicht wahr, Theo?«

»Du auf jeden Fall«, sagte Theo, »und Mamma, und ich *nehme an*, Vater auch, aber er würde nie darüber sprechen. Er denkt die Dinge selbst zu Ende. In Baden-Baden. Im Schlamm. Und er würde dir sein letztes Hemd geben.«

»Warum sollte Polly Flint Vaters letztes Hemd wollen?«

»Ich wollte nur sagen, er ist der *beste*, nicht einfach ein guter Samariter. Und wahrscheinlich ist er selbst traurig, dass er nicht an Gott glauben kann. Was ist mit dir, Miss Flint? Ich kann mir vorstellen, dass Gott sich auch in der Marsch nicht besonders oft zeigt.«

Mir wurde kalt, und die Möbel glühten vergeblich.

»Noch Kaffee? Ist alles in Ordnung?« Theo kam, setzte sich neben mich und sah mich an. Rebecca hatte mich ebenfalls angesehen und bemerkt, dass ich schrecklich aussah – altbacken, sonderbar und nicht hübsch. Und keine schöne Figur. Theo sah allerdings aus, als würde er sich um mich sorgen.

»Wahrscheinlich hat sie noch nicht viele Atheisten getroffen«, sagte Rebecca.

»Ich habe nie – ich frage normalerweise nicht …«

»Ich nehme an, in der Marsch sind gar nicht viele Leute, die du fragen könntest.«

»Frag mal in den Slums bei den Eisenhütten, da gibt es Atheisten«, sagte Rebecca.

»Nicht alle«, sagte ich. »Jedenfalls sagen sie ›Gott segne euch‹, wenn wir Suppe vorbeibringen. Manche sagen gar nichts, weil sie uns hassen, aber ich glaube nicht, dass das alles Atheisten sind. In Oversands sind wir – also, meine Tanten – ziemlich fromm. Meine Aunt Frances hat gerade einen Priester geheiratet. Und jetzt werden sie Missionare in Indien. Morgen legen sie ab.«

Rebecca ächzte und raufte sich das wilde Haar. »Ich halte das nicht aus.«

»Was?«

»Tut mir leid. Ich ertrage das alles nicht.«

»Was denn alles?«

»Quark und Missionare. Tut mir leid. Aber ich muss das sagen. Ich bin nicht wie Theo, er ist nett. Ich bin eher laut und deutlich. In Cambridge mag mich niemand besonders. Ich kann die Klappe nicht halten.«

»Du meinst«, sagte ich, »ihr glaubt ehrlich nicht an Gott?«

»Nein. Kein Stück. Kann ich nicht. Das klingt alles wie Märchen. Ergibt überhaupt keinen Sinn. Alte Männer im Himmel, die auf uns runtergucken und uns bewachen. Ich kann beim besten Willen nicht nachvollziehen, wie ein intelligenter Mensch das glauben kann. Deswegen studiere ich auch nicht Philosophie. Geschichte ist verwirrend genug.«

Vor meinem geistigen Auge sah ich die eigenartige Prozession aus meinen Tanten, Mrs Woods und mir, wie wir jeden Sonntag der Glocke folgten, bei Wind und Wetter, um einen alten Mann im Himmel anzubeten.

»Klappe, Bec. Leben und leben lassen«, sagte Theo. »In Cambridge gehe ich jeden Sonntag in die Kirche, stimmt's, Treece? Mein Gott, Er lebt in der Kapelle des King's College.«

»Er lebt in Toast«, sagte Paul Treece, »in Pfirsichmarmelade, in Polly Flint und den Zeits.«

Theo sagte: »Polly, haben wir dich schockiert?«

»Schon gut«, sagte ich, »ich bin nicht konfirmiert.«

»Ich schon. Das haben sie in Eton *en bloc* gemacht.«

Wieder fühlte ich mich elend und schüchtern und sagte: »Paul, ich glaube, wir sollten gehen. Es ist schon so spät. Wir haben nicht mal Bescheid gesagt, dass wir weggehen.«

»Ist schon alles geregelt«, sagte Mrs Zeit, die wieder hereinschwebte. »Ich habe jemanden mit einer Nachricht nach Thwaite geschickt. Ich habe gesagt, ihr verbringt den Tag hier. Es ist perfektes Gartenwetter, und wir haben einen Tennisplatz und Krocket, und zum Mittagessen kommen noch interessantere Leute aus Sunderland.«

»Noch interessanter? Als was? Oder wer?«

»-m«, machte Rebecca.

»Ich fürchte, ich würde wirklich gern gehen. Meinen Sie nicht, Paul?«

»Ach, na ja …«

»Wenn Sie bleiben wollen, bleiben Sie ruhig. Ich möchte gehen.«

»Aber das kannst du nicht machen«, sagte Rebecca. »Es ist doch schön hier. Komm schon. Da sind doch nur so alte Schachteln in Thwaite. Ein Gruselkabinett. Pianisten.«

»Sie werden sich Sorgen machen. Es tut mir leid, Mrs Zeit.« Ich überraschte mich selbst damit, dass ich meine Serviette faltete, aufstand, zu ihr hinüberging. »Das war sehr freundlich von Ihnen.«

Sie trug gelbe Seide mit Rüschen und Diamantbroschen. Am Vormittag. Ihr Blick war missbilligend. Anstatt mir die Hand zu schütteln, streckte sie beide Hände aus, nahm meine beiden Hände und lächelte wieder. Sie hielt meine Hände fest. »Mein *liebes* Mädchen«, sagte sie. »Habt doch ein bisschen Spaß hier bei uns!«

Aber ich sagte: »Nein. Ich muss nach Hause.«

In der Einfahrt folgte Paul Treece mir und ging neben mir her. Am Tor fuhr ein großes, leises Auto an uns vorbei und hielt an, der Chauffeur stieg aus und hielt uns die Tür auf.

»Nach Thwaite, Sir?«

»Oh. Ja, bitte.«

»Ich würde gern zu Fuß gehen«, sagte ich, aber dann merkte ich, dass das übertrieben war, und stieg ein, Paul Treece hinter mir. Er war schweigsam und sagte nur einmal: »Gucken Sie mal, Polly, der Weizen.«

Ich schaute hin, sah die sich meilenweit erstreckenden silbrigen Stängel und die hingetupften Mohnblumen und den Himmel obendrüber aber gar nicht richtig. »Gucken Sie mal, wie sie sich im Wind wiegen«, sagte er. »Was für ein herrlicher Sommer. Einen schöneren kann es seit Anbeginn der Welt nicht gegeben haben.«

Irgendwann tauchten die Mauern von Thwaite auf, und wir stiegen aus.

Mir war vollkommen klar, dass niemand bemerkt hatte, dass wir weg gewesen waren.

Als der Chauffeur die Wagentür für uns aufhielt, reichte er mir einen an Lady Celia adressierten Brief und sagte, man habe ihm gesagt, er solle auf Antwort warten. Ich sagte: »Das hat sich erledigt. Darin steht, dass wir nicht nach Hause kommen …«

Er sagte: »Nein, Miss, das war der *erste* Brief. Diesen hier hat sie dann als zweites geschrieben. Deswegen mussten Sie zunächst allein los, und ich musste Sie dann einholen. Mrs Zeit schreibt sehr schnell, und es gibt jetzt neue Pläne.«

Paul Treece stand an der Haustür von Thwaite und wartete, also nahm ich den Umschlag entgegen.

»Es könnte ein bisschen dauern, bis eine Antwort fertig ist«, sagte ich. »Soll ich Maitland Bescheid sagen, dass Sie hier sind? Sie könnten sich in die Küche setzen und einen Tee trinken.«

Er sagte: »Nein, danke, Miss«, und sah mich mit so einem Blick an.

In der Halle sortierte Mr Barker die Post und legte einen Stapel sehr persönlich wirkender Briefe auf ein Tablett, einige davon leicht getönt mit Büttenrand. »Legen Sie den mal obendrauf«, sagte er. »Die sind alle für Lady Celia, sie werden gleich zu ihr hochgebracht.«

»Oh!« Ich stürzte zu ihm und klopfte ihm auf den ausgestreckten Arm. Ich hatte Aunt Frances' Handschrift auf einem Brief entdeckt, der noch auf der Kommode lag.

»Gemach!«, sagte Mr Barker. »Der ist nicht für Sie, der ist für Mr Thwaite. Hier ist Ihrer.«

Ich griff danach – aber er war nicht von Aunt Frances. Wenn ich es recht bedachte, war das auch kaum möglich, sie wusste ja nicht, dass ich hier war. Ihre Briefe an mich würden im Gelben Haus ankommen. Und dieser Brief steckte in einem billigen Umschlag, sehr dünn, und die Handschrift war rund und krakelig wie die eines Kindes. Und mein Name war falsch geschrieben.

»Liebe Miss Polly«, stand da. »Tut mir leid, Sie in der Sommerfrische zu stören aber würde Rat brauchen über Zustände hier die sind nicht gut es geht ihr schlechter eigentlich ganz schlecht und Miss Mary nicht da. Habe den Arzt gerufen und Sie sollten besser zurückkommen freundliche Grüße Alice Bates.«

»Lady Celia möchte Sie oben sehen«, sagte Mr Barker. Er war wieder heruntergekommen und verneigte sich leicht, wie es sich für einen Butler gehörte, aber er sagte: »Ist alles in Ordnung, Miss Polly? Sie sind ja wie vom Donner gerührt. Mr Treece ist Kaffee trinken gegangen, soll ich …«

»Nein, danke. Oh …«

»Sie sollen zu ihr hoch, sagt sie. Wenn Sie keinen Kaffee möchten, bringen Sie es gleich hinter sich.«

»Ich muss zu Maitland. Lady Celia wird den Brief beantworten, den der Chauffeur mitgebracht hat. Er wartet. Ich kann warten.«

»Nein – gehen Sie hoch, Miss Roundstone kann warten. Um Roundstone machen wir kein Gewese.«

»Verstehe.«

Lady Celias erschöpfter Kopf ruhte auf einem pastellfarbenen Kissenberg, darüber prangte ein Strauß Pfauenfedern und Gazevorhänge wie bei Tennyson. Ihr Frühstückstablett, ein Stillleben, stand unberührt auf dem Bett, und sie sah aus dem Fenster. Ihre Hände, in denen sie Mrs Zeits Brief hielt, schienen gar nicht zu ihr zu gehören. Es war dunkel in diesem Schlafzimmer. Ich stand am Fußende ihres Bettes.

Schließlich sagte sie: »Dann habt ihr sie also besucht? In Roundstone?«

»Nein. Ja.«

»Nein-ja? Was heißt denn nein-ja?«

»Wir haben uns verlaufen.«

»Verlaufen?«

»Wir sind spazieren gegangen. Paul Treece und ich. Wir sind viel weiter gegangen, als wir eigentlich wollten, und dann hat man uns gesagt, wir seien recht nah an Roundstone, und Paul Treece war ganz aus dem Häuschen, weil er die Leute dort kennt.«

»Ah.«

»Ich habe gesagt, es sei unhöflich, einfach dort aufzutauchen.«

»Da hattest du recht.«

»Aber sie sind wirklich *sehr gut* befreundet.«

»Paul Treece hat sehr viele *sehr gute* Freunde.«

»Sie studieren alle zusammen in Cambridge. Es ist alles ganz …«

»Paul Treece«, sagte sie, »ist ein Draufgänger. Charmanter Junge, aber ein Draufgänger. Nimm dich vor ihm in Acht – wobei ich nicht denke, dass er hinter dir her ist. Hinter der kleinen Zeit und ihren Millionen schon eher. Er kann Gedichte schreiben – bis zu einem gewissen Grad. Deswegen habe ich ihn eingeladen. Er ist sehr arm.«

»Ja, verstehe.«

»Außerdem ist er in mich verliebt. Soweit solchen Männern das möglich ist.«

Ich sagte nichts. Sie musste bestimmt schon fünfzig sein.

»Das ist in diesem Haus nicht ungewöhnlich. Damit muss ich sehr oft zurechtkommen. Es hat meinen Mann umgebracht – meine hohe Attraktivität für Männer jeden Alters.«

»Ja, verstehe.«

»Hör auf, immer ›ja, verstehe‹ zu sagen. Und merk dir, dass wir hier auf Thwaite die in Roundstone *nicht* kennen.« Es war geradezu Elektrizität in den Kissen, als sie den Kopf drehte und mich ansah; sie hatte Flecken im Gesicht, die kein Rouge waren. »Das sind Leute, mit denen wir aus sozialen Gründen keinen Umgang pflegen können«, sagte sie. »Verstehst du?«

Wie sollte man denn sonst Umgang mit Leuten pflegen, wenn nicht aus sozialen Gründen?

»Ja. Aber …« Fast hätte ich gesagt: »Aber Mr Thwaite geht oft nach Roundstone«, aber dann fiel mir seine schöne, lange, alte Gestalt in Reiterhosen ein, die sich wie ein Schatten in Richtung der Wiesen davonschlich.

Sie wusste es nicht.

»Sie kamen mir da alle sehr … interessant vor.«

»Sind sie nicht. Sie sind nicht interessant. Nicht im Geringsten.«

»Weil sie Juden und Ausländer sind?«

»Sicher nicht. Thwaite ist voll mit Juden und Ausländern. Es ist, weil sie keinerlei Sinn für das haben, wofür wir stehen. Sie lachen über Ästhetizismus. Und sie verleugnen ihren Gott. Sie finden uns *amüsant*!«

»Ich habe das mit Gott gehasst«, sagte ich. »Es kommt mir noch schlimmer vor, wenn sie Juden sind. Aber einige Schriftsteller glauben auch nicht gerade an Gott. Haben sie nicht erst gestern im Garten darüber geredet? All das über eine Urkraft? Und die Zeits spenden Millionen für die Armen.«

»Und das haben sie dir erzählt?«

»Oh, nein – nun ja, um die Ecke vielleicht. Jemand sagte …«

»Genau. Für uns sind solche Leute nicht existent.«

»Mir kamen sie ganz real vor«, sagte ich. »Alle ein bisschen *zu* real. Sehr … massiv.«

»Ha! Massiv, genau das ist es. Bisher haben wir Roundstone immer gemieden. Ich war noch nie dort. Und jetzt seid ihr – Treece und du – mit diesem schamlosen Brief eingeladen, den Tag morgen bei ihnen zu verbringen. Picknick! Zweifellos mit Kanapees auf silbernen Tellern, und alle tragen Diamanten und hochhackige Schuhe. Automobile. Geschäftsleute aus Tyneside in Handschuhen. Geh doch bitte runter zu Barker, er soll den Chauffeur wegschicken.«

»Was soll er ihm denn sagen?«

»Dass die Antwort mit der Post kommt. Das sind *Philister*!«

»Soll er ihnen das auch sagen?«

Aus den Kissen schoss ein Blitz. »Natürlich nicht, du dummes Kind.«

Ich sagte: »Sie wissen allerdings schon, dass sie Philister sind. Haben sie mir gesagt. Sie sagen, sie können nicht anders. Ich glaube, sie sind kein bisschen – subversiv oder so was.«

»Du scheinst – komm mal her: wirf diesen Brief in den Papierkorb an meinem Frisiertisch – du scheinst in kürzester Zeit sehr viel über Roundstone gelernt zu haben.«

Ich warf den Brief weg, und im Spiegel sah ich die Pfauenfedern und die Gazevorhänge und die Tücher mit Vögeln und Blumen, eine Staffelei mit einem Porträt von jemand sehr Reichem, aber mit einem spirituellen Gesichtsausdruck, mit Schalkrawatte – dem Ehemann, der am Magnetismus seiner Frau auf Männer gestorben war. Ich überlegte, ob ich Ästhetizismus mochte.

»Na ja, ich kenne sie auch schon länger«, sagte ich. »Ich habe sie schon einmal getroffen, vor langer Zeit, als ich noch klein war, wir waren Kinder. Damals hatten wir auch einen langen Weg hinter uns. Es war am Strand. Ich habe sie sofort gemocht, und zwar sehr. Aber morgen kann ich sowieso nicht zu ihnen, Lady Celia, denn ich muss nach Hause.«

Vor meiner Abreise sah ich Paul Treece nicht mehr, denn Lady Celia nahm ihn an diesem Nachmittag beiseite, und sie waren den ganzen Abend intensiv ins Gespräch vertieft. Beim Abendessen lächelte er in meine Richtung, und nach dem Essen ging ich in den Dienstbotentrakt, wo ich das Gefühl hatte, sie bedauern es, dass ich abreise, und das war Balsam für mich.

Aber ich sagte nicht viel. Ich saß nur da, hielt Maitlands Strickwolle, hörte dem Feuer zu und dem singenden Kessel. Niemand fragte, warum ich nach Hause gerufen worden war, und ich wünschte mir, sie täten es, denn vielleicht hätte es mir Kraft gegeben, in Worte zu fassen, warum ich gehen musste – mir war nämlich selbst noch nicht klar, warum ich so sicher war. Aber irgendwie gefiel es mir auch, alleingelassen zu werden. Das war erwachsen.

Maitland sagte allerdings, als ich früh Gute Nacht wünschte – denn ich musste am nächsten Morgen zeitig los –, sie hoffe, dass alles gut werden würde. Ich sagte, so richtig gut könne es kaum werden, weil meine Tanten alle beide nicht da seien.

»Aber wer holt Sie denn ab?«

»Niemand. Es ist nur Alice da, das Hausmädchen, und Mrs Woods. Und Mrs Woods ist krank, deswegen muss ich zurück.«

»Wer ist denn Mrs Woods?«

»Sie wohnt bei uns.«

»Eine Angestellte?«

»Nein, einfach jemand, zu dem meine Tanten freundlich waren.«

»Ah. Eine bezahlte Gesellschafterin?«

»Oh, nein. Nicht bezahlt. Sie ist sehr wichtig. Ich weiß eigentlich nicht viel über sie. Aber ich glaube, sie war schon immer wichtig. Seit Jahren.«

»Das ist aber nicht besonders schön für Sie. Wo Ihr eigenes Leben doch gerade erst anfängt. Wir werden Sie hier alle vermissen – nicht wahr, Barker? Wir mögen Sie sehr. Wissen Sie das? Mr Thwaite – wir werden Polly alle vermissen.« Mr Thwaite sah nicht aus, als würde er mich sonderlich vermissen. Er betrachtete einen Läufer.

»Es ist gut, ein bisschen ganz normales junges Leben hierzuhaben«, fuhr sie fort. »Sie müssen uns schreiben. Schreiben Sie uns?«

»Ja, natürlich. Ich glaube, ich werde ganz oft schreiben. Wahrscheinlich brauche ich jede Menge Rat. Falls ich dann für alles zuständig bin, zusammen mit Alice.«

»Zuständig für die wichtige alte Gesellschafterin, die krank ist – da werden Sie Rat brauchen. Wer ist diese Alice?«

»Oh, sie ist … sie mischt sich nicht ein. Sie ist sehr still und arbeitet hart. Sie war vorher beim Pfarrer, sie ist ungefähr so alt wie ich. Das Hausmädchen. Aber wir haben schon überlegt, ob sie gehen muss, jetzt, wo Aunt Frances und der Pfarrer weg sind.«

Maitland streckte einen Arm mit der Wolle in die Luft und hielt sie einen Moment lang hoch. Sie sagte: »Schreiben Sie uns unbedingt, wenn Sie jemals irgendein Problem haben. Niemand kommt allein zurecht.«

Mr Thwaite überraschte mich am Bahnhof – er hatte uns selbst in der Kutsche hingefahren, mich und den nach Luft schnappenden Maler, der nach London zurückkehrte –, indem er das Gleiche in anderen Worten sagte.

»Brief wäre nicht schlecht«, sagte er. »Ist ja kein Spaß allein für ein junges Mädchen.«

»Ich schreibe Lady Celia noch heute Abend.«

»Mehr als das Übliche. Auch Besonderes. An mich persönlich. Kein Hilferuf wird überhört, der Arthur Thwaite erreicht.«

Ich wollte ihm danken, ihn lieben – wie er da stand, hoch über unsere Köpfe hinwegguckte, seine Don-Quichotte-Schultern in der alten Norfolkjacke, die blauen Augen auf das Maßwerk des Bahnhofs gerichtet, die Geranienkörbe, das kleine, schaukelnde Schild, wie er die Bahnhofsuhr mit seiner Armbanduhr abglich, dünn wie ein Keks. »Vielen Dank, dass ich bei Ihnen sein durfte. Das war eine fantastische …«

»Da ist er ja. Pünktlich wie die Maurer.«

Auf den schnurgeraden Gleisen waren Rauchwölkchen über dem runden Gesicht der Lok zu sehen. »Da wären wir.«

Der Maler und ich stiegen ein.

»Vielleicht sagst du Bescheid?«, sagte Mr Thwaite. »Was du aus Indien hörst?«

»Natürlich.«

»Beklagenswerte Geschichte.« Er tippte sich mit der Peitsche an die Schläfe und fuhr davon, und ich sah noch, wie leer sein Gesichtsausdruck geworden war.

Der Zug des Malers nach London fuhr erst etwas später, daher saßen wir am Bahnhof in Darlington gemeinsam an meinem Gleis und warteten auf den Zug in die Marsch.

Er wirkte so verrückt wie eh und je. Er schnappte nicht mehr so oft, aber er schnipste mit den Fingern und zupfte an seinem Haar herum und stand dauernd auf und setzte sich wieder hin. Es war ein kalter und grauer Tag – das herrliche Wetter in Thwaite schien bereits zu einem abgeschlossenen Wintergarten irgendwo zu gehören, auf einer warmen, abgelegenen Insel. Regen trommelte auf das hohe Glasdach des Bahnhofs, und über den Bahnsteig wehte ein eisiger Wind aus der Richtung, in die ich fahren würde. Ich schloss die Augen.

Ich machte mir nicht die Mühe, mich mit dem Maler zu

unterhalten, und er machte sie sich umgekehrt ebenso wenig. Ich saß mit geschlossenen Augen da, bis ich den Zug einfahren hörte, dann kletterte ich hinein, verstaute mein Gepäck im Gepäckfach, schob das Fenster hinunter und lehnte mich hinaus, um ihm die Hand zu schütteln.

Aber statt meine Hand zu nehmen, drückte er mir ein Blatt Papier hinein. Es war eine Zeichnung von mir, wie ich auf dem Bahnsteig sitze und schlafe, und es war die schönste Zeichnung, die ich je gesehen hatte.

»Junge Frau auf der Schwelle des Lebens«, sagte er, schnappte in die Luft und verzog das Gesicht; ich lachte, denn so schön die Zeichnung auch war, so traurig war das Gesicht. Das traurigste der Welt.

»Die verlorene Reisende«, sagte er.

Ich sah ihn an und merkte, was für ein elender, arroganter, selbstherrlicher Klotz ich war. Was für eine Bürde ich gewesen sein musste. Und doch hatte er nichts von meinen paar guten Eigenschaften übersehen. Er hatte alles gesehen und alles vergeben, und er hatte mir gezeigt, dass es, obwohl ich jung und dumm war, eine Art Hoffnung gab.

»Oh«, sagte ich, »das ist wunderschön! Es ist wirklich *sehr* gut.« Er sah mich scharf von der Seite an – ein »Danke sehr, Miss No one«. Der Zug pfiff, die Flagge flatterte an den Türen. »Ich werde an Sie denken!«, rief ich. »Sie werden bestimmt mal ganz berühmt! Das sieht mir ähnlich. Ach, ich wünschte, ich würde nicht alles erst verstehen, wenn es vorbei ist. Eigentlich bin ich nicht so schlimm. Normalerweise. Danke, wirklich vielen Dank. Ich bin eine Art Robinson Crusoe. Im Moment ziemlich gestrandet.«

Die Türen schlugen zu.

»Robinson Crusoe war gar nicht so schlecht«, sagte er. »Ein bisschen zu gesund im Kopf, aber gar nicht schlecht.

Auf Wiedersehen.« Er streckte mir seine feste, warme Hand hin, griff mir in den Nacken, zog meinen Kopf zu sich und küsste mich. Er hörte damit auf, dann küsste er mich noch einmal fester, öffnete meine Lippen, presste seinen Mund auf meinen, bis es wehtat, und schob mir die Zunge hinein, sodass ich nach Luft schnappte. Der anfahrende Zug riss ihn fort und war schon fast aus dem Bahnhof hinaus, bis ich wieder atmen konnte.

Ich sah seiner Gestalt, die in die andere Richtung davonging, an, dass ich schon vergessen war.

Wenn man heute Menschen darüber sprechen hört oder darüber liest, meint man, die vier Jahre des Großen Krieges wären in England in warmem, weichem Sonnenlicht vergangen, nur gelegentlich ein über den Ärmelkanal wehender Geschützdonner, während wir unsere Rosen zurückschnitten, Verbände aufrollten und Tee tranken oder in den hübschen Straßen weiße Federn verteilten. Man erzählt uns außerdem immer wieder, dass der Krieg uns getroffen und vernichtet habe wie ein Blitz aus heiterem Himmel, wie Robinsons Dämon ihn im Schlaf überraschte.

Nichts davon ist ganz wahr. Selbst in der Marsch hatten wir bereits seit einer Weile beunruhigende Nachrichten gehört – seit vier Jahren ungefähr. Schon lange vor dem 4. August 1914 hatten Mr Box von Boagey's, der Arzt und der Pfarrer von einem dräuenden Krieg gesprochen, und ich erinnere mich, dass Aunt Frances bereits Jahre vor ihrer Hochzeit, als ich noch ein Kind war, gesagt hatte: »Vater hat immer gesagt, am Ende wird es Krieg mit Deutschland geben.« Ich hatte gehört, wie Mr Box zu Charlotte sagte: »Du wirst schon sehen, es gibt wieder Krieg. Mit Deutschland. Ich kann die Deutschen nicht leiden, aber wenn ich zwischen ihnen und den Franzosen als Freunde wählen müsste, dann wüsste ich, wen ich nehme. Franzosen niemals.« Charlotte sagte: »Ein Ausländer ist so schlimm wie der andere. Ich kann die Deutschen auch nicht leiden.« Aber wo wollte sie denn einen kennengelernt haben? Oder Mr Box einen Franzosen? In der Marsch gab es immer noch einen Hauch von Stolz darauf, dass wir Napoleon geschlagen hatten, und eine seltsame Nelson-Verehrung. Es hatte etwas mit der H. M. S. Victory zu tun, die in der Marsch immer »Nelsons Flaggschiff Victory« genannt wurde, vermutlich, weil sich noch so viele Leute daran erinnerten, wie Männer aus der Gegend noch lange Jahre nach Trafalgar darauf festsaßen.

Im Frühling und Frühsommer 1914, als über einen möglichen Krieg spekuliert wurde, erinnere ich mich nicht an patriotische Gefühle, sondern nur an Niedergeschlagenheit. Vielleicht waren wir auf unserer sonderbaren Insel in der Marsch auch einfach anders und etwas düster. Das war jedenfalls unsere Stimmung am 4. August 1914, der im restlichen Land, nach allem, was man hörte, ein strahlend goldener Morgen war.

Bei uns regnete es. Um das Gelbe Haus herum hing morgendlicher, kalter Nebel, der vom Meer hereinkam, und Alice und ich sahen in das Weiß hinaus, während wir uns um Mrs Woods' Brei und die schmutzigen Laken kümmerten und uns auf den Tag vorbereiteten. Aus ihrem Fenster konnten wir kaum die kleine Ligusterhecke erkennen. Das Meer hätte ebenso gut gar nicht da sein können, aber man hörte es hartnäckig wispern – die langen Wellen von der Mündung des Tees, die sich, für uns nicht zu sehen, an den Wellenbrechern brachen und einstürzten, brachen und einstürzten. Kein Vogel zwitscherte, und die Glocken waren kaum zu hören.

Was allerdings Mrs Woods hören konnte, oder sehen oder verstehen, vom Krieg oder sonst irgendetwas, das weiß der Himmel, denn sie hatte einen Schlaganfall erlitten und inzwischen seit über einem Jahr dagelegen und an die Decke gestarrt und nicht gesprochen, aber viel gestöhnt, wenn Alice und ich sie zweimal täglich umbetteten.

Aber jetzt muss ich erzählen, was passierte, als ich 1913 zu Fuß über die Marsch aus Thwaite zurück ins Gelbe Haus kam – die Marsch hatte sich verändert, denn ich war einen Monat lang fort gewesen.

Ich merkte, wie sie schrumpfte. Das lag nicht nur daran, dass ich inzwischen ein paar Köpfe größer war als bei meiner ersten Ankunft, sodass die Blumen und Gräser einfach weiter weggerückt waren. Die Marsch selbst schrumpfte. Die Schornsteine krochen zu uns heran, ebenso wie die Arbeiterhäuser in der Senke mit ihren Rauchwolken, die sich miteinander vereinten und vor dem Meer flohen. Die Straßen um die Kirche herum waren ebenfalls enger, und es gab mehr davon. Es gab plötzlich mehrere florierende Gasthöfe.

Und ich bemerkte etwas, was schon seit einer Weile da gewesen sein musste: eine breite Makadamstraße, die aus dem Dorf am Meer entlang in Richtung des Gelben Hauses führte, aber kurz davor natürlich endete, und die hier und da aufbrach, sodass hartnäckiges Gras hindurchwuchs – tapferes, hässliches Gras, das vielleicht gewinnen würde. Aber es war eine Straße.

Das Gelbe Haus ragte hoch auf, die großen Fenster reflektierten das Licht, dahinter warf sich das Meer an den Strand, am Horizont glitten die großen Schiffe voran und warteten auf die Flut, um in die Flussmündung einzufahren. Was für ein schönes Haus.

Ich stieg die Stufen hinauf, und die Tür wurde aufgerissen.

Die Eingangshalle war leer, und Alice sah verlegen beiseite, weil sie so erleichtert war, mich zu sehen.

»Seit fünf Tagen richtig schlecht«, sagte sie. »Ich hab den Arzt gerufen.«

»Ist Miss Younghusband schon da?«, fragte ich.

»Sie kommt nicht. Ich hab ihr geschrieben, wie Ihnen auch. Aber die Nonnen in The Rood meinen, Exerzitien sind, wenn man von aller Welt abgeschieden ist.«

»Ja, aber doch nicht bei einem *Notfall.* Mrs Woods hätte sterben können.«

»Jedenfalls, Miss Mary ist nicht hier. Ich bin ganz allein.«

Sie war ganz verängstigt. Strähniges Haar und schmutzige Schürze.

»Ich gehe zu ihr hoch. Kommt der Arzt jeden Tag? Du hast Wunder vollbracht, Alice. Ich bin gekommen, so schnell ich konnte.« Und das stimmte. Aber wie sehr hatte ich mich in den letzten Stunden zurückgesehnt. Ich ließ meine Tasche fallen, ging hinauf und legte die Hand auf Mrs Woods' Türknauf.

In all den Jahren meiner Kindheit war ich nie in ihrem Schlafzimmer gewesen, aber ich wusste, wenn ich die Tür öffnete, würde da dieser Geruch sein – ihr furchterregender, saurer Geruch. Ich wusste, dass sie zur Tür schauen würde, wenn sie aufging, und mich mit diesem verbitterten, mürrischen Gesicht ansehen, das ich kaum jemals hatte weich werden oder lächeln sehen. Ich betete: »Hilf mir«, und dachte: »Beten, wie albern.« Die Leute in Thwaite müssten nicht beten, die olympischen Schriftsteller, die zum Tea gekommen waren, der quecksilbrige Paul Treece, der schnappende Maler. Oder die Zeits in Roundstone. Starke, kompetente, brillante Leute, die das Leben bei langen Sommeraufenthalten und endlosen Vergnügungen zu genießen wussten – und nie mit morbiden

Gedanken an Gott. Sie hatten die herrliche Freiheit, nicht an Gott zu glauben, eine Freiheit, die nicht einmal Robinson Crusoe gehabt hatte, ansonsten der unerschütterlichste Mann der Welt, obwohl er ziemlich sicher nicht konfirmiert war.

Man sah ja, wohin das Beten meine Tanten gebracht hatte. Mit Mr Pocock nach Indien und in eine Zelle, aus der man nicht mal herausgelassen wurde, um sich um eine Freundin zu kümmern. Und man sah auch, wohin es Mrs Woods gebracht hatte – eine leere Hülle auf dem Bett, und niemand da, den sie liebte.

Ich fragte mich, ob Mr Thwaite wohl betete, und wusste plötzlich, dass er das tat; es war eher sein mittelalterliches Gesicht als eine Botschaft von einem höheren Wesen, das mir die Kraft gab, den Türknauf zu drehen und hineinzugehen.

Ich sah ein sauberes Zimmer, sehr kahl, einen dünnen Teppich mit einem breiten Streifen blanken Dielenbodens drum herum, einen weißen Baumwoll-Bettbezug, keine Vorhänge, und über dem Kamin ein Kreuz. Das Fenster war sperrangelweit offen, und von der See kam eine stetige tröstliche Brise herein. Es roch salzig. Sie sah mich nicht an, sondern geradeaus nach oben, die Hälfte ihres Gesichts war nach unten gesackt, und Speichel troff ihr aus dem Mundwinkel. Sie trug ein dickes, weißes, sehr sauberes Nachthemd, die Arme steckten unter der Decke. Sie wirkte unglaublich klein. Mit keinem noch so kleinen Augenblinzeln verriet sie, dass sie sich freute, mich zu sehen, oder dass sie mich überhaupt sehen konnte. Der wilde Blick in ihren Augen war verschwunden. Sie hielten nichts mehr. Ihr Haar auf dem Kissen war dünn, wie ich jetzt zum ersten Mal bemerkte, und an einer Stelle, wo es komplett ausgefallen war, schimmerte rosa ihre Kopfhaut hervor.

An diesem dünnen Haar musste ich irgendwie vorbeisehen.

Ich sagte: »Mrs Woods. Hallo. Es tut mir so leid. Was machen Sie denn für Sachen? Uns so einen Schreck einzujagen! Sie kann man wirklich keine Minute alleinlassen.«

Was war das denn? Freundlichkeit? Ich war in Freundlichkeit nicht recht geübt. Hatte ich nie gelernt. Freundlichkeit muss man in sehr jungen Jahren lernen. In Wales war sie nur ganz sporadisch vorgekommen.

»Wir müssen Ihnen mal die Haare kämmen«, sagte ich (wir!). »Du meine Güte, es gibt wirklich viel zu tun.« Ich hasste sie dennoch weiter.

In Mrs Woods' funktionstüchtigem Auge bildete sich eine Träne, quoll über das rote Augenlid und lief ihr über die schreckliche Wange.

Aunt Mary kehrte zurück ins Gelbe Haus, aber nicht zu dem Zeitpunkt. Und auch noch für eine ganze Weile nicht. Ihre Rückkehr war beinahe eine schlimmere Überraschung als das mit Mrs Woods, denn auch sie wirkte, wie die Marsch, geschrumpft und bemitleidenswert, sie war überhaupt nicht mehr als die hochgewachsene Schönheit in Byssusseide auf der Hochzeit vor etwas mehr als einem Monat zu erkennen.

Als sie aus dem Taxi stieg, wirkte sie verhärmt, fremd und alt, im vertrauten, verrückten schwarzen Schleier. Sie bemerkte mich kaum, als sie ins Haus kam, warf einen Seitenblick auf den Stapel Briefe in der Eingangshalle und ging daran vorbei. Sie sah Alice an, als wäre sie unsicher, wo sie war, und betrachtete für eine lange Zeit das Barometer. Dann zog sie sehr langsam ihre Handschuhe aus.

Irgendwann sagte sie schließlich: »Polly?«

Ich versuchte, sie zu umarmen, aber sie schob mich beiseite. »Nein, Liebes, lass mich nachdenken.« Sie ging durch die Halle und durch die Arbeitszimmertür und stand eine Ewigkeit da. Dann durchquerte sie die Halle und sah ins Speisezimmer. »Oh, wie hübsch!«, sagte sie. »Hoffentlich sind die Löffel in Sicherheit?«

Ich sagte: »Mrs Woods …«

»Ja. Egal. Ein andermal«, und wir gingen hinauf in den Salon, und Alice brachte uns Tee.

»Geht es dir gut, Aunt Mary? Waren die Exerzitien … schön?«

»Sehr schön, danke.« Sie saß aufrecht, mit der geblümten Teetasse in der Hand.

»Ich hatte eine … wunderbare Zeit. Ich habe lauter berühmte Leute kennengelernt. Es ist wirklich toll dort, Aunt Mary. In Thwaite. Das habt ihr mir nie erzählt. Das Haus ist riesig, es gibt Ritterrüstungen und so was. Lady Celia …«

»Lady Celia«, sagte Aunt Mary. »Ha!«

»Oh – magst du sie nicht?«

»Celia Thwaite! Über die sprechen wir nicht. Eine Zerstörerin. Sie hat Leben zerstört.«

»Ach du meine Güte. Zutrauen kann man es ihr schon.«

»Hat sie, hat sie. Arthur Thwaite hätte eine gute Frau heiraten sollen. Bei der Hochzeit …«

»Oh. Oh, verstehe.«

»Celia ist eine böse Frau, der Sünde verfallen.« Das klang sehr nach der alten Aunt Mary, und das beruhigte mich. »Wenn es dir nichts ausmacht, Polly, werden wir lieber nie mehr über sie sprechen.«

»Nein, natürlich nicht. Aber«, sagte ich, »ich verstehe nicht, warum Mr Thwaite auf sie gehört hat? Wegen seiner Hochzeit?«

»Er ist schwach. Alle Männer sind schwach. Pocock, dein Vater … Dein Großvater Younghusband natürlich nicht, aber der war wirklich eine Ausnahme. Die Frauen sind die starken,

Polly, aber wir dürfen es nicht zeigen. Wir müssen den Männern zu Diensten sein. Wir können sie niemals um etwas bitten. Wenn doch, wird es ein Fiasko. Wie bei Frances.«

»Oh, hast du etwas von ihr gehört? In der Halle liegen Briefe von ihr – alle an dich, kein einziger an mich.«

»Ich habe etwas gehört, bevor ich losgefahren bin. Irgendetwas mit dem Militär. Bei den Vorbereitungen in London.«

»Bitte, darf ich die Briefe reinholen?«

»Noch nicht.« Sie saß da und schaute die braunen und goldenen Stiefmütterchen auf ihrer Teetasse so seltsam an. »Ich war so glücklich, als ich weg war«, sagte sie.

Danach streifte sie umher. Die nächsten paar Tage ließ sie sich durchs Haus treiben und schaute aus allen Fenstern. Dann saß sie stundenlang still da. Einmal besuchte sie Mrs Woods, kam aber schnell wieder heraus und lief herum. Als der Arzt kam, schien sie ihm aufmerksam zuzuhören, aber ihre Augen waren anderswo. »Es kann gut sein, dass Mrs Woods noch einige Jahre lebt«, sagte er. »Es geht ihr stetig besser. Wir wollen jetzt mal mit ihr aufstehen, mit Pollys und Alices Hilfe. Sie wird bald auch wieder herunterkommen können. Sie ist ja nicht … also … es wird nicht viel zusätzliche Wäsche bedeuten. Wir müssen sie nicht verlegen. Im Moment würde ich kein Krankenhaus empfehlen, und auch kein Pflegeheim.«

»Dafür ist auch kein Geld da«, sagte Aunt Mary. »Sie würde zu den Nonnen müssen. Oder ins Armenhaus. Sie hat keinen Penny.«

Der Arzt schob sein Sherryglas herum. »Die Nonnen nehmen nur rekonvaleszente Arbeiter und Arme.«

»Wir arbeiten zwar nicht, sind aber auch arm«, sagte Aunt Mary. »Auch ich habe kaum einen Penny. Frances und ich hatten wenig, und sie hat ihren Teil mit nach Indien genommen. Wir haben nur das Haus, und das würde niemand kaufen. Wir sind arm wie die Kirchenmäuse.«

Eines Nachts wachte ich auf und sah Aunt Mary an meinem Fenster stehen und hinaussehen. Der Mond schien, und sie stand still da und betrachtete das Meer. Nach einer Minute ging sie hinaus. Sie sah noch dünner und verrückter aus, mit ihrem um sie herumwehenden weißen Nachthemd, eine Kerze in einer Hand und die Schachtel mit den Löffeln in der anderen.

Ich lag wach, bis die Sonne aufging, und dachte über sie nach und über alles, was mir seit meiner Geburt widerfahren war. Und dass vielleicht ein Hund, ein paar Katzen, eine Handvoll Ziegen und ein Papagei eine ganz angenehme Gesellschaft sein könnten.

Etwa eine Woche später kam sie ins Arbeitszimmer und sagte: »Polly, wenn ich wieder ins Kloster ginge, würdest du zurechtkommen? Es ist ganz billig, und ich will gar nicht so lange da bleiben. Aber ich vermisse es so. Nur bis es mir besser geht? Ich fühle mich gar nicht mehr in der Lage, hier alles zu verst… zu organisieren.«

Ich sagte: »Ja, verstehe. Natürlich. Ich komme schon zurecht – mit Alice. Sie ist wirklich gut.«

»Ich möchte kein *Unrecht* tun«, sagte sie. »Du bist nicht mal siebzehn. Kannst du mal nach Alice klingeln?« Sie stierte vor sich hin.

»Ich würde dich schon sehr vermissen«, sagte ich.

»Komm rein, Alice. Könntest du mit Polly noch eine Weile allein zurechtkommen? Wenn ich wieder ins Kloster ginge?«

Alice sah mich an, als würde man ihr die Kehle durchschneiden. »Ja, Miss Younghusband. Ja, ich glaube …«

»Ich komme Gott hier einfach nicht so nahe, wie ich möchte. Miss Polly versteht das, obwohl sie – leider – nicht konfirmiert ist. Dann gehe ich mal den Brief schreiben.«

Als sie gegangen war, sagte Alice: »Oh, Miss Polly!«, und ich fragte: »Ist sie krank, Alice? Was sollen wir tun? Sie ist nicht mehr *bei uns.*«

»Wir müssen abwarten«, sagte Alice.

»Alice, ich habe Angst.«

»Ich habe auch Angst, Miss, aber ich nehme an, es ist ihr Alter.«

»Wie meinst du das?«

»Nun ja, ihr Alter. Ihre Lebensdauer. Wir werden komisch, wir Frauen.«

»*Komisch*?«

»Meine Mam jedenfalls. Aber sie wird schon wieder.«

»Ja, wahrscheinlich hast du recht.« (Würde ich je irgendetwas wissen? Was hieß denn »komisch«? In Romanen wurden die Frauen nicht komisch. Vielleicht, wenn Robinson Crusoe eine Frau gewesen wäre … wurden Männer auch komisch, und wer sollte es mir erklären?)

»Wir kriegen das schon hin«, sagte Alice unsicher, aber sie beobachtete mich. Ich sah Freundlichkeit in ihrem Gesicht, und etwas noch Besseres: etwas, was mir sagte, dass sie stark sein konnte, wenn es nötig war. Sie musste sich nur erst an eine Vorstellung gewöhnen. »Ach, wir kriegen das hin«, sagte sie. »Meine Mam haben wir da auch durchgekriegt. Sie hat plötzlich Bücklinge geliebt, und wir haben sie verwöhnt. Und jetzt nimmt sie wieder Wäsche an, sie ist stark wie eine Löwin, und das wird Miss Younghusband auch wieder sein.«

Aber da irrte sie sich, denn Aunt Mary starb einen Monat später an einem Gehirntumor und wurde auf dem Friedhof neben dem armen kleinen Mr Woods beerdigt, was ihr nicht gefallen hätte.

Meine erste Sorge war es, Aunt Frances darüber in Kenntnis zu setzen. Ich schrieb ihr natürlich sofort, wusste aber, dass es ziemlich lange dauern würde, bis der Brief in Delhi ankam – dass er aber immer noch vor ihr da sein würde, denn die Pococks reisten ausgesprochen langsam. Sie hatten Rom und Neapel besucht und würden inzwischen über den Indischen Ozean dampfen. Ich dachte, ich könnte bei der Beerdigung vielleicht Mr Thwaite fragen, wie man dem Schiff direkt kabelt, aber Mr Thwaite hatte eine Bronchitis und konnte nicht zur Beerdigung kommen. Nachdem ich mir eine Weile lang Gedanken deswegen gemacht hatte – und Ratschläge von der Kirche und The Hall und Mr Boagey und Mr Box und einigen von Aunt Marys Nonnen bekommen hatte – und sogar bei der Post gewesen war und Dicky Dick gefragt hatte, der den Laden erweitert hatte und der erste Postmeister der Esplanadensiedlung geworden war (er hatte keine gesicherten Informationen für die Kabelmöglichkeiten, aber ich bekam einen Tee), beschloss ich, dass es eigentlich keinen Grund zur Eile gab.

Aunt Frances konnte ohnehin nicht zurückkommen. Selbst wenn sie gekonnt hätte, welchen Sinn hätte es gehabt? Ich wollte nur Mitleid.

Also schrieb ich an die Missionsgesellschaft, für den Fall, dass sie noch jemanden nach Delhi schickten, der ihr in dieser schweren Zeit ein Trost sein konnte, und versuchte, einen kühlen Kopf zu bewahren.

Nach Aunt Marys Tod fing ich an, regelmäßig in die Kirche zu gehen. Ich setzte mich in ihre Bank, benutzte ihr weißes Gebetbuch und dachte viel an sie. Die Kirchenleute waren nett. Sie drehten sich in den vorderen Bänken zu mir um und lächelten mich breit an und nickten freundlich, und am Eingang streckte der neue junge Pfarrer mir seinen Cardinal-

Newman-Kiefer entgegen, und seine Hand ergriff meine wie ein Schraubstock.

Er kam auch zu mir ins Gelbe Haus und blieb oft noch, nachdem er Mrs Woods die Kommunion gebracht hatte, und kippte mehrere Gläser Sherry in dem gemütlichen Sessel.

Einmal nach dem Evensong – ich hatte sogar angefangen, zum Evensong zu gehen, auch wenn meine Gedanken dabei eher umherwanderten – als ich den Priester dabei beobachtete, wie er im Chorraum umherflitzte, in seinen Gewändern nach einem Taschentuch wühlte und dabei fröhlich sang wie ein Methodist – einmal nach dem Evensong fragte eine große, wichtige Frau mich, ob ich gern eine Vase übernehmen wollte, aber ich wusste nicht, was das bedeutete, und lehnte ab. Danach kühlte es merklich ab.

Und dann ging ich eines Tages zur Kirche und wurde von bedrückendem Kummer empfangen. Mr Boagey reichte mir ein zusammengerolltes Gebetbuch, und die Damen hatten so offen ihre Taschentücher parat wie der Pfarrer, und das hatte nichts mit der Heuschnupfenzeit zu tun. Die Vasenfrau drehte sich in der Reihe vor mir um und legte ihre Hand auf meine, und als Lady Vipont in die Reihe von The Hall schlüpfte, war es wie die Ankunft der Wolke, mit der die Sintflut beginnen würde. »Gott sei Dank«, sagte die Vasenfrau, »war es kurz und schmerzlos.«

Anscheinend war Mr Pocock auf See gestorben. Die Nachricht war erst an diesem Morgen im Pfarrhaus eingetroffen.

»Mein Kind! Sie wussten es gar nicht! Wir waren sicher … Wir haben es erst kurz vor dem Gottesdienst gehört – ein Anruf in The Hall, und dann aus The Hall im Pfarrhaus. Wir wären sofort zu Ihnen gekommen …« Nach dem Gottesdienst standen Grüppchen von Frauen flüsternd auf dem Kirchhof beisammen, und nur die Nonnen waren Profis und wirkten beherrscht. Und nur die Nonnen sagten: »Ihre arme Tante. Ach, Polly, Ihre arme Tante. Als junge Braut.«

Alice sagte – wir tranken in der Küche zusammen einen Brandy –: »Sehn Sie es mal so, Polly. Sie wird keinen Mangel haben. Er war reich. Das ist nicht nichts. Alle haben Miss Frances gemocht, solange sie arm war, und jetzt ist sie die Ballkönigin. Und sie sieht noch so jung aus!«

»Sie wird nach Hause kommen, Alice«, sagte ich, weil mir das gerade erst aufging. »Sie wird nach Hause kommen! Oh, Alice!«

Und dann geschah etwas sehr Seltsames.

Aberglaube, Gewohnheit, Respekt, was auch immer, ich konnte am Sonntag keinen Brief schreiben, unter den sepiafarbenen Augen meines Großvaters Younghusband an der Wand und dem frommen Blick von Aunt Mary aus den Wolken, und daher wurde es Montag, bis ich meinen Kondolenzbrief an Aunt Frances fertig hatte.

Alice und ich versorgten Mrs Woods an diesem Morgen, wie immer. Dann schrieb ich den Brief und beschloss, nicht auf den Postboten zu warten, sondern selbst über die Marsch zu Dicky Dick zu gehen. Es war kein leichter Brief gewesen, und ich grübelte den ganzen Weg darüber, ob ich die richtigen Worte gefunden hatte – Aunt Frances hatte immer gewusst, dass Mr Pocock und ich nicht die allerbesten Freunde gewesen waren. Es fing damit an, dass er keine Ahnung hatte, wie ich aussah, denn er war immer auf etwas weit über meinem Kopf konzentriert; und er hatte seit meiner Weigerung, am Evensong teilzunehmen, kaum ein Wort an mich gerichtet. Ich sagte, was ich konnte – der furchtbare Schock, die kurze gemeinsame Zeit und so weiter, und beschrieb die schrecklich traurige Atmosphäre in der Kirche am Tag zuvor und die langen Gebete, die für sie beide gesprochen worden waren, den Toten und die Lebende. Das letzte Stück war echt. Oh, wann, wann, wann kommst du nach Hause? Liebe Aunt Frances, wann?

Bei Dicky Dick bekam ich noch eine Tasse Tee und ein langes Gespräch über Seebestattungen und ausländische Keime. Dann gingen wir über zum neuen Pfarrer und dass die Nonnen mit einem Streik drohten, was das Waschen seiner Gewänder anging. »Und was seine Chorhemden angeht«, sagte Mrs Dick, »die sollen ganz indiskutabel sein. Sie wissen auch nicht, was er damit macht – und die Alben, eingerissen und um den Saum so schmutzig wie bei den Römern. Das kommt davon, dass er immer so auf der Kanzel herumwirbelt. Und vom Niesen. Mr Pocock, Gott hab ihn selig, hat sich immer so gemessen bewegt.«

»Hier ist Post für Sie, Miss Polly«, sagte Mr Dick. »Aus dem Ausland. Gerade angekommen.«

Ich griff danach und rannte los – und in der Marsch holte ich den großen Umschlag vorne aus meinem Mantel, in den ich ihn geschoben hatte – und starrte ihn an. Es war. Ein Brief von Aunt Frances. An mich. An mich adressiert. Endlich. Ich riss ihn auf.

Er war schwer und steif, nicht wie die Briefe an Aunt Mary auf dem Tisch in der Halle, die sie, von mir immer noch ungelesen, mit in die Exerzitien genommen hatte. Tatsächlich war es gar kein Brief, sondern ein Foto, das auf einem Schiff aufgenommen worden war und Aunt Frances zeigte, als Pierrot verkleidet, mit einer steifen, weißen Halskrause und einem spitzen Hut mit schwarzen Pompons, einem Satinrock und einem enggeschnittenen Miederoberteil. Um sie herum waren andere Pierrots, männliche und weibliche, manche von ihnen rauchten Zigaretten mit langen Spitzen und hielten Weingläser schief. Sämtliche Gesichter glänzten. Das eines großen Mannes in der Mitte, dessen Monokel sonderbar mit den Pompons harmonierte, glänzte am meisten. Er hatte eine Flasche in der Hand und den anderen Arm um Aunt Frances' Taille gelegt, und auf der Rückseite des Fotos stand in Aunt Frances' Handschrift: »Rabatz an Bord.«

Ich erzählte es Alice erst nach dem Tea. Als sie mein Tablett holen kam, sagte sie: »Sie hat drei Scones mit Honig geschafft, und sie ist bis zum Fenster gegangen. Ich habe das Gefühl, wenn sie wollte, könnte sie die Treppe jetzt auch allein schaffen. Sie sind ja so still?«

»Ja. Ich habe Neuigkeiten. Habe ich ganz vergessen.«

»*Vergessen*? Was ist es denn? Post?« (Ich dachte, Alice verändert sich.)

»Schon, aber kein Brief. Ein Foto. Vom Schiff.«

»Oh, Miss Polly«, sagte sie und riss sich wieder zusammen. »Oh, wie schön. Da wird sie sich freuen, dass sie das rechtzeitig hat machen lassen. Nur die beiden allein. Vor allem, weil es von der Hochzeit keine Fotos gibt. Selbst unsere Min hat Hochzeitsfotos. Das müssen Sie mit in die Kirche nehmen und es allen zeigen!«

»Das werde ich sicher nicht. Mr Pocock ist nicht mal drauf.«

»Ach du mein Güte, da war er bestimmt schon krank. Oh!« Sie betrachtete das Foto. Ziemlich lange. Dann drehte sie es um, und wieder zurück.

»Wer ist denn dieser Rabatz, Miss Polly?«

»Keine Ahnung. Sonderbar, oder?«

»Miss Frances wirkt ein bisschen … unbotmäßig. Ich glaube, das würde ich Mrs Woods lieber nicht zeigen.«

»Nein. Vielleicht kann ich es dem neuen Pfarrer zeigen?«

»Ja, das könnten wir«, sagte sie. »Er soll ein Mann von Welt sein.«

»›Wir‹«, dachte ich. »Ja, Alice hat sich verändert. Sie hätten alle einen Anfall bekommen wegen dieses ›wir‹.« Und dann dachte ich: »Was täte ich bloß ohne sie?«

»Ich habe das hier von Aunt Frances bekommen«, sagte ich zum Pfarrer beim Sherry nach der Kommunion, und er erstickte beinahe in dem gemütlichen Sessel, er schnaufte und marschierte durch das Zimmer und schlug sich auf die Brust und endete mit dem Kopf am Marmor über dem Kamin. »Gott im Himmel«, rief er und riss sich zusammen, dann betrachtete er das Bild noch einmal, mit ernstem Mund und tränenden Augen.

»Meinen Sie, das ist eine Art Fehler, Father? Ich erkenne sie kaum wieder.«

»Sie scheint ziemlich – aus dem Häuschen zu sein«, sagte er und holte sein Taschentuch hervor.

»Alice hat einen Bruder, der Heizer auf einem Linienschiff war. Er hat ihr gesagt, dass die Leute auf Schiffen immer so aus dem Häuschen geraten. Das liegt an der Vibration der Maschinen, wobei mir der Zusammenhang nicht klar ist.«

»Haha, ja«, sagte er. »Haben Sie den Poststempel gesehen?«

»Es wurde vor Ewigkeiten losgeschickt«, sagte ich und beließ es dabei. Er sah mich aber unverwandt an, und schließlich musste ich sagen: »Aden.«

»Aden?«

»Ja.«

Wir sahen einander nicht an, denn wir wussten beide, dass wir am vergangenen Sonntag für Mr Pococks Seele gebetet hatten, der dem Meer übergeben worden war, und zwar dem Mittelmeer. Einem Meer, das die Aunt Frances von dem Foto bereits weit hinter sich gelassen hatte.

Soweit ich weiß, hat der Pfarrer, der nur kurz bei uns war und den ich sehr vermisste (es gab eine Heuschnupfen- und Weihrauchrevolte), nie jemandem von diesem Foto erzählt. Ich steckte es tief in eine Schublade, wo es viele Jahre blieb, und holte es nur ein einziges Mal wieder heraus, einen Monat später, als wir erfuhren, dass Aunt Frances auf dem Weg nach Chandrapore an der Amöbenruhr gestorben war. Ich betrachtete es lange und spürte dieselbe Verwunderung wie zuvor, aber auch eine Art freudige Erregung über den Glückstaumel in ihrem Blick.

Der Krieg begann für uns mit einem regnerischen Morgen, der Nebel schlang sich um ein verblüfftes Haus des Todes, der Krankheit und der Veränderung. Und mit dem lauten und schrillen Klingeln der Türglocke.

»Oje, ich kann nicht hingehen, gucken Sie mich mal an«, sagte Alice am schmutzigen Kamin und streckte mir ihre schwarzen Hände hin. Ich sagte: »Ich gehe schon.«

»Das tun Sie nicht. Was sie wohl dazu gesagt hätten?« Sie versuchte, sich ein paar Haarsträhnen wieder unter die Haube zu stopfen, und hatte einen schwarzen Fleck auf der Stirn.

»Ich gehe«, sagte ich. »Und du gehst dich waschen, bevor du ins Schlafzimmer hochgehst. Ich komme dir gleich helfen. So kannst du dich nicht blicken lassen, Alice«, und dann machte ich Paul Treece die Tür auf.

Er wirkte eifrig, rosig und war tropfnass. Es war mehr als ein Jahr her. Sein Anblick bedeutete Thwaite und Roundstone, und ich war plötzlich ganz aufgeregt. Gleichzeitig war ich ein bisschen enttäuscht von seinen mädchenhaften Schultern, den Ohren, dem übermäßigen Strahlen.

»Polly – Miss Flint! Ich bin sofort hergekommen. Ich wusste überhaupt nicht, dass es so nah ist! Ich bin im Neuen

Haus. Mit den Zeits. Eigentlich zu Besuch, aber das geht jetzt natürlich nicht mehr. Heute Nachmittag stoße ich zu meinem Regiment.«

»Sie sind ja klatschnass. Kommen Sie rein. Ich wusste gar nicht, dass Sie in der Armee sind. Dieser Nebel durchnässt einen wirklich. Sie machen ja die reinste Überschwemmung!«

»Ich habe mir nicht mal einen Mantel angezogen, ich wollte sofort zu Ihnen.«

(Du lieber Himmel! Du lieber Himmel, Paul Treece!)

Ich sagte: »Ich habe schon gehört, dass die Zeits schließlich doch herkommen. Aber es ist so lange her. Ich komme kaum raus.«

»Nein. Das habe ich schon gehört. Sie sind ganz allein und kümmern sich um eine Herde kranker Tanten. Es tut ihnen sehr leid, den Zeits. Das soll ich ausrichten. Ich habe hier einen Brief für Sie. Sie sollen zu ihnen kommen. Dann werde ich allerdings schon weg sein.«

»Ich kann da nicht hingehen, Paul. Kommen Sie mal mit in die Küche, ich gebe Ihnen ein Handtuch für Ihre Haare.«

Er rubbelte sich das Haar wie ein kleines Kind, indem er sich in Kreisbewegungen um den Kopf fuhr.

»Ich wusste gar nicht, dass Sie Soldat sind.«

»Das war vielleicht ein bisschen überstürzt. Ich habe meine Papiere heute früh bekommen.«

»Sie haben gesagt, Sie würden nie eine Waffe tragen.«

»Das ist lange her.«

»Ich habe es kommen sehen. Nun ja, es ist wohl nötig.«

»Haben was kommen sehen?«

Er nahm das Gesicht aus dem Handtuch – seine Ohren leuchtend violett, die Hände im Handtuch groß und knochig. »Aber Sie wissen es schon? Sie haben es gehört?«

»Nein.«

»Es ist Krieg. Seit gestern eigentlich – nun, es war seit Juni klar. Heute früh kam die Kriegserklärung.«

»Das hatte ich noch nicht gehört. Haben die Glocken geläutet?«

»Nein, gar nichts. Es sickert einfach so durch. Die Zeits haben ein Telefon.«

»Wir sind hier – ziemlich abgeschnitten.«

»Jedenfalls, es ist Krieg. Ohne jeden Zweifel. Wir haben keine Wahl, wenn wir uns an Frankreich halten wollen. Dann bringen wir es besser hinter uns – wird nicht lange dauern.«

»Ein *Krieg.*« Ich probierte das Wort aus, und es klang verrückt. So beliebig. Ein Junge mit einer Waffe in Bosnien, eines Nachmittags. Die Welt ist irr.

»Es kommt von so weit weg. So eine fremdländische, hysterische Angelegenheit. In historischen Romanen werden andauernd Herzöge erschossen, aber da macht nicht die ganze Welt mit.«

»Für Österreich ist das keine Kleinigkeit. Es ist, als wäre der Prince of Wales in Irland ermordet worden.«

»Ja, das verstehe ich. Das wäre schrecklich. Aber das heißt doch, dass wir auf ihrer Seite sein sollten.«

»Auf was für einer abgelegenen Insel Sie leben.«

»Kommen Sie rein«, sagte ich. »Wir nehmen den Tee mit ins Arbeitszimmer. Was meinen Sie – ob wir davon irgendetwas mitbekommen, hier oben?«

»Alle Männer werden verschwinden«, sagte er. »Angeblich sollen hunderttausend nach Frankreich. Theo Zeit sagt, es gibt Pläne, über Nacht eine neue Armee aufzustellen. Alle. Der Metzger, der Bäcker. Wie im Mittelalter. Großartig! Abgesehen davon würde ich annehmen, dass es Ihr Leben hier nicht sonderlich verändern wird – außer sie bombardieren vom Meer aus. Aber ich glaube, im Nordosten wird das nicht passieren. Aber Sie wären in diesem Haus natürlich ein leichtes Ziel, das steht ja fast im Wasser.«

»Ja, fast.«

»Sie müssen sich um diese Bücher kümmern«, sagte er. Er bewegte sich unruhig im Raum umher und berührte die Regale. »Passen Sie auf sie auf. Vielleicht sollten Sie sie den Zeits in Roundstone anvertrauen.«

»Was passiert mit den Zeits?«

»Noch nichts. Theo hat es nicht eilig mit der Armee. Er ist eher still, Sie kennen ihn ja. Rebecca ist total gespannt. Sie redet schon von Krankenpflege. Aber es gibt ein, zwei Haken. Für sie alle. Nicht so schön.«

»Oh?«

»Na ja, fremdes Blut und so, Sie wissen schon. Sie sind schließlich Deutsche. Deutsche Juden. Schleswig-Holstein oder so etwas ganz Spezielles – davon gibt es eine ganze Reihe im Nordosten. Sie sind schon seit Generationen hier, aber alle sehen sie als deutsch an. Und seit Theos Vater gestorben ist …«

»Oh, ist er? Das wusste ich nicht. Ich habe ihn nie gesehen. Mr Thwaite mochte ihn sehr. Das tut mir leid.«

»Großer, alter Gentleman vom Land. Typischer Engländer, falls Sie das nicht wussten. Er hat Schmetterlinge gesammelt. Sie war immer die treibende Kraft. Der geniale Eisenhüttenmeister war Theos Großvater, und jetzt hat Mrs Zeit die Zügel übernommen. Theo wird zu gegebener Zeit übernehmen und es natürlich großartig machen. Er ist wirklich ein erstaunlicher Mensch, das haben Sie auch bemerkt, oder? Er behält seine Meinung für sich. Man kommt nicht wirklich an ihn ran. Aber jeder mag ihn. Er wird es nicht leicht haben, die Eisenwerke sind in keinem guten Zustand, oder?«

»Es wurden immer wieder Leute entlassen, glaube ich. So

wird es bleiben. Wir wissen aber nicht so richtig viel über die Werke hier in der Marsch.« (Und die ganze Zeit dachte ich: Paul Treece, Paul Treece ist hier, und Theo keine zwei Meilen entfernt.)

»Theo wird Dinge verändern. Er kann hierbleiben. Es kann nur Probleme wegen der Armee geben. Vielleicht ist er hier zu Hause nützlicher.«

(Theo auf meiner Türschwelle. Theo die ganze Zeit in meiner Nähe!)

»Darf ich?« Er nahm ein Buch aus dem Regal und betrachtete es liebevoll. Er streichelte es und roch daran. »Wenn ich aus dem Krieg zurückkomme«, sagte er, »werde ich für den Rest meines Lebens stillsitzen, in einem Zimmer voller Bücher.«

Ich mochte ihn schon wieder. Außerdem stand er im Profil.

»Ich sehe Sie hier sitzen«, sagte er, »hundert Jahre Ihrer Zeit hinterher, und Jane Austen lesen – was für eine herrliche Ausgabe! – an endlosen Nachmittagen. So aufrecht, wie Sie immer sitzen.«

»Ich mag sie nicht besonders.« (Er hat bemerkt, wie ich sitze.)

»Oh, wirklich nicht? Ach ja, ich hatte ganz vergessen, Defoe ist es, nicht wahr? Immer noch? Die meisten Leute verabschieden sich nach ihrer Kindheit irgendwann von *Robinson Crusoe*.«

»Ich werde mich nie von ihm verabschieden.«

»Vielleicht bleiben Sie immer ein …« Aber dann begegnete er meinem Blick. Das hatte ich schon bei anderen Leuten bemerkt. Ich hoffte, das hatte ich nicht von Mrs Woods gelernt.

»Ich frage mich nur, warum um alles in der Welt?«, sagte er stattdessen. »›Der Fels der englischen Literatur‹ und so weiter, aber nicht besonders anspruchsvoll, was die Vorstellungskraft angeht. Nicht gerade poetisch.«

»Das ist Jane Austen auch nicht. Und Vorstellungskraft – Sie spinnen. Haben Sie mal versucht, sich das vorzustellen? Achtundzwanzig Jahre des Lebens, Minute für Minute, allein, ohne jeglichen Kontakt, nur die Bibel und ein paar Tiere? Keine Menschenseele, mit der man sprechen und auf eine echte Antwort hoffen kann, fast dreißig Jahre lang? All die Jahre in heller Angst? Und das Schaffen einer ganzen Landschaft? Aus dem Nichts? Wissen Sie, Defoe war kein großer Reisender. Meinen Sie, er hat wirklich Bären gesehen und die Westindischen Inseln und Kannibalen und die Küste von Salé?«

»Großer Gott. Es gibt doch verschiedene *Qualitäten* von Fantasie. Jane Austens war Aquarell. Subtil. Sie hat die Poesie der verschlungenen Seele.«

»Ach, kommen Sie«, sagte ich und sah mich um, ob da vielleicht jemand anderes gesprochen hatte. Einen Augenblick fürchtete ich, ich hätte eins der Wörter aus Wales benutzt. »Aquarell. Wohl eher Radierung. Und mit verschlungenen Seelen habe ich es, ehrlich gesagt, nicht so. Ich mag große, klare Seelen. Wahrscheinlich, weil ich selbst ein offenes Buch bin, aber – ich mag rationale Menschen. Die Dinge *tun*. Das bewundere ich. Nicht, dass ich selbst so rational wäre – daran muss ich noch arbeiten. Ich flüchte mich lieber in die Fantasie, aber so kann man sich nicht mit Dingen auseinandersetzen. Das ist nicht besonders mutig. Robinson Crusoe war mutig. Und stark, und ganz schön schlau.«

»Wie lang ist es her, dass Sie es gelesen haben, Mistress Flint?«

»Ich lese es fast jedes Jahr. Ich lese die ganze Zeit Defoe, aber *Robinson* ist noch mal etwas Besonderes. Weil Robinson etwas Besonderes *war*, ein realer Mensch, dem er zufällig begegnet ist. Eine Art göttlicher Zufall. Ich glaube, so werden die meisten bleibenden Charaktere geboren.«

»Aber besonders mutig war er nicht«, sagte Paul Treece. »Sie haben gesagt, es war die Hölle auf der Insel. Es war die ganze Zeit die Hölle. Und er hatte vor allem Angst. Hat auf Bäumen geschlafen, sich Festungen mit geheimen Hintertüren gebaut, und nach Jahren – Jahren! –, in denen er von keinem einzigen Lebewesen belästigt wurde, kriegt er das große Zittern wegen einer sterbenden Ziege. Wegen eines Fußabdrucks ist er zwei ganze Jahre lang fix und fertig. Und er fängt nur aus Angst an zu beten. Er betet achtundzwanzig Jahre durch – aus reiner *Angst*. Er sitzt nie still. Das reinste Nervenbündel. Er lebt in Angst, schierer, nackter Angst. Als die Schießerei losgeht, ist er großartig, das gebe ich zu. Geruch nach Schießpulver, das Weiße in den Augen und so weiter. Aber ein Vierteljahrhundert lang, bis es endlich losgeht, ist er ein taumelnder, langweiliger Feigling.«

»Dann hatte er wohl doch eine ziemliche Vorstellungskraft.«

»Ach, ich weiß nicht. Eher instinktive Feigheit, würde ich sagen. Wie gern hätten Sie denn die Zeit mit ihm verbracht?«

»Sehr gern.«

»Sie hätten ihn doch wohl kaum lieben können? Sie wären sein braves Frauchen gewesen. Er wäre schlimmer gewesen als der grässliche Vater bei der *Schweizer Familie Robinson*, und das will was heißen. Niemand liebt da irgendwen wirklich. Haben Sie den zweiten Teil gelesen?«

»Ja.«

»Robinson und Frauen? Er hat nie eine gebraucht – er hat all die Jahre nicht mal einen Gedanken an eine verschwendet. Und was Freitag angeht – wie er ihn behandelt! Nennt sich

Christ und fragt ihn nicht mal nach seinem Namen. Sondern gibt ihm einfach einen neuen, den er sich selbst ausdenkt.«

»Das ist nicht unchristlich. Christen geben sich dauernd selbst neue Namen.«

»›Freitag‹, das ist doch lächerlich. ›Karfreitag‹ wahrscheinlich. Demnächst nennt es womöglich jemand eine religiöse Allegorie. Vielleicht ist es das auch – wobei ich das bezweifle, bei einem Journalisten. Crusoe-fix noch mal. Ha!«

»Das ist es natürlich nicht. Und Defoe war nicht nur Journalist. Ich glaube übrigens auch nicht, dass Robinson besonders religiös ist. Er ist voller Schuldgefühle und Unzufriedenheit und seiner angeborenen Reiselust. Er ist der letzte, der für so eine Gefangenschaft auf einer Insel gemacht ist, aber er arrangiert sich damit. Er wird nicht verrückt. Er ist *tapfer*. Er ist wunderbar. Er ist so, wie Frauen fast immer sein müssen: auf einer Insel. Festgesetzt. Eingesperrt. Die einzige Möglichkeit zu überleben ist, sich zu sagen, dass es Gottes Wille ist.«

(Ich hatte keine Ahnung gehabt, dass ich all das dachte!)

»Was das Beten angeht, stimme ich Ihnen zu«, plapperte ich weiter. »Das ist keine Liebe zu Gott, wie wir sie haben sollen. Das ist Ehrfurcht und Angst und am Ende reine Gewohnheit. Deswegen lasse ich mich auch nicht konfirmieren – es wäre reine Gewohnheit. Und deswegen glaube ich auch, dass die Ehe trist ist – wenn man erst mal verheiratet ist, wird es zur Gewohnheit. Aber beides ist so etwas wie eine Krücke, mit der man besser vorankommt. Ohne sie kommt man in Schwierigkeiten. Ohne Gewohnheiten.«

»Gewohnheit und journalistische Mittel«, sagte Paul Treece. »Das Religiöse im *Robinson* wurde nur eingefügt, um ein paar Predigten loszuwerden. Die Leute haben damals alles gelesen, wenn eine Predigt drin war. So ändern sich die

Zeiten. Ich sage Ihnen – Defoe war Journalist. Sie haben das Buch zum Evangelium glorifiziert.«

Ich hörte gar nicht richtig zu. Mir war heiß im Gesicht, und ich hatte das Gefühl, immer weiterreden zu müssen, sonst würde ich platzen.

»Tatsächlich hat das mit der Gewohnheit bei meinen Tanten nicht funktioniert«, sagte ich. »Es war nicht stark genug. Sie haben das mit dem Heiraten verpasst oder vermasselt, und dann ist die Religion … irgendwie zu wichtig geworden. Ich glaube, sie sind beide ein bisschen verrückt geworden. Es ist insgesamt komplizierter. Frauenkörper sind so schwierig und abstoßend, obwohl sie doch so duftend und schön und zart sein sollen. Wir müssen uns viel mehr bemühen als Männer.«

»Ich fürchte, ich kann Ihnen nicht folgen«, sagte er und wirkte plötzlich schrecklich betreten. Bevor ich die Körper der Frauen erwähnt hatte, war er schön gewesen und aufgeregt und ebenso begeistert davon, über Defoe zu sprechen, wie ich. Und jetzt hatte ich, indem ich über meinen Körper sprach, das einzige echte Gespräch beendet, das ich in meinem ganzen Leben geführt hatte.

»Der Maler in Thwaite hat es verstanden«, sagte ich.

Er erholte sich, und seine Ohren wurden wieder heller.

»Wissen Sie, was Dickens gesagt hat?« Er stellte *Sinn und Sinnlichkeit* ins Regal zurück. »Dickens hat gesagt, dass *Robinson Crusoe* noch niemanden zum Lachen oder Weinen gebracht hat.«

»Warum lesen es dann alle? Ich lese es immer wieder. Schon seit ich acht bin. Alle lieben es. Robinson ist einfach ein Held, für jeden. Ich lache und weine beim Lesen. Dickens war sicher nur eifersüchtig. Die meisten Leute erinnern sich nicht mal, wann sie das erste Mal von Robinson gehört haben – das ist der Test. Er war einfach schon immer da. Er ist so menschlich und gleichzeitig fast ein Gott. Er ist mein absoluter Held.«

»Ja, so ist das mit Büchern«, sagte er, »dass sie einen manchmal richtig besetzen. Vielleicht sollten Sie ihn abschütteln, bevor er sich zu sehr festsetzt. Er wird Sie ausbremsen. Das ist wie Liebe. Das Buch, das einen so erwischt, ist oft das, was man als erstes selbst gelesen hat – oder vielleicht in einem wichtigen Moment im Leben –, und das ist in dem Moment ein leidenschaftliches Erlebnis. Wie bei Enten. Wussten Sie, dass kleine Enten das erste, was sie nach dem Schlüpfen sehen, für ihre Mutter halten? Selbst wenn es eine Kuh ist, dann folgen sie ihr überallhin. Ich wohne auf einem Bauernhof, ich habe es selbst gesehen. Das ist Prägung. Liebe ist meistens auch nur Prägung.«

»Ich würde gern auf einem Bauernhof leben«, sagte ich.

»Das gehört zum Robinson-Komplex. Die gute Erde. Da wäre ich misstrauisch.«

»Wieso kennen Sie sich so gut mit Büchern aus?«

»Ich bin schon so auf die Welt gekommen.«

»Ja. Ich auch. Ich hatte Glück, dass ich hier gelandet bin.«

»Ich musste Leuten in den Hintern kriechen, um an Bücher zu kommen«, sagte er. »Da bin ich ziemlich ungeniert. Ein Parasit und Draufgänger. Sonst keine Bücher. Wir sind ziemlich arm.«

Ich dachte: »Er ist ein ehrlicher Kerl.« Ich war wieder verliebt.

»Aber ich bin keine Ente«, sagte ich. »Ich halte *Robinson Crusoe* nicht für meine Mutter.«

»Das ist ja schon mal was.« Er kam zu mir und berührte mein Haar und fuhr mit einem Finger die Kontur meines Gesichts nach. Dann tätschelte er es irgendwie mütterlich.

»Aber das mit der Liebe stimmt. Es ist das Mädchen, das

im richtigen Moment zufällig gerade da ist, von dem man besessen ist.«

»Das ist aber wenig schmeichelhaft.« Ich trat einen Schritt zurück.

»Wie an dem Morgen«, sagte er und machte einen unbeholfenen Hüpfer vorwärts. »Diese besondere Dämmerung. Und die Kühe. Und der Nebel über dem Fluss, und der Himmel wie rosa Milch. Das war verzaubert.«

»Ja. Da war etwas.« Aber ich dachte an Jahre zuvor, als die Ponykutsche am Strand aus dem Nichts gekommen war und ich frierend auf dem Tang gesessen hatte.

Er sagte: »Ich muss wohl mal los«, und trat wieder zurück. In meiner neuen Gesprächigkeit und Selbstsicherheit sagte ich: »Sie sind sehr vorsichtig für einen so emotionalen Mann. Und Dichter.«

Das stille Bibliothekszimmer war noch stiller geworden, das große Fenster leerer und weißer. Der Nebel begann zu leuchten, die Sonne würde jeden Moment durchkommen. »Anscheinend sind wir immer im Nebel zusammen«, sagte ich.

»Ja. Gut. Also, ich muss los. Ich habe mich gefragt, ob ich vielleicht schreiben kann.«

»Schreiben? Tun Sie das nicht sowieso?«

»Ihnen schreiben. Sie könnten zurückschreiben, wenn Sie Zeit haben. Ich nehme an, wo auch immer sie uns hinschicken, wir werden Briefe gebrauchen können. Aber ich will Sie auf keinen Fall kompromittieren.«

»Nein. Tun Sie nicht.«

»Ich habe ein paar Mädchen gefragt, ob sie mir schreiben. Nicht, dass Ihnen das unangenehm ist. Sie sind so jung. Ich meine – es fängt erst an.«

»Ja, verstehe.«

»Hier ist der Brief von Mrs Zeit.« Er reichte ihn mir und

sah über meinen Kopf hinweg. »Oh, das ist aber ein schönes Bild von Ihnen.«

»Es wurde bei Lady Celia gemacht. Also, auf dem Heimweg.«

»Erstaunlich. Ich wusste gar nicht, dass Sie so hübsch sind. Was ist denn? Habe ich was Falsches gesagt?«

»Ungefähr sechs Sachen«, sagte ich. »Aber machen Sie sich keine Gedanken. Wahrscheinlich gehen Sie besser.«

»Es tut mir leid. Ich bin nicht so gut darin. Mit einem Mädchen ganz allein zu sprechen. Ich weiß, ich rede zu viel. Angeblich bin ich ziemlich naiv. Ich schreibe besser.«

»Ja, verstehe.«

»Es ist komisch, dass Sie hier so abgeschlossen von allem sind. Und Sie sind überhaupt nicht naiv.«

»Ich dachte, das wäre ich. Ziemlich.«

»Nein. Ich bin ziemlich direkt«, sagte er. »Und Sie mögen es direkt. Defoe.«

Er stand herum. Ich dachte: »Oh Gott, geh weg. Hoffnungsloser Fall. Geh. Du bist einfach hoffnungslos.«

Am Fuß der Treppe drehte er sich um, als würde er sich nie wieder bewegen, er stand still und betrachtete seine nassen Stiefel. Das Wasser wurde beinahe sichtbar aus der Marsch aufgesogen in die triefende Luft. Ich sagte: »Warten Sie mal«, und lief noch einmal in den Gang, wo das Cape hing, in dem Grandfather Younghusband durch die Landschaft marschiert war, und gab es Paul Treece. Er verschwand nahezu darin, eine weiche, arme Schildkröte mit einem noblen Panzer. »Oh, todschick!«, sagte er. »Ich sage Bescheid, dass sie ihn zurückschicken. Ich werde nicht besonders gern nass. Ich bin auch nicht sicher, ob mir das Draußensein bei meinem nächsten Vorhaben besonders gefallen wird. Egal – wird schon gehen, wenn das Schießen beginnt. Wie bei Ihrem Helden.«

»Auf Wiedersehen, Paul. Ich schreibe Ihnen.«

Das riesige Dreieck des Capes verschwand im sich lichtenden Nebel, sprang hierhin und dorthin, durch die Pfützen und die Salzhügel. Es bewegte sich in fröhlichen Hüpfern und Spritzern, und ich hörte ihn noch, nachdem er schon verschwunden war.

Seine Briefe brauchten eine Weile, bis sie ankamen, aber als sie schließlich auftauchten, kamen sie in schneller Folge und waren dick, erst aus seinem Officers' Training Corps, dann von dem Bataillon, zu dem er als einfacher Soldat gestoßen war, um schneller an die Front zu kommen, und schließlich aus Frankreich, wo er innerhalb von drei Monaten Second Lieutenant wurde. Die Briefe waren ziemlich perfekt – die Handschrift akkurat und selbstbewusst, die Sätze sehr schön formuliert, die Adjektive passend und mit Bedacht gewählt. Es gab keine Kosenamen, nur wohlgesetzte und gut durchdachte Zuneigungsbekundungen, die manchmal, hatte ich das Gefühl, aus rhythmischen Gründen verändert wurden. Vielleicht hatte er ganze Briefe vorgeschrieben, um das zu erreichen – es war nie etwas durchgestrichen. Sie waren Übungen. Aber es war mir nicht so wichtig, ich las sie schnell, nur deswegen interessiert, weil es Briefe von einem Mann an mich waren. Ich mochte ihren Anblick auf dem Tisch in der Halle. Oft öffnete ich sie erst nach Stunden.

Denn in den folgenden Monaten, während die Soldaten in Belgien zu Tausenden fielen, war ich täglich im Neuen Haus und wurde von den Zeits mit großer Herzlichkeit aufgenommen. Über Nacht wurde ich rosig und fröhlich, ich bat Alice, mir die Haare hochzustecken, die glänzend und lockig geworden waren und ein eigenes Leben entwickelten. Rebecca mochte mich, und Theo war da.

Theo war den ganzen Tag da. Jeden Tag. Bei jeder Mahlzeit. Er war still, während seine Schwester und seine Mutter redeten und redeten – so klug, so schnell –, aber er schien mich dauernd anzusehen, und wenn ich ihn dabei erwischte, sah er nie weg, sondern lächelte. Wir gingen zusammen im Park spazieren und saßen zusammen drinnen, und abends brachte er mich über die Marsch nach Hause. Im Oktober fuhren er und Rebecca nach Cambridge, aber ich ging weiterhin zu ihnen und half Mrs Zeit mit der Kriegsarbeit – sie führte in ihrem Morgenzimmer etwas, das sie »Das Depot« nannte, und etwas eingeschüchterte, respektable Damen aus den Reihenhäusern rollten dort Verbände auf. Einmal schickte Theo Blumen ins Gelbe Haus, um mir zu danken, dass ich seiner Mutter half. Er kehrte vor Ende des Semesters nach Hause zurück und war stundenlang mit ihr hinter verschlossenen Türen.

Als wir eines Abends zurück zum Gelben Haus gingen, betrachtete er die rauchenden Eisenhütten und sagte: »Ich will sie nicht. Ich sehe sie nicht als meine an. Nun ja, der Krieg wird wohl einiges entscheiden, nehme ich an.«

»Willst du … meldest du dich zum Kriegsdienst?«

»Im Moment ist alles ein bisschen undurchsichtig. Ich bin nicht sicher, ob ich überhaupt zugelassen würde. Wir haben einen deutschen Namen. Wir haben ihn nicht geändert, wie die meisten Leute. Wir sind ihnen peinlich – und verdächtig. Es würde aussehen, als bekämpften wir unsere eigenen Leute, hat man uns gesagt – aber es fühlt sich nicht so an. Warten wir ab.«

»Ja. Ich merke auch, dass du keine besonders starken patriotischen Gefühle hegst.«

»Nein. Hast du etwas vom gefürchteten Treece gehört?«

»Ja«, sagte ich. »Regelmäßig.«

»Seid ihr – falls ich das fragen darf – verlobt?«

»Himmel, nein!«

»Ich dachte. Entschuldige. Ihr saht aus wie ein Paar, als ihr an dem Tag auf dem Land zum Frühstück kamt.«

»Ach, das war reiner Zufall. So ist das bei Lady Celia. Alle anderen da waren berühmt und alt, da waren wir praktisch aufeinander angewiesen.«

»Ziemlich künstlerischer Ort, nicht wahr? Das war doch sicher was für den alten Treece.«

»Ich glaube, ihm gefiel es da.«

»Und dir?«

»Teilweise.«

»Er ist ein bisschen ein zartes Pflänzchen, oder? Wenn man mal ehrlich ist. Fast eine Witzfigur.«

Ich schwieg. Er sagte: »Ich bin ins Fettnäpfchen getreten. Oh Gott, es tut mir leid. Du machst dir bestimmt Sorgen um ihn. Er kommt bestimmt bald zurück. Er bekommt Urlaub.«

»Er wollte, dass ich zu seiner Einschiffung nach London komme, aber das hätte ich natürlich nicht machen können.«

»Wirklich? Ich glaube, das hätte dir Spaß gemacht. Nun ja, bis Weihnachten soll es vorbei sein, habe ich gehört. Höre ich andauernd.«

Wir gingen am Strand spazieren und fuhren mit der Kutsche aus und besuchten The Hall – aber dort war niemand. Die Fensterläden waren geschlossen. Vor dem Mausoleum hing eine Kette. Die Sonne schien jeden Tag, als gäbe es etwas zu feiern, es war ein herrlicher, wunderschöner Herbst. Rebecca verließ Cambridge und besuchte uns kurz, dann reiste sie mit entschlossener Miene nach London, in politischer Mission, wie sie sagte. »Sie ist gegen die Suffragetten«, sagte Theo, »wie so viele herrische Frauen.«

Er brachte mir auf dem neuen Platz das Tennisspielen bei

und lachte, weil ich mich so gemessen bewegte, aber nicht so, dass ich dumm dastand. Ich sprach Deutsch mit ihm und Mrs Zeit – sie sagten, sie würden es sonst bald ganz vergessen und könnten es normalerweise nur sprechen, wenn die Angestellten nicht in der Nähe waren. »Wie schön Sie sprechen«, sagte sie, »perfekte Aussprache.« Und ich sagte: »Das liegt an Mrs Woods.«

Aber ich hatte Mrs Woods vergessen. Ich hatte mein Zuhause insgesamt vergessen – den Haushalt, die Buchhaltung, Alice. Nach Hause ging ich nur zum Schlafen und zum Beten, dass der nächste Tag bald kommen möge.

Eines Tages wachte ich sehr früh auf und fragte mich, warum. Es war sonnig und still. Ich hatte das Gefühl, dass gerade etwas aufgehört hatte. Ich trat ans Fenster und sah im Morgenlicht Theo in der Kutsche vor dem Gelben Haus stehen. Er machte keine Anstalten auszusteigen, sondern saß einfach nur da und starrte vor sich hin. Er wirkte irgendwie eigenartig, geduldig, gesetzt, und schien das alte Genesungsheim anzustarren, aber gar nicht zu sehen, in dem inzwischen Soldaten auf einem frisch gemachten Exerzierplatz auf und ab, auf und ab marschierten. Gelegentlich klang das blecherne Bellen des Sergeant-Majors zum Haus herüber. Um Mr Pococks Pfarrhaus und das Nonnenkloster herum war eine ganze Zeltstadt entstanden, die sich langsam in die Marsch ausbreitete. Die Esplanade war am kaputten Ende verlängert worden.

Theo saß so bemerkenswert still, selbst für seine Verhältnisse, dass ich mich anzog und zu ihm hinauseilte, ohne mir das Haar hochzustecken, und er drehte sich um und sah zu mir herunter.

»Ist dir warm genug?«

»Ja. So ein schöner Tag.«

»Könntest du – einsteigen?«

»Ja, natürlich.«

Hinter mir stand die Haustür sperrangelweit offen, sodass der Sand hineinwehte, ich hatte nicht mal nachgesehen, wie es Mrs Woods ging, ich hatte Alice nicht gesehen, und ich trug keinen Hut. Er lehte sich aus der Kutsche und half mir hoch, und als ich neben ihm saß, fuhren wir landeinwärts, weg von dem Weg, der zu den Zeits führte, und weg von der Küste. Wir mäanderten landeinwärts in Richtung der Kirche, dann entfernten wir uns wieder von ihr, weiter an Farmen und Heuschobern vorbei, dann nordwärts in Richtung der Eisenwerke. Wir standen da und betrachteten sie über die Stoppelfelder hinweg, auf denen zwischen dem Stroh frische Blumen wuchsen, denn der Sommer wollte nicht enden. Es war ganz still, außer dass ich den Eindruck hatte, noch nie so viele Vögel gehört zu haben. Er sagte: »Polly, wir haben gerade von Rebecca gehört, dass Paul Treece tot ist. Er ist vor einer Woche gefallen.«

Die Vögel zwitscherten immer weiter, und der Rauch aus den Schornsteinen stand im blauen Himmel. Das Pferd schüttelte wild den Kopf und klopfte mit einem Huf. Es zog zur Hecke und fing an, von dem daneben wachsenden Gras zu fressen. Nach einer Weile legte Theo einen Arm um mich, und ich legte den Kopf an seine Schulter. Er roch nach Seife und Mann. Ich hatte noch nie einen Mann gerochen. Ich fing an zu weinen, nicht weil Paul Treece tot war, sondern weil ich so verdorben war, dass der Duft von Theo Zeit mich so erregte.

Er wendete die Kutsche und wir fuhren zurück zum Neuen Haus, mit meinem Haar an seiner Wange. Ich glaube, wir kamen an Leuten vorbei, die es gesehen haben, aber das war mir egal. Als wir in die Einfahrt zum Neuen Haus fuhren, rührte ich mich immer noch nicht, und er auch nicht, aber dann kam ein Lichtblitz von irgendwo über uns, und ich zuckte zusammen und setzte mich auf; aber er hielt mich immer noch fest.

»Alles in Ordnung. Das ist das Teleskop. Es wird abgebaut. Regierungsanordnung. Die halten uns für deutsche Spione.«

»Ich habe mal geglaubt, da oben einen Engel zu sehen.«

»Ich habe dich einmal von da oben gesehen. Du hast versucht zu fliegen wie ein Vogel.«

»Ich war zwölf. Das ist Jahre her.«

»Ich fand dich bezaubernd.«

Ich löste mich, setzte mich gerade hin und versuchte, mein Haar zu ordnen.

»Kannst du mich nach Hause bringen?«

»Noch nicht. Du sollst zu uns kommen. Anweisung von Mutter«, und sie stand auch schon in der Tür in einem ihrer komischen, überdekorierten Kleider, mit Broschen und Ketten, das Gesicht angehoben wie Hekuba, mit Tränen auf den Wangen, die kurzen, kräftigen Arme ausgestreckt. Ich dachte: »Sie sieht aus, als würde sie gleich singen«, und musste beinahe lachen.

»Mein liebes, liebes Kind!« Solche Umarmungen und Küsse hatte ich noch nie bekommen, und ich hatte keine Ahnung, wie ich darauf reagieren sollte. Aber ich spürte sie weniger, als ich Theo neben mir spürte, der mich beobachtete; und wieder weinte ich wegen meiner Verdorbenheit, dass mich ein Todesfall so glücklich machte.

Ich hatte bisher noch nicht mal an diesen Toten gedacht. Das würde ich nachholen, wenn ich zu Hause war.

»Würde es Ihnen viel ausmachen, wenn ich nach Hause gehe?«

»Mein Kind, ja, sehr viel.«

Ich setzte mich zum Kaffee und dann zum Frühstück mit

Käse und kleinen, süßen Kuchen, aber ich aß sie nicht mit Appetit. Hausmädchen tapsten vor der Tür herum, alle flüsterten. Über Mrs Zeits cremige Wangen flossen die Tränen, und sie schämte sich nicht dafür. Ich dachte, wie fremd sie ist.

Aber Theo saß neben mir.

»Ich muss gehen und mich frischmachen«, sagte ich, und Mrs Zeit nahm mich mit in ihr Schlafzimmer, und ich saß an ihrem Frisiertisch vor einem Wald aus Fotos; kräftige, kleine Männer mit kurzen Bärten, Frauen mit vielen Kinnen und rüschenbesetzten Krinolinen und Bergen von gekräuseltem Haar und strammen, gigantischen Brüsten. Rebecca, ein strahlendes Kind, und Theo – niemand anderes als Theo – als Baby, mit wachsamen, liebevollen, schwarzen Augen. Er trug einen Satinanzug und saß entschlossen auf einer Satin-Chaiselongue.

»Am besten bleiben Sie für eine Weile bei uns, Polly, Liebes. Ein oder zwei Tage.«

»Nein, ich muss zurück. Mrs Woods ist ja auch noch da.«

»Über Mrs Woods müssen wir auch bald sprechen, Sie und ich. Es wird Zeit für eine Entscheidung.«

»Sie hat niemanden.«

»Das ist kein Grund, dass Sie ihr Ihr junges Leben opfern.«

»Bitte, darüber möchte ich jetzt nicht sprechen.«

»Natürlich nicht. Natürlich nicht. Aber wir müssen bald darüber sprechen. Das habe ich beschlossen. Wir müssen über Ihre Zukunft sprechen. Über die Universität. Ja. Das habe ich beschlossen. Oxford soll es werden, denke ich. Sehen Sie mich doch bitte nicht so an. Oxford ist genau richtig für Sie.«

Ich sagte, dass ich nach Hause gehen wolle, und Theo kam bis zu den Reihenhäusern mit. Ich spürte seinen sanften Blick in meinem Rücken den ganzen Weg hinunter bis zu unserem Gartentor. Ich versuchte, nicht daran zu denken – nur an

Paul Treece zu denken – den toten Paul Treece, seine Ohren, die abfallenden Schultern, die Hände, die die Bücher berührt hatten, die mein Haar berührt hatten, wie er jetzt schlaff in einem Loch in Frankreich verrottete. Ich schaffte es vielleicht eine Minute lang.

Am Tor drehte ich mich um, um Theo zuzuwinken, aber ich hatte mich getäuscht, er war nicht mehr da.

Zu Hause half ich Alice. Wir zogen Mrs Woods um, sprachen über die nächsten Mahlzeiten und Haushaltsangelegenheiten. »Brauchen Sie eine Pause?«, fragte Alice. »Sie sehen niedergeschlagen aus.«

»Jemand ist gefallen«, sagte ich. »Der junge Mann, der am Tag der Kriegserklärung hier war.«

»Ich erinnere mich an ihn«, sagte sie. »Er sah so arglos aus. Nun ja. Er ist nicht allein da draußen. Mr Box von Boagey's ist auch tot, und so viele andere. Es werden noch viele, viele hundert werden. In der Zeitung stand, es ist der größte Krieg in der Geschichte Europas. Kaum zu glauben, oder? Dass wir Teil der Geschichte sind?«

Ich ging vier Wochen lang täglich zu den Zeits, und dann noch vier Tage, und der Spätherbst war immer noch golden, und an den Bäumen und Hecken leuchteten die Beeren. Im Haus war ein einziges Kommen und Gehen. Uns wurde die Einquartierung belgischer Flüchtlinge mitgeteilt, aber ich habe nie einen gesehen. Hinter verschlossenen Türen fanden wichtige Besprechungen statt, und ich saß an Mrs Zeits Schreibtisch und schrieb Briefe und überprüfte etwas obskure Listen, während sie geschäftig und gesprächig durch die Räume eilte – oft sprach sie mit sich selbst. Sie richtete sich einen eigenen Tisch in der Nähe eines riesigen Telefonapparats ein, und Theo, der von ihr amüsiert und begeistert war, erhaschte manchmal meinen Blick und bezog mich in seine Zuneigung zu ihr ein. Sie hatte alles unter Kontrolle. Aber die Diskussionen hinter verschlossenen Türen hinterließen, wenn die Tür wieder aufging, eine Spannung in der Luft.

»Wir wissen immer noch nicht, was sie mit uns vorhaben«, sagte er.

»Was sollten sie denn mit euch vorhaben?«

»Ins Gefängnis werfen. Inhaftieren.«

»Ach, Theo, das ist doch lächerlich. Ihr seid Engländer. Ihr seid so englisch wie ich.«

»Ja. Ich bin sicher, dass es nicht passieren wird. Es ist alles so willkürlich. Wollen wir runter ans Meer gehen? So nah wir kommen. Wir sind ja auch reich. Da gibt es Neid. In Newcastle inhaftieren sie alle Deutschen, die nicht eingebürgert sind, egal, wer sie sind. In Newcastle haben wir auch angefangen, meine Familie. Als wir den Kontinent verlassen hatten. Schwer vorstellbar, dass wir nicht hierhergehören sollen.«

Wir gingen am Meer spazieren, und wir gingen über die Felder spazieren, und noch Anfang November saßen wir nach dem Abendessen draußen auf der Terrasse. Als es kühler wurde, gaben sie mir einen alten Pelzmantel. Er war ganz seidig. »Das ist Zobel«, sagte er. »Du bist eine Prinzessin.« Manchmal küsste er mich. Ich stellte fest, dass ich sehr gut küsste, so gut wie er – oder sogar besser.

Ein Brief kam von Paul Treece, mit einem Gedicht, das *Am Tor zur Vergangenheit* hieß. Er kam eine Woche nach seinem Tod hier an, er hatte ihn am Tag vor seinem Tod abgeschickt. Das Gedicht ging mir ständig durch den Kopf, aber ich gestattete es ihm nicht, in mein Herz vorzudringen. Ich nahm es überallhin mit, und auch wenn ich anständig genug war, es niemandem zu zeigen, wusste ich doch, dass mein Motiv dafür, es immer in der Tasche zu haben, kein ganz reines war, und am Ende erwähnte ich es Theo gegenüber doch beiläufig. »Du warst in ihn verliebt«, sagte er so traurig, dass mir das Herz aufging.

»Nein«, sagte ich, »nein, das war ich nicht, nicht verliebt.« Aber ich sagte es mit einer seltsamen Betonung des »ich«.

»Aber ihr wart euch sehr nah, du und er. Bücher und so. Oder? Das habe ich gespürt. Ich nehme an, ihr kanntet euch schon lange.«

»Ach, ein Jahr oder so.« (Nicht: »Ich hatte ihn zweimal gesehen.«)

»Mich kennst du länger. Mich kennst du seit fünf Jahren, und ich weiß schon viel länger von dir – seit dem Tag, als du ein Vogel warst, hinter all den schrägen Vögeln.«

»Nicht *gekannt*«, sagte ich.

»Ich fürchte, ich lese nicht so viel. Nur Wissenschaftliches. Nun ja – und was alle lesen.«

»Du hast *Robinson Crusoe* gelesen. Hast du am Strand gesagt.«

»Ach, die Geschichte mit dem Fußabdruck ist ja bekannt. Aber das ist kein Roman, oder? Robinson Crusoe ist eine Biographie? Er hat doch wirklich gelebt, oder?«

Ich schlief inzwischen auch bei den Zeits und ging nur gelegentlich heim. Im Neuen Haus sollte eine Weihnachtsfeier stattfinden – nur ein paar gute Freunde der Kinder, sagte Mrs Zeit –, und das hatte ich auch Maitland geschrieben, wir schrieben uns vielleicht einmal im Monat. Sie schrieb lustige, förmliche, trockene kleine Briefe zurück, und sie schrieb immer, ich solle mich melden, wenn ich irgendetwas brauche. Sie schickte mir ein Kleid für die Weihnachtsfeier – mit Lady Celias Segen, also war meine frühmorgendliche Abtrünnigkeit im letzten Jahr wohl verziehen. Das Kleid war aus reinem Seiden-Musselin, goldbraun mit bestickten Bändern und einer blauen Seidennaht am hochgeschlossenen Kragen. Ich war etwas dünner als zu der Zeit, als sie mich in Thwaite ausgemessen hatte, und Alice änderte mir das Kleid. Ich ging nur wegen dieses Kleides nach Hause, und Alice war damit ebenso glücklich wie ich. Wir bestellten mir bei Boagey's ein Auto für den Abend der Feier, und im Neuen Haus waren wir den ganzen Tag davor mit den Vorbereitungen beschäftigt, bis wir müde waren. Am Abend sagte Theo: »Komm, wir gehen raus. Zieh den Zobel über, Mistress Flint, und dann sehen wir uns die Sterne an.«

Es war eine frostige Nacht, aber mir war warm, und wir gingen über die Marsch und in die Dünen. Dort legten wir uns hin, und unter dem Zobel machte er mir das Kleid auf. Ich sagte: »Man wird uns sehen! Es sind überall Soldaten. Wir sollten gar nicht hier sein. Nicht mal zum Spazierengehen.« Aber wir gingen nicht. Wir blieben stundenlang dort.

»Lass uns nach Hause gehen«, sagte er. »Bleib heute bei uns. Wir haben noch die ganze Nacht vor uns.«

Also ging ich bei den Zeits zu Bett und wartete auf ihn. Ich trug mein seidenes Nachthemd, Maitlands letztes Weihnachtsgeschenk, und bürstete mein Haar zweihundert Mal, wie Aunt Frances es mir beigebracht hatte. Die großen Uhren unten schlugen elf und dann zwölf, und dann endlich, oh, endlich, etwas später, drehte sich mein Türknauf.

Mrs Zeit kam herein und setzte sich ans Fußende meines Bettes.

»Wir werden Sie so vermissen, Polly. Ach, wir werden Sie so vermissen. Als Tochter und Schwester. Die ganze Familie wird Sie vermissen. Wir reisen in drei Tagen ab – nur noch drei Tage bis London. Und wir wollen, dass Sie etwas wissen. Wir alle wollen Sie unterstützen. Wir lassen es nicht zu, dass Sie Ihr Leben hier vergeuden.« Sie nahm den Zobel, der über einem Stuhl lag, und legte ihn sich gemütlich über den Arm.

Ich sagte danke.

»Auf irgendeine Weise werden wir Sie schon nach Oxford bekommen. Wie finden Sie das? Schlafen Sie jetzt. Morgen früh gehen Sie nach Hause, und kommen Sie bloß nicht wieder her. Sie haben so hart gearbeitet für das kleine Fest der Kinder. Ruhen Sie sich einfach zu Hause aus, bis es vorbei ist. Und falls wir uns nicht mehr sehen, bevor wir abreisen, denken Sie nicht, wir hätten Sie vergessen! Wir bleiben immer in Kontakt, liebe Polly. Gute Nacht, mein Kind.«

Sie ging hinaus, streichelte den Pelz, und ich lag wach, bis der blasse, kalte Morgen kam und die Hausmädchen noch im Dunkeln anfingen, im Haus herumzuwirbeln.

Theo war sehr liebevoll, als wir uns verabschiedeten, und küsste mich auf die Wange, und Mrs Zeit küsste mich ebenfalls, als der Chauffeur mir die Tür des Daimlers aufhielt. Mutter und Sohn standen nebeneinander auf der Treppe, sie mit dem freundlichsten Gesichtsausdruck, er strammstehend und über unsere Köpfe blickend, nicht gerade lächelnd, aber auch nicht so beherrscht, wie er es gern gehabt hätte. Aber er hatte sich unter Kontrolle.

»Wir können Sie nicht zu Fuß nach Hause gehen lassen«, sagte Mrs Zeit. »Nach allem, was Sie für uns getan haben. So viel gearbeitet. Und der Wagen kann dann gleich weiterfahren zum Bahnhof und die Gäste abholen.«

Im Auto ließ ich zunächst nur die naheliegendsten Gedanken zu. Wie ich Alice das mit dem Kleid erklären sollte. Ob ich ihr sagen sollte, dass ich einen schrecklichen Fehler begangen hatte. Dass von vornherein nicht vorgesehen gewesen war, dass ich an dem Fest teilnahm. Aber ich konnte die Enttäuschung und den Schmerz, die sie meinetwegen empfinden würde, schon in ihrem roten Gesicht sehen, und dann die aufkommende Wut, und wusste, dass ich es nicht ertragen würde.

Als der Wagen an der Kirche und den Geistern meiner Heiligen vorbeiglitt, betete ich – ich glaube, vor allem für Alice: »Lieber Gott, bring das bitte in Ordnung. Mitten im Chaos der Nationen und zwischen den Toten in Frankreich und den großen Katastrophen in der Welt, und obwohl ich immer noch nicht konfirmiert und volles Mitglied der Church of England bin, bitte ich durch Christus, unseren Herrn, dass dieser erbärmliche Schmerz in meinem wertlosen kleinen Leben sich irgendwie löst und am Ende zu etwas nütze ist.«

»Ach, die arme, alte Seele!«, sagte Mrs Treece. »Nach all den Jahren. Einfach plötzlich weg! Nun ja, so was passiert. Im Schlaf gestorben. Als Sie gerade von einem Besuch zurückkamen? Das war bestimmt kein gutes Gefühl, an ihrem Ende nicht bei ihr gewesen zu sein.«

»Ja, das stimmt. Sie war die letzte von denen, die ich seit meiner Kindheit kannte. Ich habe so ein schlechtes Gewissen. Wissen Sie, sie und ich, wir waren nie gute Freundinnen. Sie hat es mir verübelt, dass meine Tanten mich aufgenommen haben. Sie hat eine meiner Tanten immer verehrt, und als ich kam, hat diese Tante stattdessen mich verehrt, und …«

»Das hat sie verwirrt«, sagte die alte Mrs Treece. »Lassen Sie uns für sie beten. Schlaganfälle sind schrecklich. Ich weiß noch, wie mein Vater darniederlag.«

Sie war so klein, dass ihre Füße kaum den Boden berührten und der Schaukelstuhl, in dem sie saß, aufrecht und gerade stehenblieb. Sie trug natürlich Schwarz, wegen Paul – schwarze Riemchenschuhe wie ein Kind, über Wollstrümpfen, und selbst der soldatische Stehkragen um ihren Kinderhals war von schwarzer Spitze gesäumt, wie auch die lange Schürze über ihrem Wollkleid. Daraus schien klar und rosig ihr Gesicht hervor, und ihr Haar glänzte silbrig. Sie schälte große Kartoffeln über einer Zeitung und wusch sie in einer Schüssel neben sich, bevor sie sie in den Topf auf dem Feuer fallen ließ.

Draußen vor der Farmhausküche schneite es heftig, und der Schnee sammelte sich in derselben Ecke aller neun kleinen Scheiben des Fensters, unter dem wir in der steinernen Spüle das Geschirr abwuschen. Herrliches Kohlenklein ließ das Kochfeuer leuchten. Ich saß in meinem freundlich-braunen Samtkleid auf dem Kaminschutz, und der tiefe, dunkle Kupferkessel, in dem Wasser erhitzt wurde, wärmte mir den Rücken. Im Ofen neben dem Feuer briet ein Huhn, denn es war Weihnachten. Die Einladung auf die Farm der Treeces hatte am Morgen meiner Verbannung zu Hause auf mich gewartet, als ich Mrs Woods tot vorfand.

»Und ihre Beerdigung war sicher eine traurige Angelegenheit?«

»Ja, allerdings. Es waren so wenig Leute da. Ein paar Nonnen – sie hatte ein Faible für Nonnen, hat aber nie einzelne kennengelernt. Sie hatte überhaupt kein Talent für Freundschaften, arme Mrs Woods. Sie war schrecklich klug. Sie konnte drei Sprachen und war auf der ganzen Welt gewesen. Aber sie hatte sich so eine Grimmigkeit angewöhnt.«

Ich hatte mein ganzes Leben lang das Gefühl gehabt, ich könnte eigentlich gut mit Leuten sprechen, wenn ich nur die Gelegenheit bekäme, und hier war ich schließlich in einer Farmküche im Hochmoor im Nordwesten mit Paul Treeces Mutter, und ich konnte es tatsächlich – allerdings möglicherweise nur, weil sie selbst so unbefangen war, dachte ich. Vielleicht war es auch ihr Kummer, der sie vollkommen unkritisch gemacht hatte, sodass sie alles hinnahm. Vielleicht würde es nicht so bleiben.

Aber im Moment hatte ich das Gefühl, schon seit Jahren mit ihr zusammenzuleben.

»Die arme Seele!«, sagte sie jetzt wieder. »Keine Freunde, die um sie trauern? Paul hat Trauernde, sogar in gehobenen Positionen.«

»Ja, die hat er.«

»Paul kannte ein paar der wichtigsten Leute des Landes, auch schon vor dem Studium. Sein Zimmer ist voller Briefe von Leuten von hoher Geburt. Schreibende, kluge Menschen.«

»Da bin ich sicher.«

»So habe ich Sie gefunden, Polly, zwischen all den Briefen von Universitäten und Lords und Ladys. Ich bin nach oben gegangen und habe alles gelesen, was in seinem Zimmer ist, immer weiter. An diesem ersten Tag haben sein Vater und Laurie mich gelassen. Sie sind allein zurechtgekommen. Vielleicht drei Tage lang, ganz allein. Es gab Brot und Schinken und ein bisschen Käse und ein paar Kartoffeln. Als das Telegramm kam, habe ich als erstes Tücher über die Bilder und die Spiegel gehängt und im ganzen Haus die Fenster aufgerissen. Es war eiskalt, bitterkalt. Ich ging hinauf und setzte mich in sein Zimmer. Pauls Zimmer war immer der kälteste Raum im ganzen Haus, aber er hat sich nie beklagt, nie. In den letzten Jahren war er allerdings auch kaum hier, und ich fand, er wirkte schrecklich dünn, als er nach Frankreich ging.

Ich fand es gut, dass es da oben so kalt war, als ich alles gelesen habe. Das Zimmer war voll von ihm. Elektrisch. Sie wissen ja, wie er war. Elektrisch. Und so ordentlich! Da lag nicht mal ein Bleistift schief. Seine Bücher waren auf dem Regal über dem Bett und dem Fenstersims einsortiert, mit kleinen Trennstreifen aus Papier dazwischen, und auf dem Tisch sämtliche Schulhefte der ganzen Schul- und Unizeit.

Ach, er war so ein guter Student, seine Schrift war so ordentlich und sah so klug aus. Wir haben keine Ahnung, woher er das hatte. Die Lehrer auch nicht. Latein hat er aus dem Ärmel geschüttelt. Er konnte genauso schnell Französisch schreiben wie Englisch, mit den ganzen kleinen Strichelchen obendrüber, so herum, andersrum, wie gedruckt. Ich habe ihn schon mit zwölf da oben sitzen und Latein schreiben sehen, frierend und mit roten Ohren. Einmal habe ich ihm eine Mütze gestrickt, aber ich kann mich nicht erinnern, dass er sie getragen hätte. Wenn sein Vater nicht da war, habe ich ihm das Abendessen hochgebracht. Sein Vater hat immer gesagt, wenn er es nicht bis an den Tisch schafft, kommt er eben ohne Essen aus. Er hat ihm auch keine Lampe erlaubt, weil das Öl so teuer war. Ich weiß aber, dass er unter seinen Kleidern eine Lampe mit nach oben genommen hat, als er noch zur Schule ging – wegen der Hausaufgaben. Ein Wunder, dass er nicht verkohlt ist. Aber er hat immer Glück gehabt, bis jetzt. Er schien ein Glückskind zu sein. Am Ende war sein Vater stolz auf ihn, und er konnte machen, was er wollte. Er hat nicht mal mehr erwartet, dass er ihm auf der Farm hilft – nun ja, er war auch keine große Hilfe, wenn er es tat. Er war mit den Gedanken immer woanders. Paul war seinem Vater ein Rätsel, und vielen anderen auch, aber es wird anständig um ihn getrauert – nicht wie bei Ihrer armen Bekannten.«

Ich war vom Daimler der Zeits aus betend und an das Kleid denkend ins Haus gegangen und hinauf in Mrs Woods' Zimmer, wo Alice sich am Bett zu mir umdrehte.

»Wann, wann?«

»Jetzt gerade. Es muss gerade erst passiert sein. Ich war zum Frühstück bei ihr, sie hat noch gefrühstückt. Sie ist tot.«

»Sie *kann* nicht …« Ich konnte nicht hinsehen. Ich hatte noch nie eine Tote gesehen. »Woher weißt du es?«

»Gucken Sie mal.«

»Ich kann nicht.«

»Doch, können Sie. Und sollten Sie auch. Bleiben Sie hier. Ich gehe den Arzt holen. Nehmen Sie ihr Gebetbuch und lesen Sie ein paar Gebete, ja?«

»Ich kann nicht.«

»Gut, dann gehen Sie runter. Machen Sie sich ein heißes Getränk, ich bin so schnell wie möglich zurück.« Und damit verließ sie das Zimmer.

Ich ging im Haus herum, und Mrs Woods war überall. Sie stand auf der Treppe, sie saß im Sessel neben dem Farn, sie linste mit ihrer Strickarbeit um die Arbeitszimmertür, ihr Spazierstock klackerte auf den bunten Fliesen; sie gab an der Küchentür Kommandos. Wenn ich aus dem Fenster schaute, war sie da, über ihre Wärmflasche gebeugt, und eilte zur Kirche. Sie saß im Esszimmer und starrte ein Kind an, dessen Nase auf Höhe der Gabeln war. Vor meinem Schlafzimmer flüsterte sie, und draußen auf dem Hof spähte sie zwischen den Gardinen des Treppenhausfensters hindurch, indem sie eine davon mit einem Finger beiseitehielt. Am Ende trugen meine Füße mich an den einen Ort, wo sie nicht war: in ihr Schlafzimmer, wo ein Nichts unter der Baumwolldecke lag – ein Nichts mit einem jungen Gesicht, ganz sanft und hübsch, und der Raum ein Frieden.

»Gehen Sie doch mal bitte in die Speisekammer«, sagte Paul Treeces Mutter, »auf dem Stein sind ein paar Schweinefleischwürstchen. Die braten wir zu dem Huhn im Ofen. Die Brotsauce ist ganz unten im Ofen, da ist noch Platz. Der Plumpudding ist auch bald so weit. Es ist noch Platz für einen

Topf. Und eine schöne Schafskopfbrühe. Ich bin dieses Jahr nicht ganz bei mir, normalerweise bin ich flotter. Vielleicht ist es noch zu früh, sich überhaupt mit Weihnachten zu beschäftigen, aber Paul hätte auch nicht gewollt, dass wir uns unterkriegen lassen.«

»Warum haben Sie denn ausgerechnet mir geschrieben, von all den Leuten? Haben Sie es den anderen gar nicht mitgeteilt?«

»Nein. Manche scheinen es schon gewusst zu haben. Wir haben ein paar Nachrichten bekommen. Keine seiner Briefe – sie haben sie uns alle aus Frankreich geschickt, zusammen mit seinen Sachen, sogar seinen Füller und Fotos und Bürsten – keine anderen Briefe waren so warmherzig wie Ihre. Bei wichtigen Leuten ist das wahrscheinlich auch nicht zu erwarten. Die meisten waren eher huldvoll, wie an jemand Geringeren, aber das hätte sich mit der Zeit sicher geändert. Als ich Ihre Briefe gelesen habe, dachte ich, das ist ein nettes, altmodisches junges Mädchen, das Paul mag.«

»Ja, das stimmt.«

»Und ihn gern geheiratet hätte.«

»Nun ...«

»Ich dachte, unter all den Wichtigen wäre sie die Glückliche gewesen. Diese hier, dachte ich, hätte es nur ein bisschen geschickt anstellen müssen, dann hätte sie ihn bekommen können. Er hat mir von Ihnen erzählt.«

»Oh, wirklich?«

»Er hat mir auch von anderen erzählt. Ladys und Sirs und Reiche und Schöne und so. Sag ich, Paul, die sind mir alle fremd. Keine Ahnung, wie du mit denen zurechtkommst. Schon finanziell konnte es nicht einfach sein, nur mit dem Stipendium. Mir gefiel es gar nicht, dass er erst bei den einen Leuten, dann bei den anderen unterkam und nie einen Penny zurückzahlte. Das ist auch so etwas, wo ich keine Ahnung habe, woher er es hatte. Liegt gar nicht in der Familie. Ich habe es seinem Vater auch nicht erzählt. Zu seiner Abschlussfeier bin ich ganz allein gefahren, schon eine Weile her. Sein Vater hätte die Aufmerksamkeit auf sich ziehen können – er mag die Leute im Süden nicht, weil sie der Arbeit aus dem Weg gehen.«

»Haben Sie seine Freunde in Cambridge kennengelernt, Mrs Treece?«

»Nicht viele. Sie waren ein wenig reserviert, könnte man sagen. Ich habe nach Ihnen gesucht, Polly Flint, oder nach einer wie Ihnen. Einer, die Paul liebt.«

»Oh, ich habe …«

»Sagen Sie es nicht. Ich merke es doch. Als ich Ihre Briefe gelesen habe, habe ich mir gesagt: Dieses Mädchen möchte ich jetzt bei mir haben.«

Sie hatte die Kartoffeln vergessen und ließ die Hand mit dem abgenutzten kleinen Messer in den Schoß zwischen die Schalen sinken. Sie schaute ins Feuer. Ich sagte: »Lassen Sie mich das machen«, und nahm ihr die Sachen ab. »Bleiben Sie einfach sitzen. Ich mache das schon.« Ich, die ich in meinem ganzen Leben noch keine Kartoffel gekocht hatte.

Die Tür ging auf, und Pauls Vater und Bruder kamen mit Eimern in der Hand vom Kälberfüttern herein und stampften sich den Schnee von den Füßen, sie klapperten und schrien herum und schenkten uns überhaupt keine Aufmerksamkeit. Sie traten die Hunde in eine Ecke, und Pauls Vater stopfte seine nasse Mütze zum Trocknen zwischen einen durchhängenden Balken und die Decke. Pauls Bruder warf den schmutzigen Eimer unter die Spüle, damit wir ihn nach dem Abendessen abspülen konnten. Ihre Stiefel hinterließen Pfützen auf den kleinen Linoleumflecken, die nur einen geringen Teil des

Steinbodens bedeckten, sodass er wirkte, als wäre er hier und da mit Blumen und Blättern und Strudeln bemalt, und an anderen Stellen guckte das antike Kopfsteinpflaster hervor.

Schweigend setzten wir uns zum Essen. Es gab eine einfache Bank mit einem Muster aus roten Vögeln. Es war kaum eine Decke auf dem Tisch, fadenscheiniges Leinen, aber sehr sauber. Wir tranken aus Bechern, nicht aus Gläsern. Das Besteck war schlicht und krumm, aber es glänzte. Der Plumpudding wurde mit einer seltsamen, einfachen Sauce serviert, wie Mehlschwitze. »Toller Pudding«, sagte Pauls Bruder. »Richtig guter Pudding.« »Mit Kartoffeln und Möhren«, sagte Pauls Mutter. »Da sind jede Menge Korinthen drin«, sagte der Bruder rechtfertigend und sah mich an, ob es mir etwa nicht schmeckte.

Nach dem Essen zog der Bauer seine Stiefel aus, hievte sich auf eine hohe Holztruhe am Ende der Küche und schlief ein. Seine Füße zeigten zur Decke und steckten in Socken, so dick wie ein Kettenhemd. Mrs Treece und ich wuschen im Spülbecken das Geschirr ab, dann die Eimer von den Tieren, und Pauls Bruder Laurie saß am Feuer und steckte Zweige hinein, bis die Funken flogen. Irgendwann lehnte er sich zurück und schlief ebenfalls ein.

Was Paul wohl an Weihnachtsnachmittagen gemacht hatte? Ich stellte mir vor, wie er in seinem kalten Schlafzimmer Yeats las, sorgfältige Briefe an berühmte Leute schrieb, und seine eigenen Gedichte.

»Gehen Sie Weihnachten in die Kirche, Mrs Treece?«

»Nein, die Mühe machen wir uns nicht. Nur zum Erntedank.«

»Wo ich herkomme, sind wir sehr fromm.«

»Ach, für manche passt das. Der Pfarrer war da wegen Paul. Er müsste zwar in Übung sein, wusste aber trotzdem nicht, was er sagen soll. Allein mit Pauls Zug sind elf aus unserer Gemeinde nach Frankreich gegangen, neun davon waren innerhalb einer Woche tot. Was soll er denn da groß sagen? Ich verstehe sowieso nicht, wofür das gut sein soll. Keine Ahnung. Ich gehe mal hoch und ziehe mich um.«

Ich setzte mich dem schlafenden Bruder gegenüber. Er war klein und stämmig, hatte große Hände, die zwischen seinen auseinandergefallenen Schenkeln hingen, sein Kopf kippte seitlich nach hinten, sein Haar war jung und weich. Seine grobe Hose war hochgekrempelt, und seine Socken hatten ebenso wie die seines Vaters große gestopfte Stellen, die wunderschön aussahen. Er lag still und schwer da und schien überhaupt nicht wahrzunehmen, dass ich oder überhaupt jemand Fremdes da war. Er war ein Jahr jünger als Paul. Paul und dieser Junge mussten als Babys zusammen auf diesem Flickenteppich gespielt und zusammen gelernt haben, diesen ländlichen Dialekt zu sprechen, den Paul sich dann abgewöhnt hatte, und waren zusammen in dieselbe Dorfschule gegangen. Paul hatte Laurie nie erwähnt.

Lauries Wimpern waren wie Pauls. Seine Ohren ganz normal. Er hatte einen hübscheren Mund – einen müden, hungrigen Mund, die Unterlippe war voller als die Oberlippe. Ich betrachtete seinen Mund und dachte über Laurie nach.

»Was ist?«, fragte er, als er aufwachte. »Es wird ja schon dunkel. Ist nicht mal drei Uhr. Können Sie Tee machen?«

»Ja, ich mache Tee. Aber sollten wir nicht auf Ihre Mutter warten?«

»Sie wird's verschmerzen. Vielleicht schläft sie. Sie hat wenig geschlafen. Ist in der Büchse da.«

Er zeigte auf eine rote Blechdose mit dem König und der Königin in Gold, die auf dem Kaminsims stand. Es war so hoch, dass ich mich strecken musste, obwohl ich schon auf dem Kaminschutz stand, und er sah mir dabei zu und half nicht. Ich fand die Teekanne, kippte den restlichen Tee aus der Küchentür, wie ich es seine Mutter hatte tun sehen, und ein Teil davon wehte gleich wieder zu mir herein. Dann goss ich Wasser aus dem großen Kessel hinein, der an einer Kette über dem Feuer hing – man brauchte dafür beide Hände –, und stellte die Teekanne auf den kupfernen Deckel. Laurie sagte: »Gutes Mädchen. Wirklich kein schlechtes Mädchen.«

»Danke.«

»Sie und Paul, Sie waren verliebt, oder?«

»Na ja …«

»Er hatte nie eine. Ehrlich gesagt, ich dachte auch nicht, dass er eine findet. Da hat ihm irgendwas gefehlt.«

»Haben Sie – waren Sie eng?«

»Ja, weniger als ein Jahr.«

»Ich meinte, ob Sie einander nahestanden. Gute Freunde.«

»Ich hab ihn nicht richtig verstanden. Klar, Freunde waren wir. Haben Sie einen Ring von ihm bekommen?«

»Nein. So war es nicht.«

»Wussten Sie, dass er vom Bauernhof kommt?«

»O ja. Ich habe ihm gesagt, ich würde gern auf einem Bauernhof leben.«

»Haben Sie wirklich? Wie sind Sie denn da drauf gekommen?«

»Ich weiß nicht. Aber es stimmt.«

»Und haben Sie es sich jetzt anders überlegt?«

»Nein.«

»Ist Ihnen klar, dass wir zwölf Stunden am Tag arbeiten, die ganze Woche, nie einen Tag frei? Meine Mam geht acht Meilen zu Fuß zum Einkaufen, um den Penny für den Bus zu sparen. Sie schrubbt seit zwanzig Jahren den Boden hier, weil wir kein Geld für eine Magd haben. Dabei ist sie früher selbst auf ein Internat gegangen, als sie jung war. Gute Herkunft. Und jetzt ist sie mit neunundvierzig eine alte Frau. Wir kriegen nie ein Ei, die gehen alle in den Verkauf. Letztes Jahr haben wir fast nur Kartoffeln gegessen. Sie sind reich, oder?«

»Nein. Ich habe überhaupt kein Geld, außer dem bisschen, was ich geerbt habe, und dem Haus.«

»Ein Haus ist ja schon reich. Und Ihr Kleid ist reich. Dieses Haus hier gehört uns nicht, wir sind nur Pächter. Sie können uns morgen rauswerfen. Paul wäre bestimmt reich geworden, das hat man schon gemerkt.«

»Warum ist er so früh zur Armee gegangen, Laurie? Das hätte er ja nicht tun müssen.«

»Weiß der Himmel.«

»Sie gehen nicht?«

»Wurde nicht eingezogen, und werde ich auch nicht. Ich bin offiziell unabkömmlich. Und sie müssten mich erst mal kriegen.«

»Ich nehme an, Paul hat es für sein Land getan.«

»Mein Land braucht mich hier.«

Er beugte sich vor und nahm meine Hand und betrachtete mich, und sein Händedruck wurde fester. Der alte Mann regte sich auf der Truhe, und Mrs Treece kam ohne Schürze herein und freute sich über den Tee.

»Können Sie nicht noch länger bleiben?«, fragte sie an Neujahr. »Wir haben uns so an Sie gewöhnt. Sie haben uns getröstet.«

»Ja, das haben Sie«, sagte der Bauer und überraschte damit alle. »Sie haben uns getröstet.« Diese schlichten Worte schienen auch den Sprecher selbst zu überraschen. Zum ersten Mal in diesem tapferen Haus war ich den Tränen nah.

»Warum bleiben Sie nicht?« Laurie sah zu, wie ich meine

Tasche heruntertrug, und die dicken Pakete mit Pauls Papieren und Büchern, von denen seine Eltern sehr entschieden gesagt hatten, es seien meine. Er sah zu, wie ich mich in Handschuhen und Schals einpackte und meine Sachen in die Kutsche hinter ihm hob. »Ich kann nicht. Zu Hause ist zu viel zu tun. Alice ist ganz allein.«

»Aber Sie kommen mal wieder, ja?«

»Danke sehr.« (Ich wusste genau, dass ich es nicht können würde.)

»Dann fahre ich Sie.«

Wir quetschten uns nebeneinander auf den Kutschbock hinter dem braunen Pferd. Ich stellte die Kiste mit Pauls Papieren zwischen uns und bewachte die Bücher, die mit haarigem Bindfaden zusammengebunden waren. Am Boden der Kutsche war festgetretener Lehm, und durch die Ritzen sah man die Straße zwischen den langen Hecken, als wir den Hügel hinauffuhren. Die großen Räder wackelten, sie waren einmal rot und gelb gestrichen gewesen und müssen ausgesehen haben wie auf dem Jahrmarkt, als Paul noch ein Baby war. Ein tägliches Volksfest. Ich sah es geradezu vor mir, wie das Baby über die bunten, sich drehenden Räder staunte und dazwischen rot die Hecken aufblitzten.

Laurie ließ mich allein absteigen und reichte mir all die Sachen herunter, dazu noch ein paar Eier und Butter in Wachspapier. Er sah mir nach, wie der alte Stationsvorsteher mir mit dem Gepäck half, und ich winkte ihm zum Abschied. Dann stand ich im Wartesaal und stampfte mit den Füßen auf gegen die Kälte und betrachtete das meilenweite, verschneite Hochmoor.

Die Sonne schien. Der Bahnhofsofen machte ein klirrendes Geräusch, Kohlen rutschten nach, und auch draußen klirrte und tropfte es klangvoll wie ein Xylophon, denn die Eiszapfen an den hübsch geschnitzten Traufen schmolzen. Dann hörte ich den Zug kommen.

Als ich meine Sachen zusammensuchte, tauchte Laurie plötzlich auf und nahm mir meine Tasche mit einem sonderbar verstohlenen Seitenblick ab, er sagte kein Wort, und ich dachte: Oh Gott, am Ende stellt er sich als schüchtern heraus.

Ich öffnete das Abteilfenster, und er sah zu mir auf und sagte: »Wenn Sie das Haus verkaufen, könnten Sie herkommen und hier leben. Überlegen Sie es sich. Überlegen Sie es sich jetzt. Mehr sage ich nicht.«

»Vielen Dank.«

»Ich hätte nie gedacht, dass ich mal bei einer Frau von Paul enden würde. Anscheinend sind wir doch nicht so unterschiedlich.«

»Vielen Dank.«

»Was sagen Sie? Haben Sie es sich überlegt?«

Ich sagte nichts, und er hüpfte und rannte neben dem Zug her. Er sah mich besorgt und mit leuchtenden Augen an. Für einen Augenblick sah ich so eindeutig Paul in ihm, dass meine eigenen Augen sich gründlich mit Tränen füllten, und diesmal liefen sie auch. Denn ich wusste, dass Laurie und die Treeces nicht mein Leben sein würden.

»Es ist toll hier im Frühling und im Sommer!«, rief er. »Das würde Ihnen gefallen! Die Lämmer und so. Und die Erntezeit. Es ist ein tolles Land. Ich würde hier nicht weggehen.«

Später würde er denken, dass ich ein seltsames Mädchen war, das weinte, statt ihm zu antworten. Aber er würde nicht mehr lange an mich denken.

Der berühmteste, ergreifendste Moment in *Robinson Crusoe* ist natürlich der Fußabdruck, aber für mich war es nie der erschütterndste. Eine gloriose Idee, mit keinerlei Vorbild in der Literatur, so schlicht und großartig wie das ganze Buch, gleichzeitig ein herausragendes und absolut plausibles Bild.

Und doch war ich immer leicht enttäuscht davon gewesen – dass es nur ein Fußabdruck war und nicht Freitags Fußabdruck, wie alle glaubten. Nur ein völlig anonymer Fußabdruck, der wahrscheinlich später durch die Kannibalenfeuer zerstört wird.

Außerdem hatte ich es immer enttäuschend gefunden, dass Jahre vergehen mussten, bis lebende Füße dem Versprechen dieses Abdrucks folgten – auch wenn diese beiläufige Zeitspanne zu Defoes üblichem gemächlichem Tempo passt, zu seinem sehr selbstbewussten Entblättern der Jahre.

Ich fand immer ein anderes Ereignis furchterregender: Als Robinson nach seinem ersten Ausflug mit dem selbstgebauten Boot zum zweiten Mal schiffbrüchig wird, in einem unbekannten Teil der Insel landet und seine eigene Stimme seinen Namen rufen hört.

»Robin, Robin, Robin Crusoe, armer Robin Crusoe, wo bist du, Robin Crusoe? Wo bist du? Wo bist du gewesen?«

(Sein Papagei.)

> »Doch auch wenn ich wusste, dass es der Papagei war und niemand sonst, brauchte ich eine Weile, um mich wieder zu beruhigen. Zum einen fragte ich mich, wie der Vogel hierhergelangt sein mochte, zum anderen staunte ich darüber, dass er sich gerade hier und nicht anderswo niedergelassen hatte. Doch … fing ich mich wieder … und er redete unverdrossen auf mich ein … ›Armer Robin Crusoe. Wie bin ich hergekommen? Wo bin ich gewesen?‹, als sei er außer sich vor Freude, mich wiederzusehen. Und so trug ich ihn nach Hause zurück.«

Ob Alice wohl geblieben war, fragte ich mich, als ich von meinem Ausflug auf die Farm zurückkam, für den ich meine Insel verlassen hatte. Es gab eigentlich keinen Grund. Warum sollte sie noch in dem großen Gelben Haus draußen in der Marsch bleiben, ganz allein mit mir? Im Krieg gab es genügend andere Arbeit. Sie würde mit Sicherheit in der Lage sein, doppelt so viel – viermal so viel – Geld zu verdienen. Und sie war erst ungefähr in meinem Alter. Es hatte gar keinen Zweck, dass sie bei mir blieb und mich bediente, ebenso wie mein eigenes Leben hier keinen Zweck hatte. Oder irgendwo anders.

Ich hatte nicht die geringste Ahnung, was ich mit meinem Leben anfangen sollte.

Und wenn mein Leben im Gelben Haus schon sonderbar war – und langweilig und einsam, bis auf die Bücher –, wie viel schlimmer musste es für Alice sein? Sie hatte nie besondere Zuneigung zu uns allen gezeigt, und ich wusste, dass ich ihr nie eine echte Freundin gewesen war, schon weil ich gar nicht wusste, wie man das anfing. Aber sie hatte für uns geackert und geschuftet und uns gepflegt und bekocht und sich um meine Kleider gekümmert und sich für mein geheimnisvolles neues Leben bei den Zeits interessiert. Meine letzten Wochen dort hatten ihre Augen zum Leuchten gebracht, wenn ich von all dem Glamour erzählte. Ich hatte ihr natürlich immer noch nicht gesagt, dass es vorbei war mit dem Glamour und ich in Schimpf und Schande zurückgewiesen worden war, behandelt wie eine entlassene Sklavin, wie wir sie nie, niemals behandelt hätten.

Plötzlich fürchtete ich mich ein bisschen vor Alice, merkte ich, als ich über die Marsch nach Hause ging, mit so viel von meinen Sachen, wie ich auf einmal tragen konnte. Ich war nicht sicher, was ich empfinden würde, wenn ich in ein leeres

Haus kam, mit einem Abschiedsbrief von ihr auf dem Tisch in der Halle.

Vielleicht ein Gefühl der Befreiung?

Aber die Schornsteine des Gelben Hauses rauchten, und als ich hereinkam mit der Butter und den Eiern und den gebündelten Gedichten, stand sie da und sagte: »Da sind Sie ja. Gott sei Dank. Ich habe schon gedacht, Sie bleiben da. Ich hätte fast drauf gewettet, dass die Sie gleich behalten. Und dann?«

»Es gab hier einen großen Bombenangriff«, sagte sie. »Hartlepool, mit Dutzenden Toten.«

Sie trug einen erstaunlichen Hut, wie eine blaue Glockenblume aus Filz, mit einer Nadel aus Fischgräte, sie hatte eine Hand in die Seite gestemmt und rauchte eine Zigarette. »Butter und Eier«, sagte ich und sah sie nicht an. »So nette Leute, Alice. Hattest du schöne Weihnachten? Ich freue mich, wieder hier zu sein.« Und während ich sprach, wurde mir klar, warum ich Angst vor Alice hatte.

»Ja, verstehe. Das ist ja toll«, sagte sie und begutachtete das Päckchen.

Es war meine eigene Stimme, es waren meine eigenen Worte.

Sie war hier zuständig, und sie war wahrscheinlich schon seit Ewigkeiten zuständig, ich hatte es nur nicht bemerkt. Die Haarsträhnen, das schmuddelige, kantige Gesicht und die großen Dienstmädchenschürzen. Wie lange hatte ich die nicht gesehen? Alice war eine gestandene Frau, und das war sie spätestens seit Mrs Woods' Tod, als sie sich an ihrem Bett umgedreht und mir gesagt hatte, was ich tun sollte.

Aber als ich mich an diese Veränderung gewöhnt hatte, gefiel sie mir.

Ich klammerte mich jetzt ziemlich verzweifelt an meine Insel. Ich machte mich an die Arbeit, Tag für Tag, ich war fleißig im Gelben Haus und benahm mich wie die personifizierte Abgeklärtheit. So ein Haus musste instand gehalten werden. Selbst mitten im Krieg war es nicht ungewöhnlich für eine Frau, sich um ein Haus zu kümmern.

Außerdem erfand ich Arbeit. Jahrelang hatte ich die Schulzimmergewohnheit gepflegt, täglich an einem Tisch voller Bücher zu sitzen, und jetzt, mit Paul Treeces Sachen und seinen Manuskripten um mich, fing ich selbst an zu schreiben. Ich begann natürlich mit *Robinson Crusoe*, das ich ins Deutsche zu übersetzen beschlossen hatte.

Es war eine vollkommen sinnlose Übung, aber eine Herausforderung, und ich mochte den Stapel schimmernder Hefte, die ich gekauft hatte und in meiner sauberen Handschrift vollschrieb. Ich schrieb Seitenzahlen mit roter Tinte hinein und unterstrich bestimmte Stellen mit grüner. Im Laufe der Zeit entdeckte ich die Befriedigung durch Fußnoten. Diese schrieb ich ebenfalls in Rot und zog einen schwarzen Trennstrich zwischen Text und Fußnoten. Es gab viele doppelte Unterstreichungen.

Ich übersetzte jeden Morgen vier Stunden lang, das Übersetzen selbst ging flott voran, aber es sollte so schön aussehen, dass das Übertragen auf die Seite viel Zeit kostete, und so war ich bald so geistesabwesend wie ein Mönch mit dem Stundenbuch oder ein Kind mit seinen ersten Wachsmalstiften.

Nach dem Mittagessen arbeitete ich oft an Paul Treeces Manuskript, das ich abschrieb und in eine Reihenfolge brachte. Es waren fast ausschließlich Gedichte – pastoral und unmittelbar. Ein paar Liebesgedichte, erschreckend leidenschaftlich. Erdbeeren und Brustwarzen. Es machte mich nachdenklich. Es gab eine Gedichtserie über ein einfaches, aber selbstbewusstes Mädchen, das in seinem eigenen Kopf lebte und die Männer verrückt machte. Anscheinend war sie sehr begehrenswert, aber soweit ich es verstand, in einer Art Halbschlaf. Er hatte gesagt, dass er eine ganze Reihe Mädchen kannte.

Ein paar Gedichte waren kraftvoll und gewitzt, sie hatten eine hinreißende innere Stärke, die mich an *Robinson Crusoe* erinnerte, und ich begann zu begreifen, dass im Schlamm von Frankreich jemand zu Staub wurde, der einmal große Bedeutung hätte erlangen können.

An den Abenden las ich. In Paul Treeces Bibliothek gab es einige literaturkritische Werke, die mich interessierten, weil es die ersten modernen Bücher waren, die ich in die Hände bekam. Diese Art und Weise, Bücher zu veröffentlichen, kam mir extrem arrogant vor, aber ich glaube, sie könnten dazu geführt haben, dass ich meine eigenen Ideen besser sortiert bekam. Es war eine Art Heilmittel.

Ich machte mir Notizen über alles. Wenn mein Kopf und mein Herz sich rührten, machte ich mir umso fieberhafter Notizen, noch akribischer, und absolut nutzlos, denn der Dämon in meinem Nacken war keineswegs Paul. Sondern natürlich immer noch Theo.

Aber es war kein Brief von ihm gekommen. Keine einzige Nachricht von einem der Zeits. Keine Karte, kein Wort, kein Flüstern, kein Tratsch vor Ort. Sein Gesicht hatte ich in meiner Verletztheit und dem Schock zunächst ausgeblendet, und dann hatte eine andere Art von Leid – das harte Leben auf der Farm – es überdeckt. Aber jetzt kam es immer wieder, es überraschte mich in den erstaunlichsten Momenten – wenn ich ein Buch zuschlug oder wenn ich schnell aufsah, weil der Ahorn im Wind ans Fenster klopfte. Oft hörte ich die Kutsche der Zeits vor der Tür und sah dann auf die leere Straße hinaus.

Seit dieser Winternacht, als ich mit ihm dort gelegen hatte, konnte ich nicht mehr in die Dünen gehen und ging lieber den großen Bogen um sie herum ins Städtchen. Die Soldaten, die das Camp bewachten, und die Kranken im ehemaligen Genesungsheim beobachteten mich. Einmal hörte ich einen Soldaten sagen: »Ist die ein bisschen komisch, die Frau in dem Haus da?«, und bei Boagey's Son and Nephew sagte eine laute Dame zu Mr Box: »Was ist denn mit der kleinen Miss Flint passiert? Sie war immer ein bisschen zurückgeblieben, oder? Ein bisschen langsam?«

Aber ich war noch da. Keine Einsiedlerin. Nicht auf der Suche nach Einsamkeit zum Weinen. Ich konnte nur den Anblick der Dünen nicht ertragen.

Manchmal versuchte ich, mich mit den Leuten zu unterhalten, die ich in der Marsch traf. Die Leute im Genesungsheim waren nicht mehr die Armen aus Warrenby, die unsere Suppe nicht hatte heilen können, sondern die Verwundeten aus Frankreich, die von den nordöstlichen Häfen aus überall verteilt wurden. Sie lagen im Genesungsheim, so sie das konnten, unter graubraunen Decken in langen Reihen. Einige saßen im sandigen, windigen Park und starrten vor sich hin. Andere spazierten durch die Marsch, hölzern und für sich. Sie waren es, die sich von mir abwandten, wenn ich näher kam.

Das Neue Haus stand leer. Weil ich dort nie mit Theo allein gewesen war, konnte ich immer noch im Park umherspazieren. Durch die bodentiefen Fenster im Salon sah man die schlanken, aufgestapelten goldenen Stühle, die vermutlich nach der Weihnachtsfeier zurückgelassen worden waren. Ich sah den Konzertflügel (den kein Zeit je gespielt hatte) unter einer dicken Staubabdeckung, die an den Füßen zusammengebunden war, und die Kronleuchter der »repräsentativen Räume«, wie Mrs Zeit sie nannte, die in großen Beuteln hingen und aussahen wie Bienenschwärme.

Es gab einen lustlosen Hausmeister, den ehemaligen Küster der Kirche, uralt und gerissen, ich hatte ihn nie gemocht. Er hat immer schrecklich genüsslich die Gräber ausgehoben und dann langsam die Wände mit Ligusterblättern und Strandflieder ausgekleidet, die er mit großen, schwarzen Haarnadeln feststeckte. Wenn man vorbeiging, starrte er einem auf die Knöchel. Alice hatte einmal sehr giftig zu ihm gesagt: »Am liebsten würde ich dir das Gesicht eintreten.« »Kalt«, sagte er sogar an schönen Tagen. »Ganz schön kalt wieder, Miss Flint. Ich hab gehört, Mrs Woods geht es schlecht?«

In dieser Zeit sah ich überall Bilder der Sterblichkeit, und der Küster begegnete mir auf Schritt und Tritt. Am Ende traf ich ihn in der Einfahrt zum Neuen Haus, wo der importierte orangefarbene Kies inzwischen von Unkraut durchsetzt war.

Er sah mich an und sagte: »Sie sperren die Dünen ab. Da sind junge Mädchen, schamlos mit den Soldaten. Wie die Schildkröten. Ich hab Katzen schon wegen weniger einen Eimer Wasser über den Kopf geschüttet.«

Danach ging ich nicht mehr zum Neuen Haus, dachte aber immer wieder über Schildkröten nach, und was genau sie taten. Wenn meine eigene Erinnerung an die Dünen mich überkam, war es nicht mehr die reine Freude, wie ich sie empfunden hatte, als er mir das Kleid aufgemacht hatte. Nur Schildkröten.

»Sind Schildkröten komisch?«, fragte ich Alice. »Du weißt schon – unnatürlich?«

»Keine Ahnung, ich kenne die nur aus Boageys Zoohandlung.«

»Du weißt schon – sexuell abartig?«

Sie sah mich schräg an.

Im Frühling 1916, als das Schlachten an der Somme so schlimm wurde, dass von jeder Armee manchmal auch die Toten der anderen geborgen wurden, beschäftigten Alice und ich uns mit der Sexualität der Schildkröten. Wir putzten die Bibliothek und nahmen die Bücher von sämtlichen Regalbrettern, zum ersten Mal seit Menschengedenken – womöglich zum ersten Mal überhaupt –, und hinter einer Reihe Werke von Reverend Thomas Fuller, ganz oben unter der Decke, fanden wir einen Roman von John Cleland. Ich nahm ihn mit ans Fenster und untersuchte ihn. Ich blieb lange dort stehen.

»Kommen Sie nicht zum Tea, Miss Polly?«

»Gleich.«

»Abendessen ist fertig. Was haben Sie denn da bloß gefunden?«

»Lies es«, sagte ich. »Nimm es mit zu Bett.«

Am nächsten Morgen sahen wir einander nicht in die Augen. Alice stand auf der Leiter, wischte die Regale ab und sagte: »Diese *Fanny Hill*! Das Leben ist voller Überraschungen. Das ist mal sicher.«

»Hast du … das alles gewusst, Alice?«

»Joah – einiges davon schon.« Sie war immer noch Dienstmädchen genug, um nicht zurückzufragen, was ich gewusst hatte.

»Ich nicht«, sagte ich. »Ich hatte keine Ahnung. Also, ein paar Dinge wusste ich. Es klingt viel besser, als ich dachte. Meinst du wirklich, Leute machen so was?«

»Ich denke schon. Wobei das ja auch historisch ist. Anscheinend hatten die Leute früher mehr Spaß. Mit den langen Röcken und so. Romantisch. Und wirklich aufregend!«

»Die scheinen jedenfalls nicht im Weg gewesen zu sein.«

Wir kicherten und lachten. »Wo ist das Buch jetzt?«, fragte ich. »Ich will es noch einmal lesen.«

»Ich schäme mich für Sie, Miss Polly.« Alice hatte die Farbe eines Backsteins angenommen. »Das können Sie erst zurückhaben, wenn ich es noch einmal gelesen habe.« Und so saßen wir am Abend miteinander in der Küche, lasen schweigend ein Stück, starrten uns dann an und brachen in Gelächter aus.

»Wie ist das bloß da oben hingekommen? Meinst du, das war der Erzdiakon?«

»Erzdiakon, nee«, sagte Alice. »Haben Sie das nicht gesehen? Gertrude Younghusband, in riesengroßen Buchstaben innendrin. Schamlos!«

»Vielleicht hat sie ihren Namen reingeschrieben, bevor sie es gelesen hatte?«

»Nun ja, sie hat es offensichtlich nicht verbrannt oder weggeworfen.«

»*Alice*! Gertrude Younghusband war meine *Großmutter* – die Frau des Erzdiakons!« Wir gingen zum Schreibtisch meines Großvaters und betrachteten die Matrone im Korsett mit ihrer imposanten Nase.

Nach diesem Abend nahm Alice sich an vielen Abenden frei. Ich war weniger extrem und brachte mir nur selbst das Kochen bei. *Fanny Hill* hatte uns aufgeheitert, und auch wenn es uns eigentlich unruhig hätte machen können, beruhigte es uns eher und gab uns Sicherheit, sodass wir in den nächsten zwei Jahren, fast bis zum Ende des Krieges, in hoffnungsvollen Gewässern schwammen.

Für die nächsten zwei Jahre.

»Ich kann nicht sagen«, wie es bei Robinson heißt, »dass mir in den folgenden zwei Jahren irgendetwas Ungewöhnliches widerfahren wäre. Ich führte ein Leben in den gewohnten Bahnen, mit derselben inneren Haltung und am selben Ort.«

Und dann kam Alice 1918 eines Tages in die Küche gerannt, wo ich gerade etwas schaumig schlug und in zehn Schüsseln hell und elastisch der Brotteig ging.

»Da ist jemand.«

»Wer?«

»Ich weiß es nicht.« Sie wirkte ganz durcheinander. »Könnte Mr Zeit sein.«

»*Könnte*?«

»Ich habe nicht gesagt, dass er es ist. Hier, geben Sie mir die Schüssel.«

Ich ging in den vorderen Teil des Hauses, die Ärmel immer noch hochgekrempelt, die Schürze umgebunden und die Hände voller Mehl. In der Halle war niemand, auch nicht im Esszimmer oder der Bibliothek, und auch nicht oben im Salon. Ich stand wieder in der Halle vor dem Spiegel und rollte meine Ärmel hinunter, wischte mir die Hände an der Schürze sauber und nahm sie ab. Draußen auf dem kleinen Stück Marsch, das noch übriggeblieben war, stand ein armeegrüner Wagen mit Fahrer. Auf der Rückbank saß ein Mann, sehr alt und leer um die Augen, aber es waren doch Theos.

»Kannst du mit mir irgendwo hinfahren?«

Es war kalt. Ich holte mir einen Mantel. Dann setzte ich mich neben ihn ins Auto und sah seine Hände zittern wie die Hände der Männer im Genesungsheim, und dass er sie aneinanderdrückte und sie immer noch zitterten. Wenn er sprach, machte er lange Pausen zwischen den Wörtern, und manchmal blieben die Wörter stecken und er stotterte und schluckte. Ich fragte: »Wie lange warst du in Frankreich?«

»Seit wir uns zuletzt gesehen haben.«

»Hast du lange Urlaub?«

»Er war schon lang. Ich muss bald zurück.«

»Wirklich?«

»Nächste Woche ist eine Sitzung.«

»Fahren wir nicht zum Neuen Haus? Wir sind schon dran vorbei.«

»Nein, das ist voll mit Soldaten. Es wurde beschlagnahmt.«

»Ja. Das habe ich gehört. Wo seid ihr alle? Wo fahren wir hin, Theo?«

»Mutter ist in Newcastle. Sie wurde interniert. Vor fast zwei Jahren. Aber jetzt hat sie Nordengland schon wieder unter Kontrolle.«

»Verstehe. Das hatte ich nicht gehört.«

»Rebecca ist in Frankreich und arbeitet als Krankenpflegerin. Delphi Vipont aus The Hall übrigens auch, und sie ist anscheinend wirklich hoffnungslos. Ich dachte, wir fahren zu The Hall. Bec hat mich gebeten, Delphi ein paar Sachen mitzubringen.«

The Hall war so eine Ruine, dass sogar die Armee es verschmäht hatte. Teile des Dachs waren eingefallen, die Fensterläden hingen schief in den Angeln oder fehlten ganz, die Einfahrt war so zugewuchert, dass Theo dem Fahrer sagte, er solle uns am Tor rauslassen, das ebenfalls komplett überwuchert und nicht mehr zu bewegen war. Wir stiegen an einem der steinernen Pfosten und einem großen, gebrochenen Scharnier hindurch. Wir gingen über den Hof und durch die offene Eingangstür hinein, darüber schwang das Oberlicht auf und zu. Die lange Zimmerflucht stand leer, ein Raum reihte sich an den nächsten, Ratten hatten Löcher in den Boden genagt, in den Kaminen lagen Ruß- und Ascheberge, der Marmor war milchig geworden und mit Vogelkot gesprenkelt. »Es soll bald abgerissen werden«, sagte Theo. »Dann bleibt hier nichts übrig. Es ist zu spät für ihre Andenken.«

Wir gingen herum. Alte Zeitungen klebten im Salon am schwarzweißen Boden aus dem achtzehnten Jahrhundert. Die

Treppe war brüchig. Er versuchte, mir die Treppe hinaufzuhelfen, aber ich musste ihm ebenso behilflich sein, er wirkte sehr unsicher.

Seine Hände waren so kalt. Im Schlafzimmer öffneten wir einen Fensterladen und entdeckten auf dem nackten Boden ein einsames Bett mit vier Pfosten, auf dem immer noch eine dunkle, alte Tagesdecke lag und dessen Himmel mit purpurner Seide behängt war. Jede Falte des Seidenstoffs hatte eine samtige Kante aus Staub. Daneben stand ein Betpult, es wirkte alles erschreckend sakral.

»Das muss Lady Viponts Zimmer gewesen sein. Sie war sehr fromm.«

Theo sagte: »Delphi muss in dem Bett gezeugt worden sein.«

Wieder zitterten seine Hände, und er setzte sich auf die Fensterbank. Vor dem Fenster hingen die Glyzinien so dick und ineinander verschlungen, dass man das Fenster sehr fest aufdrücken musste. Regen tröpfelte geräuschvoll auf die grünen Blätter, aber die Sonne schien dennoch hindurch. Große, glasartige Tropfen hingen an den langen blaugrauen Blüten. »Ich habe jeden Tag an dich gedacht«, sagte Theo. »Aber es war, als würde ich an die Frau eines anderen in einem anderen Land denken.«

»Du hast keine Nachricht geschickt. Seit fast vier Jahren.«

»Nein.«

»Hast du keine Briefe geschrieben? An niemanden?«

»Nur an die Eltern meiner Männer. Wenn sie gefallen sind. Dass sie tapfer und mutig gestorben sind. Ich habe nur Lügen geschrieben.«

»Ich habe nichts gehört. Gar nichts. Von keinem von euch. Ihr seid alle einfach verschwunden. Ihr hättet ebenso gut tot sein können. Ihr habt mich weggeworfen.«

Er sagte: »Ich bin tot. Wir sind alle tot, Polly. Dieses ganze Land ist gestorben.«

Wir legten uns Arm in Arm auf Lady Viponts Bett, bis es dunkel wurde, und sagten fast nichts. In dem großen, kalten Haus wurde mir warm, und ich spürte, wie meine Wärme Theo wärmte, und er hielt mich fest. Wir schliefen nicht miteinander, wir lagen nur da wie ein einziger Mensch, stundenlang. Bis es dunkel wurde.

Bevor wir gingen, sagte er oben an der Treppe: »Ich gucke noch eben nach etwas, nur für den Fall …«, und ging weg, in ein oder zwei Zimmer, und sah sich um. »Da ist ein bisschen alter Krimskrams in einer Schublade. Sie wollte eigentlich etwas aus dem Mausoleum.« Wir gingen am Mausoleum vorbei, das verrammelt und mit Stacheldraht gesichert war. »Weißt du noch, wie es da drin aussieht?«, fragte er. »Alles perlmutt und rosa. Erinnerst du dich an den Tag? Die Gesangbücher? Wie Beccy herumgerannt ist? Und du wie eine rundliche Blume.«

Zu Hause sagte er: »Geh schnell rein. Geh. Diesmal schreibe ich. Versprochen. Sobald ich wieder Briefe schreiben kann, bekommst du den ersten. Wir sehen uns, wenn ich wieder Urlaub habe. Der Krieg kann nicht mehr lange dauern.«

Dann sagte er: »Weißt du – ich liebe dich.« Aber die Worte waren sehr schwer zu verstehen. Wir standen beide da und dachten darüber nach, als hätten wir eine alte, primitive Sprache gehört.

Als der Wagen abgefahren war, stand ich vor dem Gelben Haus, bis Alice herauskam und fragte: »*War* das Mr Zeit? Ich kann kaum glauben, dass er das war.« Ich wusste nicht, was ich antworten sollte.

Er schrieb tatsächlich, und anfangs sogar ziemlich oft. Nach drei Wochen traf der erste Brief ein, und es ging ungefähr ein Jahr lang weiter. Ich beantwortete sie alle und schrieb zwischendurch noch zwei oder drei weitere.

In meinen schrieb ich ihm über die ganze Welt, wie ich sie kannte: über Wales, über die Marsch und die traurigen Jahre, in denen alle beteten oder starben oder verschwanden. Ich erzählte ihm von meinem Wunsch, eine gute Christin zu sein, und meiner gleichzeitigen Überzeugung, dass ich nicht bereit war, mich konfirmieren zu lassen, über meine sündhafte Abneigung gegenüber Mrs Woods und Gottes Antwort auf meine Gebete durch ihren Tod; über meine Angst vor und mein Erstaunen über Alice – dass ich gewusst hatte, dass sie es ebenso wie ich verabscheute, Mrs Woods anzusehen und zu berühren und sie mit der Tasse zu füttern und kleine Bissen Essen in ihren schrecklichen Mund zu schieben. Sie hochzuheben. Sie zu waschen. Aber sie hatte nicht einmal gezögert oder sich beschwert.

Ich erzählte ihm, wie sehr ich Aunt Frances immer noch vermisste, und von ihrem rätselhaften Schweigen mir gegenüber, nachdem sie abgereist war; und dass ich mich so selten wirklich zu Hause gefühlt hatte – nur in den Erinnerungen an das Sofa in Wales, an die Küche der Haushälterin in Thwaite und den Spaziergang mit Paul Treece an diesem einen Morgen. Ich schrieb ihm, wie elend ich mich gefühlt hatte, und wie besorgt, weil ich Paul nicht attraktiv gefunden hatte und ihn nicht hatte anfassen wollen. Ich erzählte ihm von Virginia Woolf und den Dichtern und berühmten Leuten in Thwaite und von der Erinnerung an meinen Vater; wie er den Sea Song gesungen und dazu getanzt hatte; von Mr Pocock und der blitzblankpolierten Tischplatte im Speisezimmer, über die ich hinweggeschaut hatte wie über einen schattigen See mit den brütenden Gestalten drum herum wie in Wordsworths *Präludium*.

Ich erzählte ihm, dass mein Leben jetzt geteilt war in die Zeit, bevor ich mit ihm auf Lady Viponts Bett gelegen hatte, und die Zeit danach; und ich schrieb, wie sehr ich ihn liebte, auf eine so gewaltige und leidenschaftliche Weise, dass ich oft am Briefkasten stand, nachdem ich den Brief eingeworfen hatte, und dachte: »Habe ich das wirklich geschrieben? Kann je eine Frau so viel an einen Mann geschrieben haben?« Ich sah sein Gesicht vor mir, das nie etwas verriet, wie er es las, und dachte: Wenn er stirbt, werden all diese Briefe dann an Mrs Zeit geschickt? Trotzdem schrieb ich ihm weiterhin alles, alles, wie in diesem Buch und wie es sich für Frauen nicht gehörte.

Wenn ich darüber nachdachte, was sich für Frauen alles nicht gehörte, schrieb ich schnell einen weiteren Brief, in dem ich noch mehr sagte. Dass ich ihn begehrte und dass ich mit ihm schlafen musste, wobei ich nicht »schlafen« sagte. Begehren, begehren schrieb ich, und auf welche Weise, Tag und Nacht, drinnen und draußen, wo auch immer er mich hinbestellen würde. Ich profitierte sehr von dem Wissen aus dem Roman, den meine Großmutter so gehütet hatte. Ich schrieb nicht wie die Enkelin eines viktorianischen Erzdiakons, nicht mal wie die Frauen bei D. H. Lawrence, den Alice kürzlich für sich entdeckt hatte (nun ja, die Frauen bei Lawrence sagen überhaupt nicht viel).

Hätten Moll Flanders, Cleopatra oder Emily Brontë Theo Zeit geliebt, sie hätten es ihm nicht mit mehr Leidenschaft und weniger Zurückhaltung schreiben können. Und sie waren, nehme ich an, alle klüger als ich.

Theos trockene, kurze Briefe wurden immer schwerer lesbar – die Schrift wurde immer kleiner, beinahe peinigend akribisch. Dann kamen keine mehr.

Sie hörten nicht nach einem besonders entblößenden Brief von mir auf. Ich dachte: »Er ist gefallen.« Nach zwei Monaten dachte ich: »Wenn er gefallen wäre, hätte ich es erfahren.« Ich las seinen letzten Brief noch einmal gründlich. Kein Schlüssel. Ich las sämtliche Briefe noch einmal und stellte fest, dass sie gar nichts waren. Ich hatte nichts von ihm, und ich bekam eine schreckliche Angst, dass ich verrückt geworden war. Das Bett in The Hall war reine Fantasie gewesen. »*War* das Mr Zeit?«, hatte Alice gefragt. »Ich kann kaum glauben, dass er das war.« Ich hatte es nur geträumt. Ich erinnerte mich nicht mehr an alles, was geschehen war. Ich wusste nicht mehr, wie wir nach Hause gekommen waren. Ich hatte es geträumt.

Ein Loch in der Luft.

Ich las die Briefe wieder und wieder. Alle Briefe endeten mit »in Liebe, Theo«. Ich hielt mich an dieser wunderbaren Tatsache fest: dass er immer »in Liebe« geschrieben hatte.

Und er begann mir leidzutun – dass ich ihm meine Briefe zugemutet hatte. Alles, was ich gesagt hatte, waren Dinge, die er in seiner vorsichtigen Art sicher lieber ungesagt gelassen hätte. Ich hatte mein großes Vertrauen, dass wir ähnlich fühlten und dachten und sahen, darauf gegründet, dass er mir, als ich zwölf Jahre alt war, zugerufen hatte, er würde mir einen Fußabdruck hinterlassen – und als er das letzte Mal ging, dass er mich liebte.

So ein korrekter und anständiger Mann. So ein netter Mann. Das sagten alle. Würde er mich belügen? Ach, natürlich nicht.

So dachte ich auf meiner Insel.

Dann kam diese eine Nacht. Ich hatte stundenlang Robinson übersetzt, die Kapitelüberschriften bunt verziert, sehr sorgfältige Unterstreichungen vorgenommen, das Feuer ausgehen, die Lampe runterbrennen, meine Füße kalt werden lassen. Jegliches Geräusch im Haus und draußen war verstummt. Nur die Uhren tickten.

Ich sagte: »Es ist Zeit. Es ist Zeit, Polly Flint. Es ist Zeit, dass das aufhört. Er ist nichts. Du spinnst. Keine Frau muss so leiden. Das ist schlecht und verrückt. Vergiss ihn.« Das sagte ich mir mit großer Entschiedenheit, und tatsächlich fiel ein Teil der Last von mir ab, wie bei Robinson, als er aus dem Fieber erwacht und den Frieden Gottes empfindet.

Am nächsten Morgen – ich war erst kurz vor der Morgendämmerung zu Bett gegangen – brachte Alice mir die Post hinauf, und es war ein Brief von Rebecca Zeit dabei, in dem sie ankündigte, ins Neue Haus zu kommen, um es zu verkaufen, oder was die Soldaten davon übriggelassen hatten, und ob sie vorbeikommen und mich besuchen könne.

Ihre Handschrift war riesig und schwarz und flackernd, und sie kam ein oder zwei Tage später an, genau wie angekündigt. Ich hörte ihre Stimme bis oben in den Salon, wie sie dem Taxifahrer zurief, er solle in exakt einer Stunde wiederkommen. »In *einer Stunde*!« Die Stimme klang wie eine Glocke. »Und zwar *pünktlich*, Mr Boagey, nicht mehr, nicht weniger. Jawohl.« Die Türglocke klingelte lautstark, und ich hörte sie lachen, als der Wind sämtliche Matten in der Halle anhob und umherwirbelte. Alice brachte sie nach oben, und sie stürmte aufgeregt herein und redete ununterbrochen, auch wenn nicht klar war, ob mit Alice oder mir oder sich selbst.

Sie war zu einer immer noch ziemlich beunruhigenden und sehr fröhlichen Frau geworden, in enganliegenden Kleidern, mit Pelz am Kragen und an den Manschetten, sehr modisch: eine hässliche, lange, vorn übereinandergeschlagene Jacke, kurzer Rock, und das Haar so kurz wie das eines Mannes, aber immer noch lockig unter einem herrlichen Glockenhut. Sie redete und redete und schien nicht in der Lage, stillzuhalten. Leuchtend grüne Augen sahen sich um.

»Du hast dich *überhaupt* nicht verändert! Überhaupt nicht. Oh, Polly, ich kann es kaum glauben! Du warst die ganze Zeit hier. *Nichts* hat sich verändert!«

»Ich konnte nicht weg.«

»Die alte Dame – diese Tantenfrau. Ist sie gestorben?«

»Ja, am Ende.«

»Aber konnte niemand … Gab es da niemanden? Du warst doch nicht mal mit ihr verwandt.«

»Nein. Aber …«

»Ja, natürlich. Ich erinnere mich, ihr wart alle schrecklich religiös im Gelben Haus. Aber du bist doch hier nicht ganz allein, Polly?«

»Nun ja, wir hatten ein paar Offiziere einquartiert.«

»Ihr müsst doch auch vom Krieg etwas mitbekommen haben?«

»Sie haben Hartlepool bombardiert. Gleich zu Beginn. Aber da war ich nicht hier, sondern auf einer Farm.«

Wir tranken Tee.

»Und keine romantischen Abenteuer? Mit den Offizieren?«

»Die habe ich kaum gesehen. Alice hat sich um sie gekümmert. Ich bin nicht so romantisch.«

»Ja, ich erinnere mich. Die pragmatische, bodenständige Pol. *Robinson Crusoe*. Du warst schon immer eher schlicht.« Dann merkte sie, was sie da gesagt hatte, und versuchte, es zu retten. »Ich meine, du warst immer so herrlich geradlinig. Das Salz der Erde. Verlässlich. In Frankreich wärst du großartig gewesen. Aber vielleicht hattest du Glück.«

»Es ist auch ohne mich vorbei. Es ist vorbei, und wir haben gewonnen.«

»Es ist vorbei«, sagte Beccy. »Sonst nichts.«

»Was hast du als nächstes vor, Beccy?«

»Im Moment sitze ich noch in einem privaten Pflegeheim fest. Aber da höre ich jetzt auf und gehe wieder nach Cambridge, das Studium beenden.«

»Verstehe. Ist deine Mutter …«

»Oh, Mamma hat überlebt. Aber es dauert jetzt nicht mehr lange …«

»Ist sie krank?«

»Nein, nein, Mamma ist nie *krank*. Nein, der Krieg. Wir haben eine Entscheidung getroffen. Wir gehen zurück nach Deutschland. Wir alle. Das war Mutters Idee. Aber wir sind alle dafür. Hier wird es nicht einfach – alles in England ist verkauft, wurde falsch gemanagt und vernachlässigt. Mamma war im Lager. Theo in der Armee. Plötzlich fühlt sie sich sehr kontinental – sehr deutsch-jüdisch. Sie will für Nachkriegsdeutschland arbeiten.«

»Könnt ihr das? Nach alldem dort leben? Nach allem, was ihr von den Deutschen gesehen habt?«

»Ja. Wieso meinst du, sie wären so anders? Irgendjemand muss irgendwo anfangen zu zeigen, dass alle Länder gleich sind. Einfach Menschen. Wenn wir Deutschland jetzt ausbluten, gibt es in der nächsten Generation den nächsten Krieg. Wirst du schon sehen.«

»Sagst du das den Leuten?«

»Nein, nein. Das sagen wir lieber nicht laut. Nicht zu diesem Zeitpunkt.«

»Warum sagst du es mir, Beccy?«

»Na, du bist ja nicht irgendjemand. Komisch, ich habe dich immer als Teil der Familie angesehen. Aber wenn man sich überlegt, wie oft wir uns gesehen haben, das war ja fast nichts. An dem Tag am Strand – weißt du noch – hatte ich das Gefühl, dich schon immer zu kennen.«

»Ja, ich weiß. Ging mir genauso.«

»Und ich glaube, Theo warst du noch näher. Du und Theo – ich glaube, du kanntest ihn besser als ich.«

»Kanntest?« Ich stand da und hielt mich an der Rückenlehne eines Sessels fest. »Wie geht es Theo?«

»Och, Theo geht es gut. Er wurde ziemlich früh verletzt. Er hat das Kriegszittern, aber ist nicht ganz gebrochen. Hatte einen schönen, langen Genesungsurlaub. Er war wirklich tapfer – er hätte einfach gleich rausgekonnt, wenn er es versucht hätte. Aber man weiß natürlich bei Theo nie ganz genau, was er will. Er hat überlebt – und er hat es recht vorsichtig angehen lassen. Erinnerst du dich an den komischen Treece? Er hat es nicht lange geschafft. Aber Theo war nicht nur vorsichtig. Er hatte auch Glück. Er ist die Sorte Mensch, die nie Krebs oder Tuberkulose bekommen wird oder überfahren wird oder Unfälle hat. Mamma und ich, wir machen uns nie wirklich Sorgen um ihn. Ist das nicht komisch? Er ist tatsächlich immer noch wie immer, so stillvergnügt. Oje, Liebes, da ist schon mein Taxi! Es war wirklich schrecklich nett, dich zu sehen, Polly. Mamma spricht oft von dir. Ich glaube, sie hat ein bisschen ein schlechtes Gewissen. Sie hatte so große Pläne für dich – sie wollte dich an die Uni bringen, Oxford. Weißt du noch? Sie trifft immer noch gern so große Entscheidungen.«

Sie zog sich energisch die Handschuhe an.

»Das hätte ich gar nicht bezahlen können, Beccy.«

»Ach, da hätte sie sich schon drum gekümmert. Und auch darum, dass du die entsprechenden Qualifikationen hast. Sie hätte dir Nachhilfe erteilen lassen. Sie hat Verbindungen zum

Somerville College in Oxford. Moderne Sprachen sollten es sein, oder?«

»Keine Ahnung. Und ich hätte sowieso nicht gehen können. Wie die Dinge hier standen.«

»Mamma hatte sich um die alte Dame gekümmert. Aber dann war Krieg. Der hat sie überrollt. Uns alle. Sie hatte im Lager eine schlimmere Zeit als ich – Ächtung und so weiter. Zwei Jahre lang. Und es war so *lächerlich.* Sie erträgt es nicht, lächerlich zu sein. Aber ich weiß, dass sie deinetwegen ein schlechtes Gewissen hat – es hätte nicht viel gefehlt.«

»Das ist wirklich nicht nötig. Es hätte sowieso nicht geholfen.«

»Ach ja, Theo heiratet übrigens. Vielleicht wusstest du das auch schon? Delphi Vipont natürlich. Ich konnte nie viel mit ihr anfangen, Mamma auch nicht, und wir sagen ihm seit Jahren, dass sie nichts für ihn ist. Aber er ist ganz vernarrt. Wie immer. Nun ja, das geht schon ihr ganzes Leben so. Dabei hat sie ihm nicht ein *einziges* Mal geschrieben, solange er in Frankreich war! Sie war ziemlich wild. Die Viponts haben im Krieg alles verloren, und jetzt ist er ihr Rettungsanker.«

Wir waren am Taxi angekommen. Sie musterte mich mit diesem scharfen, bewertenden Vogelblick, an den ich mich gut erinnerte. Sie sagte: »Das war wirklich reizend. Also, wir sehen uns wieder, nicht wahr, Polly?«

Es wird allgemein davon ausgegangen, dass jemand, der über Jahre in großer Einsamkeit lebt, verrückt wird. Alexander Selkirk wurde nach nur vier Jahren auf seiner Insel vollkommen irr, wie die meisten der historischen Figuren, die Daniel Defoes Inspiration für *Robinson Crusoe* gewesen sein könnten oder auch nicht. Vielleicht ist es sogar ein Zeichen geistiger Gesundheit, dass man unter solchen Umständen verrückt wird, und vielleicht war Crusoe selbst bereits verrückt, als er auf der Insel ankam, denn die achtundzwanzig Jahre auf der Insel zeigen nur die Entwicklung einer erstaunlichen und unnatürlichen Beständigkeit.

Diese wachsende, ziemlich furchteinflößende geistige Gesundheit entsteht aus seiner liebevollen Selbstanalyse, seiner Fähigkeit, beiseitezutreten, zu beobachten und darüber nachzudenken, wie er als struppige und unansehnliche Gestalt am herrlichen Strand entlangwandert, auf schroffen Klippen hockt oder durch den Wald stapft und sich sagt: »Also, ich weiß nicht. Sieh mich doch mal an. Ich habe Gott und mich selbst als Gesprächspartner. Es ist doch viel besser, Gott und sich selbst zur Hand zu haben als fast jeden anderen, den man kennt. ›Wer sich selbst genug Gesellschaft ist, wird das Gespräch nicht vermissen, und wer nicht gewinnbringend mit sich selbst sprechen kann, eignet sich gar nicht für Gespräche.‹«

Wie unerschütterlich dieser Mann aus Yorkshire war! Nachdem er zwei Jahre lang – *zwei Jahre*! – den Graben ausgehoben hat, mit dessen Hilfe das Meer sich des großen, gestrandeten Bootes annehmen sollte, stellt er fest, dass das Meer das Boot nie erreichen wird. Er steht weise und ruhig daneben und sagt: »Wie wunderbar der Mensch beschaffen ist. Er kann aus seinen Fehlern lernen.«

Manchmal treiben seine Leidenschaften seltsame Blüten. Manchmal drohen sie überhandzunehmen. Aber das geschieht nie – nicht vollständig. Denn sobald sie in Erscheinung treten, werden sie überprüft, auseinandergenommen, überdacht – und aufgelöst.

> Unsere Gefühle unterliegen geheimen Antrieben, die, sobald sie von einem Gegenstand erregt werden, den man vor Augen hat – und sei es, sofern es kein konkreter Gegenstand ist, kraft der Einbildung vor dem inneren Auge –, durch ihre Heftigkeit ein so starkes Verlangen nach dem Gegenstand in uns wecken, dass der Verzicht darauf schier unerträglich ist.

Wenn das geschieht, ballen sich Robinson Crusoes Fäuste, und Robinson Crusoe beobachtet sie dabei, wie sie sich so fest ballen, dass alles in ihnen, sinniert er, zerquetscht werden würde.

Robinson merkt, wie Robinsons Zähne so hart aufeinanderbeißen, dass er sie kaum mehr auseinanderbekommt. »Zweifellos«, sagt Robinson, »war es eine Folge der leidenschaftlichen Wünsche und lebhaften Fantasien, die sich eingestellt hatten.«

»Wie überaus interessant«, sagt Robinson, und tick-tack, nach und nach verhält Robinsons Körper sich, wie Robinson bemerkt, wieder wie immer.

Der monumentale, gottgleiche Crusoe. Wie er monumental und deistisch die Kontrolle über seine Gefühle übernimmt. Und ich, Polly Flint, machte mich, nachdem ich von meinem Verlust erfahren hatte, daran, es ihm gleichzutun. Polly Flint blendet Theos Gesicht und sein Sein und seine Anwesenheit in ihrem Nacken aus und richtet all ihre Hingabe und Freude auf das edle und unfehlbare Gesicht und Wesen Robinsons.

Robinson ist ihr Vorbild und ihr König.

Robinsons Bewältigung der Umstände.

Robinson, Polly Flints Vater und Mutter.

Robinson, der unveränderliche, der treue.

Robinson, den sie als erstes sah, nachdem ihre Eierschale geplatzt war.

Robinson, die Prägung.

Robinson, ihr King-Charles-Kopf.

Wird Polly Flint je Robinsons großartige Anspruchslosigkeit erreichen?

Wird Polly Flint ihre Gefühle je so gut analysieren können, auf dem Weg zu Moral und Wahrhaftigkeit?

Wird Polly Flint jemals an seine wundervollen Bemühungen heranreichen, Dinge ins göttliche Gleichgewicht zu bringen? »Wir beenden unsere Jahre wie einen Seufzer.«

All dies wurde nach Theo Zeits Verschwinden Polly Flints ganzes Begehr.

Sie saß in dem Gelben Haus und hatte überhaupt nichts zu tun. Polly Flint. Zwanzig Jahre alt. Ob noch Zeit war?

Ich wurde sehr seltsam. Wirklich sehr seltsam.

Die Offiziere, die 1917 im Gelben Haus einquartiert worden waren, hatte ich, wie ich es Rebecca erzählt hatte, komplett Alice überlassen, die auch das Geld verwaltete, das wir für ihren Unterhalt bekamen. Erst als sie weg waren, wurde mir klar, dass wir ohne sie wahrscheinlich halbwegs verhungert wären.

»Wir haben keine andere Wahl, als Mieter aufzunehmen«, sagte Alice.

»Würden wir denn welche finden? Hier draußen?«

»Ja. Wenn wir mit der guten Luft werben. Wir könnten fünfzehn Shilling pro Woche bekommen, Vollpension. Pro Person.«

»Vielleicht versuchen wir erst mal eine Person.«

»Wir sollten mehr nehmen. Drei könnte man versuchen.«

»Würdest du das hinbekommen, Alice? Du weißt, dass ich alle Zeit für mein Buch brauche?«

»Ich bekomme das schon hin, wenn wir die Einkünfte teilen.«

»Teilen? Natürlich. Oh, Alice, bezahle ich dir zu wenig?«

»Mehr als zwölf Shilling können Sie sich nicht leisten. Aber wir haben hier die Möglichkeit für ein anständiges Leben, Miss Polly!«

»Mieter. Das ist schon ungewöhnlich.«

»Es ist unsere einzige Möglichkeit. Wir richten erst Miss Frances' Zimmer her, dann das Gästezimmer, dann räume ich bei Mrs Woods aus.«

»Haben wir das noch nicht gemacht?«

»Ich habe mich nie so richtig darum gekümmert.«

»Verstehe. Könnte ich …«

»Nein. Ich mache das schon. Wir verkaufen alles, es ist ja niemand aufgetaucht, der es haben wollte, und sie hatte kein Testament.«

»*Herzlich* wenig«, sagte sie vielleicht eine Woche später. »Lumpen, Lappen, Bibeln. Ihr Kruzifix kann zu den Nonnen, und ihre Kleider habe ich in den Wohltätigkeitsladen am Fisherman's Square gebracht, die waren allerdings nicht besonders erfreut. Und Bibeln wird man anscheinend gar nicht los. Sie zu verbrennen ist Sünde …«

»Ach, verbrenn sie ruhig. Das ist doch Aberglaube.«

»Den Nippes habe ich verkauft – ein oder zwei Bilder und ein Nähkästchen. Ich habe zwei Pfund bekommen und davon Whisky gekauft. Immer gut, ein bisschen Whisky im Haus zu haben. Für Notfälle.«

Sie stellte zwei Flaschen auf meinen Tisch. »Und die hier«, sagte sie, »waren mit einem Band in ihrem Gebetbuch festgebunden.« Und damit stellte sie zwölf dicke Briefe an die Flaschen, ungeöffnet und an mich adressiert. Darin standen Aunt Frances' Abenteuer nach ihrer Hochzeit, die Mrs Woods in ihrer sonderbaren Finsternis zwischen sich und Gott aufbewahrt hatte – lange, liebevolle Briefe, die noch niemand gelesen hatte, und in jedem einzelnen stand, wie sehr sie sich darauf freute, dass ich sie in Indien besuchen würde.

»Ich hatte immer den Verdacht, dass sie runter in die Halle flitzte und dort herumgewirbelt ist, am Anfang, und niemand hat es mitbekommen. Immer gleich zu dem Tischchen. Würde mich nicht wundern, wenn sie deswegen den zweiten Schlaganfall hatte«, sagte Alice. »Und dann keinen aufzumachen und niemandem davon zu erzählen! Das ist wirklich grausam und nachtragend. Richtig böse.«

Vielleicht war es Pech, dass das Glück, das diese Briefe mir bescherten, für immer mit der gleichzeitigen Ankunft des medizinischen Whiskys verknüpft bleiben würde. Oder vielleicht war auch das ein Teil des Musters.

»Ihr Zimmer ist jetzt wirklich hübsch«, sagte Alice. »Und eine Miss Gowe hat es sich angeguckt, oder besser gesagt, ihre Schwester. Miss Gowe kommt heute Abend an.« (Es war einen Monat danach.) »Sie arbeitet bei der Post. Um hier zu *leben*«, fügte sie hinzu. »Verstehen Sie?«

»Darauf sollten wir trinken, zur Feier des Tages«, sagte ich.

»Nächste Woche kommen noch drei«, sagte Alice und schenkte uns ein. »Mein Dad sagt, in einer Flasche sind sieben Drinks. Das sieht nach ganz schön viel aus. Ich würde sagen, neun. Himmel, ist der stark!«

»Er ist großartig. Wer sind die drei?«

»Zwei Handlungsreisende und ein Lehrer an der Schule im Neuen Haus. Unbedeutender kleiner Wicht, ich habe ihn in das Zimmer über Ihnen gesteckt.«

»Aber das ist deins – ehemals Charlottes.«

»Ich bin runtergezogen in das Zimmer von Miss Younghusband.«

»Verstehe. Danke für deinen Einsatz, Alice.«

»Nächstes Jahr sind wir reich. Jedenfalls reich genug, dass wir uns mal um die Fensterläden auf der Seeseite kümmern können. Und noch rechtzeitig für das Dach.«

»Ist das Dach kaputt?«

»Sie sollten mal die Decke in Charlottes Zimmer sehen. Von dem Lehrer nehme ich nur sechs Shilling.«

Von diesem Moment an war Alice die Weiße Königin und flatterte von früh bis ganz spät im Haus herum, die Arme voller Wäsche (Wäsche kostete extra) und Bettzeug und Tabletts mit Essen. Die Mieter waren unkompliziert – oder Alice sorgte dafür, dass sie das waren. Die Handlungsreisenden stellten sich als blässliche Herren heraus, die irgendetwas mit Büroausstattung bei der Stockton and Darlington Railway zu tun hatten, wo sie lange Tage verbrachten. Miss Gowe war ein dickes, grinsendes Wesen in Strickjacken, angeblich zuständig für die Telegramme in Middlesborough, was unwahrscheinlich schien, denn ihre kommunikativen Fähigkeiten waren eindeutig unterentwickelt.

Der Lehrer hieß Selwyn Benson, ein fast transparentes Silberfischchen, aber Alice sagte, dass sämtliche Lehrer an der Schule – die den Zeits abgekauft worden war – entweder Überbleibsel aus den Schützengräben waren oder so fragil, dass man sie dort gar nicht erst hingeschickt hatte. Mr Benson gehörte vermutlich in die erste Gruppe, denn er zitterte und flitzte verängstigt an uns vorbei, die Treppe hinauf und wieder runter, und er erstarrte, wenn wir etwas sagten. Nachts hörte ich ihn manchmal in Charlottes ehemaligem Bett weinen, und Alice sagte, wenn sie ihm morgens das Frühstück brachte, versteckte er sich manchmal hinter der Schranktür, der arme, kleine Kerl.

Nach 1918 gab es überall seltsame Gestalten, viele Jahre lang.

»Man sollte nicht meinen, dass wir den gottverdammten Krieg gewonnen haben«, sagte Alice. »Mein Dad sagt, nach der Belagerung von Mafeking gab es noch echte Helden.«

»*Was* hast du gerade gesagt?«

»Gottverdammt«, sagte Alice. »Tut mir leid, Miss. Das hört man jetzt überall. Ich komme nicht dagegen an, die Marsch ist plötzlich voller Häuser. Als nächstes kommt der Vergnügungspark und so, und ein öffentlicher Rosengarten. Drehleiern und Spiralrutsche. Das werden wir bis hierher hören. Zwischen uns und der Stadt. Soll Arbeitsplätze schaffen. Na ja. Ist vielleicht das einzig Gute, was die Deutschen uns verschafft haben, Arbeitsplätze.«

»Daniel Defoe«, sagte ich, »beziehungsweise Robinson Crusoe, hat immer gut von den Spaniern gesprochen, obwohl der Krieg gegen Spanien gerade erst vorbei war.«

»Das will ich gar nicht hören, Miss. Sie kennen meine Ansichten in der Hinsicht. Wird Zeit, dass Sie diese Romanze vergessen. Da ist jetzt wirklich nichts mehr zu holen, würde ich sagen. Kann ich gehen? Ich muss einkaufen und die Bestellungen erledigen. Und wir brauchen eine neue Flasche.«

In den folgenden Monaten sah ich ihr oft aus dem Arbeitszimmerfenster nach, wenn sie für Haushaltserledigungen in die Stadt ging, in hohen Schuhen, mit falschem Fuchs um den Hals und einem zuckersüßen rosa Kapotthut, und fragte mich, wohin Alice, die müde, kleine Maus, verschwunden war –, aber ich mochte sie beide.

Im Laufe der Zeit fiel mir auf, dass ein junger Mann von

der anderen Seite der Marsch immer wieder aus dem Schatten der Esplanade trat und sie begrüßte. Er lüftete respektvoll den Hut, und nachdem er ihn wieder aufgesetzt hatte, nahm er ihren Arm. Irgendetwas an ihm kam mir vertraut vor, aber es war weit weg, und ich war jetzt unglaublich beschäftigt und hatte überhaupt keine Zeit, über die Liebe nachzudenken.

Denn die komplizierte und schwierige Außenwelt hatte sich inzwischen zurückgezogen und war beinahe verschwunden. »So hatte ich nach zwei Jahren ein dichtes Gehölz, nach fünf oder sechs Jahren einen Wald vor meiner Behausung, von so ausnehmend dichtem und stabilem Wuchs, dass er absolut undurchdringlich war.«

Nur mein monatlicher Brief von Maitland auf Thwaite warf einen Strahl Tageslicht durch meine Bäume, und mit dem gelegentlichen Brief von Mr Thwaite brach ein Scheinwerfer durch. Sein jährlicher Besuch bei uns überstrahlte kurz alles.

Lady Celia lebte nicht mehr. Sie war während des Krieges gestorben und in der Familiengruft in der Kapelle am Ende des alten Parks von Thwaite bestattet worden. Maitland trauerte. Ihre Briefe waren traurig, und noch trauriger deswegen, weil Barker und Mr Thwaite selbst gar nicht so um sie zu trauern schienen, wie sie sollten. »Und von ihren ganzen Künstlern und Hallodris, die ihr jahrelang die Haare vom Kopf gefuttert haben, hören wir nichts, wobei Mrs Woolf und der kleine Mr Gertler immerhin geschrieben haben, und Mr Gertler hat eine entzückende Zeichnung von ihr mitgeschickt, in der ihre besten Seiten zur Geltung kommen. ›Meine Lady hatte ihren Platz‹, schrieb ich ihm zurück, ›in einer schäbigen Welt.‹«

Maitlands Briefe beantwortete ich immer sofort, selbst an schlechten Tagen, und ich fragte mich, ob ich recht daran getan hatte, Lady Celia für furchterregend zu halten – eitel, kalt und durchtrieben. Sie hatte die Hochzeit ihres Bruders mit meiner geliebten Aunt Frances verhindert, die sonst nicht so offensichtlich verrückt an Bord eines Schiffes nach Indien gegangen wäre. Nein, dachte ich, Lady Celia war ganz bestimmt eine Sünderin gewesen.

Vielleicht lag es an meinem genauen Studium von Maitlands Briefen und Lady Celias Charakter, dass ich schließlich doch mit dem Konzept der Sünde zurechtkam, wobei ich natürlich auch in dem großen Roman *Robinson Crusoe* weiterhin gute allgemeine Unterweisungen zu dem Thema fand.

Denn *Robinson Crusoe* ist eine Studie über die Realitäten der Sünde. All sein Unglück entspringt daraus. Es war die Sünde, die die erste Katastrophe in den Straßen von Yarmouth verursachte, bis hin zum letzten Schiffbruch auf der einsamen Insel. Er hat von Kind an gegen seinen Vater gesündigt und gegen die gute, ruhige, durchschnittliche Lebenssituation, in die Gott ihn gesetzt hatte. Er hatte durch seine Sehnsucht nach dem Meer gesündigt, das stets sein Feind war.

Tatsächlich kam all sein Unglück auf die ein oder andere Weise vom Meer, schien mir, und seinem hartnäckigen Verlangen danach. Darüber dachte ich nach und ging am Ende jedes Tages an unserem eigenen Strand spazieren und betrachtete die Bewegungen des Wassers um meine Stiefel, die zwischen dem rostroten Stacheldraht umherstapften.

»Junger Mann«, hatte der Kapitän von Crusoes erstem Schiff gesagt, »Ihr solltet nie wieder zur See fahren, sondern das Geschehene als klaren und unmissverständlichen Beweis dafür nehmen, dass Ihr nicht für die Seefahrt gemacht seid.«

Und weil Crusoe gegen Gottes Urteil handelt und sich auf eine Mission begibt, die seiner Pflicht zuwiderhandelt, wie Bileam, wie Jona, wie Hiob, wie Ishmael in *Moby Dick*, wie der heilige Augustinus, geht er unter. Bis er am Ende bereut.

Aber warum war Robinsons Sehnsucht nach Freiheit, Abenteuer und Reisen eine Sünde? Warum war es falsch, sein langweiliges Heim in Yorkshire nicht zu wollen, den vernünftigen Mittelschichtsalltag in Hull? Und seiner instinktiven Sehnsucht nach dem Meer nachzugeben?

Weil Gott es so gesagt hatte.

Es war wie bei Hiob: Sobald er es akzeptiert hatte, wurde es besser. Sogar wunderbar. Und am Ende von Buch 1 noch mehr. Und am Ende von Buch 2 hat Crusoe einen wahrhaft edlen Charaker.

Oh, ich beneidete ihn. Ich beneidete ihn nicht wegen seines Leids und seiner Buße, sondern um seine Kraft zum Kämpfen und seine analytischen Fähigkeiten, seine Seefahrt und darum, dass er genau wusste, wo er war. Und darum, dass er in Versuchung geführt wurde, was bewies, dass Gott ihn für würdig befunden hatte, geprüft zu werden.

Und hier war ich, vollkommen unbeachtet von Gott, und saß mein Leben im Gelben Haus ab.

Oh, ich war so neidisch.

Ich neidete Robinson seine Sünden, seinen Mut, seine Ruchlosigkeit, alles hinter sich zu lassen, was zu respektieren er eigentlich gelernt hatte; seine Unverwüstlichkeit, sein wundervolles Überleben nach der Katastrophe.

Ich neidete ihm seine Bekehrung, seine Reue, seine wunderbare Selbstgewissheit, die er durch Einsamkeit und Verzweiflung errungen hat.

Ich neidete ihm seine Unbefangenheit, seine Entscheidungsstärke, seine Selbstgenügsamkeit. Er träumte nie von einem anderen Wesen – ich neidete ihm seine sehr vernünftige Geschlechtslosigkeit, die er so einfach erreicht zu haben schien. Aber am meisten neidete ich ihm, dass er von Gott beachtet wurde.

Ich war neidisch.

Tag für Tag saß ich an meinem Schreibtisch, um mich herum nur die Schritte der Mieter auf den Fliesen und ein gelegentliches Türenklappen, wenn Alice vorbeikam; Flasche und Glas vor mir und die Schatten von Menschen, die ich gekannt hatte, irgendwo hinter meinem Rücken, in den Ecken des Raumes, wo ich sie nicht sehen konnte, die mich beobachteten, aber kein besonderes Interesse an mir hatten, und beneidete ihn.

»Miss Gowes Schwester ist hier und möchte mit Ihnen sprechen.«

»Sag ihr, ich habe zu tun.«

»Habe ich schon. Sie sagt, sie bleibt, bis Sie Zeit haben.«

»Was will sie denn?«

»Sie ist auf hundertachtzig wegen ihrer Schwester.«

»Was hat das mit mir zu tun? Alice, kannst du nicht …«

»Nein. Kann ich nicht. Kommen Sie, Miss Polly.«

Die Schwester saß mit Miss Gowe in Mrs Woods' ehemaligem Zimmer. Miss Gowe nickte freundlich, lächelte und deutete nervös auf einen Sessel.

Die Schwester starrte mich an. Sie hatte einen glänzenden Mund, feingeschwungene Augenbrauen, die mit einem Bürstchen nachgezogen waren, und ihre übereinandergeschlagenen Beine steckten in cremefarbenen Seidenstrümpfen. Miss Gowe in ihren schäbigen Wollstrümpfen war zu einem Teil meines Hauses geworden, aber dank der pudrigseidigen Schwester wurde mir deutlich bewusst, dass ich in Aunt Frances' altem Schultertuch und irgendwessen Pantoffeln steckte, dass meine Finger voller Tintenflecken waren und dass ich langsam hager wurde.

»Dieses Haus ist nicht angemessen für meine Schwester«,

sagte die Schwester. »Es liegt isoliert, ist exzentrisch und das Essen indiskutabel.«

»Ja, verstehe. Möchte sie ausziehen?«

»Das wird sie müssen«, sagte die Schwester.

»Ja, gut.«

»Außer«, sagte sie, »es gibt günstigere Konditionen.«

»Ja, gut.«

Alice war hinter mir hereingekommen und stupste mich in den Rücken. »Wie viel?«, fragte sie.

»Meine Schwester bezahlt Ihnen vierzehn Shilling die Woche«, sagte die Schwester. »Nicht wahr, Winnie?«

Miss Gowe kicherte schüchtern und leise.

»Vierzehn Shilling die Woche. Ich schlage zehn Shilling und Sixpence vor.«

»Ja, gut.«

»Zwölf Shilling«, sagte Alice laut.

Sie einigten sich auf zwölf Shilling. Die Schwester fegte die Treppe hinunter und wandte sich an der Tür noch einmal zu uns um. »Das muss ich jetzt noch sagen!« Alice hielt ihr die Tür weit auf. »Meine Schwester ist geradezu stigmatisiert, weil sie in diesem Haus lebt.«

»Stigmatisiert?«

»Stigmatisiert. Ich höre gewisse Dinge. Vielleicht sollten Sie wissen, dass die Gowes aus Scarborough stammen. Ich selbst lebe jetzt in Harrowgate. Im Valley Drive.«

»Ja, verstehe.«

»Alice«, sagte ich, »hol dir ein Glas. Warum sind wir etwas Schlechteres als Valley Drive? Und warum müssen wir Miss Gowe behalten?«

»Wir brauchen die zwölf Shilling, um das Dach instand zu halten. Und was Valley Drive angeht – Miss Polly, sehen Sie sich doch mal an. Gucken Sie mal in den Spiegel.«

Ich sah meinen Whisky an.

»Nein, Miss Polly. In den großen.«

Das tat ich natürlich nicht. Metaphorisch deckte ich jeden Spiegel ab wie Paul Treeces Mutter, als das Telegramm kam, damit die Seele sich nicht selbst begegnete.

Ich kehrte zu meinem Manuskript zurück. Ich war jetzt, nach der deutschen und der französischen Übersetzung von *Robinson Crusoe* ein Jahr zuvor, 1930, mit einer Analyse des Romans als spirituelle Biographie im Kontext anderer spiritueller Biographien des siebzehnten und achtzehnten Jahrhunderts beschäftigt, beschäftigt mit roter Tinte, beschäftigt mit grüner, und Mr Thwaite brachte mir jedes Jahr wunderbare Notizbücher zum Schreiben.

Dass Mr Thwaite das braune Packpapierpaket mit den Notizbüchern auf den Tisch in der Halle legte, war stets der erste Akt seines jährlichen Besuchs am ersten August. Es ist nicht ganz einfach, die Freude zu beschreiben, die Mr Thwaites Besuche brachten, denn von allen Männern auf der Welt war er der stillste, und manch einer mag vielleicht sagen, der farbloseste. Aber er hatte eine ganz leise Autorität – er fragte kein einziges Mal, ob er kommen könne, sondern kam einfach alljährlich um vier Uhr nachmittags an, egal, welcher Wochentag der erste August auch sein mochte, und blieb für drei Wochen. Er klingelte nie, sondern war immer plötzlich einfach bei uns, in seinen Knickerbockern und dem Norfolk-Jackett und sah uns aus seinen hellen, blauen Augen sanft an. Hinter ihm auf der Treppe warteten Box-Boageys Taxifahrer (Mr Box und ein Assistent) geduldig mit zwei Reisekoffern und einem Überseekoffer mit umlaufendem Metallband. Mr Thwaite liebte Kleidung, solange sie sehr alt war. Er zog sich zum Abendessen immer um und hatte einen Hausrock dabei, außerdem einen großen Vorrat an Kleidern für seine Strandspaziergänge und seine Ausflüge zum Makrelenfischen oder Wittlingangeln an der Pier. Er hatte mit viel Bedacht in den letzten Jahren Ausstattungen für den neu angelegten See zum Bootfahren angeschafft, die Kleider für die Spiralrutsche im Freizeitpark allerdings noch nicht getragen. Zu einem Busausflug nach Hinderwell-for-Runswick Bay oder Filey trug er eine Sherlock-Holmes-Mütze oder einen Südwester, je nach Wetter. Wenn Alice sagte: »Sie fahren doch nicht mit dem alten Landauer, Mr Thwaite – der Bus hat ein Dach«, sagte er, er fühle sich in Automobilen niemals bedacht.

Er strahlte so einen Frieden aus. Man hörte ihn nie im Haus umhergehen, aber wenn man eine Tür öffnete, wusste man immer gleich, ob er im Raum war, denn dann hatte er eine angenehme Atmosphäre. Er aß mit kleinen Bissen und großer Freude und betrachtete Aunt Marys hübsche Löffel. Manchmal hielt er sie ins Licht, blickte aus dem Fenster, räusperte sich ein paarmal und kommentierte dann das Wetter und die Windrichtung. Er brauchte keine Konversation und sprach wenig. Und kein einziges Mal kritisierte er irgendetwas – das heruntergekommene Haus, die seltsamen Mieter, das einfache, einfache Essen. Selten machte er uns Komplimente, aber wir wussten, dass seine Besuche bei uns ihm ein wertvoller Teil seines Lebens waren.

»Und wie läuft es mit dem Buch, Polly?«

»Ach, es geht voran. Es ist eine Menge Arbeit.«

»Davon gehe ich aus.«

Er fragte nie nach Einzelheiten, sagte nie, es würde bestimmt bald fertig, stellte seine Bedeutung nie in Frage. Ich nahm an, dass ihm klar war, dass möglicherweise am Ende gar kein Buch daraus werden würde, dass ich mir eine Rüstung angelegt hatte, dass ich mich in meinem Unterschlupf versteckte, mich vor dem Schmerz versteckte. Er machte jedoch nie eine Andeutung.

»Enorme Arbeit, so ein Buch«, sagte er. »Wir hatten eine Menge davon in Thwaite.«

Wenn er bei uns war, ging ich jeden Tag hinaus, bei ihm untergehakt, am Strand entlang, das Meer warf Spitzenschals vor uns aus und zog sie wieder zurück. Der Wind war immer kalt – selbst im August kam er normalerweise von Nordwesten – und ich wickelte mich in irgendetwas, was gerade an den Haken in der Küche hing – schlabberige Stiefel an den Füßen, das Haar zu einem Knoten hochgesteckt, aus dem sich Strähnen lösten, manchmal einen uralten Hut auf dem Kopf.

Aber mit Mr Thwaite fühlte ich mich immer sorglos und hübsch. An schönen Tagen zog ich die Stiefel aus und planschte am Wassersaum, und er sah mir dabei zu. Einmal räusperte er sich und sagte: »Polly, du bist wirklich noch ein Kind.«

»Ich bin über dreißig. Ich benehme mich nur ungebührlich, wie die Nonnen früher.«

»Nonnen«, sagte er. »Ah, ich erinnere mich an die Nonnen. Arme Frances. Sie waren einmal hinter ihr her, glaube ich.«

»Nein, bestimmt nicht. Es war Aunt Mary, und die haben sie dann ja auch bekommen.«

»Nein, nein. Es war ihre eigene Entscheidung, das mit der frommen Pflegetätigkeit.«

»Na, jetzt sind sie jedenfalls weg. Allesamt. Die Nonnen sind in die Slums bei den Eisenhütten gezogen.«

»Mysteriöse Frauen«, sagte er. »Aber alle Frauen sind mysteriös.«

»Ich bin nicht mysteriös.«

»Nein, nein. Du bist nicht mysteriös, Polly. Du bist sehr geradeaus.«

»Ja. Ich verstehe gar nicht, wieso mich alle belämmern.«

»Tun sie das?«

»Alice sagt, ich verplempere mein Leben.«

»Ach, das würde ich nicht sagen. Du musst dein Buch schreiben. Du musst das Gelbe Haus bewahren, den Sitz der Familie. Das ist sicher eine große Belastung. Sehr gerne – du weißt schon – Unterstützung. Jederzeit.«

»Ach, wir kommen schon zurecht. Aber vielen Dank! Wenn das Buch fertig ist, muss ich natürlich überlegen …«

Er sagte nichts. Er atmete tief ein, betrachtete die Schiffe am Horizont, die auf die Flut warteten, und die Schornsteine, die Flammen über den Dünen ausstießen. »Es ist sehr schön hier«, sagte er. »Teil meiner Jugend. Du bist natürlich – das weißt du ja – jederzeit willkommen, in Thwaite zu leben.«

»Danke.« (Das Alter, die Leere, selbst Mr Barker war inzwischen tot.)

»Hast du schon mal ans Reisen gedacht? Eine Kreuzfahrt?«

»Reisen!«

»Nur so eine Idee. Indien, habe ich oft gedacht. Karibik. Da würde ich dich gern begleiten. Wäre auch für Maitland gut. Seit sie verwitwet ist und Celia nicht mehr da ist, langweilt sie sich ein wenig.«

»Kann ich jetzt nicht drüber nachdenken. Ich habe so viel zu tun. Gehen wir nach Hause?«

An diesem Abend blühte das Manuskript der spirituellen Biographie schöner denn je, mit farbiger Tinte und verschiedenen Handschriften. Als Mr Thwaite und ich uns vor dem Schlafengehen noch auf eine heiße Milch trafen, sprachen wir nicht von Kreuzfahrten, sondern saßen, wie gewöhnlich, einfach beisammen und sprachen kaum und hörten der Uhr auf dem Kaminsims zwischen Glasprismen und dem Foto meines lustigen Vaters beim Ticken unter ihrer Glaskuppel zu. »Hast du mal etwas von den Zeits gehört?«, fragte er plötzlich. »Ich vermisse den alten Zeit. Ich vermisse ihn immer noch.«

»Nein, ich habe nichts gehört.«

»Sie sind nach Deutschland gegangen. Sonderbare Idee. Sehr – entschiedene Leute, außer dem Jungen. Der Junge hat geheiratet – lief nicht besonders gut, habe ich gehört. Delphi Vipont. Sie war mal bei uns – vielleicht war es auch ihre Mutter. Ich bin überhaupt nicht mit ihr zurechtgekommen. Schöne Frau natürlich. Das Leben ist schwer für sehr schöne Menschen.«

»Ja. Vielleicht.«

»Ich habe gehört, sie hat ihn verlassen. Mit einem Deutschen durchgebrannt. Jemand aus der deutschen Regierung, oder der Armee. Nicht klar. Zu schade, dass die Zeits in dieses elende Land gegangen sind.«

»Beccy sagte, sie hatten das Gefühl, es sei trotz allem ihr Land.«

»Die armen Zeits. Was für ein Fehler.«

»Warum?«

»Juden. Nicht gut im Moment. Für Juden in Düsseldorf.«

»Ja, verstehe.«

»Ich mochte den Jungen. Ein ruhiger Vertreter, wie sein Vater. Die Schwester hat mehr gefunkelt. Die Mutter war – eine Herausforderung. Es gibt auch Enkelkinder, habe ich gehört. Von Theo und seiner Frau, Delphi. Sie haben Kinder.«

»Oh?«

»Zwei Mädchen. Nach langer Zeit. Delphi war nicht besonders scharf darauf, sie sind bei ihrem Vater. Nun – unwahrscheinlich, dass wir sie je wiedersehen.«

»Ja.«

Das war das längste Gespräch, dass Mr Thwaite je mit mir angestoßen hatte.

Wie langweilig er sich anhört.

»Dann habt ihr euch nie geschrieben, du und die Zeits?«, fragte er, als wir das Licht ausschalteten (Miss Gowe und die anderen Mieter hatten dafür gesorgt, dass wir im Gelben Haus jetzt Strom hatten) und die Treppe hinaufgingen. Ich hielt mich am Geländer fest, griff alle drei oder vier Stufen danach und ging wie eine alte Frau. Fehlten nur noch die Löffel.

»Ich hatte da immer so eine Ahnung«, sagte er erstaunlicherweise und starrte intensiv den grünen Blumentopf im Flur an.

»Wo?« Ich studierte den Topf.

»Zwischen dir und dem Jungen.«

Als ich nichts erwiderte, ging er zu seinem Zimmer, blieb an der Tür noch einmal stehen und sagte: »Er hat ein- oder zweimal über dich gesprochen. ›Hübsches Mädchen. Ein Feger‹, hat er gesagt. Anscheinend hat er dich mal an einem Bach gesehen.« Und während er die Tür leise hinter sich schloss, sagte er: »Man hat immer gehofft, es wäre vielleicht nicht vorbei.«

Am nächsten Tag, in der nächsten Woche, bis zum Ende von Mr Thwaites Aufenthalt bei uns arbeitete ich nicht mehr an dem Buch; ich begleitete ihn auf den Bus-Ausflug nach Filey, adrett gekleidet, und war wieder Aunt Frances' Nichte.

Es war vermutlich die Erleichterung in meinem Herzen durch diesen speziellen Besuch, die die große Wende einläutete. Alice hatte mich schon seit längerer Zeit gefragt, ob ich nicht mal mit dem Silberfischchen-Lehrer sprechen wollte. Ich wusste, dass sie manchmal mit ihm über mich sprach. Er war inzwischen seit vier Jahren bei uns, und einmal, als sie mir die Treppe hinaufhalfen, fiel mir auf, dass sie intimer miteinander agierten, als es normal ist zwischen Nüchternen, die sich um eine Betrunkene kümmern. Mr Benson war bei dieser Gelegenheit recht forsch gewesen, so ganz anders als zu seinen ausweichenden, sich dauernd entschuldigenden Zeiten. Inzwischen saß ich oft auf der untersten Stufe, manchmal mit dem Whiskyglas in der Hand; manchmal, nachdem ich beschlossen hatte, nicht mehr zu trinken, aber auf dem Weg ins Bett kurz innehalten und Bilanz ziehen musste. »Guten Abend«, sagte Mr Benson dann und schlüpfte an mir vorbei. Miss Gowe und die Geschäftsmänner – es waren nicht immer dieselben, und in letzter Zeit waren es noch mehr Lehrer von der Schule im Neuen Haus, die ich nie auseinanderhalten konnte –, Miss Gowe und die anderen sprachen bei diesen Gelegenheiten nie mit mir, sondern gingen taktvoll an mir vorbei.

Aber am Ende waren keine weiteren Mieter mehr da, bis auf Mr Benson. Die Geschäftsmänner und Lehrer waren weg. Nicht einmal Miss Gowe war noch da, sie war in einem Sturm der Entrüstung eines Samstagnachmittags weggeholt und in ein Reihenhaus namens *Boagey's Guest House for Business Women, Seperate Tables* gebracht worden. Dort gab es fließend kaltes und warmes Wasser in den Zimmern, und laut Alice Zierdeckchen und Petersilie. Und zweifellos eine Vermieterin, die dem Valley Drive genehm war.

Miss Gowe wollte uns nicht verlassen. Sie hatte das rauschende Meer vor ihrem Fenster gemocht und die Bridgeabende mit den Geschäftsmännern und Schulmeistern, denen ein Glas Sherry ebenfalls nicht unbekannt gewesen war. Ich glaube, sie missbilligte nicht einmal ihre Vermieterin so ganz, denn ein- oder zweimal sah ich in ihren Augen so ein Glitzern, das gut Neid gewesen sein konnte, als ich auf der Treppe meine nackten Füße betrachtete, mit bereits für die Nacht gelöstem Haar. Manchmal sang ich auch ein bisschen.

Platsch, platsch, Miss Gowes Schritte waren den roten Treppenläufer hinaufgegangen, der jetzt verblichen war und langsam fadenscheinig wurde, und die Messingstangen glänzten nicht mehr, denn Alice konnte nicht alles tun. Einmal hatte ich versucht, ihr zu helfen, indem ich sie polierte, und hatte jede einzelne Stange abmontiert und mich mit Putzzeug und Tüchern auf den Boden in der Halle gesetzt. Aber dann war ich auf die Suche nach etwas zu essen gegangen, und spitze Schreie drangen an mein Ohr. Miss Gowe war auf dem losen Treppenläufer gestürzt und lag in einem verbeulten Haufen auf den Fliesen. Sie nahm dankbar mein Fitzelchen Hilfe an, um sich aufzurappeln, und dann saßen wir da und unterhielten uns eine Weile lang nett über dies und das, bis Alice vom Einkaufen heimkam und uns beiden ins Bett half.

Nachdem Miss Gowe von uns entfernt und in die Ehrbarkeit gebracht worden war – mit einem gebrochenen Arm –, sagte Alice: »Gut. Dann sage ich jetzt mal was.«

»Du sagst doch etwas, Alice.«

»Ich sage etwas. Ich habe es kommen sehen. Sie haben es kommen sehen. Das hört auf, oder ich gehe.«

»Was hört auf?«

»Das Trinken. Sie trinken nicht, wenn Mr Thwaite hier ist. Und für ungefähr eine Woche, wenn Sie einen Brief von ihm oder dieser Maitland bekommen. Also brauchen Sie es nicht. Es ist noch nicht lebensnotwendig. Ich weiß das. Von meinem Vater.«

»Es hilft mir bei der Arbeit.«

»Kokolores. Sie sitzen besoffen vor Ihrer sogenannten Arbeit. Sie sind eine Blamage, Miss Polly. Und eine Schande. Alle reden schon.«

»Wer ist denn alle? Alle sind niemand für mich.« Das kam mir vor wie ein wunderbares Epigramm, brillant und traurig.

»Sehen Sie sich doch mal an. Die Haare ein wirres Nest, das Gesicht aufgedunsen, die Strümpfe in Falten. Beschämend. Ich *schäme* mich für Sie. Ich schäme mich zu sagen, dass ich Sie kenne.«

»Du trinkst doch selbst.«

»Das tue ich nicht. Nicht mehr. Ich habe es getan, und ich tu's nicht mehr, denn ich habe Stolz und Verstand. Und eine richtige Arbeit. Denken Sie jemals an Ihre Tanten?«

»Nein.«

»Oder an Ihre Freunde aus früheren Zeiten?«

»Nein.«

»Dieser reizende Soldat, der tot ist, Gott segne ihn, der eine so hohe Meinung von Ihnen hatte. Der diese bezaubernden Gedichte über Sie geschrieben hat.«

»Die waren nicht über mich. Woher weißt du das?«

»Ich kann lesen.«

»Hilf mir auf.«

»Ich habe sie gelesen. Und ich habe auch dieses Malbuch gelesen, mit dem Sie immer spielen. Und ich schäme mich.«

»Sei still. Nenn mich, wie du willst. Ja gut, ich trinke, und es ist mir egal. Aber mach dich nicht über meine Arbeit lustig, oder ...«

»Was?«

»Du kannst gehen. Ich entlasse dich. Hilf mir aus dem Kleid. Ich gehe ins Bett. Wenn du irgendetwas über meine Arbeit sagst ...«

»Immer im Bett. Wann haben Sie sich zuletzt die Haare gewaschen? Wann haben Sie gebadet? Sie verlassen kaum je das Haus. Nein – es ist an der Zeit. Oh, Miss Polly, Sie waren so ein hübsches Mädchen, und so klug. Wo ist Ihr Wille hin?«

»Der ist nie gewachsen. Ich bin ein Häufchen Elend, Alice. Ich habe keine Bildung.«

»Das ist allerdings wahr. Sie sind ein Häufchen Elend. Aber Sie haben nicht keine Bildung. Und hören Sie auf zu heulen. Mr Benson will mit Ihnen sprechen. Na, na. Tun Sie mir diesen einen Gefallen, Miss Polly, und sprechen Sie mit Mr Benson.«

»Worüber? Ich sehe nicht, was Mr Benson für mich tun könnte. Lass mich erst mal schlafen.«

»Sprechen Sie morgen mit ihm?«

»Morgen, morgen …«

»Ja. Morgen. Ich nagel Sie drauf fest.«

»Du machst wirklich etwas mit, Alice.«

»Ist wohl besser«, sagte sie. »Sonst helfe Ihnen Gott.«

»Das wird er nicht tun.«

»Das überrascht mich nicht.«

Gott hilft nur den Starken, dachte ich am nächsten Morgen und hielt mir den Kopf. Robinson, der so viel stärker war als ich, half mir mit Bildern von Sicherheit und Freude – Robinson, der fünfundzwanzig Jahre lang mit seinem Brandy haushielt, sodass sogar noch welcher für Freitags Vater übrig war, als er sich davon erholte, dass er fast von den Kannibalen gegessen worden war. Robinson, der kontrollierte, der respektierte, der von Gott geliebte.

Als Selwyn Benson an die Bibliothekstür klopfte, wirkte er nicht ganz so erpicht darauf, mich zu sehen, wie Alice es hatte klingen lassen. Er schob das Gesicht nur ein wenig um den grünen Vorhang herum, der dazu diente, die Geräusche des Hauses aus meinem Arbeitszimmer auszublenden. Ich hatte mir an diesem Morgen die Haare gekämmt, meine Kopfschmerzen ließen etwas nach, denn es war ein Brief aus

Thwaite angekommen, und seine Zögerlichkeit gab mir Auftrieb.

»Oh, kommen Sie doch herein, Mr Benson. Ich hoffe, es ist alles in Ordnung?«

»Danke, ja, Miss Flint.«

»Setzen Sie sich doch.«

Er war ein sehr kleiner Mann. Zwischen Grandfather Younghusbands Möbeln wirkte er winzig.

»Möchten Sie …« Der Dekanter war nicht mehr da. »Kaffee?« (Ein bisschen ging es noch.)

Schweigen. Ich spürte eine Art Anwesenheit hinter der Bibliothekstür, Wellen von Alice brandeten an. Er hatte offenkundig nicht viel mehr Lust auf dieses Gespräch als ich, aber sie würde ihn jetzt noch nicht rauslassen. Ich fragte mich, ob Alice uns irgendwie zusammenbringen wollte.

»Wir haben ziemliche Schwierigkeiten in der Schule«, sagte Mr Benson irgendwann.

»Oje. Ich hoffe, sie muss nicht schließen, ich habe gehört, sie macht sich ziemlich gut.«

»Oh, ja. Sehr gut. Viele Jungs. Vor allem Jungs, die bei bekannteren Schulen keine Chance haben, und sie ist nicht so teuer. Sie wird schon überleben.«

»Ach, das ist gut.«

»Wir sind allerdings ziemlich … ähm, unterbesetzt. Sie haben eine akademische Qualifikation?«

»Nein, gar nicht.«

»Mr Thwaite und Alice sagten etwas von modernen Sprachen?«

»Ich bin kein Mann. Es ist eine Jungsschule.«

»Seit dem Krieg sind kaum Männer zu finden. Wir dachten, vielleicht … ein bisschen Französisch?«

»Mein Deutsch ist besser.«

»Alice sagt, Ihre Mutter war Lehrerin. Sie meint, Sie könnten gut mit Kindern umgehen.«

»Ich weiß nicht, wie sie darauf kommt. Ich habe noch nie welche getroffen.«

»Alice weiß es«, sagte er. Wir sahen einander an. Wir wurden warm.

»Und vielleicht eine Stunde Englisch pro Woche? Zum Spaß?«

»Ja, verstehe. Ich würde schon gern – aber ist das erlaubt? Ich dachte, man braucht die entsprechenden Qualifikationen?«

»Nein.« Ich sah ihm an, dass er das für ungeheuerlich hielt. Warum tat er das dann für mich?

»Vielleicht kommen Sie mal in die Schule und sehen es sich an? Probieren es aus? Vielleicht erzählen Sie ein bisschen von Ihrem – ähm, Fachgebiet?«

»Das ist *Robinson Crusoe.*«

»Ja.« (Er wirkte jetzt traurig.) »Natürlich, wenn Sie das Gefühl haben …«

Draußen vor der Tür spürte ich Alices Wunsch, ihm den zarten Hals umzudrehen. Er saß ganz still in dem geschnitzten Eichensessel und wirkte, als würde er sich nie wieder bewegen wollen.

»Ich muss jetzt weiterarbeiten, Mr Benson.«

»Ja, natürlich.« Er bahnte sich einen Weg durch die Unordnung und sah sich um. »Vielleicht kann ich Ihnen ebenso helfen wie Sie mir«, sagte er. »Ich könnte Ihnen zeigen, wie man archiviert und sortiert.«

»Also – gehen Sie hin?«

»Ich glaube, ich habe zu viel zu tun.«

»Sie haben Angst, diesen Tisch zu verlassen und festzustellen, dass es nie einen Grund gab, daran sitzenzubleiben, und dass Sie dann gar nichts mehr haben.«

»Du bist gemein.«

»Ja, bin ich. Und muss ich sein. Es ist wirklich an der Zeit.«

»Ich habe heute noch nichts getrunken.«

»Das ist doch mal ein Anfang. Aber bis zur Schlafenszeit sind Sie doch wieder betrunken. Betrunken vor Angst – und Feigheit und Verfall.«

»Ich kann doch keine Jungs unterrichten, Alice. Sieh mich doch mal an.«

»Das lässt sich ja beheben. Jetzt noch. Wenn Sie mit Mr Thwaite unterwegs sind, sehen Sie wieder aus wie ein junges Mädchen. Kommen Sie, ich kümmere mich mal um Ihr Haar.«

»Ganz bestimmt nicht.«

»Was ist das für eine Schere?«

»Zum Schneiden. Also …«

»Alice, hör auf. Was machst du denn? Du hast ja einen Meter abgeschnitten!«

»Kinn runter. Machen Sie die Augen zu. Na los.«

»Alice!«

»Halten Sie still.«

»Alice.«

Auf den Boden fielen schreckliche dunkle Knäuel, schwer wie Filz. Die Schere knurpselte und knarzte.

»Alice.«

»So – aufpassen, der Kessel. Ich habe einen Beutel Kamillenshampoo. Großer Gott, sehen Sie sich mal das Wasser an!«

»Alice – das ist mir alles schon einmal passiert.«

»Dann beten Sie zu Gott, dass es nicht wieder passiert.«

»Und hier ist ein gutes Baumwollkleid.«

»Wo kommt das denn her?«

»Aus dem neuen Kaufhaus. In der High Street. Vom Bon Marsh.«

»Wer um alles in der Welt ist Bon Marsh? Die Marsch ist ja kaum noch da.«

»Das ist Französisch. Sollten Sie wissen, wenn Sie unterrichten wollen. Es bedeutet billig. Nicht, dass es das gewesen wäre. Nichts ist Bon Marsh, seit wir keine Mieter mehr haben. Hier, ziehen Sie das an. Oje, sind Sie dünn. Aber … holla! Sie sehen gut aus. Jetzt Schuhe – ich habe Ihnen welche mit Fesselriemchen und ein bisschen Absatz gekauft.«

»Klingt furchtbar.«

»Aber im Bus können Sie nicht Ihre Galoschen tragen.«

»Im Bus. Zum Neuen Haus? Das ist nicht mal eine Meile. Ich gehe in den alten Schnürschuhen.«

»Hier sind noch die von Mrs Woods. Ich habe sie als Kuriosität aufbewahrt, ich glaube, sie sind aus Afrika.«

»Die finde ich gut.«

Und so zog ich mit einem graugesträhnten Bubikopf, den Schuhen von Wilden, einem neumodischen Baumwollkleid und vollgestopft mit Mrs Woods' Wissen los, um Lehrerin zu werden.

Als ich die wohlbekannte Meile ging, überkam mich abwechselnd die nackte Angst und dann wieder eine ganz neue Aufgeregtheit, die damit zusammenhing, dass ich einem Raum voller Kinder den großartigen Roman *Robinson Crusoe* näherbringen durfte – denn Mr Benson hatte vorgeschlagen, mit dem Thema anzufangen, mit dem ich mich am besten auskannte.

Die Angst kam daher, dass dieses Buch nicht mehr nur ein

Buch für mich war, sondern so essentiell, dass es schwierig werden konnte, seinen Kern herauszuschälen. Die einsame Arbeit an der spirituellen Biografie und an den späteren Studien dazu, sie nicht als Fiktion, sondern als metaphysische Landschaft zu betrachten, hatte ich in der heiligen Ruhe meines Arbeitszimmers vollbracht – eines Zimmers, das ich so von der Außenwelt abgeschnitten und für alle so unergründlich gemacht hatte wie die Beschaffenheit und Farbe des Gehirns im Schädel.

Sobald eine Arbeit über diesen Roman fertig gewesen war, hatte ich mit der nächsten begonnen und die erste sorgfältig ins Regal gestellt. All die Jahre hatte ich den Wunsch des Autors nach Ruhm Lügen gestraft. Ich war zu tief drin, zu vereinsamt, zu schlicht, vielleicht zu verrückt, um mich mit den Mühen einer Veröffentlichung oder auch nur der Kommunikation abzugeben, ich dachte nicht mal: »Vielleicht, wenn ich tot bin.«

Und jetzt sollte ich mein enormes Wissen weitergeben, und zwar an Kinder, nachdem ich kein einziges kennengelernt hatte, seit ich selbst eins gewesen war, und Stanley mir heiße Kohlen ins Gesicht katapultiert hatte.

Aber ich erinnerte mich an seine großen Augen, sein »das ist toll, wirklich toll«, und das Gefühl, das er in mir ausgelöst hatte, bevor die Kohle flog und das Buch in Flammen aufging, aus dem ich unterrichtet hatte. Eine kleine Flamme hatte sich entzündet. Die sich aufrollenden Seiten des Buchs, die Flammen und Funken und das Flackern waren mir nicht als Zerstörung im Gedächtnis geblieben, sondern als Triumph, als eine Art Vervollständigung. Erst jetzt wurde mir bewusst – und es kam tief aus meinem Unterbewusstsein, aus einem Tiefseeplateau, als ich das Gartentor passierte und auf die geteerte Straße trat, durch das Eisentor, die vertraute Einfahrt hinauf, unkrautfreier, nackter Zement –, erst jetzt wurde mir bewusst, dass ich, als ich Stanley das Französische vorgelesen und übersetzt hatte, eine geerbte Fähigkeit in mir festgestellt hatte. »Deine Mutter war eine wunderbare Lehrerin«, hatten sie alle gesagt. »Was für ein Verlust für den Beruf, als du geboren wurdest.«

Und so beschwor ich diese Kraft, als ich heute zur Schule ging, herauf. Ich würde diesen Jungs, diesen neuen Stanleys, aufgeschlossen, reich, bereits gut erzogen, Dinge erklären, die sie nicht vergessen würden.

Ich würde mit dem Begriff des Romans anfangen: dem englischen Roman, wie er sich vor etwa dreihundert Jahren aus einem Wirrwarr eher simpler Quellen zu der literarischen Form entwickelt hat, die wir heute kennen, und zu seinem Zweck, Trost zu spenden und gleichzeitig zu verstören; wobei seine wahre Genese tief im Menschen selbst lag, in seinem Bedürfnis, Geschichten zu erzählen. Ich würde beschreiben, dass wie bei der Entwicklung von Gallertklumpen und flachen Bändern im Meer zu Fischen, dann zu Vögeln, dann zu Säugetieren und auf verschlungenen Wegen zum Menschen, auch aus dem Grunzen und Schnaufen in den Höhlen Anekdoten, Witze, Geschichten, Geschichten zu Musik, Sagen, Liederzyklen und herrliche Reiseberichte wurden. Und dann kam Defoe aus den stinkenden Straßen Londons, ein ehrlicher Mann (und Krimineller), produktives Genie (und Lohnschreiber), und schrieb dieses große Wunder, dieses herausragende Meisterwerk, das Paradigma *Robinson Crusoe*, den großen Roman, so perfekt und vollendet wie das Kind Athene, das dem Kopf des Göttervaters Zeus entsprang.

Wenn ich das gesagt hätte, würde ich mit einer Analyse des Romans fortfahren, entlang folgender gedanklicher Linien (jemand schlüpfte in der Einfahrt zur Schule im Neuen Haus an mir vorbei – es war der Küster, mit einem Seitenblick, und ich grüßte ihn herzlich):

1. Entwicklung der Erzählkunst im 18. Jahrhundert. Besonderer Einfluss Defoes auf die englische und europäische Literatur. RC und seine Wurzeln – heutiger Journalismus. Die subtile Transzendenz dieser Quellen. Brillante Lesermanipulation. Wir lesen mit der Freude, die der beste dramatische Journalismus bietet, und merken zunächst nicht, dass wir viel mehr lesen.
2. Imitatoren, dann Reaktionen gegen Defoe, vor allem Fielding und Richardson. Abriss Nachahmer, Persiflagen, Kuriosa; Romanbegriff im 18. Jh., weitere Ausbreitung; innerhalb dieser Strömung (Untergruppe) originale, nicht damit zusammenhängende geniale Werke: v. a. Swift (vgl. Swifts Meinung über Defoe!).

3.a Aufstieg der Frauen als Romanautorinnen: Fanny Burney, die Blaustrümpfe, Lady Mary Wortley Mantagu »Briefe aus dem Orient als Fiktion«. Das einzige Buch, das Dr. Johnson nur zum Vergnügen gelesen hatte.

3.b Interessante weitere Entwicklungen: Schauerroman, die schwächlichen ersten Schritte des späteren Spannungsromans. Sprachgewandtheit, Leidenschaft, Brillanz bei den Brontës im Pfarrhaus von Haworth; die fünf Wunder von Chawton, Hampshire, von einer Dame, die von der Häuslichkeit und einer schwierigen Mutter geplagt wurde.

Abschließender Punkt: Jeder ernstzunehmende Roman muss bis zu einem gewissen Grad und *unmerklich* die Form voranbringen. Er muss etwas Neues wagen. Um zu überleben – wie der Gallertklumpen im Meer, der

> Samen, braucht er starke Fasern, eine zunächst absurd erscheinende neue Qualität, er muss das Licht aus einem ungewohnten Winkel einfangen, und zwar unvoreingenommen. Das kann scheitern – aber das ist besser, als auf Nummer sicher zu gehen. Dabei muss er außerdem unterhalten. Keine Polemik. Keine getarnte Predigt.

Den Roman des späteren neunzehnten Jahrhunderts, dachte ich, würde ich vielleicht für die zweite Stunde aufsparen.

An der abblätternden Eingangstür der Schule im Neuen Haus öffnete niemand, also ging ich hinten herum und sah, dass der Tennisplatz kaum besser gepflegt war als zu der Zeit, als die Soldaten ihn 1914 auseinandergenommen hatten. Das Netz hing durch, große Pflanzen wuchsen auf dem Platz, im rostigen Zaun waren Löcher. Das Gewächshaus, das die Zeits nicht mehr fertiggestellt hatten, war von außen immer noch herrlich, aber – ich öffnete die Tür und ging hinein – die Steinplatten waren schmutzig, und es standen kaputte Tische und billige, alte Stühle herum. Es roch nach Früchtebrot.

Ein Junge streifte umher. Er sagte mir, das Büro des Direktors sei oben. Ich sagte: »Läufst du bitte hinauf und sagst ihm, dass ich da bin? Miss Flint«, und er ging. Während ich noch darüber nachdachte, dass ich mit ihm gesprochen hatte, als würde ich die Regeln kennen, und mich fragte, warum mein flatternder Magen sich nicht ebenso verhielt, kam der Junge schon zurück und sagte: »Sie sollen die 1c nehmen. Ich soll Sie hinbringen.«

»Was für ein schrecklicher Lärm«, sagte ich, als wir uns Mrs Zeits ehemaligem Morgenzimmer näherten, wo sie das Depot für die Leute in den Schützengräben eingerichtet hatte.

»Mr Benson ist nicht hier«, sagte der Junge. »Da drin ist es.« Er ging fort, ohne mir die Tür zu öffnen, und ich trat ein.

Es waren etwa zwanzig kleine Jungen da. Ich hatte keine Vorstellung, wie alt sie waren, aber ihr Haar war immer noch wie Seide oder die Federn von Jungvögeln. Sie hatten große Zahnlücken oder kurze Stummel der nachwachsenden Zähne. Stöckchenartige Beine mit herzzerreißenden Kniekehlen. Rutschende Socken. Die meisten balgten sich auf dem Fußboden.

Von denen, die das nicht taten, standen zwei auf der Fensterbank und waren die Royal Air Force, zwei weitere schlugen in einem hypnotisierenden Rhythmus immer wieder ihre Schreibtischklappen zu. Andere hatten sich um das hohe Lehrerpult und den Stuhl versammelt, scharrten und traten einander, um zu sehen, was darin war, und das war offenbar nicht viel. Die Tafel war mit Gesichtern und Wörtern mit B bedeckt.

Der Lärm ebbte nach und nach ab, als ich an der Tür stand, dankenswerterweise erstarb zuerst das Tischeknallen. Wie ein abziehender Sturm. Die Jungen auf dem Boden blieben liegen, rappelten sich hoch, die am Lehrerpult lachten weniger und zogen sich in den Raum zurück. Zwei letzte Fallschirmsprünge von der Fensterbank verliefen ein wenig gleichgültig. Ein weißes Porzellan-Tintenfass flog, ging kaputt und lief aus. Ich setzte mich auf ein leeres Pult in der Nähe der Tür.

In einem kurzen Moment der Stille sagte das verschwommene Foto der jungen Frau, die das dicke Baby in Großvater Younghusbands Arbeitszimmer auf dem Schoß hat, sehr entschlossen: »Also, Polly. Bevor sie wieder anfangen.«

»Bevor ihr wieder anfangt«, sagte ich, »heb das Tintenfass auf. Danke. Du – mit dem zerrissenen Hemd – wisch die schmutzigen Wörter von der Tafel. Ja, und du kannst gleich dableiben. Alle anderen bleiben bitte an ihren Tischen sitzen, solange die nicht schon Brennholz sind. Und schließt die Deckel. Danke. Und jetzt holt mal ganz tief Luft.«

»Na los, ihr alle. Tief einatmen.«

»Geht doch.«

»Also: Ich bin Miss Flint. Ich bin ein STAHLBLECH. Schreib das an die Tafel, und ich will all eure Namen wissen, von euch allen. HÖR AUF DAMIT«, als ein Fuß sich unter einem Tisch hervorstahl, sich um das Bein des davorstehenden Stuhls schlang und daran ruckelte. »Geh ebenfalls an die Tafel und schreib deinen Namen dran. Das S geht andersherum. Schreib zwanzig davon.«

»Also, ich bin eure neue Lehrerin. Passt bloß auf, ich bin eine schreckliche Frau. Ich weiß jede Menge über Kannibalen. Auf einsamen Inseln. Ich esse kleine Jungs zum Mittagessen. Wer weiß, wie man Kannibale schreibt? Falsch. Setz dich. Will es jemand anders versuchen? Oh, *sehr* gut. Ziemlich schwieriges Wort. Wie heißt du? Gegg? Schön.«

»Was gibt es da zu lachen? Was ist komisch daran, Gegg zu heißen? Er kann Kannibale schreiben, ihn werde ich sicher nicht essen.«

(Was für ein Spaß! Was für einen ungeheuren Spaß mir das machte!)

»So, ich erzähle euch jetzt mal etwas, damit ihr aufhört, über Dinge zu lachen, für die niemand etwas kann, wie seinen Namen. Außer es handelt sich um Damen, sie können es manchmal korrigieren, wenn sie heiraten, aber es wird dann nicht immer besser.

Es war einmal ein kleiner Junge in einer Londoner Schule, der hieß Tim Crusoe. Das war ein sehr ungewöhnlicher und sonderbarer Name, und ich nehme an, dass er deswegen ausgelacht wurde. Aber einer der anderen Jungen in der Klasse erinnerte sich daran, als er erwachsen war, und schrieb eine Geschichte über ihn. Wer kann mir denn sagen, wie die Geschichte hieß?«

»Warum seid ihr denn so still? Was? Gegg – Gegg weiß es – *Robinson Crusoe*! Das stimmt! Und worum geht es in der Geschichte? Wer war Robinson?«

»Er hatte ein Holzbein, Miss.«

»Er hatte ein Holzbein, Miss *Flint*. Nein, hatte er nicht. Ja?«

»Bitte, Miss – Flint –, er hatte einen Papagei und einen Haken statt einer Hand.«

»Ein Punkt für den Papagei. Kein Punkt für den Haken. Ihr verwechselt die Seemänner. Als nächstes sagt ihr noch Flint!«

»Er hat einen Fußabdruck gesehen. An einem Freitag.«

»Ein Punkt für den Fußabdruck, aber Freitag war ein Mensch. Warum hieß er Freitag?«

»Bitte, Miss …«

»Bitte, Miss Flint.«

»Bitte, Miss Flint, er war ein Klassenkamerad von Mr Crusoe.«

»Von Mr Defoe. Daniel Defoe hat *Robinson Crusoe* geschrieben, vor mehr als zweihundert Jahren. Und wir lesen es heute immer noch! Warum?«

»Weil Sie es uns sagen.«

»›Weil Sie es uns sagen, Miss Flint.‹ Nein, tue ich nicht. Wenn du es nicht lesen willst, lies es nicht. Dann finde ich etwas anderes für dich, du kleiner Spinner. Hört auf zu lachen. Wenn ihr es nicht lesen wollt, verpasst ihr eine wunderbare Geschichte. Aber erst werde ich sie euch erzählen – sie ist noch zu lang für euch zum Selbstlesen. Was ist denn das für ein furchtbarer Lärm?«

»Die Glocke, Miss Flint.«

»Glocke?«

»Ende der Stunde. Was ist die Hausaufgabe?«

»Hausaufgabe? Oh.«

(Hausaufgabe?) »Oh. Schreibt mir eine Geschichte. Auch wenn sie nur zwei Zeilen lang ist. Ich verspreche euch, ich lese jedes Wort. Steht auf. Sagt guten Morgen. Zieht die Krawatten gerade, ihr Großen. Und schreibt nicht alle über Gegg, sonst bildet er sich noch etwas drauf ein. Auf Wiedersehen!«

»Bitte, Miss Flint, wann kommen Sie wieder?«

»So bald wie möglich.«

»Yippie!«

Und dann – wieder – herrje.

»Bitte«, sagte der mutlose Junge, der immer noch wie Smike in der Halle des Neuen Hauses herumlungerte – es hätte mich nicht überrascht, wenn er einen Besen hinter sich hergezogen hätte –, »Sie sollen nach oben zum Direktor gehen.« – »Gut«, sagte ich und fühlte mich plötzlich stark. »Zeig mir bitte, wo das ist. Komm zurück! Bring mich bitte hinauf. Solltest du nicht eigentlich im Unterricht sein?« (Woher nahm ich eigentlich diese Worte?)

»Mr Benson ist heute nicht da«, sagte er wieder.

»Und wenn er hier ist, ist es anders?«, fragte ich.

»Oh, ja, Miss, ganz anders.«

Und dort, in Mrs Zeits Schlafzimmer, dem Zimmer, in dem ich nach Paul Treeces Tod verhätschelt und bemitleidet worden war, in dem immer noch der Geist von Paul Treece zu spüren war, wo ich damit gerechnet hatte, bald als Tochter in der Familie begrüßt zu werden, dort saß der Besitzer der Schule im Neuen Haus, sommersprossig, teigig, schlaff, bleich.

»Ein Pfund«, sagte er, »pro Trimester, pro Schüler. Eine Klasse, maximal zwanzig Schüler.« Er seufzte. »Fünf Vormittage die Woche, alle Fächer. Fußball-Aufsicht. Gelegentlich Aufsicht beim Mittagessen, Sekretariat für mich. Putzen in meinem Büro und dem oberen Flur. Kleinere Einkäufe. So lange, bis ein passender männlicher Lehrer gefunden ist, dann ist Schluss.«

Hinunter durch das nach Früchtebrot riechende Gewächshaus, über den betonierten Hof, wieder die leere Einfahrt entlang, und kein Junge zu sehen. Stille wie in einem Altersheim mit weggeschaufelten Bewohnern, Stille wie im alten Kloster, aber nichts zu spüren vom Gottvertrauen der Nonnen, von Fröhlichkeit oder Leben.

Und nach Hause.

Mr Benson und Alice erwarteten mich. Alice wurde zu einem wütenden Wirbelsturm, und Mr Benson drehte sich um und schlug so fest auf das Kaminsims, dass die Glasprismen hüpften und die Uhr unter ihrer Glocke ein überraschtes Geräusch von sich gab. »Ich kann das nicht machen. Oh, und ich würde so gern«, sagte ich. »Aber es ist zu viel. Das würde ich nicht schaffen.«

Ich ging an meinen Schreibtisch. In der Schublade war eine Flasche Whisky. Ich schenkte mir zwei Fingerbreit ein. Und dann noch einen Fingerbreit. Etwas später noch einen.

Was für eine Demütigung. Aber sie würden nachsichtig mit mir sein. Ich war erleichtert, wieder hier zu sein, in meinem eigenen Umfeld, hinter meiner selbstgebauten Abschottung. Ach, Robinson Crusoe, »immer wieder schiffbrüchig, aber öfter an Land als auf See«. Ich sackte über dem Whisky zusammen. Sie würden bald mit meinem Tea kommen. Sie würden nett zu mir sein. Die gute Alice, immer so freundlich zu mir.

Aber der Tea kam nicht.

Ebenso wenig wie das Abendessen, das Alice mir normalerweise auf einem Tablett brachte. Ich schenkte mir noch einen Whisky ein und ging in die Küche, aber dort war niemand. Das Haus schien leer zu sein. Wir hatten im Moment keine Mieter, bis die regelmäßigen Sommergäste kommen würden, dank derer wir auch über den Winter unsere Ausgaben bestreiten konnten. Ich rief. Keine Antwort.

Ich ging hinaus in die Dünen, und da sah ich Alice und Mr Benson im intensiven Gespräch. Mr Benson rang die Hände, ließ den Kopf hängen und nickte gelegentlich heftig. Dann bemerkten sie mich. Sie sahen mich an. Sie sahen weg. Sie unterhielten sich weiter.

Nach einer Weile standen sie auf und kamen zu mir, immer noch miteinander redend, und Alice sagte: »Wir gehen rein. Kommen Sie«, und auch wenn Mr Benson zurücktrat, um mich vorzulassen, ging Alice uns beiden voran, ins Haus hinein und schnurstracks in den Salon. Ich folgte ihnen, tastete mich vorsichtig von einem Stuhl zum nächsten, denn die frische Luft tat ihre Wirkung. Mr Benson stand mitten im Raum an Aunt Frances' Klavier und sah nach rechts und links.

»Soll ich Sie verlassen?«, fragte Alice.

»Nein, nein.«

»Das wäre vielleicht besser. Es ist Ihr Haus, nicht meins.«

»Jetzt setzen Sie sich doch um Himmels willen, Mr Benson«, sagte ich und plumpste in Mrs Woods' Sessel. Eine Staubwolke kam heraus. Es hatte seit Jahren niemand mehr darin gesessen.

Mr Benson setzte sich langsam und blickte ernst in den Kamin, und ich begann mich zu fürchten.

Die Zeit verging, und ich fürchtete mich jetzt ernsthaft, denn auch Alice setzte sich. Sie saß mit mir im Salon. Alice, das Hausmädchen.

»Miss Polly«, sagte sie, »Mr Benson möchte Ihnen etwas sagen. Er hat die Schule im Neuen Haus gekauft und wird der nächste Direktor.«

»Mr Benson! Ich habe den Direktor doch heute Nachmittag getroffen. Er hat nichts davon gesagt – na ja, Sie wissen ja, was er gesagt hat.«

»Trauriger Kerl. Ich glaube nicht, dass ihm klar ist, was Sache ist. Ich hatte gehofft …«

»Aber dann sind Sie ja reich, Mr Benson! Sie müssen schon die ganze Zeit reich gewesen sein.« Ich war vollkommen nüchtern.

»Nein. Die Schule ist ziemlich heruntergekommen. Ich habe einen Kredit aufgenommen. Ich bin ganz glücklich …«

»Aber … ach, gut. Gut gemacht. Herzlichen Glück…«

»Ich möchte Sie etwas fragen.«

»Na also«, sagte Alice. »Dann kann ich ja gehen, und Sie machen das hier unter sich aus. Wie es sich gehört.«

Ich sah Mr Benson an, der lächelte und seine entschlossenen, quadratischen Zähne zeigte, die mir nie aufgefallen waren, und für einen Augenblick strahlte er richtig. Er wirkte glücklich. Ein irrer Gedanke durchzuckte mich. Er wollte mir einen Antrag machen.

»Ich wollte Sie bitten«, sagte er, »mir Alice zu überlassen.«

»Oh, ich kann Alice auf keinen Fall entbehren.«

»Ich habe sie gebeten, meine Frau zu werden. Schon vor langer Zeit. Ich habe sie immer wieder gefragt. Sie hat immer nein gesagt, bis heute Nachmittag.«

»Oh. Ja, verstehe. Wie schön für Alice.«

»Und wie schön für mich. Miss Flint, ich glaube, Sie wussten es schon. Sie haben es geahnt. Sie freuen sich. Ich habe immer gesagt, dass Sie sich freuen würden.«

Alice. Die Frau eines Schulleiters.

»Oh, natürlich.«

»Wir werden nicht weit weg sein.«

»Weit weg? Alice wird doch nicht weggehen? Sie verlassen Oversands doch nicht?«

»Wir werden natürlich in der Schule wohnen. Natürlich«, und er zeigte mir wieder die quadratischen Zähne.

»Verstehe.«

»Ich beziehe meinen neuen Posten im nächsten Semester. In den Sommerferien werden die Neuerungen vorbereitet. Ich werde Einstellungsgespräche führen und Bauunternehmer anheuern müssen. Den neuen Stundenplan aufzustellen dauert normalerweise eine Woche, das mache ich schon seit ein paar Jahren. Es werden neue Schüler kommen und neue Eltern, mit denen ich sprechen muss. Sie sehen, es ist viel zu tun, und dann natürlich die Hochzeit und die Flitterwochen.«

»Ach, Flitterwochen.«

»Wir heiraten in Alices Zuhause in Skinningrove.«

»Alices Zuhause? Aber Alices Zuhause ist …«

»Ja. Ihre Mutter wird darauf bestehen, den Empfang auszurichten.«

»Das wusste ich gar nicht. Alice fährt natürlich Weihnachten nach Hause, aber …«

»Ihr Vater ist Bergarbeiter, aber das wissen Sie natürlich.«

»Oh, ja. Ehrlich?«

»Sie sind natürlich unser Ehrengast.«

»Wann …?« Ich sah, wie meine Finger anfingen, den Rock meines Kleides zu kneten, angeblich das erste Anzeichen dafür, dass eine Frau alt wird. »Wann werden Sie? Wann müssen Sie?«

»In einem Monat«, sagte Mr Benson. »Da haben Sie genug Zeit, einen Ersatz für Alice zu finden. Also, wollen wir Alice reinholen? Ich hole uns Gläser und Zitronen-Gerstenwasser, und dann stoßen wir auf die Zukunft an.«

»Oh, Alice!«

»Oh, Miss Polly!«

»Sag ruhig Polly.«

»Niemals. Wen werden Sie denn als Ersatz für mich finden?«

»Niemand kann dich ersetzen.«

»Ach, Miss Polly, was machen Sie denn jetzt? Ich wusste doch auch nicht. Ich musste es tun. Nach dem Tag heute gab es nur friss oder stirb. Es ist Ihre einzige Chance.«

Am liebsten hätte ich gesagt: »Aber hältst du diesen Mann aus, Alice? Seine Stundenpläne und sein Gerede?«

»Und oh, Miss Polly, was der Whisky kostet!«

»Hem, heremmm«, machte Mr Benson. »Sie können natürlich im nächsten Schuljahr mit dem Unterricht beginnen, Miss … Polly. Ich versichere Ihnen, dass Sie nicht den Flur putzen werden.«

»Das war es nicht«, sagte ich. »Es war … mindestens ebenso sehr das Einkaufen. Und die Unsicherheit – er hat gesagt, wenn ein männlicher Lehrer gefunden wird, muss ich gehen.«

»Der hat Nerven!«, rief Alice.

»Das wird nicht so sein. Bitte nehmen Sie doch noch Kartoffeln, Miss – ähm – Polly – Flint.« (Wir saßen inzwischen bei drei Kotletts um den Küchentisch.) »Ein Vormittag die Woche für den Anfang, ganz normale Bezahlung, mit Erhöhung im Laufe der Zeit. Französisch und Deutsch, aber auch ein bisschen Allgemeinbildung, die wir Englisch nennen.«

»Das können Sie, Miss Polly.«

»Warum glauben Sie das eigentlich?« Ich war so müde. »Es war großartig heute Nachmittag, aber …«

»Na also!«

»Aber das war wahrscheinlich reine Angeberei. Schauspielerei. Ich habe das ja überhaupt nicht gelernt, und ich war selbst nie in der Schule.«

»Manche können es, manche nicht – stimmt doch, Selwyn? Miss Polly …«

»Alice hat«, sagte Mr Benson, »eigentlich immer recht. Auch wenn wir uns wegen heute Nachmittag beide vertan haben. Das haben wir falsch eingeschätzt. Sie hätten nicht allein zur Schule gehen sollen.«

Später, als Alice und ich zusammen abwuschen – und ich den letzten guten Teller fallen ließ –, sagte sie: »Wissen Sie, Miss Polly, Selwyn hat Angst. Er ist ziemlich durcheinander. Auf den Schwulst muss man gar nicht hören, das ist nur Pfeifen im Dunkeln. Er hat immer noch Angst, obwohl ich schon viel für ihn getan habe. Frankreich und so, das kann immer noch wieder hochkommen. Ich habe auch Angst, aber das bleibt bitte unter uns. Weil ich nur aus Skinningrove komme und keine Bildung, keine Eleganz habe. Die Frau des Schulleiters – Alice! Miss Polly, wir brauchen Sie wirklich.«

»Das hat er nicht gesagt.«

»Er ist stolz. Aber es ist ihm klar. Die Schule braucht Sie für den guten Ton. Es werden anfangs ganz einfache Leute ihre Söhne dorthin schicken, nur um sagen zu können, sie waren auf einer Privatschule.«

»Die werde ich kaum beeindrucken können. Ich glaube nicht, dass ich da für den guten Ton sorgen kann. Die Leute halten mich im Allgemeinen für komisch.«

»Aber Sie haben ein gewisses Etwas, Miss Polly. Sie haben was. Weil Sie von ungewöhnlichen Menschen aufgezogen wurden. Denen es egal war, was man über sie dachte. Und Sie haben Köpfchen. Dieses großartige Buch, das Sie schreiben. Ich erzähle allen davon.«

»Zuletzt hast du es Malbuch genannt.«

»Erst nach Jahren. Ich hatte solche Angst um Sie. Wie Sie langsam verschwunden sind. Ganz kaputt und von der Welt abgeschnitten, ganz weit weg. Aber das wird sich jetzt ändern. Das weiß ich. Ich weiß es, ich weiß es wirklich. Das ist genau das Richtige für uns alle.«

Also heirateten sie. Ich schenkte ihnen Aunt Marys Löffel und mein chinesisches Nähkästchen. In Alices Obhut florierte die Schule und füllte sich, und Mr Benson schritt in Universitätsrobe und Barett umher, mit finsterem Blick und freundlichem Herzen, und die Menschen begannen die beiden zu lieben. Schüler bevölkerten das Gelände und schlugen Bälle über die Tennisplätze mit dem ordentlich gemähten Rasen. Dann erlaubte man ihnen, in die Stadt zu gehen, in hübschen schwarzen Jacketts und schwarzweißen Kappen. Ihre Väter spendierten für Sportfeste riesige Pokale aus schwerem Silber, und Mr Benson trug zu diesen Gelegenheiten sein gestreiftes Jackett und einen Panamahut, so groß und seidig hell, dass er auch Mr Woods in Afrika gut hätte kleiden können.

Mr Thwaite kam oft zu den Sportfesten, und auch Maitland kam, in brauner Tussahseide, mit einem bildschönen Hut und einem Pompadour. Mr Thwaite wirkte inzwischen recht fragil, seine Beine waren in eine Decke gewickelt, gegen den sandigen Wind, der die Namen von Ereignissen und Sportlern, die in Megaphone gerufen wurden, in den Himmel fegte. Einmal verlieh Mr Thwaite die Preise und hielt eine Rede, in der es nur um das Wetter ging, aber der Wind fegte auch diese Rede davon, sodass niemand sie hörte, aber am Ende klatschten alle begeistert und sagten zueinander, wie glücklich die Schule sich schätzen könne, ihn zu haben, denn er war eine Art Lord.

Und ich, Polly Flint, war immer da – beim Sportfest und beim Debattierwettbewerb und an jedem anderen Tag, an Wochentagen und Wochenenden, früh und spät, und das Gelbe Haus wurde »Das Gelbe Haus« – eine Pension für Schüler. Ich zog in die beiden vorderen Zimmer. Der Esszimmertisch wurde mit rotem Filz bezogen und bekam eine weiße Decke, und zehn Jungen saßen drum herum und aßen mit großer Lautstärke und großem Appetit. Oben in Mrs Woods' Zimmer schliefen sechs Schüler mit Spinden und Fotos von zu Hause neben sich, und mit so vielen Büchern und Spielsachen, wie sie wollten. Wenn ich am Ende des Tages von der Schule nach Hause ging, begleiteten die kleinsten Jungen mich immer bis zum Tor, plapperten auf mich ein und tänzelten umher. Und wenn ich mich an der Tür noch einmal umdrehte, waren sie immer noch da. So vergingen einige wunderbare Jahre.

Alices Hochzeit hatte mich gerettet, sie hatte mir meinen Weg gezeigt. »Denn meine Befreiung lag greifbar vor mir, alles war bereitet, und ein großes Schiff wartete nur darauf, mich hinzubringen, wohin ich wollte.«

Wie glücklich ich im Gelben Haus geworden war! Und dann kam an einem Samstagnachmittag der wundersamste Tag meines Lebens. Über Jahre unseres Lebens vergehen die Tage eintönig, ohne Eigenheiten oder Bedeutung, ohne besonderes Glück oder Unglück. Und dann sieht man – als würde man einen Gobelin umdrehen, den man bisher nur von der Rückseite kannte –, plötzlich ein Bild.

Es war im Frühjahr 1939. Ich ging von der Schule nach Hause, wo ich vormittags unterrichtet und dann Selwyn Bensons Post sortiert hatte, denn er war mit einem Kricketspiel beschäftigt, und Alice beaufsichtigte den Tea für die Besucher – sämtliche Hausmädchen hatten Angst vor ihr. Es war schwül und ziemlich warm geworden. Ich ging langsam. Ich dachte an meine eigenartige Verschrobenheit vor langer Zeit zurück, meine Besessenheit von meinem Leitbild, *Robinson Crusoe*, das inzwischen ziemlich verflogen war, abgehauen wie am Ende einer Liebesaffäre, wie ein Vogel, der von der Schulter wegfliegt. Das Fieber vorbei.

So viele Jahre.

Ich beschloss, auf dem Heimweg bei der Kirche vorbeizugehen und nach den Gräbern von Aunt Mary und Mrs Woods zu sehen, denn ich hatte kürzlich begonnen – wie eine alte Kirchendame –, samstagnachmittags in die Kirche zu gehen. Ich kam am Grab des Küsters vorbei und dachte, es müsste eigentlich ein düsteres, aber komisches Gedicht über das Grab eines Küsters geben. Ich betrachtete die einsamen, bedeutungslosen Krankenbetten der anderen Gräber, zupfte Unkraut, dankte Gott, dass ich aus dem Fegefeuer meiner Beschäftigung mit dem alten Defoe mit einem Sinn für Gott und die Auferstehung herausgekommen war. Dann ging ich in die Kirche und setzte mich in eine der hinteren Reihen.

Frauen bereiteten den Sonntag vor. Seltsame alte Vögel. Sie klangen auch wie Vögel, wenn sie sich von einer Seite der Kirche zur anderen etwas zuriefen. Eine flatterte um den Altar herum, eine andere polierte die infernalischen Fenster noch leuchtender, eine zog die Schrauben an der Verbleiung fest, ein paar zwitscherten um die Messingtafeln herum. Zwei straußenartige Damen bewegten schwere Bohlen über die roten Fliesen. Ihre Unterhaltung war kaum in Worten auszumachen, sie sprachen in Melodien wie Vögel am Abend in einem stillen Wald.

Im vergangenen Jahr hatte ich diese Musik lieben gelernt. Die Kirche lieben gelernt, und an dieser Art von Gesang teilzunehmen. »Oje, oje«, sagte die Dame am Altar, »heute ist oje für alle!« – »Alles voller Sand, alles voller Sand!«, rief eine andere und fegte eine Menge davon in ein Gitter. »Sand, Sand«, und Christus sah aus der Dornenkrone Jerusalems auf sie herab.

»Da ist ja Miss Flint und kann uns helfen. Was für ein schöner Tag, Miss Flint.«

»Es ist heiß«, sagte ich. »Es ist heiß.«

»So, das Fenster ist wieder fest«, sagte die Dame mit dem Schraubenzieher. »Das war seit den Bomben von neunzehnhundertvierzehn lose. Ach, diese Kirche ist wirklich heruntergekommen! Die hätten Sie mal früher sehen müssen, Miss Flint.«

»Ich kenne sie schon immer«, sagte ich, »seit ich sechs war. Aber ich bin nicht mehr hergekommen. Ich war eine Rebellin.«

»Aber ich erinnere mich an Ihre Aunt Mary. Eine Heilige. Wir haben immer gesagt, sie hätte Nonne werden sollen. Und Miss Frances. Miss Frances haben wir alle geliebt. Das war ja keine große Ehe …« Und die Vögel zwitscherten wie verrückt und wurden vor Aufregung lauter, als der Pfarrer kam.

Es war ein neuer Pfarrer, angeblich einer aus der Gegend, und er sah hungrig aus, sprach in dem Akzent von Grangetown und trug durchgescheuerte Manschetten zum Anzug. Er legte einigen der Frauen den Arm um die Schulter und grüßte laut. Ich dachte an Mrs Woods, die gesagt hatte, man solle in der Kirche nicht reden. Die Damen zerschmolzen und wandten sich ihm zu wie Hühner zur Fütterungszeit. Ich sah Mrs Woods' verdunkeltes, wütendes Gesicht vor mir – und stellte fest, dass ich auch das liebte.

»Hallo, Miss Flint«, sagte der Priester. »Sind Sie vor dem Sturm geflohen?«

»Ich wollte nur mal vorbeikommen.«

»Draußen wird es gleich dramatisch. Sehen Sie lieber zu, dass Sie nach Hause kommen. Soll ich Sie über die Marsch bringen?«

»Über die Marsch? Da ist ja kaum noch Marsch. Und es sind nur ein paar Schritte, das geht schon. Danke.«

»In ihr wundervolles Haus«, sagte er. »Haben Sie eigentlich schon darüber nachgedacht?«

»Über das Gelbe Haus?«

»Wenn es Krieg gibt, werden Sie rausmüssen. Sie sind fast im Meer.«

»Das haben sie letztes Mal auch gesagt, und dann ist nichts passiert. Wir sind geblieben, wo wir waren.«

»Diesmal wird es anders.«

»Wird es Krieg geben, Father?«, fragte eine alte Dame.

»Ja«, sagte er, »es wird Krieg geben. Schon sehr bald.«

Wir standen zusammen auf der Veranda, der Priester und ich. Ich sagte: »Sehen Sie mal, ganz oben auf dem Schulturm. Sehen Sie das Teleskop? Als ich ein Kind war – so ungefähr zwölf –, habe ich das Teleskop auf dem Weg zur Kirche zum ersten Mal gesehen und es für einen Engel gehalten.«

»Hat man es Ihnen erklärt?«

»Ich habe es niemandem erzählt. Beziehungsweise nur der armen Charlotte. Dem Hausmädchen. Aber sehen Sie mal – es ist wieder da. Selwyn Benson hat es im Keller gefunden.«

»Es wird wieder in den Keller kommen, wenn der Krieg losgeht.«

Wir gingen zusammen über die Marsch. Er sagte: »Polly Flint. Wissen Sie noch, dass ich Sie einmal küssen wollte?«

»Bitte?«

»Ich war der Milchjunge. Der Gehilfe des Milchmanns. Ich wüsste gern mehr über Sie«, sagte er.

»Da gibt es nicht viel zu wissen.« Ich errötete lächerlicherweise und stolperte über meine eigenen Füße. (Mit über vierzig!)

»Sie leben allein, oder? Bis auf die Schüler. Keine Familie? Sie kommen nie zum Gottesdienst.«

»Ich glaube, das mache ich bald. Kommen Sie mich doch mal im Gelben Haus besuchen!«

»Sie sind ja immer woanders. Immer bei der Arbeit, habe ich gehört, in der Schule.«

»Na, es wurde Zeit zu arbeiten. Ich muss jetzt los. Ich muss noch Hefte korrigieren.« Ich streckte die Hand aus und legte sie ihm auf den Arm. Triumphierend.

»Es ist wirklich ganz schön heiß«, sagte er, und wieder errötete ich, als er mich ansah.

»Auf Wiedersehen, schöne Miss Flint.«

Und so ging ich nach Hause, nachdem ich schön genannt worden war, und musste mir die Tür aufschließen, denn an diesem Abend war es, und das war ungewöhnlich, ganz leer. Die Bewohner waren noch beim Spiel, und die Haushälterin hatte an diesem Samstag frei.

Ich mochte es, wenn das Haus leer war. Jetzt, wo das so selten vorkam. Ich ging durch Licht und Schatten der Eingangshalle mit den langen Reihen von Haken an der Wand und Kinderkleidern und Spinden und durcheinanderfliegenden Schuhen und dem Geruch nach Jungs, und in die Küche, um Teewasser aufzusetzen. Ich dachte an die vestalischen Jungfrauen, das Gesicht des sterbenden Jesus, das herrliche Glück in der Welt, das ich jetzt so klar sah, kurz vor dem neuen Krieg.

Ich dachte an den abgeschabten jungen Pfarrer und errötete schon wieder, diesmal ging es von meiner Taille aus und strömte durch meinen ganzen Körper, ich hielt inne und stand still und dachte: »Den Verdacht hatte ich ja schon. Wieder das Blut. Eine Unruhe im Blut.«

Nun gut, dann ist es vorbei. Keine Kinder. Tausend Jahre nach dem Sonntag mit dem Lammfell. Aber nur ein Moment. Das Erröten kam noch einmal.

Ich sah dem Wasser beim Kochen zu und dachte: »Es ist vorbei.«

Ich schnitt mir drei Scheiben Brot ab und aß sie mit etwas Butter. Ich dachte an die Whiskytage zurück, als Essen mir egal gewesen war. Ich ging zur Spüle, um mir die Butter von den Händen zu waschen, und sah aus dem Fenster, und draußen auf dem Hof stand Stanley und beobachtete mich.

Er war ganz klar umrissen und gut zu sehen.

Er trug die Kleider, die er getragen hatte, als ich ihn zuletzt sah, in der Woche, in der er starb.

Seine Hose war altmodisch und lang, sie ging über die Knie, und seine Krawatte – die ich schon ganz vergessen hatte – war ein Band mit gelben und grünen Streifen. Die Bleistifte waren da, das Lineal in der Socke. Seine Augen waren blau und wach und sehr klar. Er beobachtete mich schon seit einer Weile.

Dann war der Geist verschwunden.

Er verblasste nicht langsam. Als ich aufsah, war er da – eindeutig. Ein klar umrissener Junge. Dann war er weg, der Hof war leer.

Aber er hatte mir eine Art Auftrag gegeben. Eine Richtung, die unmöglich zu beschreiben gewesen wäre, und die vielleicht verlorengegangen wäre, wenn ich darüber nachgedacht hätte. Ich trocknete mir die Hände ab und legte das Handtuch neben die Spüle. Ohne ein Wort oder ein Luftholen oder einen weiteren Blick aus dem Fenster ging ich aus der Küche und zur Haustür.

Auf der Matte lagen zwei Briefe, die mit der Nachmittagspost gekommen waren, und ich hob sie auf. Auf einem war oben links ein rotes Kreuz, es schien eine Bitte um Spenden für jüdische Kinder zu sein, die aus Deutschland herausgeholt werden sollten. Massenversand. Das würde ich mir später ansehen. Aber seltsam, dass er an mich persönlich adressiert war. Miss Flint.

Dann wandte ich mich dem anderen Brief zu, brauchte aber meine Brille. Sie war im Arbeitszimmer, und dort setzte ich mich ins Fenster zwischen all den toten Akten und den staubigen Büchern, die ich nur noch selten in die Hand nahm.

Der zweite Brief kam aus Deutschland. Düsseldorf. Und er war von Theo Zeit.

Aber ich konnte ihn nicht lesen. Seine Handschrift, die schon immer so klein und seltsam gewesen war, war nicht entzifferbar. Ich konnte es zunächst nicht glauben – stand mit dem Brief auf, zog das Papier glatt, starrte darauf, hielt ihn mir dicht vor das Gesicht, schritt den Raum auf und ab und hielt ihn in jedes erdenkliche Licht.

Er war auf Deutsch geschrieben. Hier und da konnte ich eine Formulierung erkennen. »Fast fertig«, »verloren, keine Chance«, »plötzlicher Aufbruch«, »lange geplant«, »unaussprechlich«. Gegen Ende las ich, klar und deutlich: »Ich werde ihnen bald folgen«, und dann: »Meinen Segen, in Dankbarkeit und ewiger Liebe, Theo.«

Ich fand das stärkste Vergrößerungsglas des Hauses und legte den Brief in die letzten Sonnenstrahlen auf die Fensterbank, aber Theos feine und nervöse Handschrift war jetzt so klein, dass sie kaum mehr Gestalt hatte. Ich holte eine Taschenlampe und richtete sie auf das Papier, dann hielt ich den Brief ganz dicht unter die Schreibtischlampe. Es nutzte alles nichts.

Ich zog meine Jacke an, um zur Schule zu rennen, aber dann bremste ich mich. So wichtig sie mir auch war, ich konnte nicht mit Theo zu Alice gehen, damit sie mir lesen half. Stattdessen öffnete ich den anderen Brief.

Hepzibah und Rebecca Zeit, die Töchter von Dr. Theo Zeit aus Düsseldorf, würden mit dem Flüchtlingszug aus Düsseldorf am Montag, dem 8. Mai 1939 erwartet. Ihre Unterstützer – Cousins, die ein Jahr zuvor aus Deutschland geflohen waren – hätten so lange wie möglich gewartet, aber schlussendlich nach Amerika ausreisen müssen, wo sie arbeiten würden. Sie hätten kein Geld mehr. Dr. Zeit sei unter sehr schwierigen Umständen kontaktiert worden und habe den Namen Polly Flint in Oversands als Unterstützerin angegeben. Er werde den Kindern zusammen mit dem Rest der Familie so bald als möglich folgen. Er warte nur noch auf die letzten Dokumente. Man halte es für vernünftig, wenn die Kinder wie geplant und so schnell wie möglich ausreisten. Ihr Zug würde Düsseldorf am 7. Mai verlassen und mehrere Hundert jüdische Kinder mitbringen. Miss Flint möge bitte zur Liverpool Street Station in London kommen und die Kinder abholen und dieses Schreiben sofort beantworten und bestätigen, dass sie die Kinder finanziell unterstützen wird.

Dann ging ich hinaus, aber nicht zur Schule, sondern zur Esplanade. Und immer weiter, bis sie landeinwärts führte. Ich kam zu The Hall, wo ich den Postmeister vorfand. Seine Frau öffnete die Tür – sie war eine der Kirchendamen vom Nachmittag, und mir fiel ein, dass sie mich gefragt hatte, ob ich abends zu einem gemütlichen Beisammensein kommen wolle. »Na so was! Sie ist da!«, rief sie.

»Hast du Töne? Miss Flint ist da. Sie ist zum Singen gekommen. Kommen Sie rein, Miss Flint. Das Wasser kocht gerade.«

»Es ist wegen des Telefons«, sagte ich. »Ich brauche das Telefon. Sehr schnell. Könnten Sie einen Anruf für mich durchstellen?«

Sie wirkte so enttäuscht, dass ich sagte: »Danach komme ich natürlich sehr gern zu Ihrem gemütlichen Beisammensein.«

»Natürlich können Sie telefonieren. Dickie kümmert sich um die Nummer.«

»Es sind zwei Nummern. Eine in der Nähe von York, die andere in Deutschland.«

»Deutschland? Ich glaube nicht, dass wir das schon mal gemacht haben. Aber York kriegen wir hin. Dickie, wir haben doch schon mal nach York telefoniert?«

»Natürlich. Was haben wir denn hier? Setzen Sie sich, und dann wollen wir mal sehen. Also, Thwaite ist auf jeden Fall möglich – das ist eine Nummer in Pilmore Junction, die wird bei Trunks in York durchgeschaltet. Dauert vielleicht eine Stunde. Wegen Deutschland muss ich mich erst mal erkundigen. Ist das die Nummer?«

Theos Adresse und Telefonnummer waren auf das Briefpapier aufgedruckt. Der Postmeister ging.

Ich saß beim gemütlichen Beisammensein in seinem winzigen Wohnzimmer, Knie an Knie mit zwölf Leuten in üppig gepolsterten Sesseln und einem Sofa. Es war sehr heiß. In der Ecke saß die Tochter des Postmeisters, die nicht ganz richtig im Kopf war. Ihr Mund stand offen. Sie nickte und glotzte und versuchte, mich zu streicheln. Ihre Hände waren sehr kalt. Ein weiteres Mysterium dieses gespenstischen Tages.

»Wir haben gerade Lieder gesungen«, sagte die Postmeisterin, »Strophe um Strophe, das Gesangbuch durch. Wollen wir weitermachen, bis der Anruf durchkommt?« Jemand gab den Ton an, das verrückte Mädchen wurde noch aufgeregter, und zwei alte Männer begannen zu singen:

Old folk, young folk, everybody come
Join the donkey Sunday School and make yourselves at home.

… und ich dachte: »Das reicht.« Ich stand auf und ging zur Tür, wo plötzlich der Postmeister stand und mit leisem Stolz sagte, er habe Thwaite in der Leitung.

»Mr Thwaite? Hier ist Polly. Nein, alles in bester Ordnung. Glaube ich. Mr Thwaite – ich habe einen Brief bekommen. Ich soll Theo Zeits Kinder aufnehmen. Er hat mich darum gebeten. Dass sie bei mir wohnen. Ja. Sie kommen mit einem Zug voller jüdischer Flüchtlinge aus Düsseldorf in London an. Am 8. Mai.«

»Die Verbindungen sind recht einfach«, sagte Mr Thwaite. »Ich habe den Internationalen Zugfahrplan neben mir.«

»Mr Thwaite. Es wird natürlich absolut wundervoll sein, sie bei mir zu haben, aber …«

»Ich mochte den alten Zeit«, sagte das dünne Stimmchen, »es war schön, als er noch da war. Den Jungen mochte ich auch. Bisschen unentschlossen, aber ein guter Junge.«

»Es ist nur – Mr Thwaite – ich war noch nie in London.«

»Oh, ich komme mit.« Die Stimme erzitterte in der Gewitternacht. »Wir treffen uns in York. Nach York schaffst du es?«

»Sicher nicht. Ich meine, ja, natürlich schaffe ich es nach York. Aber Sie brauchen nicht …«

»Ich werde da sein. An dem Sonntag. Wir nehmen den Zug um elf Uhr dreiundvierzig von Bahnsteig 4, und das bedeutet, du fährst pünktlich um acht Uhr fünfundvierzig in der Marsch los, damit du den Anschluss in Darlington auf jeden Fall bekommst. Achtzehn Uhr fünfzig in King's Cross, wenn ich mich recht erinnere. Ich kümmere mich um eine Unterkunft.«

»Mr Thwaite, Sie sind zu … Sie haben doch gar nicht mehr die Kraft.«

»Ich freue mich, mal wieder nach London zu kommen«, sagte das Stimmchen. »Das könnte sich demnächst dramatisch verändern.«

»Düsseldorf«, sagte der Postmeister, »ist allerdings eine andere Geschichte. Anrufe nach Deutschland sind im Moment nicht einfach. Ich habe Sie für morgen Vormittag vorgemerkt – gegen elf, vorläufig. Und ich fürchte, es wird teuer.«

»Das macht nichts. Jetzt bezahle ich erst mal für York. Kann ich morgen herkommen und hier warten?«

»So lange Sie möchten, Miss Flint.«

Das gemütliche Beisammensein beobachtete mich mit Argusaugen. »Wir können mit den Liedern weitermachen«, sagte jemand, »wenn Miss Flint möchte?«

»Es kommen ein paar jüdische Kinder aus Deutschland«, sagte ich. »Zu mir. Es ist ziemlich überraschend. Sie werden bei mir in Oversands wohnen. Sie sind Flüchtlinge.«

Sie hatten mein Gespräch im Hintergrund alle mitgehört, taten aber überrascht. »Je mehr, desto besser, je mehr, desto besser«, sagte die Postmeisterin, und ihre Tochter nickte. »Die armen Seelen, die armen, kleinen heimatlosen Dinger. Keiner von uns kann sich vorstellen, was dort los ist. Keiner von uns.

Sie sind uns eine Lehre, Miss Flint. Sie spielen wohl nicht Harmonium?«

So beendete ich den Tag, an dem du mich gebraucht hast, mein Geliebter, indem ich das Harmonium spielte und Kirchenlieder sang, in der Straße, die über Delphis Stallungen und das Mausoleum aus alten Zeiten gewachsen war.

»Ich saß drei Tage im Hinterzimmer des Postamts«, erzählte ich Mr Thwaite und Maitland, als der Zug aus York ausfuhr, »aber ich bin nicht nach Deutschland durchgekommen.« Wir drei saßen in der ersten Klasse in blaugrauem Plüsch, die Köpfe an kleinen spitzenumrandeten Tüchern mit eingesticktem L. N. E. R. in Satin, aber irgendwie weniger gestärkt als die in dem Zug aus Wales, als ich sechs war. Mr Thwaites alte Don-Quichotte-Gestalt verlieh dem Abteil etwas Vornehmes. Niemand würde hier eine Fleischpastete zerteilen.

Maitland saß sehr aufrecht und in Schwarz da, einen glänzenden Strohhut auf dem Kopf, und daran war mit einer goldenen Nadel eine Feder befestigt. Mr Thwaite trug Knöpfstiefel und einen silbrigen Fischgrätmantel, ziemlich lang für einen so heißen Tag; seine hohe Melone lag auf der Ablage über seinem Kopf, und auf der kleineren Ablage darunter seine gelben Handschuhe und der Gehstock mit dem silbernen Knauf. Urlauber in Shorts und Tornistern sahen uns interessiert an, wenn sie auf dem Gang vorbeikamen. Ich sah vermutlich auch seltsam aus, denn ich habe Kleidung nie recht verstanden. Sie war irgendwie immer falsch. Aber meine Strümpfe waren aus Seide.

Mr Thwaite sah sich mit enormem Gleichmut um, und Maitlands Mund war fest gekräuselt, was ihre Bewegtheit verriet, und mit den Händen umklammerte sie eine Reisetasche auf ihrem Schoß.

Wir gingen zu Kaffee und Schokoladenkeksen in den Speisewagen; dann noch einmal zum Mittagessen und »einer Flasche Gutem«, der sich als Wein entpuppte. Wir aßen Roastbeef und Ingwerpudding mit Vanillesauce. Maitland sagte, in der Bahn gebe es immer guten Ingwerpudding und sie könne sich nicht erklären, wieso, denn Ingwer brauchte gut eine oder zwei Stunden zum Dämpfen. Die Vanillesauce fand sie passabel, auch wenn sie nur aufgekocht war. Aber wir dachten an die Kinder in dem anderen Zug, wie er immer wieder stehenblieb und weiterfuhr, langsam Richtung Holland.

Mr Thwaite betrachtete das Wetter über Selby, zeigte auf die Abtei und sagte, dass ein gedämpfter Bahn-Pudding, der in Doncaster gegessen wurde, in Edinburgh zubereitet worden sein konnte, wo der Zug losgefahren war. Und er fügte erfreut hinzu, dass wir zum Tea immer noch im Zug sitzen würden.

Wir tranken unseren Kaffee nach dem Mittagessen, eingeschenkt von einem Magier, der keinen Tropfen verkleckerte, während wir durch das flache Lincolnshire flogen. Stille Felder, stille Dörfer. »Sie müssten jetzt über die Grenze sein«, sagte Mr Thwaite. »Wenn sie pünktlich in Düsseldorf losgefahren sind.« Wir sahen die Gesichter der dortgebliebenen Eltern vor uns. »Jetzt sind sie in Holland in Sicherheit«, sagte er.

In den Feldern von Rutland spazierten Riesen aus Pappe umher. Maler und Tapezierer, die eine Leiter zwischen sich trugen, und auf der Leiter stand der Name einer Wandfarbe. »Miss Polly ist immer noch ein Kind«, sagte Maitland. »Sie guckt und guckt.«

Der Name sämtlicher Bahnhöfe schien Mazawattee Tea zu sein, oder Oxo-Bovril-Oxo, und manchmal sprang uns ein junges Mädchen in Gold und Rosa aus einer riesigen Schachtel entgegen, um sie herum waren große Getreidegarben gemalt, und zu ihren Füßen stand eine dampfende Tasse mit Untertasse. »Wie viele Getränke wir heutzutage zur Auswahl haben«, sagte Mr Thwaite. »Uns geht es wirklich gut.«

Die Landschaft glitt still vorbei, schneller und schneller. Newark war anonym, Peterborough unsichtbar. Zum Tea gab es Scones mit Marmelade, der Tee kam in Kannen mit Rosenknospen rund um den Deckel, die Tassen waren niedrig und breit wie Nachttöpfe. Sie saßen tief in den Untertassen, unerschütterlich an diesem schönen Nachmittag. Draußen aalte sich der milde und friedliche Süden, noch drei Monate. Hertfordshire: Kühe und große Bäume.

»Wie groß die Bäume hier sind, Mr Thwaite.«

»Ah, ja. Natürlich findest du die Bäume groß. Zu schade, dass du keinen südlichen Frühling erlebst. Ich würde mich freuen, wenn du mal einen Frühling in Italien erlebst, Polly.«

»Hoffentlich haben sie warme Kleidung dabei«, sagte Maitland. »Bei uns ist es ganz schön kalt im Winter.«

»Sie müssten jetzt gut durchkommen. Schon fast in Hoek van Holland«, sagte Mr Thwaite und sah auf seine silbergoldene Taschenuhr.

Acht wilde Tunnel. Wir kreischten hindurch, dann glitten wir in den donnernden und zischenden Bahnhof King's Cross. Der Gepäckträger konnte uns nicht hören. Unsere Stimmen verloren sich in Echos in den hohen Bögen über uns, und ich verstand ihn nicht. Es klang wie eine Fremdsprache. Aber er organisierte uns ein breites Taxi, wie eine Kutsche oder ein Kinderwagen, in dem wir wieder in einer Reihe saßen und aus dem wir unter Verbeugungen ins Brown's Hotel geleitet wurden.

Mr Thwaite ging schnell zu Bett, und auch Maitland und ich schliefen bald, und am nächsten Morgen um sieben saßen wir wieder in einem Taxi zum Zug aus Deutschland. »Wenn wir als erste da sind, kommen wir auch als erste wieder weg. Die armen Kleinen, sie werden so erschöpft sein.«

»Wir müssen vier Stunden warten«, sagte Mr Thwaite. »Von sieben bis elf. Und dann kommen sie erst an. Aber die Papiere zu unterschreiben – oder was auch immer wir da tun müssen, ich nehme an, da wird ein Schalter oder so etwas aufgebaut sein – kann ja nicht länger als, sagen wir, eine halbe Stunde dauern, dann können wir vielleicht noch heute Nachmittag einen Zug nach Hause bekommen.«

»Das wäre zu viel für Mr Thwaite, alles an einem Tag«, sagte Maitland.

»Nein, gar nicht. Überhaupt nicht.«

»Sollen wir unser Gepäck dann schon mit zum Bahnhof nehmen?«, fragte ich. »Und dann direkt von Liverpool Street Station aus fahren, um Zeit zu sparen?«

»Ich spreche mal mit dem Hoteldirektor«, sagte Mr Thwaite und berichtete, der Hoteldirektor habe gesagt, wir sollten unsere Zimmer vorsichtshalber für eine weitere Nacht reservieren und eins für die Gäste dazu.«

»Gäste?«

Plötzlich dämmerte mir, dass die Kinder, die wir abholen sollten, unsere Gäste sein würden. Menschen.

Kinder.

Verstörte Kinder, vielleicht kranke Kinder, und sicher unglücklich.

»Wir bringen sie so schnell wie möglich nach Hause«, sagte Maitland. »Dann sind sie um Mitternacht im Bett und haben die Reise hinter sich. Das ist für mein Gefühl das Beste. Heute noch nach Hause.«

Liverpool Street Station war um sieben Uhr morgens, als wir ankamen, ganz ruhig, und auf einer Tafel stand in Schönschrift, dass der Zug aus Düsseldorf vierundzwanzig Stunden Verspätung haben würde.

»Dann können wir ein bisschen was besichtigen«, sagte Maitland. »Polly war noch nie in London.« Aber wir zögerten mit dem Besichtigen, wir wagten es nicht, den Bahnhof zu verlassen.

»Was, wenn sie kommen, und wir sind nicht hier?«

Einige Juden standen in lautstarken Grüppchen herum. »Heute sicher nicht«, sagte ein Mann mit einem langen Rauschebart und einem runden, schwarzen Hut, der irgendwie lustig aussah. »Wir sollten alle nach Hause gehen.«

»Vielleicht sollten wir Polly wenigstens Westminster Abbey zeigen«, sagte Maitland, also nahmen wir ein Taxi zum Parliament Square, und um die Gebäude waren Festungsanlagen aus Sandsäcken aufgehäuft, auch um die Kirche herum. Innendrin wirkte sie staubig, gedämpft, enttäuschend. Eine große Menge Menschen betete. Alle still. Wir gingen ein Stückchen die Victoria Street hinunter und kamen an den eleganten Türen des Army and Navy Store vorbei. »Oh, da wollte Aunt Frances hin!«, sagte ich. »Um ihre Missionarssachen für Indien zu kaufen. Ob sie so etwas da immer noch verkaufen?«

»Im Moment vermutlich nicht viel. Aber wir könnten dort zu Mittag essen und danach gucken«, sagte Mr Thwaite.

Nach dem Essen gingen wir in die Abteilung für Missionarsausstattung, und sie war in der Tat ziemlich leer. Es gab eine ganze Festungsanlage von Schrankkoffern mit Messingbändern, einen Wolkenkratzer aus schweinsledernen Campinghockern, tigersichere Zelte, Wasserflaschen aus Chrom und Krokodilleder und glänzende Elefantentöter.

»Arme Frances«, sagte Mr Thwaite. »Elefantentöter. Sieht ihr überhaupt nicht ähnlich.« Er nahm einen Tropenhelm in die Hand, strich darüber und setzte ihn sich auf den Kopf.

»So einen wollte ich immer gern haben«, sagte er und stand gertenschlank stramm.

»Zwölf Shilling und Sixpence, Sir«, sagte eine Verkäuferin.

»Ach – na ja …«

»Mr Thwaite«, sagte ich, »ich möchte Ihnen den Tropenhelm gern schenken.«

»Ich denke nicht, dass ich ihn viel tragen würde. Das ist Geldverschwendung. In Yorkshire. In Anbetracht des kommenden Krieges.«

»Sie sollen ihn trotzdem haben«, sagte ich.

Als die Verkäuferin den Hut einpacken lassen ging, sagte Mr Thwaite etwas Erschreckendes.

»Also, Thwaite wartet schon«, sagte er.

»Bitte? Sie können jetzt nicht nach Thwaite zurück. Nicht *jetzt.* Sie können unmöglich allein reisen – und Maitland und ich kommen ohne Sie nicht zurecht. Sie müssen sichtbar sein. Für die Taxifahrer und so weiter. Wir brauchen Sie, um die Kinder nach Hause zu bekommen.«

»Nein, nein«, sagte er und räusperte sich so laut, dass die Safariwaffen klirrten. »Ich, ähm … hm … werde, Thwaite … lassen.«

»Thwaite lassen? Sie wollen gar nicht dorthin zurück?«

»Nein«, sagte er. »Ich … ähm, was ich zu sagen versuche, Polly, ist … Thwaite wartet. Ich habe mein Testament bereits gemacht. Thwaite wartet auf dich. Wenn ich sterbe. Du bekommst es.«

»Benötigen Sie sonst noch etwas?«, fragte die Verkäuferin, als sie mit der Hutschachtel kam.

Am nächsten Morgen waren wir wieder um sieben Uhr an der Liverpool Street Station, und wieder war kein Zug da. Die Tafel war saubergewischt.

Und niemand da, den man hätte fragen können. Keine jüdischen Verwandten. Niemand. Offenbar hatte es eine wichtige Ankündigung gegeben, als wir am Tag zuvor im Army and Navy Store gewesen waren. Wir gingen die Moorgate entlang und die City Road und die London Wall und sahen uns die Bank of England an, auf und ab. »Wie ertragen die das?«, fragte Maitland. »Den ganzen Lärm? Gucken Sie sich mal die bleichen Gesichter an. Und warum *rennen* die alle so? Es tut mir leid, Miss Polly, ich muss mich hinsetzen.«

»Oh, ja. Ich auch.«

»Ich dachte, wir können uns noch ein paar Kirchen ansehen«, sagte Mr Thwaite, der im Laufe der Tage immer kräftiger wurde, während wir immer schwächer wurden. »Und das Mansion House und Smithfield Market. Ach, und es gibt einige großartige Bahnhöfe, glaube ich. Zum Beispiel wird keiner von uns jemals Fenchurch Street sehen, wenn wir es nicht jetzt tun.«

»Nun, du kannst es dir ja alles angucken, aber dann allein«, sagte die gebieterische Maitland, die mir am Abend zuvor im Hotel gestanden hatte, dass sie und Mr Thwaite sich nach dem Tod des Butlers und Lady Celias nähergekommen waren. »Miss Polly und ich brauchen eine Tasse Kaffee.«

»Oder Bovril, Oxo, Ovomaltine oder gar Mazawattee-Tee«, sagte ich.

»Vielleicht einen Sherry«, sagte Mr Thwaite, »falls wir Polly von ihrer absoluten Enthaltsamkeit abbringen können.«

»Nein, danke. Also, es ist wirklich schrecklich hier. Maitland hat recht. Wie wir uns hier anschreien, bei dem Verkehr! Lassen Sie uns noch einmal nachsehen, ob es Neuigkeiten gibt, und wenn nicht, dann können wir in einen Park fahren oder den Fluss angucken.«

»Es ist der Fluss in den Wiesen von Thwaite, auf den ich

mich freue«, sagte Maitland. »Falls wir es je dorthin zurückschaffen. Im Moment kommt es mir vor, als würden wir für den Rest unseres Lebens in Liverpool Street festsitzen.«

Aber am Bahnhof war jetzt alles anders. Menschenmengen schoben sich herum, riefen, schubsten einander, bekamen Erkennungsmarken; und in null Komma nichts waren wir mittendrin und wurden auf eine Art Galerie des Bahnhofsgebäudes geschickt. Unter uns strömten Kinder herein, zusammen mit Damen vom Roten Kreuz. Dazwischen rannten wild aussehende Bahnangestellte und Regierungsbeamte herum, die Arme voller Akten, und die Luft war salzig und sauer vom Geruch verschmutzter und schwitzender Kinder, Englisch und Deutsch flogen durcheinander, es wurde gestritten und geweint. Die Kinder strömten langsam und unaufhörlich unter uns in die Halle, als würde diese Flut nie mehr nachlassen.

Wir setzten uns in eine Reihe, und Mr Thwaite nickte ein. Maitland und ich waren jetzt hellwach. »Er ist alt«, sagte Maitland. »Er ist jetzt wirklich alt. Manchmal übermannt ihn urplötzlich die Müdigkeit. Er ist über achtzig. Das vergisst man leicht.«

»Für mich ist er irgendwie alterslos.«

»Und er hinterlässt Ihnen Thwaite«, sagte sie und richtete den Blick auf das Durcheinander der Welt unter uns.

»Oh, Maitland, habe ich das nicht geträumt? Tut er das wirklich?«

»Ja. Ich wusste es schon. Er hat darüber gesprochen. Immerhin ist er Ihr Großvater, Polly.«

Die Familie neben uns wurde aufgerufen von einer grimmigen Rotkreuzlerin mit einer eleganten Dauerwelle, und sie stürmten an uns vorbei und traten uns auf die Füße.

»*Wie bitte?*«

»Ihr Großvater natürlich.«

»Sie meinen …«

»Emma – Ihre Mutter – war seine Tochter.«

»Aber wie kann … Maitland! Sie meinen Aunt Frances?«

»Nein, nein. Mr Thwaite hat sich nie besonders für Frances interessiert, außer als Schwester. Er hat Miss Younghusband geliebt, Ihre Aunt Mary. Sie muss in jungen Jahren eine umwerfende Schönheit gewesen sein. Habe ich gehört.«

»Aber Sie meinen doch nicht …« Die Welt kippte und wirbelte herum wie die wiedervereinten Familien um uns. »*Aunt Mary*!«

»Nein, auch Mary war nicht Ihre Großmutter, auch wenn sie alt genug gewesen wäre, zwanzig Jahre älter als Ihre Mutter. Mary wollte ihn heiraten, aber dann hat er sich unglücklicherweise – oder glücklicherweise, denn das Ergebnis waren Sie – in ihre Mutter verliebt.«

»Was, in die … die Matrone? Großmutter Younghusband? Die, der *Fanny Hill* gehört hat?«

»Von einer Fanny Hill weiß ich nichts. Ich glaube nicht, dass sie noch weitere Kinder hatte, auch wenn, was man so hört, der Erzdiakon es womöglich gar nicht bemerkt hätte.«

»Aber das kann nicht sein. Das kann sie nicht! Mr Thwaite muss noch so jung gewesen sein. Und meine Großmutter so alt.«

»Er war zwanzig. Sie vierzig. Habe ich gehört.«

»Das ist ja schrecklich.«

»Ein bisschen seltsam vielleicht«, sagte Maitland. »Aber das Leben in viktorianischer Zeit war voller Überraschungen. Und der Erzdiakon war geradezu besessen von Steinen – und Gott natürlich. Ich glaube, ich gehe noch mal kurz raus in die Halle und hole ein paar Sandwiches.«

Ich saß da und betrachtete Mr Thwaite. Mr Thwaite mit

zwanzig, Liebhaber der kriegerischen Mutter von Aunt Mary, der eisigen Jungfrau. Ich dachte an Aunt Mary im Taxi auf dem Weg zu Aunt Frances' Hochzeit, wie ihr Gesicht unter dem herrlichen, uralten Hut immer weißer wurde. Und wie Mr Thwaite sich die ganze Zeit räusperte und in den Regen hinaussah. Wie sich all diese Spannung immer weiter aufbaute und ich schließlich in Tränen ausbrach. Und wie ich gar nicht mehr hatte aufhören können zu weinen, weil diese schreckliche Verwirrung in der Luft lag.

Der arme Mr Thwaite – in einem erotischen Durcheinander meine Mutter zu zeugen. (Ich betrachtete sein Gesicht, eine längliche, braune Landkarte, die Augen in ihren tiefen Höhlen geschlossen, genau wie … Ja, genau, wie auf dem Foto meiner Mutter in den Pappbergen mit dem Knick in der Mitte, todmüde in Liverpool.) Hatte er sie geliebt – seine Tochter? Hatte er sie überhaupt gesehen? Er musste sicher, ziemlich kurz nachdem es passiert war, aufgehört haben, ins Gelbe Haus zu kommen. Ohne jede Erklärung für Aunt Mary.

Ich meine, wie hätte er es ihr erklären sollen? Wie sollte er einem Mädchen, das er heiraten wollte, erklären, dass er ihre Mutter geschwängert hatte? Das war ja wie bei den Borgia!

Arme Aunt Mary. Ihre Löffel und ihr Gebetsschemel.

Und was für ein furchterregender, furchterregender Mann, dieser Arthur Thwaite. Was für ein Halunke. Und doch – nein, nein.

Und was für eine Großmutter ich hatte! Was für eine schreckliche Frau. Aber dann – die Einsamkeit, der Ehemann, der still Seiten umblätterte und fromme Lieder sang, während er ins Meer sprang. Wie er Steine anstarrte. Die arme Frau.

So vieles, was man nie wissen würde.

Und dann dauernd die Kirche!

Mr Thwaite rührte sich, wachte auf und sah mich mit seinen blauen Augen an – Himmel, meine eigenen Augen – und lächelte.

»Immer noch nichts?«

»Nein. Maitland ist Sandwiches holen gegangen. Es geht alles entsetzlich langsam.«

»Ich nicke einfach noch einmal weg«, sagte Mr Thwaite und machte die Augen wieder zu.

Ich konnte nicht aufhören, ihn anzusehen, wie er einfach wieder einschlief, seine Hände (Oh Gott! Mein Daumen!) auf dem silbernen Knauf seines Gehstocks verschränkt.

O Himmel – Männer!

Was für Männer ich gekannt hatte. Vorsichtig, unangemessen, schemenhaft, habgierig, langweilig. Vielleicht hatte ich einfach Pech gehabt. Mr Thwaite hingegen war bei keiner Gelegenheit irgendetwas davon gewesen. Meine Großmutter hatte sich in einer erstaunlichen Nacht (oder öfter? Vielleicht dutzende Male? Vielleicht nicht mal bei Nacht?) bei mindestens einer erstaunlichen Gelegenheit in einem verlassenen Bett in Thwaite oder dem Gelben Haus oder womöglich in Danby Wiske – mit quietschenden Bettfedern und ächzenden Daunen – oh Gott! – einem herrlich unvorsichtigen Mann hingegeben.

»Eier und Kresse«, sagte Maitland. »Er ist wieder eingeschlafen. Habe ich Sie schockiert, Polly? Hätten Sie es lieber nicht gewusst?«

»Nein, nein, natürlich nicht. Hat – was hat Lady Celia gewusst?«

»Alles natürlich. Sie und Mr Thwaite standen sich sehr nah. Immer.«

»Sie haben gesagt ...« Ich sah das Eier-Kresse-Sandwich an, die hochgebogenen, angetrockneten Ränder des Bahnbrots. »Sie haben gesagt, Sie und Mr Thwaite stehen sich auch nahe?«

»Oh, ja.«

»Er hatte immer ... Erfolg bei den Frauen, oder? Ich meine, ich habe ihn als Mädchen vergöttert. Interessant, dass es solche Männer gibt. Normalerweise gibt es die nur in Romanen.«

»Oh, sehr viel Erfolg«, sagte Maitland zufrieden. »Er hat immer sehr intensiv gelebt. Diese Künstlerboheme in Thwaite fand er immer ein bisschen wischiwaschi.«

Wir saßen in unseren Reihen auf der Galerie. Die Namen der Kinder wurden ausgerufen, ach, so unglaublich langsam; die Kinder in dem Gewirr unter uns wurden weniger, so unglaublich langsam – plappernde Kinder, müde Kinder, ganz kleine Kinder – fast noch Babys – verstummte, graue Kinder, starke, kämpfende Kinder und Kinder, die älter aussahen als Abraham. Alle waren wunderschön angezogen, in Kleidern, die viel zu warm für das Wetter waren und ein wenig zu groß. Jedes hatte ein großes Gepäckschild um den Hals. Manche hatten Päckchen dabei, manche Puppen und Teddybären, manche kuschelten sich auf den Bänken aneinander und lutschten am Daumen. Im Laufe der Zeit schliefen einige ein.

Um vier Uhr nachmittags waren unter uns immer noch etwa sechzig Kinder übrig. Die Bänke mit den Angehörigen um uns herum leerten sich. Man hatte uns Tee und etwas zu essen gebracht. Ich aß und trank nichts. Ich schaute. Zwei dieser Kinder waren meine? Welche, welche, welche?

»Warum sind wir immer noch übrig? Sind sie nicht dabei? Ich kann nicht richtig sehen. Jetzt stehen sie alle mit dem Rücken zu uns.«

»Es geht alphabetisch«, sagte Mr Thwaite beim Aufwachen aus seinem letzten Nickerchen. »Wir kommen erst ganz am Ende.«

»Viele jüdische Namen fangen mit Z an«, sagte Maitland. »Dann hoffen wir mal, dass Pollys wenigstens am Anfang von Z sind.«

Aber das waren sie nicht. Gegen sechs Uhr waren von der großen Kinderschar nur noch ein paar Reste übrig, aber unsere waren immer noch nicht aufgerufen worden.

Welche, welche, welche?

Theos Kinder. Theos und meine.

Sieben Uhr. Es war nur noch ein halbes Dutzend übrig, und das halbe Dutzend sah nicht sehr besonders aus. Mindestens sechsmal fing mein Herz an zu klopfen, wenn ich dachte, ich hätte Theos Kopfbewegung wiedererkannt, Theos Lächeln – oder Rebeccas rotes Haar, die langen Beine. Diese letzten Kinder waren sehr still und blass auf den Bänken zusammengesackt, und ich sagte mir, um einer Enttäuschung vorzubeugen: Vielleicht sind meine unversöhnlich, mürrisch, übellaunig. Wenn man bedenkt, was ihnen widerfahren ist. Oder schlimmer – ich versuchte, rational zu sein –, sie könnten aussehen oder sein wie Delphi Vipont. Die Delphi, die mich vierzig Jahre zuvor angesehen hatte und die ich angesehen hatte, und unsere wechselseitige Abneigung hatte sich in uns beiden festgebissen.

Und wenn zwei Delphis auf mich warteten?

»Zeit? Flint?«, sagte die Frau vom Roten Kreuz mir ins Ohr, und ich ging allein hinunter in die Halle und sah zwei dünne Mädchen neben dem Tisch stehen. Eine hatte Locken, die andere glattes Haar. Sie hatten den hölzernen Gesichtsausdruck von Menschen, die hoffnungslos erschöpft waren, aber nicht weinen wollten. Das größere Mädchen klammerte sich an einem Buch fest, den Finger an der Stelle, an der sie unterbrochen worden war, als sie zu mir gerufen wurden. Das kleine hatte eine Puppe dabei, einen Bären, ein Porzellanpferd und einen schlappohrigen Hasen, und sie hatte Theos Augen.

In York verabschiedeten wir uns von Maitland und Mr Thwaite. Maitland war besorgt und wollte uns gar nicht allein lassen, und Mr Thwaite war sichtlich erleichtert, dass alles erledigt war. Hinter ihm kümmerte sich ein Gepäckträger um das Gepäck und die Hutschachtel.

Ich war vollkommen zuversichtlich, plauderte auf Deutsch daher und war so entspannt, als würde ich jede Woche nach London fahren.

Hepzibah, Rebecca und ich.

In Darlington stiegen wir um in den kleinen Zug, der durch die Eisenhütten und dann hinaus in die Marsch fuhr – oder dahin, wo einmal die Marsch gewesen war. Die großen Flammen und Rauchwolken stiegen immer noch von dort auf, wo das Eisen verhüttet wurde, dieselben langen Krokodile aus Lastwagen fuhren umher, lange Pfützen zogen sich durch den Schlamm, lange, klirrende Rohre und grobe, alte Maschinen bestimmten das Bild, und auf den Hügeln gegenüber wuchsen die Wälder immer noch so spärlich, dass das Licht durch sie schien wie durch Strickmaschen, wenn man die Nadel herauszieht.

Aber die Marsch war inzwischen fast unsichtbar. So klein.

Es war Nachmittag – der Nachmittag des nächsten Tages, und natürlich hatte es, als wir uns dem Gelben Haus näherten, angefangen zu regnen. »Ich habe mir so gewünscht, dass ihr es im Sonnenschein seht«, sagte ich. »Sieh mal, Hepzibah – guck mal aus dem Fenster, auch wenn es grau ist. Da hat euer Daddy gewohnt. Leg doch mal für zehn Sekunden das Buch beiseite.«

»Oh, hübsch«, sagte Hepzibah und sah das Neue Haus an, als der Zug daran vorbeiratterte. »Was ist denn das da oben auf dem Dach?«, dann wandte sie sich wieder ihrem Buch zu – das, soweit ich es sehen konnte, Schund war.

»Ein Teleskop.«

»Sie machen irgendwas damit«, sagte Beccy.

»Es hat eurem Vater gehört. Ich fürchte, sie montieren es ab. Das machen sie immer. Es ist wegen …«

»Dem Krieg«, sagte Beccy und guckte den Hasen mit den Schlappohren an.

»Daddy kommt auch her«, sagte Hepzibah fest. Beccy legte den Kopf an meine Seite.

»Es ist ganz nah«, sagte ich, als wir am Bahnhof ankamen. »Wir können zu Fuß gehen, wenn ihr wollt. Mr Boagey bringt uns das Gepäck später nach. Wie findet ihr das?«

»Ich lasse meine Sachen nicht allein«, sagte Hepzibah. »Ohne meine Sachen gehe ich nirgendwohin.« Sie war dreizehn. Es würde problematisch werden.

»Ich bleibe bei Tante Polly«, sagte Beccy. »Du kannst ja mit dem Gepäck im Taxi fahren, Hep.«

So kamen Beccy und ich über die geteerte Straße und über das letzte bisschen Marsch zum Gelben Haus.

»Ist das unseres?«, fragte sie.

»Ja. Unseres. Es ist ein lustiges altes Haus.«

»Es ist wunderschön«, sagte sie. »Wie ein großes Schiff.«

Und so wehten wir durch die große Eingangstür hinein,

die Alice uns aufhielt. Hepzibah und das Gepäck warteten schon in der Halle. Die Tür schlug zu, und das Meer toste, die Fenster zitterten, und wir waren alle in Sicherheit und zu Hause.

Ende

Ein viktorianisches Arbeitszimmer. Regal vom Boden bis zur Decke, kaum Bücher darin, nur ein paar Objekte: ein Nähkästchen, ein Sherry-Dekanter, eine gerahmte Zeichnung.

Durch ein großes Fenster sieht man einen bewegten Himmel – große, zum Meer ziehende, cremefarbene Wolken. Die Möbel sind zeitgenössisch (1986), spärlich, aber schön. Ein riesiger Fernseher steht mit dem Rücken zum Publikum. Eine Ecke des Raumes liegt im Schatten.

Neben der Tür befinden sich eine Gegensprechanlage und eine alte Frau, immer noch groß, das Haar immer noch dick und zu einem munteren Wirbel hochgesteckt. Geschwollene Knöchel. Ihre Wangen, einst rund und rosig, hängen ein wenig. Sie trägt ein auffälliges Schultertuch.

Polly Flint: Können Sie etwas lauter sprechen? Der Verkehr. Könnten Sie lauter sprechen? Die Tür ist so dick. Oje, ja. Die Memoiren.
Die Memoiren hatte ich ganz vergessen.
Oje, oje. Man sollte mich wegsperren. Oh, ich bin ja weggesperrt. Ich habe mich selbst eingeschlossen. Einen Moment. Einen Augenblick. Warten Sie, ich muss den Schlüssel suchen.

Sie lässt den Schalter los, geht unschlüssig hin und her, berührt hier und da das Regal und das Kaminsims.

In der Ecke im Schatten taucht eine schemenhafte Gestalt auf. Sie sitzt vor dem Fernseher. Nach einer Weile lässt POLLY FLINT *sich in einen Sessel sinken, ebenfalls mit Blick zum Fernseher. Vor dem Gelben Haus strömt weiterhin der Verkehr. Gleich vor dem Tor ist ein belebter Kreisverkehr. Dahinter steht die alte Eisenhütte, die winzig aussieht neben dem stadtgroßen neuen Chemiewerk, das drum herum entstanden ist, mit Schornsteinen wie silbernen Bleistiften und Kühltürmen wie riesigen Christmas Puddings und dekorativen Spaghetti aus Rohren drum herum. Wunderschön und seltsam. Das mittendrin liegende Gelbe Haus wirkt fehl am Platz.*

Hinter dem Haus ist die große Eingangstür unverändert, aber auf den Stufen sitzt eine Journalistin mit leuchtend roter Kurzhaarfrisur. Sie trägt eine Lederhose, strickt einen flauschigen Pullover und raucht eine Zigarette.

Nach einer Weile kommt ein Auto um die Ecke gerumpelt, und eine dunkeläugige, pummelige, gesprächige Frau steigt aus.

Beccy Boagey: Grauenhafter Verkehr. Ich kann nie draußen parken. Eines Tages werde ich hier im Sand versinken. Guten Morgen, ich bin Beccy Boagey. Die Frau des Pfarrers.

Journalistin: Ich bin Charlotte Box von der *North-Eastern Gazette.*

Beccy: Ich fürchte, es hat keinen Zweck zu warten. Sie wird Sie nicht sehen wollen. Sie lässt keine Journalisten rein. Sie ist sehr alt.

Journalistin: Wir haben einen Termin. Sie wird schon mit mir sprechen, es geht nicht um das Atomding. Ich war bei ihr im Konfirmandenunterricht, sie kennt mich. Ich bin hinter ihren Memoiren her.

Beccy: Na, dann viel Glück.

Journalistin: Werde ich haben. Sie mag mich. Sie lacht über mich. Weil ich Charlotte Box heiße. Keine Ahnung, warum.

Beccy: Sie hat in letzter Zeit so Momente.

Die Frau des Pfarrers, Beccy Zeit, klingelt und ruft in die Gegensprechanlage, dass sie Beccy ist und Tante Polly sie bitte hereinlassen möchte. Es knistert im Lautsprecher, aber es kommt keine Antwort.

Beccy: Ich fürchte, so was macht sie manchmal. Sich einschließen. Und wenn sie den Schlüssel sucht, vergisst sie sofort, was sie eigentlich sucht.

Sie klingelt noch einmal ausdauernd und setzt sich dann neben die Journalistin.

Journalistin: Man kann es ihr nicht verübeln, oder? Dass sie sich nicht bewegt. Ich würde auch nicht nachgeben. Nicht, um Platz für radioaktiven Abfall zu machen. Platz für Atommüll. Es ist so ein schönes Haus. Das sollte man lieber unter Denkmalschutz stellen.

Beccy: Ich glaube, das stand es mal. Aber dann gab es eine Enteignung, und sie hat sich darin festgesetzt. Mit den Nonnen zusammen. Sie haben sich ebenfalls festgesetzt. Sie wohnen hinter dem Haus.

Journalistin: Ach, das machen sie nicht. Die Regierung. Das mit dem Atommüll. Dass sie ihn hier lagern, das trauen die sich nicht.

Beccy: Es ist jede Menge Platz dafür. Schon immer gewesen. Unter The Hall sind große Salzstöcke, in denen man mit Lastwagen herumfahren kann. Sie werden seit Jahren als Lager genutzt, auch wenn das niemand zu wissen scheint.

Journalistin: Die Leute hier sind manchmal etwas langsam.

Beccy: Ich war nie in den Salzstöcken. Für den Atommüll. Aber wir waren auch nicht lange hier, als ich klein war. Dann kam der Krieg, und wir wurden an die Schule in Thwaite evakuiert.

Journalistin: Das hat hier angefangen, oder? Thwaite School? Sie sind doch so etwas wie Miss Flints Tochter?

Beccy: Sie hat mich adoptiert. Mich und meine Schwester, wir waren jüdische Flüchtlinge. Mein Vater hat uns aus Deutschland hergeschickt. Sie waren mal ein Paar oder so, genau habe ich es nie erfahren. Meine Familie habe ich natürlich nie wiedergesehen.

Journalistin: Davon habe ich gehört. Sie wurden …

Beccy: Ja, in Auschwitz. Alle. Meine Schwester und ich sind mit dem vorletzten Zug aus Deutschland gekommen. Mein Vater hat noch gezögert. Er war ein großer Zauderer. Normalerweise hatte er Glück.

Journalistin: Da müssen Sie ja noch ziemlich klein gewesen sein. Und dann ganz nach England zu kommen. Kannten Sie hier nur Miss Flint?

Beccy: Wir kannten nicht mal Miss Flint. Am Anfang dachten wir, sie ist ein bisschen verrückt. Aber sie sprach Deutsch. Wir haben uns bei ihr sicher gefühlt, und dann haben wir sie schnell lieben gelernt. Wir hatten schon lange keine Mutter mehr gehabt. Sie hat uns verlassen, als wir noch ganz klein waren. Sie ist in Dresden gestorben.

Journalistin: Und Ihr Vater in Auschwitz. Du lieber Gott.

Beccy: O nein, mein Vater ist nicht in Auschwitz gestorben. Der Rest der Familie ja, aber mein Vater nicht. Fragen Sie mich nicht, wie er überlebt hat. Ich habe ihn gefragt, und er hat nur gesagt: »Ich kann nur sagen, ich habe keine Ahnung.« Er hatte die Nummer am Handgelenk tätowiert. Meistens hat er die andere Hand fest darübergehalten. Das ist eigentlich alles, woran ich mich bei ihm erinnere, dabei war ich da schon siebzehn. Das, und sein Anblick auf dem weißen Sessel an der Ligusterhecke.

Journalistin: Hier? Er ist hierher zurückgekehrt?

Beccy: Ja. Oje, wo bleibt denn Tante Polly? Wir werden hintenrum gehen müssen, die Nonnen haben einen Schlüssel für solche Fälle.

Journalistin: Ich wusste gar nicht, dass Ihr Vater zurückgekommen ist. Alle sagen, Miss Flint sei eine … nun ja.

Beccy: Alte Jungfer? Wie unangemessen. Ja, das ist sie wohl. Es war ein furchtbarer Schock, als er zurückkam. Es war an einem Sommermorgen, und meine Schwester, Hep – kennen Sie sie? Ja, genau die. Anwältin für internationales Recht. Sie hat Europa unter Kontrolle. Hep war früh aufgestanden, um zu arbeiten. Sie hatte ein Stipendium für Oxford, das sie natürlich mit zwanzig Sternchen gewonnen hatte, und beim Anziehen sah sie aus dem Fenster, und dann kam sie zu mir hoch. Ich hatte das kleine Zimmer unter dem Dach – das Krähennest, wo in den schlechten alten Zeiten die armen Hausmädchen geschlafen haben. Ich mochte es. Tante hatte es reizend zurechtgemacht. Also guckten Hepzibah und ich zusammen aus dem Fenster. Und dann – es war komisch. Hepzibah war immer so herrisch und wollte alles bestimmen. Sie sagte nur »komm«, und wir gingen hinunter in Tantes Zimmer und standen da und betrachteten sie in ihrem Bett. Sie ist ziemlich groß – oder war es jedenfalls. Sie lag da und schlief, es war imposant. Dann schlug sie die Augen auf und sah uns im Morgenlicht an. Sie stand auf, ging zum Fenster und sagte:

»Wartet hier«, zog ihre Pantoffeln und einen seltsamen alten Mantel an – aber sie sah toll aus.
Wir sahen sie in den Garten zu dem schrecklich aussehenden Ding auf dem Stuhl gehen. Sie standen da und sahen einander an, und der Wind wehte Tantes Nachthemd hoch. Dann brachte sie ihn zu uns herein.

Journalistin: Und er ist geblieben?

Beccy: Ja. Er ist dann relativ bald gestorben.

Journalistin: Sie haben nicht geheiratet?

Beccy: Ich glaube, darüber waren sie hinaus.

Journalistin: Sie waren zu alt?

Beccy: Nein, nein. Es war nicht wichtig. Lassen Sie uns den Schlüssel von den Nonnen holen.

Im Arbeitszimmer des Gelben Hauses sitzt POLLY FLINT vor dem Fernseher, der nicht eingeschaltet zu sein scheint. Das helle Fenster ist hinter ihr, Wolken treiben vorbei. Im Schatten ist die andere Gestalt jetzt klarer umrissen.

Polly Flint: Ich suche … was habe ich denn gesucht? Ich weiß nicht. Ich verlege Dinge, ich vergesse alles Mögliche. Den Schlüssel. Ich wusste, dass sie kommt, die Journalistin. Die liebe Charlotte Box. Wegen meiner Memoiren.

Robinson: Mein Schöpfer war ein Freund von Memoiren.

Polly Flint: So unmöglich, so falsch. Memoiren.

Robinson: Ach, ich weiß nicht. Mein Schöpfer war da ziemlich gewandt. Kam ihm gut zustatten. Biografien.

Polly Flint: Unsinn. Hat er sich alles ausgedacht. Fiktion ist etwas anderes als Erinnerung.

Robinson: Aber die Erinnerung ist auch eine Geschichte. Ich sage Ihnen, mein Schöpfer hatte keine Gewissensbisse. Jedenfalls: Hier bin ich, zum Beispiel.

Polly Flint: Aus dem Nichts etwas zu erfinden ist etwas anderes. Es ist einfacher.

Robinson: Das hat er nicht getan. Ich bin auch wirklich nicht sicher, ob ich so einfach war. Ich glaube, ich habe ihn ganz schön gefordert. Selbst Gott musste am siebten Tag ruhen.

Polly Flint: Am Ende von Buch drei muss dein Schöpfer wirklich eine Pause gebraucht haben. Das gestehe ich ihm zu.

Robinson: Er sagte so etwas. Er meinte, ich neige dazu, das Heft in die Hand zu nehmen.

Polly Flint: Ja, dazu neigst du.

Robinson: Ich weiß gar nicht, warum. Ich bin ein einfacher Mann.

Polly Flint: Das fand Dickens auch.

Robinson: Den habe ich nie getroffen.

Polly Flint: Ich fand das allerdings nie. Du hast mich überdauert, Robinson.

Robinson: Noch bist du nicht tot. Du kannst noch einen anderen finden, Pol Flint.

Polly Flint: Nicht mit siebenundachtzig.

Robinson: Man weiß nie. Vielleicht fängt deine Seele an zu wandern.

Polly Flint: Sie hat nie etwas anderes getan. Aber du bist der Einzige … du warst meine große Liebe.

Robinson: Das war dein Unglück. Dein Herz war nie ganz dabei, Pol Flint. In der Liebe zu realen Männern. Du wolltest den Mond.

Polly Flint: Man sollte auch den Mond wollen. Und was weißt du schon? Mein Herz war voller Liebe, über Jahre und Jahre hinweg. Wie ein Kloß in Brühe.

Robinson: Mein Schöpfer mochte häusliche Metaphern. Pol Flint – all deine Männer waren Nieten oder Schemen.

Polly Flint: Welche Männer man kennenlernt, ist Glückssache. Ich wurde einmal richtig geküsst. Am Bahnhof Darlington. Daran erinnere ich mich.

Robinson: Davon weiß ich nichts. Pol Flint – du weißt, dass ich dich nie geliebt habe?

Polly Flint: Ja.

Robinson: Ich habe dich glücklich gemacht. Aber ich habe dich nie geliebt.

Polly Flint: Ja.

Robinson: Fiktionale Figuren können keine neuen Schwächlinge zeugen. Eingefrorene Schwächlinge.

Polly Flint: Vielleicht sind wir alle Fiktion.

Robinson: Jetzt werd nicht albern. Du redest wie eine Satirikerin. Wie der Trottel Swift.

Polly Flint: Er hat auch nicht viel von dir gehalten. Vielleicht war dein Schöpfer, vielleicht war Defoe selbst nur eine fiktionale Figur. Er hatte jede Menge Masken – sehr seltsam. Die ganzen Warzen, der krumme Rücken. Stand am Pranger und war im Gefängnis. Mit sechzig hat er dich gezeugt. Ein erstaunlicher Mann.

Robinson: Ein ganz normaler Journalist. Leicht genial. In einer Minute redest du wieder darüber, was Fiktion ist.

Polly Flint: Tue ich nicht. Über Fiktion bin ich hinweg. Wie über das Trinken. Ich habe Cream Sherry für die Nonnen da und sehe ihnen beim Nippen zu, beim Nicken und Lächeln. Wie ich auch nicke und lächle, wenn Leute darüber reden, wie wichtig die Kunst ist. Immerhin habe ich die Regale leergeräumt. Das hat dich schockiert, Robinson, nicht wahr? Als ich die ganzen Bücher an die Schule von Thwaite geschickt habe? Schon wieder von der Außenwelt abgeschnitten.

Robinson: Na, mich hast du behalten.

Polly Flint: Natürlich. Und ein paar andere. Einige, die nach dir kamen, lieber Robinson. Aber insgesamt ist es jetzt vorbei.

Robinson: Was, die Fiktion? Oder dass du Affären mit Romanen hast?

Polly Flint: Beides.

Robinson: Die Fiktion verschwindet?

Polly Flint: Sie wird nicht verschwinden, aber sie muss sich verändern. Der Kanon ist ziemlich langweilig geworden – immer geht es um Politik und eheliche Dissonanzen. Im Detail. Du solltest mal die Geschichten sehen, die sie sich zu dir und Freitag ausgedacht haben.

Robinson: Ja, nun, er konnte schon anstrengend sein.

Polly Flint: Wir haben keine Helden mehr. So einen wie dich kriegen wir nicht mehr.

Robinson: So einen wie mich gab es auch vorher nicht. Ich war ganz neu. Obwohl ich ein einfacher Mann war.

Polly Flint: Stimmt. Aber du bist unsterblich geworden. Heute gibt es keine Unsterblichen mehr.

Robinson: Nein, nein. Ich war auch nur ein Mensch. Keine Ahnung, warum ich immer noch da bin. Ich bin doch immer noch da, oder? Das bist nicht nur du?

Polly Flint: Oh, ja, du bist noch da. Sie verarbeiten dich in Filmen und Gesang und Tanz. Sie hatten dich sogar schon *on Ice*.

Robinson: Wie um alles in der Welt haben sie das mit dem Fußabdruck gemacht? Meine Kulisse war natürlich gut. Er kannte die besten Stellen. Und es war sehr aufregend. Mein Schöpfer hat etwas von Spannung verstanden.

Polly Flint: Heute sind Romane nicht mehr spannend. Die Autoren lassen sich nur noch über irgendetwas aus.

Robinson: Seltsam. Zu meiner Zeit haben die Autoren einander gehasst.

Polly Flint: Oh, das tun sie heute auch noch. Große Hasser.
Robinson: Ach, ja. Ich kannte nur wenige.

(*Gedankenpause*)

Ich fand es allerdings auch alles ziemlich bewegend. Meinen Kampf. Meinen Mut. Wie ich mit allem zurechtgekommen bin, über all die Jahre.
Polly Flint: Jetzt gib mal nicht so an.
Robinson: Im Alter zeigt man seine Schwächen.
Polly Flint: Aber du bist alterslos, Robinson. Du warst etwas Neues und gleichzeitig ewig. Du warst neu. Ein Roman. Drama. Poesie. Du hast eine Geschichte erzählt. Du nährst uns.
Robinson: Wie Brot.
Polly Flint: Du warst mein Brot. Du bist mein Brot.
Robinson: Das klingt wie Blasphemie.
Polly Flint: Eine Reihe von Leuten sieht Parallelen zwischen dir und Jesus Christus. Es gibt Stipendien für Abschlussarbeiten darüber.
Robinson: Das ist Blasphemie.
Polly Flint: Ach, Menschen verwechseln ihre fiktionalen Helden oft mit Gott. Wie sie auch ihre menschlichen Liebhaber verwechseln. Oder sich selbst. Ein beträchtliches Hindernis für ein glückliches Leben. Emily Brontë hat das getan. Und Proust.
Robinson: Die kenne ich nicht. Sollte ich mich darum kümmern?
Polly Flint: Mit Proust würde dir ein Gespräch schwerfallen.
Robinson: Pol, du solltest jetzt mal diesen Schlüssel suchen. Die Journalistin sitzt jetzt sicher seit zwanzig Minuten auf der Treppe vor dem Haus. Das ist ein großartiger Be-

ruf. Denk an meinen Schöpfer und behandle sie mit Respekt.

Polly Flint: Ich gucke gleich danach.

Sie lehnt sich im Polstersessel zurück. Draußen verdunkelt sich der Himmel. Die ROBINSON-Gestalt wird klarer – zotteliger Bart, zerlumpte Kleidung, schirmartiger Haarpilz, die Ahnung eines Papageis auf der Schulter. Während seine Gestalt immer größer und klarer wird, verschwindet POLLY FLINT langsam. Sie sieht jetzt alt aus. Ihre Wangen fallen ein. Alte, knotige Hände fallen hinunter, rutschen ihr vom Schoß. Ihr Kopf ruht leicht geneigt an der Seite. Ihr Mund steht ein wenig offen. ROBINSON wird zum Titanen.

Robinson (brabbelnd. Selbst Robinson wird alt.)

Du warst eine gute und treue Frau, Pol Flint, und Kinder lieben dich. Ein Zimmer mit leeren Regalen, aber immer noch halb in Bücher verliebt. Ist es genug? Ein stilles Leben. Aber gottgefällig – und das zum Teil meinetwegen. Als Leben nicht schlecht. Von der Außenwelt abgeschnitten natürlich. Aber Inseln haben ja auch ihren Reiz.

Polly Flint: Gute Nacht.

Robinson: Weißt du, als meine Frau starb, waren Kinder da. Wir hatten eine Tochter. Von der Tochter hat man nie wieder etwas gehört. Was ist aus ihr geworden?

Polly Flint: Auf Wiedersehen, Crusoe, Robin Crusoe.

Robinson: Auf Wiedersehen, Pol Flint.